AMÉRICAS

SELEÇÃO E TRADUÇÃO Adriana Marcolini

AMÉR

ALBERTO MORAVIA

ICAS

Relatos de viagens

COSAC

BRASIL 1960

CUBA 1966

MÉXICO 1966–67

CONVITE A EMBARCAR COM MORAVIA

Adriana Marcolini

Alberto Moravia (1907-1990) começa cedo seu périplo pelo mundo. Com apenas 23 anos, é convidado a trabalhar no jornal *La Stampa*, de Turim. Para driblar o regime fascista, que o perseguia por sua origem judaica e por sua oposição política declarada, ele deixa de usar seu nome verdadeiro, Alberto Pincherle, e adota o sobrenome Moravia, de sua avó paterna, por meio do qual ficou mundialmente conhecido. Sua sede de viajar – e narrar – era imensa. Parece que ansiava por recuperar os nove anos – de 1916 a 1925 – de imobilidade imposta por uma tuberculose óssea, período em que permaneceu acamado. Em 1930, com a nova identidade e cansado de respirar a difícil atmosfera do autoritarismo, é enviado para a Inglaterra, país que inspira seus primeiros relatos de viagens, publicados pelo jornal *La Stampa* entre 1930 e 1932. É o início de uma longa trajetória, que o levaria a percorrer exaustivamente a Europa, o Oriente Médio, a Ásia e a América Latina.

Em 1935, quando a Itália de Benito Mussolini invade a Etiópia, sente-se angustiado e pega o navio para Nova York. Seis meses depois, uma vez saciado o interesse pelos Estados Unidos, cansado das baixas temperaturas do inverno nova-iorquino e irritado com a vida frenética da cidade, toma um trem para o México. Começa uma espécie de história de amor com as regiões economicamente menos favorecidas, o chamado Terceiro Mundo. Sente-se particularmente atraído pela África, continente que para ele revela a degradação da modernidade e, nas suas palavras, é "o que de mais belo existe".

Moravia queria desvendar o que está encoberto ou recôndito por trás das aparências. Sabia levantar o véu, às vezes sutil, que mascara a realidade das coisas. Suscitava a dúvida, despertava a curiosidade, questionava valores e dogmas, colocava o homem diante de si mesmo. Sua linguagem revela com nitidez as pessoas, as paisagens, as cidades e os estilos arquitetônicos que descreve. Transforma o leitor em seu companheiro de viagem – ou, noutras palavras, em seu cúmplice.

Mais conhecido no Brasil pelos romances *Gli indifferenti* [Os indiferentes] (1929), considerado sua obra-prima, e *Il conformista* [O conformista] (1951), este filmado por Bernardo Bertolucci, o escritor também deixou uma extensa obra jornalística de tom literário, sob a forma de relatos de viagem: mais de um quinto de toda sua produção. São lendários os seus livros *Un mese in URSS* [Um mês na URSS] (1958), *Un'idea dell'India* [Uma visão da Índia] (1962) e *La rivoluzione culturale in Cina* [A revolução cultural na China] (1967).

De suas viagens à África escreveu artigos que resultaram nas coletâneas *A quali tribù appartieni?* [A que tribo você pertence?] (1972), *Lettere dal Sahara* [Cartas do Sahara] (1981) e *Passeggiate africane* [Viagens africanas] (1987). Deu o melhor de si nesses textos, combinando inteligência aguda à grande capacidade de observação e síntese. O caráter político de boa parte de seus escritos de viagem salta aos olhos. Nem a retórica nem o enaltecimento gratuito de homens e lugares faziam parte de seu estilo. Seu texto é direto, límpido. Às vezes, nota-se um ritmo cadenciado, provável fruto da determinação em manter a atenção do leitor. Outras vezes, observa-se certa altivez europeia nos comentários – a qual, porém, não deve ser atribuída exclusivamente a ele, mas também à cultura europeia e italiana da época, totalmente despreparada, no início dos anos 1960, diante do aparecimento de realidades continentais de proporções jamais vistas, de difícil compreensão.

A distância geográfica, as dificuldades de locomoção, os idiomas desconhecidos e o ineditismo não eram motivo de desânimo para ele. Pelo contrário: atraíam-no. Seu combustível era a curiosidade. A improvisação e os contratempos constituíam o "sal" do deslocamento. Dedicava-se a ler com antecedência sobre os países de destino. Falava inglês e francês fluentemente. Tinha alma de viajante: na mala, sempre pequena, carregava apenas o essencial. Suportava o calor e o frio, dormia onde fosse preciso. Segundo a viúva Carmen Llera, bastava a ideia de sair da rotina, mesmo que por um curto período, para mudar seu humor.

Seus relatos de viagem foram publicados nos jornais *Corriere della Sera*, *La Stampa*, *La Gazzetta Del Popolo*, *Il Mondo*, *Il Messaggero*, *Il Resto Del Carlino* e *La Nazione*, além das revistas *L'Europeo* e *L'Espresso*. A maioria deles saía na *terza pagina*, tradicional espaço dedicado à literatura nos jornais italianos. Extinta na década de 1980, a *terza pagina* nasceu em 1901, por obra de Alberto Bergamini, então diretor do *Giornale d'Italia*. A fórmula obteve sucesso e foi adotada por outros jornais, afirmando-se como um porto seguro para autores como Italo Calvino, Massimo Bontempelli e o próprio Alberto Moravia, entre muitos outros. O *elzeviro* era o espaço mais nobre da página, justamente onde ele publicava seus artigos. O termo é uma homenagem à família Elzevier, composta de tradicionais tipógrafos holandeses que utilizavam fontes cuja elegância inspirou a tipografia de algumas seções da *terza pagina*.

*

A obra que apresentamos ao leitor brasileiro é uma seleção da coletânea *Viaggi – Articoli 1930-1990*, editada pela casa Bompiani, de Milão, em 1994, que reúne 266 relatos de viagem de Moravia publicados ao longo de sessenta anos. Para dar início ao percurso, optamos por 42 artigos sobre os países das Américas: México, Cuba, Estados Unidos, Guatemala, Bolívia e Brasil. O mais antigo desses artigos data de 1936; o mais recente, de 1970. Não importa a data ou o local, o que vem à tona é um profundo senso de observação que não se deixa levar pelas aparências. Também se nota que Moravia viajou para países que, na época, não eram tão visitados como hoje, e que passavam por momentos delicados, como é o caso de Cuba. Nos textos referentes a esse país, é visível a atmosfera da Guerra Fria. Num deles, "Para transformar Cuba em grande potência Castro lhes ensina o passo do ganso", mergulhamos com o autor nas comemorações do sétimo aniversário da Revolução Cubana. Nos Estados Unidos, em 1969, acompanhamos a visita ao Goddard Space Center, em Maryland, onde Moravia vê de perto os satélites que até então haviam sido colocados em órbita pelos Estados Unidos. A visita foi seguida por uma entrevista nada usual com George Mueller, funcionário do alto escalão da Nasa, em Washington. Em outros relatos, como em "O país do luxo para todos", salta aos olhos sua crítica feroz ao modelo de vida norte-americano.

O escritor visitou o Brasil entre julho e agosto de 1960, por ocasião do 31º Congresso do Pen Clube Internacional no Rio de Janeiro. Na época, era presidente da entidade, cargo que ocupou de 1959 a 1963. O evento contou com a participação de 192 escritores de 52 países – entre eles o britânico Graham Greene, o espanhol Salvador de Madariaga e o argentino Adolfo Bioy Casares. A experiência do Brasil marca uma reviravolta na trajetória de Moravia. Desperta nele o interesse por lugares considerados exóticos pelos europeus em geral, como a Índia, visitada em 1961, e a África, continente para o qual viaja pela primeira vez em 1962 e passa a visitá-lo quase todos os anos.

Após o congresso, acompanhado da então esposa Elsa Morante, Moravia viaja pelo país: o primeiro destino é Brasília, recém-inaugurada na época. Surpreende-se com "a solidão dos lagos de asfalto" e os elevadíssimos custos para a construção da capital. Suas considerações sobre o gigantismo arquitetônico da cidade revelam o olhar atento de quem desconfia das decisões autoritárias. Visita ainda Belo Horizonte, a cidade histórica de Sabará, Recife, Salvador e o Rio de Janeiro. A viagem resulta em seis artigos. Na capital da Bahia, identifica a ferida da escravidão e as marcas da miséria:

> O Brasil não é um país alegre [...]. Mas a tristeza brasileira nunca fica tão evidente como nas intermináveis esperas a que a vida moderna mal planejada e mal administrada obriga os habitantes desse país. Filas nas paradas dos bondes e dos ônibus, longas filas nas bilheterias dos cinemas e dos estádios esportivos, infinitas esperas nos aeroportos e nas estações, poder-se-ia

> dizer que o brasileiro está sempre esperando alguma coisa. Mas essas esperas não são nada mais que o símbolo de uma espera mais geral e mais basilar. Esse é o motivo da resignação e tristeza da sua paciência.

Síntese reveladora.

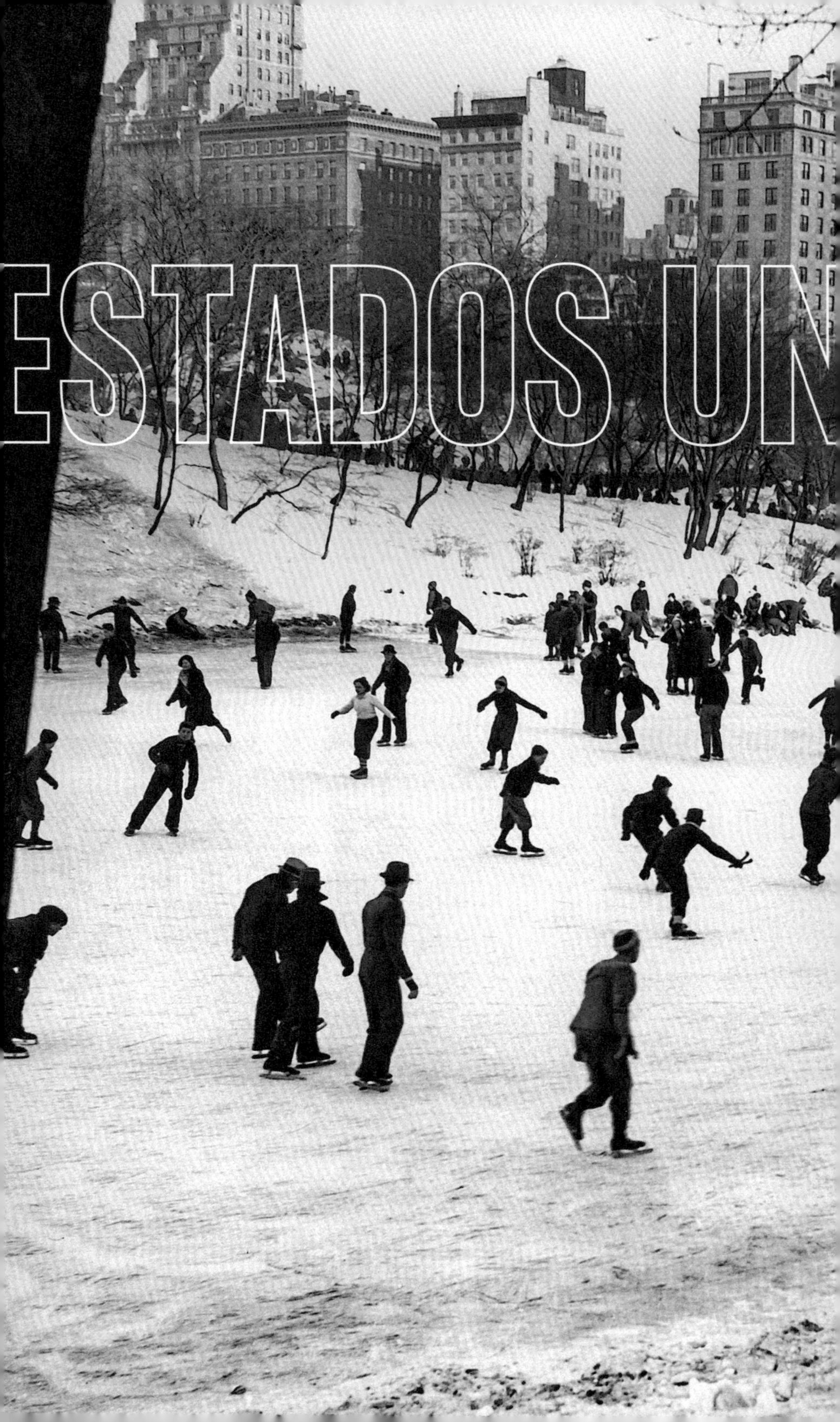
ESTADOS UN

DOS 1936

Alberto Moravia chega a Nova York no dia 6 de dezembro de 1935, a convite de Giuseppe Prezzolini, então diretor da Casa Italiana, da Universidade Columbia. Permanece oito meses na cidade, com um intervalo de um mês, quando viaja para o México em março de 1936. Os relatos da viagem foram publicados após a sua volta para o país natal. O mais tardio é de 1941, "O amante de autômatos", veiculado na revista semanal *Oggi*, uma das mais antigas da Itália.

O PAÍS DO LUXO PARA TODOS

Antes de tudo, é preciso entender muito bem o significado da palavra "luxo", ou pelo menos o sentido que lhe dou neste meu artigo.[1] A meu ver, algumas pessoas têm um conceito errado de luxo; dizem luxo de bom gosto, luxo de mau gosto, mas erram porque o luxo é sinônimo de certo mau gosto rico, conveniente e medíocre. Confundem luxo com fausto, com magnificência, com esplendor.

Um palácio italiano da Renascença, com afrescos de algum mestre, lindas salas com piso de mármore, peças e espelhos antigos, é magnífico, é faustoso, é esplêndido, não é luxuoso; ninguém pensaria em afirmar que o Palazzo Farnese é luxuoso. Pelo contrário, são luxuosos os grandes hotéis, os transatlânticos, os cinemas e muitos outros edifícios que surgiram por motivos especulativos e turísticos. Ter em casa um quadro de Rafael, digamos, não é luxo, mas é um luxo possuir um banheiro que seja quase tão bonito e dispendioso quanto a sala, com mosaicos de latão e outros requintes do gênero. A essa altura, pode-se dizer que algumas épocas não conheceram o luxo, um aspecto que denota a presença de certo espírito totalmente especial. O luxo foi ignorado no Quinhentos, embora fosse um período que não se importava com as despesas. Mas temo que Pompeia fosse bastante luxuosa. Certas metrópoles orientais, como Éfeso ou Alexandria, deviam ser luxuosíssimas. E já que estamos falando sobre o assunto, é o caso de também dizer que o luxo é

---

1. Ao longo deste livro, foram corrigidas ou atualizadas grafias e foram adicionadas notas de edição para localizar contextos históricos mais afastados do leitor brasileiro e identificar pessoas, lugares, livros, filmes e obras de arte citadas. Pedimos ao leitor que considere que as opiniões expressas por Moravia, sobretudo aquelas que tocam em temas raciais e de gênero, são de um intelectual europeu formado na primeira metade do século XX, não refletindo, portanto, discussões contemporâneas. [Nota do Editor]

uma coisa pouquíssimo ocidental, considerando ocidental a civilização greco-latina e cristã. O luxo é um fruto do Oriente, e de certo Oriente ainda mercantil e sensual que, por conveniência, chamarei levantino.

A fuga das responsabilidades políticas, religiosas, sociais e morais e o trabalho entendido não como criação, mas como meio de enriquecimento e de abandono do coletivo, parecem ter estado na origem do antigo luxo dos tempos da decadência. Pelo que sabemos, seu triunfo marcou o fim do bom gosto e da simplicidade.

Mas cabia à nossa era criar uma civilização totalmente luxuosa, do começo ao fim, sem sequer, pelo menos por enquanto, conhecer aquelas reações que o mundo antigo conheceu – ou seja, a civilização americana.[2] Com certeza, para o viajante que desembarca pela primeira vez em Nova York, os arranha-céus tão cinza e gélidos no ar límpido, com as cúspides douradas e brilhantes no sol invernal, podem até dar uma impressão de pureza; por um momento, o rigor de seus contornos lhe dará a ilusão de estar diante de um novo gênero de arquitetura. Influenciado pela geografia e por determinados aspectos de um exaltado racionalismo da vida nos Estados Unidos, o viajante pensará que se encontra na terra mais ocidental de todas, aquela que dá prosseguimento às melhores tradições europeias e as leva ao máximo. Mas são ilusões que duram pouco e se esvaem assim que o olhar penetra além da superfície. Nórdica, nevoenta, aparentemente superorganizada, Nova York é, na verdade, uma metrópole oriental, indulgente, descomunal, árida, desorganizada e, sobretudo, luxuosa. Uma metrópole de puro caráter assírio-caldeu; e não importa que se fale inglês e esteja a milhares de quilômetros do deserto onde a Babilônia cresceu e prosperou. Na verdade, Nova York se assemelha mais à Babilônia do que a

---

2. Embora o termo "americano" refira-se aos cidadãos de todas as Américas, e não apenas àqueles provenientes dos Estados Unidos (estadunidenses), optou-se pelo uso desse termo em todo o livro em razão de sua ampla utilização e aceitação no Brasil. Ressaltamos que essa foi uma escolha da tradução, baseada no uso corrente do idioma português brasileiro. [N.E.]

Atenas ou Florença, não apenas por suas torres que sobem como aquelas de Nabucodonosor, não apenas por uma maldita desordem que faz com que se procure em vão no mapa uma ideia clara e significativa, um centro irradiador, uma unidade qualquer, mas, principalmente, por sua natureza de bazar cosmopolita longe de qualquer ideia de durabilidade. Em Nova York não existe uma casa que seja uma casa, e sim uma grande quantidade de prédios imensos com milhares e milhares de moradores; prédios que, de dez em dez anos, são demolidos para se construir outros iguais.

Em função daquela analogia inevitável do colossal com o banal, provinda da impossibilidade de dar um estilo unitário e original a edificações tão excessivas, a decoração interna desses prédios é necessariamente confusa, brega, floreada e com uma significativa predominância de elementos de efeito, como os materiais preciosos, ou que assim parecem, e as cores suntuosas e violentas. Esse é um dos tantos aspectos do luxo americano.

Mas a origem desse luxo não é tão simples. É mais de natureza moral do que econômica, uma vez que, com riquezas proporcionalmente iguais, Roma e Paris nunca foram luxuosas. Para além das leis e na falta de tradições e outros vínculos irracionais, a convenção social que une a multidão de raças que forma o povo dos Estados Unidos é baseada em certo conceito do dinheiro entendido como medida e fundamento de toda a civilização: o ideal é produzir o maior número de objetos convenientes e luxuosos para o maior número possível de pessoas. Ou seja, fazer com que a ninguém, desde que tenha dinheiro para pagar, seja negado comprar qualquer coisa que lhe passe pela cabeça. Disso deriva que todas as distinções sociais, que, alhures, provêm da importância política ou do valor pessoal, sejam aqui uma simples questão de poder de compra.

Em outras paragens, os *gerarchi*[3] ou intelectuais são, aqui, aqueles que possuem uma casa de campo na Flórida ou um iate. Mas o conceito principal sempre é o de que tudo esteja ao

3. Membros do alto escalão do Partito Nazionale Fascista entre as décadas de 1920 e 1940. [N.E.]

alcance de todos: o automóvel para todos, o grande hotel para todos, a cultura para todos, a vida boa para todos; mais que democrática, a ideia é demagógica, e o resultado não é o requinte das invejadas aristocracias do passado disseminado para as massas, e sim um simulacro, uma imitação daquele requinte produzida artificialmente e colocada à disposição das carteiras bem polpudas. De fato, quem poderá satisfazer a tantas e tão pretensiosas necessidades? Não a técnica manual que, na Europa, cuidava com um amor e uma dedicação sem igual de todo e qualquer produto, aprimorando-o. Não existe uma produção manual que dê conta de tantas multidões como a população dos Estados Unidos; além disso, esse tipo de produção requer, por parte do comprador, gosto e discernimento na escolha, elementos de que os americanos carecem completamente. Aí entra em questão a grande indústria, com suas produções em série de determinado número analisado e limitado de artigos. Em outras palavras, o luxo – e com essa palavra se aponta tudo aquilo que é bonito e raro – do americano é decidido na sua ausência e sem o seu consentimento por contadores e técnicos dos industriais, baseando-se no padrão econômico do maior número possível de compradores. O cidadão dos Estados Unidos quer certo tipo de sapato que, na Europa, é usado apenas pelo príncipe de Gales, e sua mulher deseja determinado vestido de gala que uma grande casa parisiense só produz em poucas unidades; a mulher terá o vestido, o marido terá o sapato, mas, assim como eles, milhões e milhões de compatriotas também os terão. E, então, em virtude daquela relação sutil e fatal que existe entre beleza, desinteresse, feiura e venalidade, nasce o luxo nos Estados Unidos, essa coisa vazia, esterilizada, exânime.

O americano poderia chamar-se de Tântalo, porque aproxima as mãos das coisas bonitas e originais e nunca consegue tocá-las; ou de Midas, porque tudo aquilo que toca se transforma em ouro. Não é por acaso que Wall Street e o seu distrito bancário são a única área de Nova York onde, se essa afirmação quase blasfema for permitida, respira-se um ar não profano e quase religioso. Aquele ar que se procuraria em vão nas catedrais góticas de concreto armado. A vida nos Estados Unidos também está ensopada de dinheiro e de todas as suas manifestações. Para verificar isso, é suficiente adentrar um dos tantos arranha-céus que reúnem serviços de hotel e muitas outras utilidades. De fora, essas edificações sobem com terraços cada vez menores, até chegar à vertiginosa cúspide dourada de sempre. Dentro existe uma profusão de elementos decorativos roubados de todos os estilos de todas as épocas e distribuídos ao acaso, aparentemente com o objetivo de não deixar vazio nem ao menos um palmo de parede. Ouros, bronzes, tapetes, afrescos, quadros, estátuas, candelabros, lampadários, portões, balaustradas, fontes, tecidos, metais, colunas, arcos, pilastras e móveis de todo tipo, como em uma basílica, em uma sinagoga, palácio, casa de campo, no parlamento, no balneário de uma estação termal, em um castelo real ou em uma estação de trem.

A pequena datilógrafa que ganha cem dólares por mês e mora no subúrbio do Brooklyn entra no meio de todo esse esplendor e vai se sentar em uma poltrona, acende um cigarro e espera o noivo. Todo aquele luxo lhe pertence assim como pertence a cada um dos nove milhões de habitantes de Nova York. Mas, no dia em que, por causa da especulação, o hotel for destruído, ela não lamentará nem perceberá seu desaparecimento.

Dessa forma, em virtude do retorno fatal de determinados aspectos todas as vezes que se repete o espírito que os estimula, Nova York é uma cidade oriental, levantina, babilônica. Nela, não se vê nada além de coisas para comer, beber, vestir, divertir-se. Todas as coisas que têm um preço escrito num pequeno cartaz e estão expostas na vitrine, por uma macabra transformação, aqui representam a felicidade. As pessoas trabalham como animais o dia inteiro, à noite esbanjam em divertimentos o que ganharam de dia. O círculo é bem fechado, e assim é a vida aqui. Como um corpo enorme em que não existe nada além dos aparelhos digestivos, Nova York engole lindas mulheres inocentes, inteligências lúcidas, materiais preciosos como madeiras raras, metais arrancados da terra, mármores extraídos dos morros, lãs da Austrália, sedas do Japão, e devolve prostitutas, livros de insípida vulgarização, horríveis jornais escandalosos e cem mil objetos, do arranha-céu ao lenço, todos efêmeros, provisórios e fabricados em série.

Alhures se chama vil a matéria-prima e nobre, o objeto que o homem cria; aqui, a matéria-prima é nobre, e o objeto é vil. Lendo, ou melhor, analisando os enormes jornais de domingo, pensa-se com nostalgia nas lindas florestas sombreadas, sacrificadas para imprimir todas aquelas burrices. O luxo de Nova York alimenta-se da morte de inúmeras criaturas e ele próprio tem o sabor da morte; uma morte definitiva e total, não aquela aparente das estátuas antigas que as escavações trazem à tona.

Quem mora em Nova York descobre e toca com a mão as relações próximas que existem entre a morte e a moda, entre a morte e o gozo, entre a morte e o útil. Talvez seja por isso que os americanos tenham horror a pensar e a ter ócio e procurem o máximo possível se assemelhar a autômatos infatigáveis. Até que chega a sua morte luxuosa e lhes envia para o cemitério em caixões de prata maciça, acompanhados de um séquito de bandas musicais e automóveis pretos carregados de flores, para serem sepultados em mausoléus de mármores sulcados com veios, brilhantes como salames, sob epitáfios mentirosos.

Gazzetta del Popolo, 5 de agosto de 1936.

COMO OS AMERICANOS SE TORNARAM AMERICANOS

Nova York

Todos aqueles que entendem de pintura, mesmo que superficialmente, sabem o que é volume nesse gênero de arte, o que se entende por pintura plana e sem volumes. O conceito de volume é a melhor maneira para explicar a diferença que existe entre o europeu de qualquer nacionalidade, da Espanha à Rússia, e o americano. O europeu tem volume, o americano não tem. Em outras palavras, a figura do europeu é bastante concreta e unitária para resistir a uma análise; já o americano, pelo contrário, se for examinado profundamente, se revela constituído de elementos heterogêneos e coletivos, dos quais nenhum pertence a ele mesmo.

Tal como Bloom, o herói do *Ulysses*, de Joyce, em sua mente o americano revela-se como uma mescla de coisas ouvidas na rua ou lidas nos jornais, de retalhos de anúncios classificados e de prédicas protestantes, de convencionalismos, *poncifs* e ideias muito bem-feitas que nunca se juntam – e como poderiam? – naquilo que chamamos uma personalidade. Nota-se isso nos Estados Unidos todas as vezes que deparamos com um europeu entre a multidão local: parece que se está passando das criaturas embrionárias do cinema para as figuras vivas do teatro.

Ao contrário do europeu, o americano carece de um filtro pessoal por onde passa as impressões sobre o mundo externo: para ele, está tudo bom, lama e bugigangas assim como ouro e diamantes; é notável a ausência total de qualquer sentido crítico. A fraqueza do americano vem à tona nitidamente na sua intolerância à solidão: é como se ele não se sentisse uma unidade definida e autônoma, e sim parte dependente e mínima de um corpo coletivo. Os americanos são estilhaços, com aquela aflição que às vezes aparece quando se sente ser nada mais que estilhaços.

Nos Estados Unidos só existem especialistas e especializados – o americano é exatamente o contrário do homem da Renascença, que via o mundo como um conjunto harmonioso. A incapacidade de o americano apreender ideias abrangentes e complexas é total, incurável. Não é a ignorância e a aspereza do nosso camponês, tão férteis de potencialidade e de crescimento, mas sim alguma coisa incompleta, vazia, que falta: vêm à mente as rodelas e os parafusos soltos nas mesas das oficinas que, um momento antes, vibravam em um motor e, agora, estão sem utilidade e sem vida. O americano a sós não existe a não ser em função da instituição coletiva da qual faz parte; existem, ao contrário – e como! – as fábricas, os consórcios, os escritórios, as organizações de massa que, nesse país da máquina, são máquinas verdadeiras e próprias, máquinas brutais e desumanas, de funcionamento misterioso e com propósitos obscuros. Em outras palavras, passando de uma abordagem negativa a uma positiva, não se trata tanto de uma corrupção ou degeneração, mas até de uma humanidade nova. A qual, com métodos e elementos burgueses, acabou por atingir o paradoxo de colocar em prática alguns postulados do comunismo. A imensa admiração que os russos têm pelos Estados Unidos é uma prova disso. Mas retornemos ao americano.

Já se disse aquilo que o diferencia do europeu. Agora tentemos ver como ele se tornou aquilo que é. Não se pretende, em um artigo, aprofundar a questão, mas apenas tocar em alguns aspectos. Tomemos por acaso o exemplo da questão do *melting-pot*, ou seja, do cosmopolitismo dos Estados Unidos. Como se sabe, emigrantes de todas as nações da Europa afluíram para esse país – isso sem falar dos africanos e dos asiáticos. Emigrantes, estejam atentos, oriundos às vezes de civilizações antigas e muitíssimo requintadas, como a Itália ou a Alemanha. À primeira vista poderia parecer que a convivência e a fusão de indivíduos tão diversos deveriam ter produzido uma das civilizações mais ricas e complexas do mundo. Mas, na realidade, as coisas caminharam de forma muito diferente: quando desembarcavam em solo americano, todos aqueles emigrantes se desfaziam de sua personalidade, quase da alma, e entravam nos Estados Unidos como unidades humanas em estado bruto, animalesco. Isso aconteceu porque três quartos da personalidade do europeu – da qual ele se orgulha tanto – são constituídos de elementos culturais, religiosos, políticos, sociais – em resumo, tradicionais – que, fora do país que os produziu, desfalecem ou atrapalham.

Portanto, os emigrantes desembarcavam e privavam os Estados Unidos da parte mais original deles mesmos e, em troca de tamanha renúncia, só recebiam (quando recebiam) benefícios econômicos. Ou seja, comodidades da mecanização, do luxo e outras coisas mercenárias. O país não tinha uma cultura para ser substituída pela deles, uma vez que carecia de um ponto de partida, uma raiz nacional, uma tradição; tanto é assim que os Estados Unidos são e ainda continuarão a ser por um bom tempo o país eclético de todas as culturas, que é o mesmo que nenhuma. Dessa forma, nos Estados Unidos a vida se estabeleceu no patamar mais baixo, aquele econômico, o único em que pessoas de tantas nações poderiam se entender; e o homem se manteve como uma instituição numérica, econômica, biológica, nada mais que isso. Resumindo, tal como nós os vemos nos dias de hoje, os americanos são o resultado dessa desnacionalização produzida sobre milhões de emigrantes que foram seus pais.

Porém, o fenômeno americano ainda não seria explicado se não se pensasse em outro fato: a ausência de uma classe camponesa. Nos Estados Unidos, o camponês desapareceu, e as metrópoles só fazem crescer. O país é um território violentado, explorado, devastado; nunca houve amor pela terra, nem ao menos no início. Os pioneiros começaram a avançar para o oeste com o machado e o arado. Mas sempre com o objetivo totalmente econômico de extrair o maior rendimento possível; mesmo à custa de estragar a terra, mesmo à custa de nunca ter uma habitação estável. Isso explica o nomadismo dos americanos, pessoas que tinham pressa de enriquecer e estavam sempre prontas a abandonar a enxada pela peneira dos caçadores de ouro. Na época, os Estados Unidos foram tratados como uma terra de conquista, e os puritanos não se portaram melhor que os aventureiros: florestas inteiras eram abatidas; grande parte da fauna desapareceu; o clima mudou; cidades eram construídas e, depois, abandonadas.

Porém, depois, com a chegada da máquina, o camponês urbanizou-se de vez: a economia rural deixou de ser local e se tornou intercontinental; as máquinas substituíram os braços; o camponês teve o rádio, o automóvel, a geladeira e se alimentou de produtos enlatados. A indústria substituía a agricultura, a lei do lucro valeu tanto para as terras como para as fábricas, já que também houve crises, superprodução e desemprego. Assim sendo, não houve mais camponeses, mas citadinos que moravam na zona rural e citadinos que moravam nas cidades. No entanto, esse fenômeno é gravíssimo para o desenvolvimento humano, porque privou os Estados Unidos daquela classe sólida e arraigada que, em qualquer país, é a classe dos camponeses.

Se, pelo menos, para compensar o desaparecimento do campesinato, tivessem tentado conter a urbanização... Pelo contrário, como se disse, as cidades cresceram enormemente. E aqui se toca em outra ferida dos Estados Unidos, outro obstáculo ao desenvolvimento espiritual do homem: as cidades imensas e desmesuradas.

Até agora, o homem tinha sido a medida do mundo: em outras palavras, rodeava-se de objetos adequados à sua estatura física e moral. Isso lhe permitia desenvolver-se de forma harmoniosa e completa. Uma sociedade de poucos milhares de pessoas organizada em famílias e em classes, em paróquias e em bairros, casas de poucos andares, distâncias que podiam ser percorridas a pé ou a cavalo, essas eram as proporções do mundo grego e daquele italiano da Renascença. O homem era então realmente o centro do mundo, podendo abraçar a sua cidade e a vida com os olhos e com a mente, ter uma visão abrangente sobre ambas, julgá-las e servir-se delas para seus objetivos. Mas substituam esses pequenos mundos completos e harmoniosos que eram Florença ou Atenas por metrópoles de vários milhões de habitantes, privadas de classes ou de famílias; verdadeiros conglomerados de indivíduos anárquicos, casas com trezentos metros de altura com milhares e milhares de inquilinos, enormes distâncias percorridas em máquinas rodantes ou voadoras, e o homem será aniquilado pelos próprios meios que criou para si. Por outros motivos lhe acontecerá o que acontece na floresta tropical, onde a natureza é tão mais potente que o homem, a ponto de impedi-lo de superar o estado animal.

Em Nova York, considerando algumas condições diferentes, acontece o mesmo que no centro da África: o homem renuncia a ser uma personalidade civilizada, entoca-se e pensa apenas em sobreviver e satisfazer determinadas exigências físicas de maneira hedonista. Tal como diante da floresta, diante da cidade imensa o homem para de pensar porque percebe que é pequeno e fraco demais. Assim, ao ter qualquer evolução bloqueada, cai novamente em sua condição natural.

Ainda se poderiam enumerar outros aspectos desse fenômeno social que é o americanismo: a imprensa, o esporte, o cinema, a educação, o dinheiro, a política. Porém, além de nos levar longe demais, eles só poderiam confirmar aquilo que já foi colocado. Em vez disso, para concluir, é necessário dizer algo: que mesmo revoltando-se ou horrorizando-se com condições tão absurdas e desumanas, o viajante nos Estados Unidos não pode deixar de reconhecer, não sem uma espantosa irritação, que essa nova civilização não é nem um pouco negativa, nem decadente, nem corrupta. Pelo contrário, nota-se que a grande máquina dos Estados Unidos funciona muitíssimo bem, que está viva e cheia de vigor, e não vai parar assim tão cedo. Não dá para adivinhar a finalidade nem o futuro, tudo parece terrivelmente estático e absurdo; durante séculos, imagina-se, vão existir aqueles jornais idiotas, durante séculos as pessoas vão se enfurnar no metrô, durante séculos as grandes cidades devorarão inutilmente homens e coisas, mas, ao mesmo tempo, não se pode deixar de observar, sem dúvida, um toque vital, ou seja, positivo.

Deve-se admitir isso, além da inegável vitalidade – até porque se sabe e se deve reconhecer que, pelo menos por enquanto, determinadas premissas da civilização moderna, na Europa como alhures, levam exatamente a isso, ao americanismo. Reconhecimento amargo e desconcertante para o moralista, para o esteta e, em geral, para qualquer pessoa de bom senso.

Gazzetta del Popolo, 15 de outubro de 1936.

O HOMEM AMERICANO

O aspecto mais importante dos Estados Unidos é o seu futuro. Falar dos Estados Unidos como de um vasto canteiro de obras não é impróprio; porém, no termo "canteiro de obras" estão contidos significados de vontade e de propósito preestabelecidos que não se adaptam aos Estados Unidos - onde, apesar da vistosa organização, seria realmente difícil reencontrar o fio condutor de uma vontade e uma ambição conscientes. No que diz respeito aos canteiros de obras, somente aquele proverbial da torre de Babel se prestaria a alguma semelhança significativa. Mas deixemos de lado o moralismo inevitável de tais comparações; em vez disso, quando falamos sobre esse país, podemos falar sobre uma cena teatral. Os Estados Unidos são o imenso e despreparado palco de um drama ou de uma comédia que parecerá improvisada, cujos atores ainda não nasceram.

A grande diferença entre a Europa e os Estados Unidos está justamente nessa sensação de prólogo que a América inteira, da América do Norte à do Sul, traz: na Europa, se dermos ouvidos a alguns pessimistas, estar-se-ia não exatamente no epílogo, mas pelo menos na última cena do último ato. Nos Estados Unidos, tal como em um teatro poucos dias antes do espetáculo, há rangido de serrotes, ribombo de martelos, vaivém de maquinistas e carpinteiros, gente em manga de camisa, megafones, bastidores trêmulos, luzes inconstantes, vozes de autoridade e de protesto; na Europa, ao contrário, em cima da ribalta de lâmpadas amortecidas, as flores murchas, lançadas pelas plateias outrora entusiastas e agora desanimadas e entorpecidas, dissolvem-se no tédio dos sucessos milenares, e os atores exasperados, enrouquecidos, suados, com os rostos contraídos sob a maquiagem desfeita, com o final aproximando-se, deixam as argumentações patéticas e plausíveis e enfiam a mão nas espadas tilintantes. Como disse, essa é a visão dos pessimistas. Não há dúvida de que, pelo menos no que diz respeito aos Estados Unidos, eles tenham razão.

Na América, repetimos, desde Labrador até a Terra do Fogo, tudo é prólogo. Prólogo são as colonizações portuguesas, espanholas, francesas, inglesas, holandesas, prólogo são as revoluções da América Latina e a guerra civil da América do Norte, prólogo são as emigrações italianas e eslavas, a Grande Guerra, a crise e qualquer acontecimento mais recente. Basta pensar na Europa, nas lentas colonizações mediterrâneas, e se entenderá que quatro séculos são realmente pouco para que uma civilização deixe as condições primitivas e naturais e entre na história. Os americanos ainda estão acampados, ainda não se consumou o conúbio entre os homens e a terra, entre os homens e a água, entre os homens e os lugares. Para dar nome e caráter a uma localidade, não basta um cartaz em cima de uma estaca; para criar um país, não basta tomar posse dele; as populações das Américas ainda são nômades e, entre elas e a terra que as hospeda, existem relações de lucro, mas nenhuma familiaridade. Portanto, os Estados Unidos da América são um prólogo, mas de que tipo de drama?

Sempre pensei que os profetas não fossem outra coisa senão seres fantásticos dotados de lógica rigorosa e de uma percepção histórica amadurecida. As coisas que acontecerão já estão escritas na trama mutante daquelas que já aconteceram. É preciso saber lê-las. O passado dos Estados Unidos é, *grosso modo*, a própria Europa. De forma que seria possível determinar o futuro dos Estados Unidos examinando todas as diversidades que os separam da Europa. No que se refere a isso, deve-se dizer logo que a emigração dos europeus para os Estados Unidos da América não foi apenas um fato econômico. Também foi um esforço forte e místico para alcançar uma palingenesia remota e ardentemente desejada; uma aspiração tenaz para libertar-se dos males europeus ou, pelo menos, para criar novos males totalmente diferentes daqueles da Europa. Ora, é preciso observar que, ao longo das adversidades de muitos séculos, as premissas e os postulados dos primeiros emigrantes foram ferreamente mantidos. Aliás, como teria acontecido de maneira diferente? Uma casa nasce de acordo com suas bases, cada começo já é um destino.

*

Além das razões econômicas, os primeiros emigrantes também fugiam da Europa pelo desejo de certas liberdades. Queriam libertar-se dos privilégios das classes aristocráticas e das imposições das monarquias absolutistas; da guerra, dos exércitos, das carestias, das invasões armadas; da intolerância religiosa e cultural; das diferenças sociais; dos conflitos e picuinhas nacionais; em geral, de todas as obrigações que, na Europa, o indivíduo sempre teve com a nação, o Estado, a religião e a ordem social. Aparentemente, ocorria dessa forma a mesma libertação do indivíduo e das forças individuais que na Europa teve lugar principalmente no século XIX, mas com uma diferença: enquanto na Europa essa libertação teve um caráter laico, cultural, político e, depois, degeneraria em anarquia, nos Estados Unidos se tingiu, como se disse, de uma aspiração confusa a uma palingenesia total; de fato, criou comportamentos novos e mais rígidos; finalmente, foi acompanhada da colonização de imensos territórios selvagens e incultos, fato de extrema importância, realmente bíblico – não é à toa que o tema principal dos primórdios da literatura americana, de Melville a Hawthorne, foi o contraste e a luta entre o homem e as forças naturais.

Os Estados Unidos eram uma terra prometida ingrata e difícil, mas as vontades dos pais da emigração deveriam ser respeitadas. No fundo, foram respeitadas. Dessa obstinada fidelidade às premissas antieuropeias dos primeiros emigrados, nasceu em grande parte a diferença dos Estados Unidos em relação à Europa; diferença que, para um europeu, é estranha, perturbadora, por demais difícil de ser definida. Ocorreu que, enquanto a Europa era e continuava a ser uma belicosa e atormentada aglomeração de nações armadas, orgulhosas, cansadas de culturas particularistas, governadas por Estados fortes e centralizadores, divididas por brigas raciais, nacionais, religiosas, políticas, culturais e sociais incuráveis e às vezes absurdas, dominadas por um conceito amadurecido e intelectualizado da vida, os Estados Unidos se tornavam um país humanitário, pacifista e democrático, formado por raças que, apesar de algumas rivalidades inevitáveis, não parecem se excluir nem combater entre si a ponto de pôr em perigo as estruturas da nação, desprovido de verdadeiras tradições, totalmente tomado por um conceito imediatista, anti-histórico, religioso da vida.

Quero lembrar aqui que nunca será dada suficiente importância ao pacifismo e ao humanitarismo democráticos e progressistas dos Estados Unidos. Para nós, europeus, as palavras pacifismo e humanitarismo causam repugnância e parecem ridículas porque nos lembram principalmente de determinados experimentos espirituais e políticos; certas tentativas cheias de boa vontade que iam contra tradições e forças bem mais antigas e sólidas; certos personagens não sempre desinteressados e, seja como for, sempre bastante ridículos. Mas, nos Estados Unidos, pacifismo e humanitarismo são o resultado lógico daquelas longínquas premissas dos primeiros emigrados e, realmente, não se esgotam em determinados fenômenos pseudorreligiosos sobre os quais os jornalistas correspondentes nos Estados Unidos nunca deixam de fazer pilhéria. Por mais insossos e irreais que nos possam parecer, o pacifismo e o humanitarismo dos americanos têm raízes extremamente profundas e levam longe; neles, se refugiou o espírito bastante sublime do "estúpido" século XIX, do qual os próprios europeus, sempre impacientes, apressaram-se em se afastar; são o enxerto de certo otimismo racional e científico do Setecentos em um mundo basicamente bárbaro e primitivo; parecem destinados a sobreviver a toda crítica novecentista mais ou menos fundada e a florescer muito longe, não em um sistema político como preconizavam os pensadores iluministas, e sim em algum movimento religioso. Seja como for, aqui está toda a diferença entre o humanitarismo dos americanos e aquele dos europeus: na Europa, afirma-se como reação e revolução, lento e intelectual; nos Estados Unidos, toma o aspecto de um sentimento profundo e primordial e se apresenta como começo, como ponto de partida. Estranho destino das ideias que, tardias e hostilizadas em um lugar, são adotadas em outro como bandeira e palavra de ordem. O mito do progresso e do humanitarismo, recusado na Europa, nos Estados Unidos é tomado como ponto de partida para toda sua civilização. Por analogia, pode-se pensar no cristianismo, rechaçado pelos hebreus e retomado pelos latinos e gregos, ou no budismo, repelido pela Índia e triunfante no Extremo Oriente.

À luz desses exemplos, vem a dúvida de que nada no mundo pode, como se diz no jargão filosófico, ser superado; e vem a propensão a enxergar a civilização humana como uma trama extremamente complexa em que é difícil distinguir onde terminam uma cor e um fio e começa o outro. De qualquer forma, é verdade que determinados mitos oitocentistas, que na Europa já são completamente sem valor, nos Estados Unidos estão em plena florescência, nem parece que seu desenvolvimento possa ser detido ou desviado. Deve-se levar isso em conta quando se faz julgamentos sobre os Estados Unidos; ou quando se especula sobre o comportamento deles diante deste ou daquele acontecimento de escala mundial.

*

Os Estados Unidos fazem fronteira ao norte com o Canadá, ao sul com o México, a oeste têm um oceano e a leste outro oceano, de forma que, ao ter Estados fracos e pacíficos além das fronteiras ou imensas extensões marítimas, podem se declarar ainda mais protegidos e isolados que a Inglaterra antes que o progresso mecânico e a aviação encurtassem as distâncias e reduzissem o custo da condição insular. O resultado disso é que os americanos são pacifistas não porque são contrários aos armamentos, como na Europa, não por cansaço de guerrear, mas naturalmente, sem se darem conta, da mesma forma que alguém loiro ou moreno não se dá conta de como é.[4] Além da convivência pacífica de tantas raças dentro da mesma nação, pelo mesmo motivo os americanos não conhecem aquilo que, na Europa, há um século, se chama nacionalismo e que sempre existiu como rivalidade e comparação de culturas e nações completamente diferentes. Consequentemente – fato extremamente importante –, ao contrário da Europa, as categorias espirituais da religião e da cultura não são submetidas ao fator nacional nem consideradas em matéria política e estatal, mas se desenvolvem de acordo com suas leis e necessidades, em plena independência, totalmente separadas dos interesses coletivos.

Em compensação, uma vez que os Estados Unidos não conheceram nem a Renascença nem o Romantismo, o sentido da coletividade é fortíssimo e primordial, de uma forma que talvez nunca tenha existido na Europa. O indivíduo americano considerado como tal, isto é, sozinho, é um tanto raso, pobre; porém, as massas americanas, espantosamente compactas e comunicativas, podem ser alteradas por profundas revoltas, ondas de um imenso oceano. Assim como os furacões que, sem encontrar obstáculos, percorrem e devastam os Estados Unidos de um extremo a outro, alguns fatos até insignificantes perturbam as inúmeras populações americanas do Atlântico ao Pacífico; imprimem um fanatismo primitivo totalmente desprovido de reservas críticas e reflexões individuais nessa participação na vida pública.

Também nisso os Estados Unidos estão em um nível diferente do da Europa. A questão do individualismo entendido como um modo de vida egoísta e intelectualista, ou como doutrina do super-homem, nunca existiu lá, enquanto na Europa há toda uma polêmica a favor e contra um sistema de vida coletiva que, com razão, poderia se chamar "americano". Assim sendo,

---

4. Os movimentos pacifistas e antibélicos americanos desenvolveram-se sobretudo após a participação do país na Primeira Guerra Mundial e se estenderam até por volta de dezembro de 1941, na ocasião do ataque a Pearl Harbor. Eles foram retomados em diferentes momentos ao longo do século XX. [N.E.]

também nesse aspecto os Estados Unidos começam onde a Europa termina.

Aliás, a propósito do coletivismo e das massas americanas, é necessário fazer ainda algumas observações para diferenciá-las do coletivismo e das massas de países como a Rússia e as nações asiáticas. É claro que, no que diz respeito a multidões enormes e niveladas, as massas e o coletivismo sempre existiram, pelo menos na Ásia. Afinal de contas, o império tsarista russo era um organismo coletivista, principalmente antes da abolição da servidão. Desde os tempos de Dario e Artaxerxes, as massas foram a característica das nações e dos exércitos asiáticos; aqui, a palavra sugere alguma coisa de passivo e inábil, principalmente em comparação à destreza e à agilidade dos regimentos gregos. A própria China, tanto sob os imperadores como agora, sob a república, foi e é um país de massas anárquicas. Finalmente, a Rússia soviética proclama na cara de todo o mundo sua fé em uma vida inteiramente coletivizada, em que tudo seja feito para as massas e somente para as massas. Mas todos esses coletivismos que deram mais ou menos certo não têm nada a ver com aquele americano; porque todos, sem distinção, partem de apenas um pressuposto, consciente ou inconsciente: a supressão e a negação da individualidade humana, que teria uma importância apenas numérica e, como tal, contaria pouco ou nada na economia geral da comunidade. A Rússia e a Ásia, todos sabem, são os lugares da morte fácil e muitas vezes gratuita, infligida com rapidez e aceita com indiferença. Diante da santidade dogmática de certos princípios ou da crueldade não menos dogmática de certos caprichos despóticos, a liberdade e a vida de um homem na Rússia ou na Ásia são sacrificadas tranquilamente como coisas sem valor, sombras de um mundo de sombras no qual apenas são reais os mitos ideológicos e religiosos.

*

A Ásia ignora o homem; seu destino é confundi-lo com a natureza ou reduzi-lo a instrumento. Pois bem, o que aconteceu e acontece nos Estados Unidos é totalmente o contrário. Por incrível que pareça, o coletivismo americano nasce de um exasperado individualismo; foi perseguindo ideais de liberdade absoluta que os americanos conseguiram resultados totalmente opostos aos que buscavam. Basta dar uma olhada em toda a legislação dos Estados Unidos para perceber como ela foi feita principalmente com o objetivo de proteger o indivíduo contra os abusos e os arbítrios dos governos e das leis. Mais do que isso, nos Estados Unidos o indivíduo é tão protegido, e essa legislação é respeitada com tanto cuidado, que os abusos e os arbítrios são quase sempre cometidos pelo indivíduo em prejuízo da coletividade. No entanto, ela é tão permeada de conceitos individualistas que prefere sofrer a recorrer às medidas, na verdade muito simples, que poderiam reparar as infrações mais flagrantes e intoleráveis. Pensem nos índices da criminalidade nos Estados Unidos, os mais altos do mundo, na proteção, pior, nos favores que são dispensados aos delinquentes, na impossibilidade de a polícia e a magistratura colocarem a mão nos culpados conhecidos e identificados pelos delitos mais atrozes; pensem na admiração, muitas vezes declarada, das multidões americanas por esses criminosos. Nem é preciso esquecer que a maior parte dos delitos nos Estados Unidos se deve a pessoas normais, sem distúrbios, frequentemente com uma inteligência superior à média; quer dizer, deve-se a excessos de individualidades fortes e intoleráveis, não às degenerações ou aos ofuscamentos das paixões.

No fim das contas, o mesmo individualismo, do qual a criminalidade é um dos indícios mais chamativos, é identificado em toda manifestação da vida nos Estados Unidos: da cultura liberal e racionalista em que são sempre exaltados os valores da liberdade e da dignidade humana ao cinema, em que se observa o fenômeno das "estrelas", homens e mulheres; da escola que, como na Inglaterra, e ainda mais que lá, visa desenvolver a responsabilidade individual, à política em que personalidades amiúde ridículas atingem níveis incríveis de popularidade; em síntese, em todos os campos os Estados Unidos colocam a personalidade acima das massas, inclusive quando, como acontece com frequência, a personalidade nem sequer existe. Mesmo assim – é aqui que o paradoxo americano vem à luz em toda a sua peculiaridade – os Estados Unidos são de fato o país das massas, o país da vida coletiva organizada coletivamente.

Pareceria, então, que os Estados Unidos atingiram naturalmente o coletivismo imposto com tanto esforço e tanta opressão na Rússia e em outros lugares – sem teorias, sem imposições, por intermédio da evolução de condições extremamente livres e especiais. A eficiência coletiva nos Estados Unidos é digna de admiração; como as rodas e os parafusos de um grande carro, todos os indivíduos contribuem com a sua parte para fazer funcionar o organismo social e econômico do país, o maior, o mais complexo e o mais laborioso do mundo. O que os russos não alcançam com os tiranos da GPU[5] e com a rigidez da ortodoxia marxista, os americanos alcançaram pelos meios científicos e racionais, com a educação liberal e a lei econômica da concorrência totalmente sem controle. Isso, repito, é digno de admiração, mas, ao mesmo tempo, para todos aqueles que apreciam determinados valores próprios da civilização europeia, não é destituído de amargura. Porque, se os aspectos brutais e opressivos do coletivismo russo nos deixam céticos em relação ao resultado final da experiência, a liberdade e a naturalidade com que se formou e cresceu a civilização dos Estados Unidos parecem nos convencer do inevitável surgimento de uma condição de vida mecânica, coletiva, amorfa, dirigida segundo as leis econômicas e científicas, como a que Aldous Huxley tentou descrever em seu livro *Admirável Mundo Novo*.

*

Além disso, nos Estados Unidos, o protestantismo chegou a seus últimos resultados, perecendo em um conformismo ateu e materialista, ou em um sincretismo laicizado, ou ainda em

---

5. Serviço de inteligência e polícia secreta soviética em funcionamento no começo dos anos 1920. Antecedeu a criação da KGB. [N.E.]

uma onda de milagres orientalista. As massas americanas, ao carecer de qualquer mística estatal e nacionalista como as da Europa, podem se proclamar famintas e desamparadas no que diz respeito à religião. Talvez isso seja o fator mais importante dos Estados Unidos. O baixo nível materialista e hedonista a que chegaram as massas parece ser o prelúdio de uma renovação religiosa. Os males dos Estados Unidos, sob muitos aspectos um país terrível e funéreo, são tão profundos e tão humanos, ou seja, fora de qualquer patamar político e social, a ponto de parecer improvável que uma revolução política possa promover uma reparação. Afinal, falta uma tradição, uma cultura com base na qual tal revolução pudesse começar; nota-se que apenas uma renovação religiosa poderá reparar os vícios dessa civilização primitiva e coletiva, anti-histórica e antipolítica, organizada mas, mesmo assim, anárquica. Onde a razão se revela impotente, criam-se sempre o mistério e a aspiração ao milagre.

Ora, a civilização americana não pode ser corrigida com os instrumentos da razão porque, além do mais, não há nada a ser corrigido. De certa forma, ela é perfeita e, quando muito, deve ser rechaçada em sua totalidade, em bloco; o que geralmente fazem os viajantes europeus que, não sem razão, maravilham-se com a infelicidade desse país que só tem sede de felicidade. Ora, uma recusa total equivale a uma posição religiosa; isto é, sem compromissos e sem esperança nos instrumentos humanos. Nessa condição singular, ainda reside uma das diferenças dos Estados Unidos em relação à Europa: nesta, ao contrário, pelo menos há muitos séculos, tudo parece ser remediável apenas com o trabalho humano.

Ocorre que, nos Estados Unidos, os instrumentos humanos são muito poderosos e científicos, a ponto de excluir qualquer dúvida sobre sua eficácia. Surge a suspeita razoável de que os males do país não estejam no sistema político ou na ordem social, mas de que sejam mais profundos e estejam escondidos na própria alma do homem americano. Todas as críticas geralmente dirigidas aos Estados Unidos não são contra a sua civilização, totalmente perfeita e digna de admiração, mas contra o homem que essa civilização produz. Com razão, ficamos surpresos ao perceber que todas as conquistas da ciência e da cultura, toda a civilização ocidental levada a seu mais alto grau de perfeição, tenham produzido o homem americano, esse ser sem personalidade, muitas vezes subjugado pelas necessidades materiais, de mentalidade imediatista, para quem cada dia é um dia.

Será possível que esse homem muitas vezes desprovido dos mais elevados e valorosos atributos humanos deva ser o herdeiro derradeiro e definitivo de uma família tão gloriosa como a ocidental? Pelo menos, por enquanto, essa pergunta está destinada a ficar sem resposta. Inclusive porque, como se afirmou, nos Estados Unidos só estamos no prólogo; e esse homem americano, contra quem são dirigidas as críticas dos europeus, talvez não seja nada além de uma criança.

Mas a conclusão dessas reflexões só pode ser otimista: ao contrário de muitos outros países assim chamados do futuro (mas qual futuro?), nos Estados Unidos existem todas as condições para que o futuro seja esplêndido e glorioso, porém não indigno dos tempos melhores de cuja civilização se proclama herdeiro.

Omnibus, 22 de maio de 1937.

AS AMERICANAS

Da mesma forma que, no esqueleto da baleia, ficam atrofiados e enterrados na gordura os pés curtos com os quais, em outros tempos, o enorme mamífero caminhava cambaleando em terra firme, nos Estados Unidos são muitas as coisas que sobrevivem da época já remota das primeiras colonizações. Uma delas é a *drugstore*, a farmácia onde se come, compra-se o romance da moda, encontram-se cigarros, os produtos de papelaria e os perfumes: transformação do pequeno armazém onde, nos acampamentos, os primeiros pioneiros abasteciam-se de todos os objetos necessários à sua vida simples. Outro elemento a sobreviver é a Constituição americana, criada em circunstâncias e por motivos que não subsistem mais: origem de muitos males políticos, financeiros e sociais dos Estados Unidos. Finalmente, entre as mais importantes dessas tradições tenazes e nostálgicas, estão o respeito e a posição de supremacia que a mulher desfruta no país.

No mundo todo se sabe como os Estados Unidos são o paraíso da mulher, mas talvez seja menos conhecido que o motivo de tal destaque feminino é antigo e deve ser procurado em um fato histórico muito evidente: a escassez de mulheres nas primeiras eras da colonização. Os Estados Unidos se formaram da mesma maneira que a lendária Roma antiga: homens corajosos ou desesperados, fugitivos e ávidos de lucro foram para lá, vindos de todas as partes da Europa. Porém, enquanto alguns deles, especialmente os puritanos, traziam consigo suas corajosas esposas, muitos outros partiam, ou eram obrigados a partir, sozinhos, e engrossavam a diversificada multidão masculina que se juntava ao longo do litoral do Atlântico para ir embora. Na verdade, certamente os Estados Unidos não eram então o lugar mais apropriado para uma emigração feminina; o clima rigoroso, as privações, as lutas contra os peles-vermelhas, as dificuldades da viagem abominável e longuíssima através do tempestuoso Atlântico não eram fatores que despertassem a vontade das jovens do Seiscentos e das damas em crinolina do século posterior. Os Estados Unidos eram terra de deportações e de adversidades; no século XVII, vilarejos ingleses inteiros pereciam de frio e de fome durante o longo inverno solitário.

Por isso, não é surpreendente que, desde o início, todos aqueles agricultores, aqueles caçadores de peles, aqueles homens em busca de ouro, aqueles barganhistas enaltecessem a figura da mulher. Assim tiveram origem muitos costumes de uma galanteria totalmente especial dos homens americanos, ao mesmo tempo rude e misteriosa: um respeito enorme e quase um temor, uma incompreensão veneradora, uma vontade vaidosa de mostrar os próprios músculos e a própria bravura nas lutas e nas competições físicas. Esse comportamento masculino certamente teve muita influência sobre a mulher – que, como se sabe, foi em grande parte determinada pelo jeito de ser do homem em seus gostos e em sua conduta. Assim teve origem a admiração da mulher americana pelo homem de músculos fortes, em minha opinião, uma admiração suspeita, porque, na realidade. o homem forte era fraquíssimo e a deixava fazer o que queria. Por outro lado, a vida nos Estados Unidos era demasiado difícil para deixar-se levar por sentimentalismos: além de forte, o homem precisava ser trabalhador, laborioso, capaz de garantir uma vida cômoda e segura, quando não luxuosa: eis de onde vem, desde aquela época, a índole bastante prática e interesseira da mulher americana e, também, certo caráter de concubinato profícuo do casamento nos Estados Unidos.

Dois séculos depois, essas condições não mudaram. A vida não é menos difícil que outrora; naquele tempo, havia dificuldades naturais, agora, existem aquelas econômicas a serem vencidas. Assim como então, e hoje ainda pior, o dinheiro, esse ídolo de todas as civilizações coloniais, é o fundamento de qualquer valor na vida americana. Por isso, o homem continua a ser uma máquina de produzir dinheiro, e a mulher, o objeto mais precioso e mais insólito que ele pode adquirir com seu dinheiro.

Naturalmente a mulher sabe disso, sabe que, para aqueles apopléticos de pescoço rígido e queixo bestial, ela é o único elemento romântico nas vidas assustadoramente áridas e, na maioria dos casos, estabelece um preço. Não se trata aqui da avareza francesa, destinada principalmente a conservar e aumentar o patrimônio familiar, nem de uma avidez declarada, mercenária; ao contrário, a mulher americana é muito exigente. E como poderia ser de outra forma em um país onde a pobreza é pecado e qualquer qualidade, inteligência, beleza, sensibilidade, religiosidade, moralidade ou encontra sua equivalência em moeda ou não é totalmente considerada?

A mulher americana é formada de acordo com as condições da vida em seu país. Ingenuamente, ou melhor, de forma desinteressada, ela avalia tudo em termos de dólares. Os Estados Unidos são o país onde as mulheres fazem seguro dos olhos, das pernas, das mãos e não sei ainda de quantas partes de seus preciosos corpos. Também é o país da *alimony*, ou seja, da renda que a mulher obtém do marido quando consegue garantir um divórcio que lhe seja favorável. É o país onde os homens, no raciocínio rude e ingênuo das mulheres, *valem* 100 mil, 1 milhão, 20 milhões de dólares, e onde as mulheres descobrem incompatibilidade de caráter, alcoolismo, brutalidade e outros mil inconvenientes condizentes com um pedido de divórcio assim que o marido não *valer* mais que duzentos ou trezentos dólares mensais. Na Europa, uma conduta como essa, frequentemente não sem hipocrisia, é reprovada. Mas, em certo sentido, não é reprovável, tendo em vista as condições da vida nos Estados Unidos. Depois, por incrível que pareça, o hábito de traduzir tudo em dinheiro é tão generalizado e disseminado que, uma vez resolvido esse primeiro problema, os afetos não se ressentem nem são modificados. A mulher americana é exigente e, muitas vezes, também interesseira, mas existe uma patética ingenuidade nessa sua avidez; e, por outro lado, isso não a impede de ser uma boa esposa, carinhosa, fidelíssima.

Já se disse que, em virtude da obtusidade do marido e da índole interesseira da esposa, o casamento americano tem frequentemente um caráter de concubinagem legal – seria melhor defini-lo como uma sociedade de negócios. Se pensarmos que qualquer caráter sagrado desapareceu das ligações conjugais e que, em Nova York, o divórcio pode ser conseguido em cinco dias; que, frequentemente, a mulher trabalha e ganha o mesmo que o marido; que, numa vida como a americana, informal, coletiva, anárquica, aquilo que os ingleses chamam *home* e nós, o lar, tende a desaparecer; e, finalmente, que, no casamento, não são um homem e uma mulher a unir-se, e sim dois indivíduos muitas vezes nada complementares e sempre perfeitamente independentes em todos os sentidos e em todos os atributos, admitir-se-á que tal afirmação tenha sua verdade. Nos Estados Unidos, os elos que unem a esposa ao marido não poderiam ser mais frágeis. Concretamente, a grande maioria das mulheres americanas veem pouquíssimo seus maridos. De manhã, os cônjuges se encontram em torno da mesa do *breakfast* por poucos minutos, numa pressa cheia de sono e de meias-palavras. Depois, o marido sai para o escritório, e ao meio-dia almoça em pé em uma *drugstore*. Só volta para casa à noite, exausto e, com frequência, antes do jantar se joga em um sofá e adormece. Uma vez consumido o jantar ruim de produtos enlatados, na salinha que treme e oscila a cada passagem do metrô nas vias subterrâneas e elevadas, os dois cônjuges correm para a Broadway para enfiar-se na escuridão promíscua de algum cinema; depois, voltam para casa e, enquanto ela se deita, ele, de pé diante da janela basculante, em meio a luzes reluzentes, fuma calmamente um grande charuto. Na manhã seguinte, essa vida recomeça.

Nesses casamentos americanos, principalmente quando os cônjuges, como acontece frequentemente, são ambos muito jovens, existe tal infantilidade e falta de qualquer motivação profunda que nos leva a pensar em uma paródia. Dir-se-ia que são duas crianças grandes que brincam de casamento. Na verdade, sobretudo nas classes abastadas, muitas vezes o casamento é somente a continuação da vida do *college*: rachas com o carro, bebedeiras, cinema, *chewing gum*, *flirts* recíprocos, brigas sem consequências, bailes e, para terminar, como se não fosse nada, um bom divórcio de comum acordo. Esse gênero de vida já foi demasiado divulgado por certo filme americano para que me detenha a descrevê-lo. No entanto, deve-se atentar que se disseminou principalmente durante a dupla presidência de Coolidge, na época da famigerada *prosperity*.[6] Agora, com a crise, parece que os jovens se unem e se separam com menos facilidade e tumulto. Mas permanece o fato de que, séria ou frívola, a vida conjugal nos Estados Unidos carece completamente de intimidade.

Como se vê, o trabalho é o grande inimigo da vida sentimental nos Estados Unidos. Mas a posição do homem é infinitamente mais penosa do que a da mulher; por isso, não sem razão os Estados Unidos são chamados o paraíso da mulher. Enquanto o homem encontra em sua profissão as mesmas competições e as mesmas dificuldades de um século atrás, a mulher, graças a uma espécie de destruição da família e da vida doméstica, reduziu suas obrigações ao mínimo. A casa não lhe dá preocupações, constituindo-se muitas vezes de um ou dois ambientes; a cozinha até menos, com aquela notável invenção da *tinned food*, dos produtos em lata; e, quando não tem filhos (o que é muito comum nas cidades) nem trabalha, tem o dia inteiro à sua disposição. Desse modo, mais que em outros lugares, mais ainda que na Inglaterra, as mulheres deram forma a um estilo de vida só seu.

Uma das grandes ocupações é o *shopping*, a correria pelas lojas. É preciso ver essas hordas femininas invadirem todas as calçadas da Quinta Avenida, da avenida Madison e da Broadway, entre as ruas 50 e 34, aglomerando-se nas grandes lojas de departamento como a Macy's, invadindo as *drugstores*, as casas de moda, as

---

6. Moravia provavelmente se refere a *The Divorcee* (Robert Z. Leonard, 1930), sucesso de público e de crítica que tinha o divórcio como tema central. Ou, talvez, a *The Gay Divorcee* [O divórcio alegre] (Mark Sandrich, 1934), protagonizado por Fred Astaire e Ginger Rogers. Calvin Coolidge foi o presidente dos Estados Unidos entre 1923 e 1929, durante um período de grande crescimento econômico sustentado até a crise de 1929. Seu posicionamento de não intervenção do Estado em assuntos de mercado e fiscais marcou seu governo. [N.E.]

mercearias e os supermercados, sempre animadas, incansáveis, falantes, barulhentas, exuberantes, curiosas. É preciso vê-las principalmente perto das festas natalinas, acumulando pacotes, pacotinhos e embrulhos e voltando satisfeitas e exaustas para suas casas distantes no *local*, o trem subterrâneo, que para em todas as estações e, em cada estação, continua a recolher outras mulheres e outros pacotes. Em determinados dias e em determinadas ruas, é possível pensar que nos Estados Unidos só existam mulheres.

Além do *shopping*, além das muitas outras atividades mundanas e sociais, a grande ocupação da mulher americana, principalmente daquela em torno dos 50 anos retratada com tanta frequência nas revistas satíricas como *Life*, *The New Yorker*, *Ballyhoo*, da mulherzinha gorda com os cabelos brancos encaracolados e o *pince-nez* no minúsculo nariz, é a beneficência. Patrocinadoras de obras para os pobres, para os cães, para os negros, para a difusão dos princípios de alguma seita religiosa, para a propaganda contra o alcoolismo, para a proteção das flores e outras inúmeras atividades humanitárias, ao fazer aquilo que consideram o bem, elas dedicam todo o zelo que, nos países de línguas latinas, as mulheres dedicam à religião, uma vez esmaecida a beleza. Mulheres tremendas, organizadoras incansáveis em um país já demasiado organizado, excessivamente humanitárias e, ao mesmo tempo, carentes de verdadeira caridade, indiscretas e ingênuas, elas cuidam muito mais da coletividade – que muitas vezes não sentiria nem um pouco a necessidade de cuidado – que das próprias famílias. Esse é um dos aspectos mais notáveis da vida americana: a família tende a desaparecer, e a comunidade a substitui.

Mas não há dúvida de que nos Estados Unidos a mulher seja mais inteligente, ou pelo menos mais sensível, que o homem. Tomemos o exemplo das universidades. Tardios, ingênuos, grosseiros, obtusos, os homens dedicam todos os seus esforços para vencer em primeiro lugar as competições esportivas. O esporte também tem muita importância para as garotas, mas existem inúmeras que mergulham nos mais difíceis estudos literários e científicos. E pouco importa se a garota, que se formou com uma tese sobre os estoicos ou sobre as relações da poesia inglesa com a Renascença italiana, termine, como acontece frequentemente aqui, como funcionária de banco ou, pior ainda, como vendedora de gravatas em alguma grande loja de departamentos.

Resta o fato de que, no deserto da vida social americana, não é o homem que traz elementos de curiosidade intelectual, e sim as mulheres. Nos Estados Unidos, as mulheres são grandes devoradoras de livros. Assim como fazer o bem, essa é uma das ocupações preferidas e, também, um dos deveres levados mais a sério. Elas leem de tudo, com uma seriedade e um esforço realmente admiráveis. Têm curiosidades singulares, desconhecidas entre as mulheres de outros países: interessam-se pelas seitas religiosas, que pululam em grande número no terreno árido daquele materialismo assustador; procuram nos livros de filosofia uma solução para a angústia e a cegueira da vida que levam; são as únicas a se interessarem pelos intelectuais, pintores, escritores, pensadores, músicos que rodeiam desconsoladamente a multidão lucrativa dos homens de negócios. Em resumo, na mulher americana existe uma inquietação que os homens ignoram.

Essa inquietação encontra seu escape em interesses, ocupações, preferências e entusiasmos às vezes cheios de incompreensão e até cômicos. A mulher americana fica boquiaberta diante de um pintor cubista, um músico de cabelo comprido, um dançarino mexicano, um cantor negro, um pregador endemoniado do *middlewest*. Na verdade, nesses personagens de um caráter pitoresco tão superficial, ela busca uma distração do tédio do marido sempre ocupado e exausto. E, assim, com uma autoridade sinistra, as mulheres impõem a esse marido bonachão, de natureza enigmática, afável e dócil, suas excentricidades e relações sociais bizarras. Naturalmente, o marido preferiria um tipo de gente totalmente diferente, mas não ousa se rebelar porque respeita e teme infinitamente a esposa. E, no fundo, é orgulhoso dessas medíocres estranhezas tão obscuras para ele; são, enfim, a diferença, o perfume, a singularidade de sua vida monótona. Abre a carteira de bom grado e se deixa convencer a comprar objetos inúteis ou a financiar despesas exageradas. Sente que a cabeça da esposa está sempre cheia de imprevistos e espera de tudo. De qualquer forma, há uma coisa que não se pode esperar da mulher americana: ser diferente da maioria de suas amigas.

Os Estados Unidos são o país do conformismo consciente ou inconsciente, e não existe homem ou mulher que possa esperar fugir disso. As americanas, a partir do grande Ziegfeld,[7] rendem as melhores *chorus girls*, aquelas dançarinas que no mundo todo levantam as pernas em consonância diante de plateias cada vez mais entusiasmadas. Também é conhecida a tendência das mulheres americanas a se vestirem todas iguais, a serem fotografadas em grupo, todas com o mesmo gesto e o mesmo sorriso, a tentarem anular sempre as diferenças pessoais e alcançar uma espécie de euforia coletiva. Pois bem, esse conformismo é um fato: e quem não o aceita com entusiasmo é obrigado a se submeter. Até as mulheres que, com as excentricidades e as estranhezas, tentam se sobressair à massa, fazem isso com modos já usados, tradicionais; dir-se-ia de um "bovarismo" angustiante em sua previsibilidade. Na verdade, lhes falta, tal como aos homens, qualquer vida íntima; sem isso, é vão esperar emergir em meio à multidão. A americana só sai de uma convenção para cair em outra, até mais popular e comum. Para o europeu, é uma descoberta frequente e incômoda encontrar, inclusive na intimidade mais zelosa da mulher americana, coisas comuns, compartilhadas por milhões de outras mulheres, coisas que elas sabem pelas revistas, pelos jornais, pelo cinema, pelos enlatados. Assim como os homens, as mulheres nos Estados Unidos não são nada mais que parafusos ou rodinhas da grande máquina social e, justamente quando se iludem de caminhar por conta própria, são menos independentes.

Em minha opinião, essa impossibilidade de destacar-se do que é comum explica em grande parte a ausência de mulheres realmente bonitas nos Estados Unidos. Para muitos, essa afir-

7. Florenz Ziegfeld Jr. foi um produtor e empresário da Broadway que levou o teatro de revista aos Estados Unidos, em especial em seu *Ziegfeld Follies*, entre as décadas de 1900 e 1930. [N.E.]

mação parecerá um xingamento, porque, na Europa, principalmente na Itália, difundiu-se a convicção de que as americanas sejam todas bonitas, ou quase. Mas quem esteve nos Estados Unidos sabe muito bem que a Beleza, com maiúscula, aquela beleza soberana e profunda que quase dá medo e parece misteriosa como um fenômeno natural, enfim, aquela beleza tão extraordinariamente *humana* a ponto de parecer divina, que ainda pode ser admirada no rosto das mulheres dos antigos povos da Europa, não existe nos Estados Unidos. As americanas são graciosas, alegres, vivazes, às vezes bizarras como pássaros exóticos, também excitantes de uma forma curiosamente pecaminosa e inocente, mas não são bonitas. E como poderia ser de outra forma? A beleza é única, inefável; aqui, pelo contrário, tudo é em série, até as mulheres. Outra singularidade: ao analisar a mulher americana, ela revela uma profunda irregularidade e desarmonia nos lineamentos do rosto, como se as mil raças que formam os Estados Unidos tivessem todas elas contribuído para algum detalhe: uma para o nariz, uma para a boca, uma para os olhos e assim por diante – mas falta um não sei o que capaz de mesclar tantas disparidades.

Outro traço físico da americana é sua (como dizer?) artificialidade. Tem-se sempre a impressão, não de todo desagradável, de estar-se diante de um ser fabricado, manipulado, produzido, que não nasceu e floresceu como alguma coisa natural e espontânea. Aquela profundidade que envolve as mulheres da Europa pelo fato de caminharem e viverem na terra que seus avôs camponeses trabalharam e cultivaram aqui está completamente ausente; faltam às americanas as qualidades do *terroir*, do brotar do galho de uma velha árvore com raízes subterrâneas. O país é terra de emigração e nenhum americano nasceu realmente aqui. Isso também explica o fato incomum de que todas as americanas, sem exceção, são citadinas; de que não existe a camponesa, a rústica, a rude, para quem nenhuma educação, nenhum enriquecimento possa tirar a casca áspera da rudeza milenar. Nos Estados Unidos, toda garota do povinho, assim que ascende a um estrato social superior, circula logo com perfeita desenvoltura. Na verdade, enquanto nas velhas aristocracias europeias os traços da classe superior provinham de refinamentos e elegâncias individuais e inimitáveis, aqui são formados por hábitos, regras e maneiras inteiramente convencionais e mecânicas, porém fáceis de serem aprendidas. Nos Estados Unidos, nada é nativo, tudo é adquirido, e a mulher não é uma exceção a essa regra.

Deverá surpreender que, falando de mulheres e, especialmente, de mulheres americanas, eu ainda não tenha falado de amor. Aqui também somos obrigados a desmistificar outra lenda: a mulher americana pensa e dedica muito pouco tempo ao amor. Direi ainda mais: em comparação à europeia, a americana pode até parecer frígida. Naturalmente existem exceções – e que exceções! –, mas permanece o fato de que, para a americana, o amor tem uma importância bastante escassa e, de qualquer forma, muito curiosa.

Pode-se mencionar os vários motivos dessa pobre passionalidade. Em primeiro lugar, eu colocaria a fundamental *esterilidade* dos Estados Unidos, uma esterilidade misteriosa que parece vir do ar tão elétrico e rarefeito; é aquela mesma esterilidade que impede qualquer criação de verdade e faz da literatura um jornalismo, da pintura e da escultura, uma decoração, e da arquitetura, uma engenharia. Essa esterilidade faz com que, ao ser analisada individualmente, a americana pareça destituída de temperamento, da fusão dos sentidos com a fantasia. Daí vêm a monotonia e a falta de vitalidade de seu sentimento, uma autonomia quase pagã da vida dos sentidos em relação aos costumes. Aquilo de que os meridionais do Mediterrâneo gostam tanto, aquela infantilidade gelada e bizarra, é justamente essa falta de temperamento. As americanas vangloriam-se de serem ótimas companheiras e amigas: é uma vanglória cheia de significado. Por outro lado, a natureza eminentemente social da americana também contribui para matar o sentimento amoroso.

É necessário repetir: os Estados Unidos são uma grande nação provinciana e burguesa. A americana é principalmente uma provinciana e burguesa. Ela vive em função de suas obrigações sociais: daí vêm sua extraordinária prudência e praticidade diante das violências da paixão. Não é por acaso que o divórcio seja tão frequente. De certo modo, a americana preferiu oficializar as próprias fraquezas a correr o risco de encontrar-se diante de um conflito entre paixão e dever. Em vez de ser fiel ao marido, dir-se-ia que é fiel ao compromisso que contraiu ao se casar, de modo que nunca lhe ocorrerá cometer um adultério escondido, mas não terá escrúpulos, quando amar um outro, de pedir logo o divórcio. Como se vê, todo conflito, todo sacrifício, toda periculosidade são assim evitados. O amor nos Estados Unidos é uma coisa alegre, leve, pouco misteriosa e nada dramática. Para provocar a tragédia, é preciso que o sentimento amoroso seja misturado à ambição social, ou à avidez por dinheiro, ou até a certa loucura soturna, que não falta aos Estados Unidos e que, de vez em quando, irrompe, provocando delitos abomináveis.

*

Resumindo, circula por aí uma lenda sobre a mulher americana, mas também existe a realidade. A lenda deseja que ela seja bonita, aliás, fatal, fácil, cheia de temperamento e muitas vezes incentivada a agir por motivos e interesses estranhos e insólitos. Além disso, acredita-se que ela não tenha qualidades sólidas, sociais, de bom senso e de seriedade. No limite, pelo que dizem alguns rapazes, a americana seria uma brincalhona, um ser estranho e cheio de dinheiro (outra lenda); numa única expressão: uma mulher *capaz de excessos*. Pois bem, o certo é o contrário. A americana raramente é bonita, nunca é fatal (cedo demais se revela o lado prático e tolamente mesquinho de seu caráter), não é fácil apenas dentro de alguns limites e em determinadas circunstâncias, por exemplo, quando em viagem à Europa, e é motivada a agir por motivos claríssimos, práticos, comuns. É cheia de qualidades sociais, de prudência; uma mulher digna da nação mais provinciana, mais burguesa e mais conservadora do mundo. Principalmente, não conhece os excessos.

O que diremos essencialmente? Que a americana é uma excelente funcionária, ou secretária, se preferirmos usar outro termo. Ela é assim no escritório do seu emprego de fato, é assim em casa, no seu emprego de esposa. É nítida, precisa, fiel, despachada e respeita os compromissos, sejam eles contratos de trabalho ou certidões de casamento. Sua natureza eminentemente urbana, intelectualizada, esterilizada, um pouco debilitada e frígida, sua ingenuidade pueril, seu puritanismo evaporado e ineficaz e sua curiosidade ruidosa fazem dela um ser muitíssimo adaptado a viver na cidade americana. Nessa grande feira patética repleta de máquinas obedientes e de girândolas enlouquecidas, ela pode se passar por uma mulher. Aliás, por mulher, sem mais, a mulher por excelência. Mas, em um mundo mais sólido, em cidades construídas e desejadas, em uma natureza mais profunda, ela se torna imediatamente a secretária, a funcionária, a pessoa com apenas duas dimensões, algo bem menos que uma mulher. Eva, envolvida em seus cabelos e apoiada na árvore enquanto a serpente lhe oferece a maçã, Vênus nua surgindo das ondas do mar, eis aí duas mulheres que são o contrário da americana – que, de todo modo, há algum tempo se vangloria desses êxitos também fora dos Estados Unidos; que pode se permitir olhar com desprezo àquelas suas duas longínquas e já mitológicas rivais.

Omnibus, 28 de agosto de 1937.

O AMANTE DE AUTÔMATOS

Depois do terceiro mês da minha estadia em Nova York, já sem qualquer fantasia e qualquer curiosidade, minha vida tomou um curso automático ameaçador. Eu me levantava, lia sozinho no meu quarto mobiliado, comia num restaurante qualquer, voltava a ler até a noite, jantava e lia de novo até a hora de me deitar. Só a ideia de fazer alguma coisa que não fosse estritamente necessária para a vida cotidiana, como visitar alguém ou ir a um espetáculo, repugnava-me, por incrível que pareça, como se fosse uma transgressão. Toda e qualquer imaginação havia se extinguido dentro de mim, havia sido morta por não sei qual mistério; as próprias coisas que eu fazia para seguir adiante eram realizadas, como disse, graças a uma espécie de automatismo; caso contrário, não teria vontade nem para elas. Apesar disso, não me sentia triste nem preocupado com esse meu estado; só cada vez mais fraco e, de certa forma, inseguro em relação à minha verdadeira existência. Enfim, sentia aos poucos que estava me transformando em um robô, por falta de vitalidade, como todos os americanos, com a diferença de que, no caso deles, o automatismo parece inebriá-los; no meu, pelo contrário, parecia provocar a minha morte.

Mas, na noite de Ano-Novo, resolvi sair do bairro e descer, como dizem os nossos emigrantes, "para a cidade baixa". No meu atual estado de espírito, certamente não tinha intenção de passar a noite em alguma casa noturna. Cada país tem seus monumentos. Os de Nova York, metrópole mercantil e levantina, são as lojas. Aquela noite eu queria visitar os monumentos de Nova York, suas enormes lojas de departamento, porque imaginava que, durante uma data como aquela, deviam estar transbordando com uma multidão bastante variada. Como disse para mim mesmo logo que saí de casa, aquilo também era um automatismo. Eu não estava nem aí para o ano que tinha passado e tampouco para aquele que estava por chegar. Porém, robô em um país de robôs, naquele dia sentia que uma cordinha festiva me puxava.

Ao sair do metrô nas vizinhanças da Times Square, fui logo para os magazines M., entre os maiores da cidade. Atrás do vidro da porta giratória eu já via as *tapis roulant* subirem lentamente para os andares superiores apinhados de compradores parados e empertigados como manequins. Gente rosada, bem nutrida, sorridente; era a noite de Ano-Novo. Também me joguei em cima de um daqueles degraus movediços e esperei ser transportado para o terceiro andar. Ali ficava o setor de brinquedos. Imaginava que nesse dia essa seção deveria estar muito cheia.

Eis o grande salão dos brinquedos. De tão luxuosos e perfeitos, naquela luz suntuosa os brinquedos pareciam mais vivos do que as pessoas que os compravam. Olhos atentos de bonecas, de fantoches, de cavalos, de ursos e de outros animais, olhando de todos os cantos como as pessoas agiam, despertavam suspeitas e impunham constrangimento. As prateleiras inferiores das estantes estavam abarrotadas de verdadeiros exércitos de soldadinhos de chumbo, enquanto trens corriam lançando faísca ao passar por desvios barulhentos, e pequenas cidades brancas de telhados vermelhos viam-nos passar entre os bosques de madeira envernizada de verde. Uma árvore de Natal primorosa erguia-se no meio da sala com os galhos gotejantes de penduricalhos cintilantes. De um lado ao outro do salão, por cima das cabeças dos clientes, dois rapazes bem-vestidos brincavam descontraidamente de peteca. Uma emissora de rádio transmitia uma canção.

Entre os demais clientes, rapidamente notei um homem de estatura alta, com um rosto alongado e seco, de expressão fleumática, mas com olhos curiosamente escuros e brilhantes. Ele já carregava umas seis bugigangas e escolhia outras. Também notei que sua preferência se dirigia principalmente para aquelas de dar corda, capazes de se movimentar, produzir sons ou músicas, enfim, falar como os robôs. Ele experimentava o treco por conta própria, ou pedia orientações para o chefe da seção. Quando gostava de algum, com uma risadinha ou um aceno de mão fazia sinal para que o embrulhassem.

A multidão é sociável em Nova York, e não raramente acontece de sermos interpelados por desconhecidos sem nenhum motivo, a não ser uma ingênua e alegre cordialidade. Estava tão habituado a esse costume que às vezes acontecia de eu mesmo adotá-lo. Assim, foi sem embaraço nem timidez que me dirigi àquele homem, dizendo-lhe em tom de admiração que, com todos aqueles presentes, seus filhos certamente passariam um Ano-Novo radiante.

Ao ouvir essas palavras, o homem me olhou perdido em seus pensamentos, então perguntou o que me levava a pensar que ele tivesse filhos. Disse-lhe. O homem, que apertava um cachimbo apagado na boca, ao escutar minha resposta se pôs a rir sem descerrar os dentes. Em seguida, disse-me que comprava os brinquedos por motivos completamente diferentes dos festivos. "Não é verdade, senhor Wilkins?", acrescentou, voltando-se para o chefe da seção. "Certo, senhor Hodgson", respondeu o senhor Wilkins, curvando-se ligeiramente. O senhor Hodgson riu novamente e, de repente, para minha surpresa, convidou-me a acompanhá-lo à sua casa: gostaria de mostrar sua coleção.

Descobri que Hodgson não morava muito longe, em um velho arranha-céu dos mais modestos, construído, se me lembro bem, em estilo assírio-babilônico. No saguão, numa sombra sórdida, entre uma profusão de motivos decorativos todos sujos e enfumaçados, entrevi os famosos touros alados e barbudos de Assurbanípal. Então o elevador nos transportou em um pulo pelos quarenta andares do edifício.

Hodgson abriu a porta de seu apartamento, provocando um carrilhão múltiplo e remoto. Quando a luz do corredor acendeu, entendi o que queria dizer ao falar da sua coleção. Três tipos de prateleiras se estendiam ao longo das paredes do corredor. Elas estavam abarrotadas de engenhocas como numa loja de brinquedos. A única diferença é que alguns pareciam muito velhos; outros, de fabricação recente. Hodgson me disse que havia começado a colecionar robôs aos 17 anos. Agora tinha cinquenta.

Na sala, um ambiente bastante amplo e decorado com gosto, Hodgson tinha se esforçado para evitar aquele aspecto de loja que tinha o corredor. Nada de prateleiras, portanto, mas bonecos, a maioria muito grande, dispostos como pessoas, em locais e situações naturais. Mas, para se distanciar do aspecto de loja, Hodgson tinha colocado figuras de cera no museu: a sala tinha um aspecto carregado e macabro. Enquanto Hodgson me explicava os conceitos que o haviam orientado na disposição dos bonecos, eis que uma portinhola que eu não tinha visto abre de repente, e um boneco-robô enorme, vestido como um garçom de fraque e peitilho branco, salta para fora com os braços estendidos e os olhos arregalados, dizendo com voz rouca: "Boa noite, senhor Hodgson... gostaria de pedir alguma coisa?". "Nada... obrigado", respondeu ele sem se virar, como se faz com um velho criado da família. O boneco-robô balançou um momento e logo se retirou; em seguida a portinhola fechou. Hodgson me explicou que o boneco estava conectado com a porta de entrada. Cada vez que a porta abria, três minutos depois um mecanismo elétrico fazia-o disparar.

Quando me pus a circular pela sala olhando por sobre os móveis e as prateleiras, reencontrei muitos velhos conhecidos. Vejo o homem de roupão com as bochechas ensaboadas que afia a navalha com pequenos tiques nervosos; o menino com uma garganta enorme que a cada tanto derrama o líquido de determinado remédio; a senhora vestida de gala que passa ruge no rosto com algumas batidinhas secas como murrinhos. Hodgson me disse que, infelizmente, a fabricação de robôs agora se restringia às bugigangas e a algumas raras marionetes produzidas para fins publicitários. Dos últimos, ele possuía a maior parte que tinha aparecido nas vitrines de Nova York nos últimos dez anos. Havia conectado todos eles, acrescentou, apenas com um fio elétrico; era suficiente apertar um botão para colocá-los em movimento todos juntos. Acrescentando o ato à palavra, Hodgson apertou o botão. De fato, entre um zumbido animado de rodas e aparelhos, todos aqueles robôs começam a se mexer por conta própria na sala imensa. Todos sorridentes e flamejando de felicidade, todos com aquela expressão de uma propaganda enérgica e inalterável que parecia querer dizer: "Façam como eu e vocês vão se dar bem". Hodgson me disse que agora estava negociando a compra de um robô particularmente engenhoso, o da tabacaria da rua 61. Mas o proprietário, que sabia de sua paixão, estava lhe pedindo demais.

Depois da sala, Hodgson quis que eu também visitasse os outros ambientes. Primeiro passamos pelo dormitório, um pouco menor que a sala, decorado em estilo georgiano. Hodgson acendeu o lustre central e percebi então que uma forma humana, talvez feminina, levantava de um lado os cobertores da cama. Cachos loiros despontavam entre as cobertas e o travesseiro. Comecei a me afastar. Mas ele me deteve com um gesto e então, curvado sobre a cama, após descobrir a grande cabeça rosada de uma boneca-robô enorme, tocou com um beijo carinhoso aquela testa de porcelana e de pano, perguntando solícito se havia dormido bem. Mas ele tentava não ser visto: alguma coisa lhe apertava o peito. "Meu amor", disse a boneca, "meu amor." Hodgson ergueu-se satisfeito e me perguntou com seriedade o que eu pensava sobre sua esposa. Respondi com franqueza que era muito encantadora. Então ele disse que, entre outras coisas, a esposa também servia como aquecedor durante as noites invernais. Um engenhoso dispositivo elétrico permitia deixar as costas e a barriga da boneca na temperatura que se desejasse. "É como ter uma pessoa viva na cama", concluiu Hodgson.

Depois da esposa, sempre gentil e minucioso, abriu um armário e me mostrou outro robô, escondido entre as roupas, explicando que era um apaixonado pela esposa, que havia se escondido naquele armário para declarar melhor seu amor. Mas a esposa não queria saber dele, acrescentou Hodgson incidentalmente. Num canto, dentro de um carrinho de bebê, dormia uma criança de olhos movediços e bochechas gorduchas. Hodgson apertou-lhe a barriga através das cobertas fazendo-a dizer: "Papai... papai...", e me garantiu, sempre com a mesma seriedade, que era seu filho.

Na cozinha, Hodgson me mostrou uma cozinheira vestida de branco, em tamanho natural, que, graças a um dispositivo com rodas, se movimentava com impulsos regulares entre o fogão e a mesa. Chamou a minha atenção para a meticulosa ordem, a limpeza reluzente em que a cozinha era mantida. Depois da cozinha, Hodgson me fez visitar outro dormitório em que uma boneca com o aspecto de uma velha, sentada perto da janela, podia repetir o gesto de costurar um pano. Disse-me que aquela era sua sogra. Seguiram-se outros quartos e, por todos os lados, vi bonecos nas posições mais inusitadas. Hodgson até colocara um sentado na privada. Perguntei-lhe se a presença de tantos bonecos-robôs e em locais tão íntimos não lhe causava transtorno. Ele não me respondeu diretamente, mas, depois de me perguntar se eu morava com a família e de ter recebido uma resposta afirmativa, perguntou-me, por sua vez, se meus familiares me causavam transtorno. O que se poderia rebater a um sofisma tão obstinado? Nada, e foi o que fiz.

Assim que entramos de novo na sala e estava por me sentar, descobri que, além dos robôs, Hodgson também colecionava aquela subespécie de produtos movidos à corda ou carregados na eletricidade, que são os objetos musicais. Eis que, com a pressão do meu corpo, das almofadas da poltrona sai uma marchinha lenta, lenta, uma velharia talvez francesa, do tipo de "Partant pour la Syrie".[8] Tinha acabado de me recompor da surpresa quando Hodgson, servindo-me o uísque de uma curiosa garrafa de madeira, provocou um toque de campainha doce e intrigante e, oferecendo-me um cigarro de uma caixa de sândalo, emitiu um assobio parecido com o de uma bexiga que está se esvaziando. Em poucas palavras, todos os objetos, até os mais insuspeitos e ordinários, emitiam algum som mais ou menos musical no momento em que eram retirados do lugar onde estavam ou eram utilizados. Sempre sério e visivelmente satisfeito, Hodgson me mostrou, um após o outro, uma bengala com uma mola, que a cada pressão contra o chão se contraía e depois se endireitava silvando como uma cobra; um chapéu de molas que, ao comprimir uma bombinha, emitia as primeiras notas de um hino patriótico; um par de sapatilhas de dança que a cada

---

8. Hino nacional do segundo império francês entre 1852 e 1870. A canção, composta por volta de 1807, teve sua música escrita por Hortense de Beauharnais, e as letras, por Alexandre de Laborde. [N.E.]

passo emitia um som insípido. Ao final, Hodgson exibiu uma pequena máquina preta que, com a bateria cheia e guardada no fundo de um armário, fazia perfeitamente o ruído de um caruncho que perfura a madeira seca.

Eu não ousava mais tocar nada por medo de provocar algum disparo desastroso ou alguma voz inesperada. Mas, depois de acender o cachimbo, Hodgson começou a expor-me suas ideias sobre os robôs. De acordo com ele, o robô não era uma imitação rudimentar e incompleta da natureza, mas chegava a ser até a meta à qual a humanidade aspirava. Para onde se dirigiam os esforços dos homens se não para tornar regular, uniforme, seguro, previsível e racional tudo aquilo que na natureza era rebelde, irracional e imprevisível? Em que, por exemplo, baseavam-se a vitalidade e a continuidade das metrópoles modernas? Justamente no automatismo da grandíssima maioria dos habitantes, que, fazendo todos os dias, todas as horas, todos os momentos os mesmos gestos, permitiam àquelas imensas máquinas coletivas funcionarem com regularidade. Automatismo dos serviços, automatismo do trabalho: caso contrário, os trens colidiriam; caso contrário, a produção de bens definharia. Disse-lhe que ele pensava como Ford e Taylor, mas ele se defendeu dizendo que aqueles eram só materialistas. Porque a grande questão, enfim, não era tanto produzir, e, sim, ser feliz. Ford e Taylor se serviam do automatismo; ele, ao contrário, queria propô-lo como um objetivo para toda a humanidade porque o automatismo era a felicidade. Não sabia como o atingiria. Talvez por meio da educação, talvez mediante uma operação cirúrgica apropriada que, nos primeiros meses de vida, eliminasse certos reflexos no homem. Seja como for, tinha certeza de que a meta era aquela. Enquanto isso, à espera de que o mundo inteiro seguisse seu exemplo, havia resolvido viver com os robôs.

Parecia convencido e nada irônico ou polêmico. Chamei-o então a observar que não se chega ao automatismo cercando-se de robôs como ele fazia, mas o impondo a si mesmo. Mesmo em sua casa cheia de autômatos, ele não era nada autômato: seus reflexos pelo menos o demonstravam. Balançou a cabeça sem dizer sim ou não. Fumava o cachimbo, os olhos semicerrados, o copo de uísque na mão. Mas vi a outra mão se dirigir, como se não quisesse nada, para o fundo da poltrona. Parecia que estava à procura do botão de uma campainha. Quase imediatamente, a portinhola que estava quase em frente escancarou e aquele boneco-robô grosseiro de sempre, vestido de garçom, irrompeu com os braços estendidos e os olhos arregalados, intimidando com uma voz carregada: "Senhor Hodgson, lembre-se do seu compromisso...". "É verdade, é verdade", disse Hodgson um tanto confuso, levantando-se enquanto o boneco se encafuava novamente. Também me levantei, no fundo estava contente por ter aquele pretexto para sair daquela casa inquietante. Mas Hodgson quis se desculpar dizendo que aquele garçom se permitia essas confidências porque já estava com ele havia uns dez anos.

Quando saí à rua, percebi que olhava para as pessoas com suspeita. Via mulheres e homens e vinha-me à mente que tivessem na barriga ou na cabeça algum mecanismo de relógio que os fizesse caminhar, movimentar os braços, virar os olhos, falar. Principalmente os guardas nos cruzamentos, as funcionárias dos cinemas, os *barmen* atrás dos balcões, em suma, preocupavam-me todos aqueles que, por dever de ofício, repetem o mesmo gesto. Pensava que, caso todas aquelas pessoas fossem realmente nada mais que bonecos-robôs, o resultado de suas múltiplas atividades não teria mudado muito; pelo contrário, teria adquirido mais regularidade e segurança, que são, afinal, como dizia Hodgson, os dois grandes objetivos pelos quais a humanidade se cansa tanto. Em resumo, eu percebia que raciocinava como Hodgson, embora resistisse com todas as minhas forças e repetisse a mim mesmo que eram todos sofismas.

Naquela noite, dormi mal. Mas, no dia seguinte, eliminados todos os obstáculos que havia tanto tempo me prendiam em Nova York, resolvi partir no primeiro trem para o México. Lá, naquele sol e naquela natureza, esqueci Hodgson e seus robôs. Lembrei-me deles só agora, rememorando minha viagem aos Estados Unidos.

Oggi, 11 de janeiro de 1941.

MÉXIC

1936

"Fronteira mexicana" é o relato da viagem de trem de cinco dias que Moravia empreende de Nova York ao México, em março de 1936. Cansado do inverno nova-iorquino, resolve passar uma temporada no México, em busca de calor. O artigo foi publicado em outubro de 1936 no jornal *Gazzetta del Popolo*, de Turim, hoje extinto.

FRONTEIRA MEXICANA

Monterrey

Deixar o próprio país e viajar para outro distante é uma ruptura que pode ser alegre ou triste conforme o caso, mas partir de um país que não é o nosso para outro ainda mais estrangeiro provoca um sentimento singular de separação e multiplicidade. Enquanto eu me preparava para viajar para o México, refletia que, até agora, não existia nada além do italiano que sou e daquele americano que, de certa forma, convive comigo: mas agora deixo os Estados Unidos para trás e vou para mais longe. Adeus, cúspides douradas dos arranha-céus em volta dos bosques invernais e ramalhudos do Central Park; adeus, Nova York, cidade gelada, cimento, neve e sucata; adeus, hábitos angustiantes do metrô, dos cigarros Camel por quinze centavos e dos jornalões exaltados de domingo!

Era começo de março e todos os americanos a quem avisara da minha viagem tinham me dito: "O senhor tem sorte, vai para o calor", com a mesma inveja com que em Paris se diria "o senhor é sortudo, vai para a Riviera". Mas os ingênuos não sabiam que, mais do que do frio, eu fugia mesmo era da sua vida desumana, da sua cidade monstruosa. O táxi preto e prateado como um catafalco atravessou Nova York toda e entrou embaixo da terra na Grand Central Station; tal como Proserpina,[1] eu entrava nas profundezas da terra, porém não para procurar Plutão, mas sim o sol, o céu inflamado dos trópicos, os cactos e os povos morenos do sul.

Ver aquela estação subterrânea, com as lâmpadas acesas e deprimentes, os trens pretos e lúgubres enfileirados ao longo das plataformas de cimento, os ecos das sucatas nos túneis sufocantes, a tranquilidade sinistra de todas aquelas despedidas escondidas, fazia realmente pensar que o México devia ser um país

---

1. Nome latino da deusa grega do submundo Perséfone. [N.E.]

subterrâneo onde a natureza intensa e a ingenuidade dos costumes abolidos no mundo de cima tinham sido milagrosamente preservadas. Mas, cinco minutos após a partida, o trem saiu do túnel e começou a correr por uma planície nevada, pontilhada de construções baixas e chaminés fumarentas.

É fácil sair de uma nação, difícil é sair de um continente. Para sair dos Estados Unidos pelo sul, são necessários quatro dias e quatro noites de viagem ininterrupta. Na minha memória ficou profundamente gravada a lembrança de um país gigantesco, plano e esquálido, ainda tomado pelo gelo invernal, sob os céus cinzentos e chorosos que pareciam se derreter e se confundir com a terra vacilante nos horizontes nebulosos. Via-se muito bem que a neve derretia, deixando os montes amarelos, ensopados e chamuscados, e se concentrava nos vales, em muitos regatos de águas turvas que afluíam todos para os grandes rios. Vi três ou quatro desses rios; superfícies cinzentas e violentas de ondas dilatadas, aqui e ali alguma árvore inteira com as raízes à tona, margens baixas em que a água indócil se confundia com os campos arados e carniças inchadas e reluzentes que se detinham retidas pela lama ou por algum arbusto. As pontes de ferro instaladas sobre essas massas líquidas pareciam frágeis e, de fato, um mês depois muitas desabaram; também era plana a terra que guardava o leito daquelas correntes e, de fato, poucas semanas depois, uma inundação a cobriu por uma vastidão tão grande quanto as províncias.[2]

De vez em quando a amplidão no horizonte começava a enegrecer, revolvida por sucatas de ferro; essa amplidão se erguia imperceptivelmente, tomando a forma de alguns casebres meio enterrados entre os detritos, depois crescia e se transformava em povoados desarrumados com ruas, postos de gasolina, bondes iluminados tilintantes como carrosséis;

2. Após um inverno rigoroso, em março de 1936 grandes enchentes castigaram todo o nordeste dos Estados Unidos. O evento deixou cerca de 200 mortos e milhões de dólares de prejuízo. [N.E.]

finalmente dava lugar a algumas edificações assírio-babilônicas, uma espécie de torre de Babel construída de varanda em varanda com cimento escurecido; desse cume, a cidade – porque se trata mesmo de uma cidade – começava novamente a diminuir, a perder altura e finalmente voltava ao estado caótico dos imensos campos espalhados de esqueletos de carros e barracões em ruínas. É assim que se parece uma cidade americana, é assim que se configura sua imagem, é assim que desaparece. Uma espécie de furúnculo industrial, muito venenoso e muito sujo, que inchou no meio da planície, expelindo resíduos e sucatas à sua volta.

À medida que se rumava para oeste, as pessoas que subiam no trem eram mais americanas, isto é, barulhentas, rudes, anônimas. Lembro-me de um grupo de rapazolas que subiu em Saint Louis: com a barba feita havia pouco, os rostos pálidos e flácidos cobertos de pó de arroz, uns chapeuzinhos virados de lado, uns capotes imensos; e o abjeto sotaque nasal arrastado; os tapinhas nas costas; as risadas nos corredores embaçados pela fumaça dos cigarros. Por sorte anoiteceu. Na manhã seguinte, ao subir a cortina da cabine e ver a natureza menos cinzenta, compreendi que nos aproximávamos do Texas.

Guardo do Texas a lembrança de um território infinito e ondulado, verdejante e deserto, protegido por um sol sonolento. O trem parava em frente a estações de madeira do tamanho de uma banca de jornal, atrás delas se concentravam poucas casinhas e muitos automóveis: as minúsculas cidades dessa terra tão grande como a metade da Europa. Descia-se nessas estações para estirar um pouco as pernas; soprava um vento baixo e sibilante como o que existe apenas nos territórios despovoados, onde o vento parece ser o dono e o único morador. Os negros, vestidos com roupas leves de algodão azul-claro e amarelo, cochilavam nos alpendres; os brancos usavam botinas, camisas xadrez e grandes chapéus de feltro; mas tanto os primeiros como os segundos desprezavam as salas de aspecto empoeirado e escuras, nas quais se liam os dizeres "*Black*" e "*White*" (negros e brancos) que se veem em todo o sul dos Estados Unidos e trazem à lembrança a questão da raça, e se misturavam nas calçadas em torno da mesma admiração pelo trem comprido e preto que vinha direto da longínqua Nova York. Candura do sul, qualquer que seja ele, a Riviera, a Sicília, o leste do Mediterrâneo; dava vontade de sentar no chão como os negros e, com os olhos semicerrados sob o sol, escutar as vozes suaves e carinhosas do vento. Os viajantes vinham para as estações em charretes com cavalos, ou nas velhas Ford com rodas altas, bastante desengonçadas e lamacentas; não carregavam lindas malas de couro, mas caixas amarradas ou pacotes multicoloridos; e as mulheres, com os movimentos reduzidos pelos vestidos antiquados, corriam para os vagões com o pânico próprio dos camponeses do mundo todo diante dos trens e das partidas. Candura do sul; havia uma tepidez do vento quente que lembrava aquela de Roma em certos dias de primavera; e senti-la novamente ali, no meio dos Estados Unidos da América, depois dos meses gelados e sombrios de Nova York, comoveu-me até as lágrimas.

Agora, à medida que o trem se dirigia para as fronteiras do sul dos Estados Unidos, o verde diminuía, a terra seca rachava em fendas, debaixo do sol implacável algumas planícies pálidas e ásperas de barro resplandeciam aridamente e, sobre elas, ainda ralos e pequenos, explodiam aqui e ali os tufos das espadas dos agaves. Porém, se a natureza se transformava, as pessoas e as cidades não mudavam; os Estados Unidos não admitem as lentas passagens de civilização tão frequentes na Europa; até próximo à fronteira só vi *cottages* de madeira, automóveis, estradas asfaltadas, postos de gasolina; em Austin, capital do Texas, a massa branca do Capitólio de Washington era ostentada em miniatura sobre os telhados dos casebres em estilo colonial; enfim, com exceção dos negros mais alegres e dos brancos que calçavam botinas, parecia estar em Ohio ou no Maine. Finalmente, depois de San Antonio, o trem passou a fronteira e, de repente, tudo mudou.

Eu poderia dar uma imagem completa e minuciosa dessa mudança brusca com mil pequenas observações, como aquelas que se costuma fazer ao cruzar uma fronteira. Mas o que importa? O norte e o sul são termos claros para todos; impérios cairão, povos desaparecerão, mas sempre permanecerá o contraste entre a rigidez dos climas setentrionais e a grata brandura dos meridionais. São diversidades que contam mais que as ideias, mais que as armas, e determinam os destinos e as expressões das civilizações. Por isso, vou me limitar a apenas uma imagem desse contraste, mas eficaz, que, assim como na Europa, também nos Estados Unidos faz sentir seu peso.

Na primeira estação mexicana após a fronteira, desci do trem para esticar as pernas. Era uma estação pequena com uma cerca de estacas altas, mas, entre as extremidades das estacas, embaixo da folhagem verde e carregada de algumas árvores inertes, semelhantes a algumas frutas daquelas mesmas árvores, vários rostos morenos de mulheres indígenas, com os xales nos cabelos e lindos olhos arregalados e fixos, olhavam para nós, viajantes do norte. As portas foram abertas, e aquela multidão de mulheres correu para a calçada em frente ao trem. Todas tinham alguma coisa para vender: doces preparados com os cactos, pasteizinhos quentes de carne e massa chamados *tamales*, bainhas de couro trabalhado para os revólveres, até pedras preciosas oferecidas na palma da mão em uma tira de couro.

Era fim de tarde, o sol havia se escondido atrás das montanhas, o ar já estava com pouca luz e o céu ainda estava azul; nessa sombra límpida, as mulheres corriam pelos vagões levantando os braços e chamando "*Señor*, *señorita*", em voz alta; muitas carregavam os filhos morenos embrulhados nos xales junto com as cestas das mercadorias.

✶

Enquanto observava essa espécie de feira, vi se aproximar uma velha diminuta e decrépita; o xale que usava na cabeça chegava até os pés, que eram enormes e pareciam inchados; tinha aquela aparência de bruxa que nos foi transmitida nas imagens da pintura antiga: um mar de rugas concêntricas, olhos fulminantes, queixo e nariz terrivelmente encurvados em torno da boca encovada e desdentada. A velha apoiava-se em uma bengala, mas, com a outra mão, uma mão enorme e encarquilhada, segurava-se no ombro de um menino de uns nove anos. Ele vestia a roupa nacional mexicana, que se chama *charro*, e consiste em um chapelão de feltro com bordados vermelhos, uma jaqueta curta, também bordada, e calças largas nos quadris que, do joelho para baixo, estreitam-se como polainas e são presas debaixo dos sapatos com uma presilha. Era um garoto de pura etnia indígena, com o rosto amarelado e gorduroso esburacado pela varíola, lábios grossos e uniformes, olhos escuros totalmente inertes. Trazia a tiracolo um violão enorme, maior que ele, e tocava enquanto cantava. Parei para escutá-lo e depois fiquei com vontade que o trem não partisse para escutá-lo mais. Tinha uma voz límpida e fina, daquela agudez dilacerante que sobe oscilando em escalas incríveis e que, quando a escutamos, provoca o temor de que possa sair do controle e que não se consiga seguir adiante. Cantava com desdém e veemência, inchando o pequeno peito sob o casaco bordado, sem nunca tomar fôlego, com um tom comovido e delicado que levava a pensar em um desafogo. Parecia, e talvez fosse mesmo, um canto de vingança; na sua voz certamente se sentia a vingança da sua raça que eu não conhecia e reconheci logo. “Estou no México”, pensei, e me pareceu que não poderia haver uma introdução melhor para um país como esse do que aquele canto infantil e inspirado.

Dei uma moeda para a velha, que a jogou embaixo dos trapos e, depois, fez um grande sinal da cruz com a mão enorme, resmungando não sei quantos nomes de santos confusos em uma só bênção. Mas o rapaz continuou a cantar e nem olhou para mim. Nesse momento, o trem apitou longamente, toda a multidão de vendedoras voltou para a cerca, eu subi novamente e, logo depois, a pequena estação desapareceu na planície já noturna.

Gazzetta del Popolo, 22 de outubro de 1936.

ESTADOS

UNIDOS 1955

Após ter, em 1951, o visto negado para os Estados Unidos, por ser considerado um intelectual de esquerda, em 1955 Alberto Moravia é convidado pelo Departamento de Estado a visitar o país. O programa prevê uma viagem extensa, de Nova York à Califórnia, passando por Chicago e retornando ao ponto de origem. Dessa viagem resultam os relatos que se seguem, publicados no jornal milanês *Corriere della Sera*.

DESINTEGRAÇÃO DE UM POETA ARRASTADO NO TURBILHÃO DE NOVA YORK

O senhor X, ilustre poeta em seu país em viagem pelos Estados Unidos, acorda muito cedo em seu hotel no Central Park, em Nova York, porque nos Estados Unidos, ao contrário da Europa, os quartos não têm sistemas vedantes e tampouco persianas, mas apenas venezianas de material plástico de pouca espessura que deixam a luz entrar profusamente. O senhor X tenta adormecer de novo, mas não consegue. Finalmente dirige-se à janela, sobe a veneziana e, do alto do trigésimo andar, olha para os verdejantes relevos primaveris do Central Park, que parecem colidir sem alarde contra o penhasco branco dos arranha-céus alinhados na Quinta Avenida. É de manhã cedo. O céu, atrás das torres dos arranha-céus, ainda está rosado, e vem à mente uma aurora entre os cumes de montanhas altas. "Cidade magnífica", resmunga para si mesmo o senhor X, "mas por que não dorme?" O senhor X vai para o banheiro, despe-se, submete-se a um banho de chuveiro. Santos numes: isso não é uma ducha, mas um jato furioso de alfinetes. "Aí está a diferença entre a Europa e os Estados Unidos", pensa o senhor X: "Na Europa, a ducha é um chuvisco que até acaricia. Nos Estados Unidos, é um chicote que golpeia".

Satisfeito com a comparação, o senhor X se veste lentamente, de forma que passa mais de uma hora antes que o telefone toque, e a voz desumana de uma telefonista (será bonita ou feia, loira ou morena, velha ou jovem? Ou será uma pequena máquina com muitas rodas dentadas e uma voz feminina?) avise-o de que são oito e meia: é hora de despertar. O senhor X sai às pressas do quarto, corre para o elevador e desce para o térreo em uma cabine blindada e comandada eletronicamente, cheia de homenzarrões barbeados que ostentam camisas insólitas, gravatas enfeitadas com estrelas, sóis, pontos de interrogação, cães e árvores. Ao passar pelo saguão, o senhor X compra o jornal da manhã (título em seis colunas: "Família massacrada durante o sono; menino cortado em pedaços e enfiado na câmara frigorífera") e, então, desce para o restaurante no subsolo, para o café da manhã. Trazem-lhe a mesma refeição nutritiva de sempre, composta de suco de laranja, ovos, bacon, linguiça, manteiga, geleia e café; o senhor X leva o copo aos lábios e fica boquiaberto: numa página do jornal figura sua fotografia feita apenas dois dias atrás, na chegada do navio a vapor. "Então estou realmente em Nova York", pensa o senhor X, não sem uma dose de satisfação.

Sim, está em Nova York, e Nova York, dentro de alguns minutos, chama-o, aliás, exige-o na voz de um garçom que passa pelas mesas gritando seu nome. O senhor X abandona bruscamente o café da manhã e corre para fora do hotel. Um rapazinho com ar esportivo se apresenta, cumprimenta-o, convida-o a entrar em um carro. Cruzam-se algumas *avenues* e um número indefinido de ruas, o carro para embaixo de um dos muitos arranha-céus, na porta veem-se as siglas douradas de uma empresa de televisão. Elevador, corredores, portas e portas, é o típico escritório americano, com os bebedouros, as escrivaninhas de metal, as muitas secretárias, todas encantadoras e todas parecidas umas com as outras. O senhor X é levado diretamente para o estúdio da emissora de televisão, as câmeras estão prontas; de mangas arregaçadas, os operadores jogam conversa fora esperando o momento da ação. O senhor X é convidado a sentar-se em um cantinho decorado em estilo burguês, com um sofazinho, uma mesinha e um vaso de flores na mesinha. Um homenzinho meio velho, que tem o rosto maquiado com a base usada pelos atores, apresenta-se sorrindo para o senhor X e se senta no sofá ao lado dele. Segura algumas folhas em que já estão escritas as perguntas que fará ao senhor X. Silêncio. Os refletores se dirigem para o homenzinho maquiado. Ele tem agora um prato à sua frente, na mesinha, e no prato há um pedaço de queijo.

O homenzinho corta uma fatia de queijo, agarra-a com dois dedos, morde, mastiga gulosamente e então, com uma voz sonora, diz: "Senhoras e senhores, este é o melhor queijo para vocês, o queijo Smith, o único queijo sem calorias, lembrem-se: queijo Smith". A câmera desce na altura do prato, enquadrando o queijo, em seguida sobe, e o queijo é substituído por uma taça e um frasco de vinho. O homenzinho maquiado verte uma taça de vinho para si, beberica e então exclama: "Agora uma boa taça de vinho. Mas vinho Jones, lembrem-se: vinho Jones". O homenzinho rodopia o frasco entre os refletores; finalmente deita-se voluptuosamente no sofá, acende um longo charuto dourado: "E este charuto é um ótimo, excelente charuto Paloma". Em seguida, sem nenhum elemento de transição: "Agora, falando de outro assunto, apresento-lhes o senhor X, poeta célebre, recém-chegado da Europa, anteontem. Como vai, senhor X?". O senhor X, atordoado por essa transição tão rápida do queijo, do vinho e do charuto à sua poesia, mesmo assim consegue balbuciar em um inglês ruim que dá para o gasto. O homenzinho lhe sorri com benevolência; os maquinistas atrás dos refletores também sorriem, mas o senhor X tem a impressão de que estes últimos sorriem com alguma malícia. Seja como for, a transmissão é concluída rapidamente: seis minutos no total. Assim que o senhor X alude à provável ligação de sua poesia com aquela de Eliot e à admiração que nutre por poetas como Auden e Dylan Thomas, os refletores já tomam distância e, com um gesto da mão, o homenzinho corta a palavra que ele tem na boca.

O senhor X encontra-se novamente na rua, também dessa vez há um rapazinho que se apresenta, convida-o para entrar no carro e o transporta para outro arranha-céu, em outra rua. Depois do elevador e dos corredores de sempre, é levado para uma grande sala cheia de cadeiras, totalmente vazia. No chão, há um caixote cheio de fios, e diante do senhor X há um microfone. Agora, o senhor X deve declamar da melhor forma possível alguns poemas seus, para que sejam gravados em um disco que depois será vendido em todos os Estados Unidos. O senhor X declama então os poemas que compôs ao longo de vários anos, na paz melancólica de uma distante cidade da Europa. Declama-os investindo todo o sentimento que pode, e ainda mais um sentimento totalmente novo para ele, como se fosse quase de susto: será possível que a poesia deva se tornar uma questão tão mecânica, por meio de fotos de jornais, telas de TV, rádio e discos? Quando a gravação acaba, o senhor X sai às pressas do arranha-céu, toma rapidamente um táxi e corre através das ruas abarrotadas de Nova York para o escritório de seu editor americano, no centro, ou como se diz em inglês, *downtown*. Aí está a Quinta Avenida, cheia de pedestres apressados que correm sob o sol já quente, aí estão as torres ferrosas do Rockfeller Center, aí estão as árvores verdes da Washington Square.

O senhor X quer ver o editor que publicou um livro de ensaios seus sobre a poesia moderna: ficaria satisfeito se soubesse que o volume foi vendido. No alto de um arranha-céu em estilo assírio-babilônico, no décimo andar, empurrado para fora do elevador, o senhor X passa de uma secretária a outra até chegar à sala do editor, que o acolhe de braços abertos. Como os americanos são cordiais: quatro minutos depois, o senhor X escuta ser chamado pelo primeiro nome; o editor, por sua vez, convida-o a chamá-lo pelo nome, James, somente James, aliás, Jim. De qualquer forma, a visita é breve, porque o editor está muito ocupado e interrompe muitas vezes a conversa, seja para responder a uma de suas inúmeras secretárias, seja para falar a uma maquineta de ébano que fica em cima da escrivaninha, seja para falar longamente em um dos seus dois ou três telefones.

Durante a visita, o senhor X fica sabendo que o livro está sendo bem vendido e que, naquele mesmo dia, ele deve concordar em ser entrevistado por três ou quatro jornalistas, almoçar com dois ou três críticos, falar em um coquetel que o editor oferecerá em sua homenagem e, finalmente, participar de um debate público com a presença de cerca de cem pessoas afiliadas à poderosa associação Amigos da Poesia.

Assim que deixa o editor, só resta ao senhor X correr para o restaurante onde o esperam os críticos. Naturalmente, o restaurante é italiano e, naturalmente, o restaurante está quase no escuro, porque os americanos adoram comer no escuro, como se comer fosse uma questão muito íntima. Como sempre, há uma multidão enorme no restaurante, e os frequentadores esperam pacientemente, em dupla, na escada, com uma paciência totalmente americana, que uma mesa seja liberada. Finalmente, após uma espera de vinte minutos, uma mesa fica livre e o senhor X e seus três críticos, e ainda uma garota que ele não sabe quem é, e ainda um rapazola que parece acompanhar a garota, e ainda uma velha senhora que parece conhecer todos, sentam-se e consomem uma breve refeição à base de grandes folhas de alface e de polpa de caranguejo triturada em lâminas finas e temperada com um molho apimentado. Depois de recobrar o ânimo com a refeição, o senhor X tece uma conversa brilhante, ou pelo menos é o que lhe parece, respondendo às numerosas perguntas dos críticos e dos outros três. Mas, no melhor momento, quando ele começa a ficar mais animado, a refeição termina e, depois de lhe expressarem que ficaram até deleitados por tê-lo conhecido, todos vão embora rapidamente.

O senhor X se vê só e decepcionado, na calçada da Quinta Avenida, em meio à multidão de secretárias que, coitadas, correm para os escritórios depois de terem comido o cotidiano *sandwich* de três andares nas baratas *drugstores*. É uma hora chata para o senhor X, como sempre é uma hora chata em Nova York quando alguém percebe que está só, porque, nos Estados Unidos, a solidão não faz parte da vida do homem e desaba sobre ele de repente, feito um vaso de flores que cai da janela em cima da cabeça. Apesar disso, o senhor X retoma a coragem ao dar uma olhada na própria agenda: os compromissos começam daqui a uma hora e continuam sem parar até as onze da noite. Ciente do esforço que um dia assim vai lhe exigir, o senhor X corre para o hotel, onde se joga na cama, exausto, tentando recuperar o sono que a noite lhe negou. Esforço em vão: o sono não vem e, em vez disso, o telefone toca sem parar: entrevistas, velhas senhoras protetoras de poetas, admiradores, agentes literários, alguns velhos conhecidos da Europa que emigraram há muitos anos para os Estados Unidos e que, ao telefone, parecem que já deformaram a língua de origem.

A hora do descanso, da *relaxation*, como dizem os americanos, passou logo. O senhor X pula da cama como se estivesse sendo empurrado por uma mola forte, troca a camisa que já está toda suja e amarrotada e corre para os vários compromissos da tarde. Assim fica sabendo por conta própria que o trânsito em Nova York é lentíssimo porque as distâncias são enormes e as ruas, engarrafadas por milhões de carros; que os compromissos, que de longe parecem lisonjeiros e importantes, quase todos se resumem a questões pseudopublicitárias; e que, apesar de tudo, após tantos compromissos, não é desagradável encontrar-se no coquetel do editor, na rua 50, e tomar um uísque ou dois ou três ou até quatro ou cinco. Enfim, mesmo bebendo sem parar, o senhor X cumprimenta umas quarenta pessoas, troca elogios com umas vinte, conversa educadamente com umas dez, escreve em sua agenda o endereço e o convite de cinco ou seis, e *last but not least*, paquera, à moda europeia, pelo menos duas beldades de corpos maravilhosos, loiras, deslumbradas e infantis.

Como por milagre (o milagre provocado pela embriaguez do uísque), depois do *cocktail*, o senhor X descobre de repente que está em uma tribuna, no salão de jantar de um grande hotel: ele já jantou, agora está na tribuna, e cem pessoas sentadas na sala olham para ele boquiabertas. Alguém apresenta o senhor X com palavras adequadas e agora é a sua vez: deve reler os poemas que já leu de manhã na sede da empresa discográfica. O senhor X está cansado, aliás, exausto, a pronúncia dos próprios versos lhe custa um esforço enorme, está molhado de suor, nem os numerosos aplausos recebidos ao final da leitura são capazes de refrescá-lo. O senhor X deve então responder às perguntas que lhe fazem várias pessoas, levantando-se da multidão: o senhor gosta dos Estados Unidos? Por que não escreve poemas religiosos? O que pensa sobre a vacina contra a poliomielite? O que pensa sobre a civilização moderna? Que lugares o senhor visitará nos Estados Unidos? O que o senhor pensa da psicanálise? O inglês do senhor X é submetido a um teste dificílimo, mesmo assim ele pode notar que o público gosta dos seus defeitos de pronúncia, da sua vergonha, do seu cansaço, um público mais ansioso por ouvir opiniões do que pela poesia, que na verdade veio mais para vê-lo do que para escutar seus versos.

Outra mudança de cenário, dessa vez a última: um estúdio de um pintor *downtown*, no Greenwich Village, um estúdio habitado, mas por um decorador que o adornou de forma bizarra com estátuas da ilha de Páscoa, totens, tecidos do Havaí e outras singularidades polinésias. Aqui também estão umas quarenta pessoas, e o uísque corre solto, mas, a essa altura, o senhor X não é mais capaz de distinguir os rostos nem de contar os copos de uísque. Nova York agarrou-o e abateu-o em suas espirais, como o cíclotron pega e abate o átomo, e desintegrou-o totalmente, sem possibilidade, ao menos naquela noite, de alguma recuperação, mesmo que parcial. Alguns lindos rostos femininos emergem por um momento da névoa do cansaço e da embriaguez e, em seguida, desaparecem. Levado para o hotel por pessoas em estado de alegria, o senhor X sobe para o próprio quarto e vai até a janela. O céu noturno está cheio de janelas que alcançam alturas incríveis, e em cada uma delas alguma coisa brilha, uma lâmpada, algo se movimenta, talvez uma pessoa. "Um céu cheio de janelas", pensa o senhor X com esforço, "mas sem nenhuma porta para entrar". Com essa reflexão, o senhor X abaixa a veneziana e vai se deitar.

Corriere della Sera, 29 de maio de 1955.

POR QUE TANTOS AMERICANOS RECORREM À PSICANÁLISE

Nova York

Eu estava em Chicago, em um carro com quatro pessoas, duas mulheres e dois homens, e passávamos pelo lago para ir ao Museu de Arte Moderna. Por acaso, a conversa adentrou na psicanálise. Maravilhado, descobri então que todos os meus quatro companheiros já haviam sido psicanalisados ou estavam sendo.

Uma semana depois, em San Francisco, uma senhora, que havia sugerido me mostrar a cidade, disse: "Mas o senhor poderia fazer o favor de me esperar no carro por uma hora... só uma hora... devo fazer alguma coisa que não posso adiar". Fomos então de carro para um dos bairros nobres da cidade e, depois de muitos sobe-e-desce pelas ruas incríveis de San Francisco, íngremes como encostas de montanhas, o automóvel parou em frente a uma casa de aspecto bonito, numa rua tranquila. A senhora disse: "Esperemos um momento, são cinco para as quatro". Esperamos cinco minutos e, em seguida, uma mulher bonita e jovem saiu da casa e andou sem pressa para o próprio carro estacionado a pouca distância. A senhora disse: "Agora é a minha vez". Perguntei: "Mas vez de quê?". E ela: "A minha vez de ir ao médico". "A senhora se sente mal?". "Não", respondeu ela, sorrindo, "sinto-me muito bem... É o médico psicanalista... Estou em tratamento há quatro anos". Dito isso, desceu e entrou na casa, deixando-me sozinho. Esperei no automóvel por uma hora, lendo; depois, quando a hora estava por terminar, vi outro carro parar em frente à porta do médico: outra mulher jovem e bonita. Alguns minutos depois, minha amiga cicerone saiu e, então, aquela que havia chegado desceu ágil e entrou. Perguntei à senhora: "Como foi?". E ela: "Ah... como sempre... O doutor é de uma crueldade impiedosa e me faz sofrer todas as vezes de maneira intraduzível... Graças a Deus por hoje acabou".

Duas semanas depois, eu estava em Washington, e uma estudante que se interessava por literatura italiana se aproximou de mim em um coquetel. Dessa vez, não deixei de perguntar se havia sido psicanalisada e, sem dificuldade, admitiu ter sido por dois anos.

Finalmente, dez dias depois, em Nova York, em um almoço de amigos, descobri que, entre seis pessoas, três estavam sendo psicanalisadas. Entre elas estava a dona da casa. Pouco depois, também chegou o médico e, quase brincando, confirmou. Portanto: Chicago, San Francisco, Washington e Nova York. Algo que acontece simultaneamente e da mesma maneira nas quatro maiores cidades desse país vasto como um continente com certeza merece ser comentado extensamente.

Abrindo-se qualquer tratado de psicanálise, encontra-se que essa ciência, como se sabe, cura principalmente as doenças psíquicas e particularmente as anomalias e perversões sexuais. Assim, diante do altíssimo número de pessoas - pelo menos em algumas classes e grupos - psicanalisadas nos Estados Unidos, seria o caso de pensar que nesse país perversões e anomalias psíquicas sejam mais frequentes do que em outros lugares. Mas não é assim; nos Estados Unidos não existem mais perversões e pervertidos do que em outros lugares.

Na verdade, como se descobre facilmente conversando com médicos e pacientes, as verdadeiras e autênticas doenças psíquicas representam um percentual mínimo das afecções e dos distúrbios tratados. Por que os americanos vão ao psicanalista? Por qualquer dificuldade ou obstáculo psicológico, mesmo superficial: porque são tímidos, porque não sabem fazer-se amar ou não sabem amar, porque não estão com boas relações com o marido ou com a esposa ou com a família ou com o patrão, porque não são bons companheiros (*good mixer*), porque se sentem tristes ou deprimidos ou, em suma, em um estado de ânimo qualquer que não lhes pareça normal. O que significa que, nos Estados Unidos, a psicanálise quase já é mais uma espécie de corretivo, de contrapeso, de parte integrante do sistema social do que uma ciência pura dedicada a tratar determinadas doenças.

Nos Estados Unidos, a psicanálise já conta com milhares de praticantes espalhados por todo o país; e é suficiente entrar em qualquer livraria para ver bancadas inteiras cobertas de livros sobre os mais variados aspectos e temas dessa ciência. Recentemente, houve um congresso psicanalítico em Nova York com a participação de 1.500 médicos, e um dos assuntos debatidos foi o desajuste da remuneração. Enfim, os psicanalistas se lamentaram que, apesar da crescente moda da psicanálise, o psicanalista ainda é hoje um dos especialistas que menos ganha. Isso de certa forma é verdade. O preço de uma hora de tratamento varia de 20 a 50 dólares, de acordo com a notoriedade do médico – um bom pagamento.

Mas os psicanalistas observam justamente que, enquanto um médico normal cobra dez ou vinte dólares, ou até mais, por dez, quinze minutos de uma consulta simples, o médico psicanalista dedica uma hora de seu tempo ao paciente e, durante essa hora, é submetido a uma tensão nervosa, a um esforço intelectual às vezes demasiado extenuante. O que, no fundo, significa que, nos Estados Unidos, o médico psicanalista tomou um pouco o lugar do confessor nos países católicos da Europa. Homens e mulheres se abrem com ele sobre os mais variados e sempre delicadíssimos problemas de suas vidas privadas. Por isso, o psicanalista deve ser não apenas um notável cientista como também, até certo ponto, um homem de cultura e de elevados sentimentos morais, um conhecedor de temas sociais e religiosos, um conselheiro, um guia.

É difícil afirmar, hoje, até onde chegam a responsabilidade e a influência do médico psicanalista na sociedade americana; os limites dessa ciência são bastante incertos, e mais de um médico pode ser tentado a ultrapassá-los e penetrar em campos que não têm nada a ver com a psicanálise. Seja como for, uma coisa é certa: o lugar da psicanálise nos Estados Unidos já estava determinado há um bom tempo, ainda antes que Freud formulasse suas famosas teorias. Em outros termos, a psicanálise nos Estados Unidos veio ao encontro de uma necessidade disseminada, preencheu, como se diz, uma lacuna.

Tentando uma interpretação cuidadosa da importância social da psicanálise nos Estados Unidos, poder-se-ia dizer que ela seja inseparável do puritanismo que até hoje molda, se não exatamente os costumes, pelo menos a psicologia e a concepção dos valores nesse país. Para dizê-lo com uma frase familiar, o puritanismo encontra sua morte na psicanálise; e a psicanálise, de sua parte, entra no puritanismo como uma luva. Se analisarmos uma das afirmações fundamentais da psicanálise, isto é, que "toda neurose é o negativo da perversão", ter-se-á, talvez com um pouco de simplismo, a chave ou pelo menos uma das chaves mais importantes para entender o sucesso da psicanálise nos Estados Unidos.

Por sua natureza histórica e moral, o rigor puritano leva muitas vezes a que se considerem perversões ou inclinações psicológicas com sentimento de culpa – e, portanto, reprimam-se – certos instintos e condutas que, em outros países, são considerados totalmente sem relevância ou inocentes. A propósito disso, é suficiente lembrar as penas severíssimas (dez, vinte anos de prisão de acordo com o Estado) que teoricamente deveriam ser cominadas para manifestações sexuais não exatamente normais; e, passando das leis (que ainda são a expressão de um estado de ânimo e de uma tradição moral) às atitudes, às infinitas coisas, incluindo as que não dizem respeito a questões sexuais, nas quais um americano se intimida ou deveria se intimidar.

Naturalmente, o inimigo número um do puritanismo sempre foi e continua a ser o sexo; e não é exagerado dizer que, desde seu surgimento, o puritanismo contrapôs violentamente o homem à própria natureza e aspirou a uma sociedade em que tudo o que fosse natural devesse ser reprimido e, se possível, suprimido.

Mas a psicanálise nos diz que o sintoma neurótico intervém não quando existe repressão (toda civilização é baseada na repressão de certa quantidade de instintos naturais), mas quando essa repressão, por algum motivo (com frequência por excesso), não funciona parcial ou totalmente.

Historicamente, o puritanismo conseguiu reprimir com êxito as manifestações instintivas por um longo período; e a civilização americana deve grande parte de seu caráter e de seu dinamismo a essa repressão. Mas hoje, sob a influência das condições sociais e ambientais alteradas, da prosperidade, da presença de tantas raças de religião diferente da protestante, da ciência inimiga de qualquer tabu religioso e moral, o puritanismo nos Estados Unidos não está se extinguindo, mas pelo menos começa a mudar e, em resumo, a relaxar a própria ação de repressão.

Desse modo, os infinitos sintomas neuróticos leves de tantos americanos parecem ser o indício da diminuta e agora imperfeita repressão puritana, da demanda sempre mais urgente de uma adequação das inibições sociais e privadas à verdadeira situação dos costumes, das aspirações, enfim, a uma vida instintiva mais livre e mais natural.

A essa altura entra a psicanálise, que, como se afirmou, vai ao encontro de uma necessidade disseminada, ou seja: levar o paciente a uma adaptação (*adjustment*) menos penosa e mais profícua na sociedade à qual pertence; libertá-lo do sentimento de culpa, explicar-lhe a inocência e a normalidade de tantos instintos reprimidos por ele.

Contudo, só aparentemente a psicanálise defende o paciente contra os tabus sociais e morais: nesse país onde tudo está a serviço da sociedade, pensando bem, a psicanálise também cumpre principalmente uma função social. E aqui se chega a outro caráter importante e desconcertante da sociedade americana: seu ódio à dor. E entende-se também o porquê: em uma sociedade baseada na eficiência, na produtividade, na racionalidade, a dor é algo supérfluo, uma escória, um resíduo, um obstáculo, se não for até uma traição e uma insídia. Resumindo, a dor não é útil e deve ser eliminada sem perda de tempo.

De fato, a ideia que os americanos fazem da vida não admite a presença da dor: é suficiente ver, por exemplo, a publicidade comercial para se convencer disso: todos sorridentes, todos felizes, todos jovens, todos sadios, todos sem problemas, seja se estiverem dirigindo um automóvel ou fumando determinado cigarro ou saciando a sede com determinada bebida. E para quem quiser contestar e afirmar que a publicidade é sempre otimista, responderemos que isso não é verdade. Em outros países a publicidade, que no fundo é uma forma de representação popular, exprime outros ideais: de vigor, de graciosidade, de circunspecção e assim por diante.

Nada de dor, portanto. Então a psicanálise, não mais em defesa do paciente, mas sim em defesa da sociedade, age para remover a dor, tirar a dor da vida do paciente, restituí-lo eficiente e produtivo para a engrenagem social. Em outras palavras, com um trabalho minucioso e muito delicado, a psicanálise desmonta a psicologia do paciente diante de seus próprios olhos, demonstra-lhe como funciona, lubrifica-a e monta-a novamente, pedaço por pedaço. Por algum motivo, o paciente estava "bloqueado", ou seja, estava às voltas com a dor; a psicanálise o "desbloqueia" e o restitui à vida produtiva.

De tudo isso se deduz que, se for possível traçar uma ética da psicanálise, seria uma ética muito semelhante àquela da sociedade americana: utilitária, civil, social, de caráter pelo menos não cristão, se não for pagão. De fato, no duplo aspecto de pecado e arrependimento, de abalo e redenção, de delito e de castigo, a dor está na base da vida cristã. Retirando a dor, indiretamente a psicanálise contribui para a descristianização desse país, de qualquer forma já em curso pelo maquinismo, pela prosperidade, pelo racionalismo setecentista e, em geral, pela ciência.

Naturalmente, tudo isso não ocorre sem inconvenientes, todos mais ou menos facilmente passíveis de intuição. O que, por exemplo, teria sido dos livros de homens como Dostoiévski, Kafka, Flaubert, Proust, para citar só os primeiros nomes que me vêm à mente, se em vez de deixar a natureza agir e de viver seus problemas espirituais e psicológicos com paciência e intensidade, esses escritores tivessem ido ao médico psicanalista?

Mas homens como Dostoiévski, como Kafka, Flaubert e Proust são raros: a maior parte da humanidade, como se sabe, não escreve obras-primas e, portanto, não sabe o que fazer com a dor. Nesse sentido, e também no que diz respeito a uma assistência psicológica aos muitos que nos Estados Unidos sofrem de desajustes e dificuldades de origem moral e religiosa, a psicanálise sem nenhuma dúvida cumpre uma função muito útil.

Uma garota que se submetia a tratamento havia três anos me disse: "Quando fui ao médico pela primeira vez, eu não sabia falar... não conseguia falar até mesmo durante a conversa mais inocente... Hoje pelo menos falo". Como se vê, nesse caso talvez não incomum estamos muito distantes das perversões e anomalias que tornaram célebre a ciência psicanalítica. Assim, não é arriscado demais afirmar que o médico psicanalista já atua em um campo tão grande como aquele do médico tradicional; e da mesma forma que este último trata das afecções leves e graves do corpo, aquele trata daquelas da psique.

Corriere della Sera, 9 de junho de 1955.

TODA A PRODUÇÃO ESTÁ SUBMETIDA AO FANTASMA DO HOMEM MÉDIO

Nova York

Alguém me contou a seguinte história, que, pelo que parece, é verdadeira. Um homem político americano, já retirado da vida pública, dedicou-se à criação de aves em grande quantidade, ou melhor, à produção de frangos em série. Para quem não sabe, a criação de frangos é uma tarefa muito difícil e delicada. Em primeiro lugar o criador deve produzir frangos todos de peso igual e da mesma qualidade, de modo a poder satisfazer as exigências do mercado coletivo; em segundo lugar deve prover para que o custo da ração que cada frango consome não seja superior ao preço de venda do próprio frango, sob pena de entrar em bancarrota. Além disso, os frangos são sujeitos a pestilências e epidemias repentinas e agudas. Mas já chega disso. O que mais me impressionou nessa história foi mesmo o fato de que o criador, após profunda reflexão sem dúvida baseada em cálculos estatísticos e econômicos, havia resolvido tentar a experiência de criar frangos desprovidos de asas. Seu raciocínio era irrepreensível: "As asas não servem a ninguém: não aos frangos porque eles não voam; não ao consumidor porque pesam e têm pouca carne; não a mim porque deixam meus frangos parecidos àqueles dos meus concorrentes, enquanto sua falta os diferenciaria e os tornaria mais vantajosos. Eliminemos as asas, portanto". Caso se queira saber o final da história, podemos acrescentar que, após repetidas experiências e cruzamentos, hoje o criador não está muito longe da meta que estabeleceu, ou seja, a produção de frangos sem asas.

*

Passemos a outro assunto. Um escritor, despertando numa linda manhã, tem uma ideia que lhe parece nova e brilhante. O nosso escritor fecha-se em casa, corta o telefone, recusa convites e encontros sociais, alimenta-se de *sandwiches* e laranjadas, fuma uma quantidade enorme de cigarros, toma inúmeras xícaras de café e finalmente, depois de um trabalho longo e árduo, vem à tona com um ensaio de umas quarenta páginas, que, se for aceito por determinada revista muito difundida, rendê-lo-á entre 1.500 e 2 mil dólares. O escritor vai ao endereço da revista, apresenta-se ao diretor, homem notadamente tímido (a timidez, nos negócios, é como um álibi; é como ter um sócio invisível ao qual, em cada apuro, pode-se recorrer, alegando o coração duro e a opinião intransigente), e depois de um duelo de timidez entre as partes opostas, consegue arrancar a promessa de que o ensaio será tomado com séria consideração.

Passam alguns dias e depois, milagre, a direção da revista informa ao escritor que o ensaio foi aceito. O nosso escritor está exultante, seu futuro, um pouco antes reduzido às torres de cimento de Manhattan, descortina-se, aflora-se, abraça longínquos horizontes californianos ou italianos: finalmente uma viagem, umas férias, uma distração.

Mas logo depois, como nas duchas escocesas, ao jorro reconfortante da água quente segue aquele gélido da água fria; o escritor é convocado pela direção, dessa vez não pelo diretor, mas por um redator subalterno que, antes de publicar o ensaio, deseja submeter à sua aprovação algumas leves modificações, que, ao que parece, fizeram-se necessárias.

O escritor vai até o redator e analisa as leves modificações. Mas não eram leves modificações. Páginas e páginas inteiras foram suprimidas, períodos foram eliminados, substantivos, adjetivos, modos sintáticos substituídos e deixados irreconhecíveis. Os motivos dessa violação não são claros, o ensaio não tinha detalhes indecorosos ou dissidentes em relação aos vários conformismos dominantes, nem era demasiado longo.

Na verdade, como o escritor sabe até bem demais, quando muito, a violação deve ser imputada ao fato de que a revista é toda feita assim: ou seja, de textos revisados e modificados pela redação. É esse trabalho da redação que justamente confere à revista seu caráter fluido, temperado, uniforme, fácil e digerível, tudo com um único tom, tudo com um único humor. O escritor havia redigido o ensaio de maneira demasiado pessoal, ou seja, original. Em outro lugar, talvez na Europa, trata-se de uma qualidade sofisticada e admirada; nos Estados Unidos, não. O escritor pesa os prós e os contras, coloca num dos pratos da balança a própria originalidade e no outro, as férias californianas, e no final curva a cabeça e aceita.

*

Demos dois exemplos bastante diferentes de apenas um aspecto muito característico da atual civilização dos Estados Unidos: a paixão pela modificação, que faz com que em qualquer campo, do alimento à indústria, nada de original, de autêntico, natural, genuíno, sincero, chegue ao consumidor americano. Que fique claro: todas as civilizações, principalmente as fortemente urbanas, transformam e, como se diz hoje, redimensionam o produto natural. É conhecida a frase daquele marquês setecentista francês: "O campo? Um lugar cheio de correntes de ar, onde as aves são cruas". Mas as modificações trazidas ao produto natural, inclusive pelas civilizações mais artificiosas como a francesa, sempre eram de qualidade. Para usar outras palavras, almejava-se a excelência no artifício, segundo um critério aristocrático de refinamento do gosto, de beleza, de dificuldade, de raridade. Nos Estados Unidos, pelo contrário, não se pode dizer realmente que o produto modificado seja sempre superior àquele original. Em muitos casos é inferior, da mesma forma como todo produto fabricado em série, para o consumo em série, é inferior a um produto fabricado individualmente, destinado ao consumo individual. Evidentemente, existem produtos que *são* fabricados em série, ou seja, manipulados, como o sabão, por exemplo. O mal é que esse sistema da modificação com vistas ao consumo em série, nos Estados Unidos, já se disseminou para todos os campos; em suma, rompeu os limites, passou daquele estritamente produtivo àquele criativo, daquele comercial àquele intelectual.

Se pesquisamos o motivo desse furor que os americanos têm em modificar as coisas, encontra-se naturalmente o lucro; em qualquer produção, como é óbvio, tanto maior será o lucro quanto maior for o número de compradores, e tanto maior será o número de compradores quanto mais o produto for racional, ou seja, modificado de acordo com as necessidades mais disseminadas. Mas aqui se chega ao ponto importante; para determinar o grau de racionalidade de um produto e, portanto, a maneira de modificá-lo de forma apropriada, primeiramente é necessário elaborar uma figura ideal de consumidor, ou seja, nada menos que criar um modelo humano em relação ao qual se deve adequar a modificação e, em última análise, toda a civilização.

O modelo humano das civilizações europeias do passado era aristocrático: o cavalheiro inglês, o cortesão italiano, o marquês francês. Sabemos que essas civilizações, justamente porque tinham um modelo humano aristocrático, corriam, por assim dizer, no trilho de duas culturas paralelas: aquela da classe dirigente e aquela popular; até hoje temos essas duas culturas na Europa, às vezes diferentes, às vezes amigas, mas sempre separadas.

Nos Estados Unidos, pelo contrário, desde o início o modelo humano foi democrático em apenas uma cultura tecnocrática e urbana, porque o igualitarismo não pode deixar de reinar onde a máquina produz bens de consumo. Esse modelo humano democrático, mas não necessariamente liberal, é o *Average Man*, ou seja, o homem médio, o *Common Man*; o homem comum, *the man in the street*, isto é, o homem da rua. Mas esse tipo ideal de homem, sobre quem todos falam com reverência e temor, ao qual todos se submetem e que, como um espectro, paira nas redações dos jornais e das revistas, nos laboratórios, nas fábricas, nos escritórios, é mesmo o produto de uma difícil, sutil e complicada experiência civil e moral, de uma ideologia superior ou de uma tradição histórica? Nada disso; como certos *robots*, é o produto de cálculos quantitativos e estatísticos, de deduções científicas ou que o pretendem ser.

Talvez fosse divertido delinear os traços do *Average Man*, daquele para quem nos Estados Unidos se produzem frangos sem asas e artigos sem estilo pessoal, daquele, enfim, que está na origem desse frenesi de modificar tudo que se espalha por esse país. O *Average Man* ou homem médio é pudico e por isso não deve ser escandalizado com representações realistas daquele amor que, como dizia Manzoni, é tão importante e frequente na vida cotidiana, mas, em compensação, é cruel e também um pouquinho sádico e pode e deve digerir qualquer descrição de crueldade e violência. Não ama as ideias genéricas e as teorias e, portanto, é alimentado com fatos, com números e com provas de acontecimentos realmente vividos. É desprovido de arcabouço intelectual e de crítica, e consequentemente, em qualquer campo, do político ao religioso, do cultural ao científico, é alimentado com slogans, com resumos preparados para divulgação, com sínteses, com compêndios e outros produtos semelhantes, previamente mastigados. É infantil e, dessa forma, tudo é ampliado para ele em cópias grandes: as *comic stripes* ou histórias em quadrinhos, as novelas sentimentais e convencionais, as narrações que infantilmente contam histórias imaginadas no futuro. É curioso e até indiscreto. Assim, são-lhe desvelados os detalhes íntimos, às vezes escabrosos, outras insossos, da vida privada de homens políticos importantes, atores e atrizes de cinema, milionários, grandes homens de todos os tipos e celebridades do momento. Tem um sentido musical bastante rude e se serve do jazz enlatado e de músicas fáceis do rádio e da televisão. Tem um olhar que se satisfaz facilmente e não hesita em fatigá-lo com as imagens de uma propaganda eufórica, também irreal e saciável. É destituído, ou quase, de sentido estético e, por isso, em tudo o que diz respeito à vestimenta, à casa, à decoração e ao gosto, é submerso numa torrente de produtos cuja praticidade parece ter sido alcançada em frontal detrimento da beleza. E assim por diante, e assim por diante.

Mas será que existe mesmo esse *Average Man*, esse homem médio do qual tanto se confabula e para quem tantos sacrifícios são impostos aos grupos criativos dos Estados Unidos? Pensamos que na realidade ele não existe; pelo contrário, é o produto de uma escolha efetuada no homem completo, no homem sem outros atributos que nos Estados Unidos é sadio, vital e bem servido de qualidades humanas tanto quanto – ou mais – que alhures. Essa escolha, por sua vez, é o resultado de uma operação redutiva que em escala gigantesca e coletiva equivale no fundo à velha adulação dos poderosos por parte de seus servidores, nas mais antigas civilizações da Europa e da Ásia.

*

E assim o círculo se fecha, como sempre, de uma maneira em que ficamos sem saber o que ele era no princípio, se é o *Average Man* que determina com suas supostas qualidades a modificação aduladora, ou esta que, por sua vez, cria à sua imagem e semelhança o *Average Man*. Porque de tanto tentar definir esse mítico homem médio e lisonjeá-lo, e apontar nele apenas alguns aspectos humanos, acabou-se por criá-lo de verdade, ou seja, por convencer o homem a se tornar um homem médio. Uma prova a mais, se necessário fosse, da grande plasticidade, da doçura e do caráter influenciável das massas.

Naturalmente, as consequências de tudo isso são profundas e cheias de grandes significados. Foi dito: "O poder corrompe e o poder absoluto corrompe totalmente"; pois bem, essa manipulação tão grande, tão uniforme e tão coerente de toda uma civilização equivale a um poder quase absoluto colocado nas mãos daqueles que dirigem a própria manipulação. Em outros termos, existem hoje nos Estados Unidos os meios para liderar e empurrar as massas para qualquer direção e para qualquer campo que se queira.

No entanto, por sorte, como acontece nos países de democracia orgânica como são os Estados Unidos, esse poder é contrabalançado pela grande fluidez, vitalidade e capacidade consumidora da sociedade americana, por isso não parece que classes, grupos, situações, privilégios e poderes deverão um dia se cristalizar e se solidificar estaticamente como acontece em outros países, mas que continuamente novas forças, novos interesses e correntes eliminam as antigas, tomam seu lugar e corrigem os antigos erros e conformismos, mesmo que seja às vezes com novos erros e novos conformismos.

Portanto, o problema não é se o *Average Man* existe ou não na realidade, mas que seja liderado e estimulado por *élites* e ideias basicamente sadias e humanas. Sem dúvida a adulação de que falamos existe; porém, pensando bem, é uma adulação baseada numa ideia do homem certamente redutiva, mas em geral bonachona e razoável. O *Average Man* americano não tem nada de decadente, de corrompido, de desumano, de impiedoso e irreal como certos Homens Médios do nosso conhecimento que num passado recente se revelaram para a história com resultados que todos nós sabemos, na Europa e alhures.

Em síntese, a experiência americana de criar uma cultura de massa está em curso, com uma riqueza e amplitude de meios jamais vista, e naturalmente trouxe como primeiro resultado o rebaixamento da cultura ao nível da massa. Pode-se, portanto, criticar alguns aspectos dessa experiência, por exemplo, aquele da manipulação excessiva, mas seria prematuro, além de presunçoso, emitir um julgamento definitivo.

Corriere della Sera, 12 de junho de 1955.

CHICAGO, GIGANTE DE FERRO, SONHA A BELEZA EM SEGREDO

Em Chicago, como percebe logo o senhor X, bate o coração dos Estados Unidos, mais que em Washington, capital política, mais que em Nova York, capital intelectual. Feia e pouco atraente, espalhada à beira do infindável lago Michigan com a espontaneidade surda e aparentemente inanimada das plantas (mas uma planta gigantesca, daquelas que enchiam a Terra nas épocas geológicas). Chicago, capital industrial dos Estados Unidos, à primeira vista não parece ser mais do que um imenso acampamento produtivo (houve primeiro as fábricas ou primeiro as casas de moradia em Chicago? Difícil dizer) onde a Utilidade reinou desde o princípio, de maneira ditatorial, sem nunca permitir que sua natural opositora, a Beleza, subisse ao poder, mesmo que fosse para governar apenas por um dia. Mesmo assim, talvez justamente porque foi esmagada pela Utilidade, pensa o senhor X, Chicago sonha com a Beleza, com uma intensidade e ingenuidade maior que outras regiões dos Estados Unidos.

Não é por acaso, por exemplo, diz para si mesmo o senhor X, adentrando uma sala do Museu de Arte Moderna[1] e ficando boquiaberto diante da *Grande Jatte* de Seraut que preenche uma parede inteira, não é por acaso que em Chicago se encontrem algumas das mais bonitas coleções de arte moderna de todo o mundo. Não é por acaso, enfim, que essa *Grande Jatte*, essa pintura maravilhosa, só comparável às grandes obras do passado, à *Rendição de Breda* de Velázquez, ou ao *Enterro do conde de Orgaz*, de El Greco, esse quadro dourado pelo sol poente da velha Europa, esteja na cidade dos matadouros, das fábricas,

---

1. Art Institute of Chicago, fundado em 1879, um dos maiores e mais antigos museus dos Estados Unidos. [N.E.]

dos gângsteres, dos milionários das indústrias alimentícias e do jornal *Chicago Tribune*, do defunto (já são alguns dias) coronel McCormick.[2] Também não é por acaso, reflete ainda o senhor X, afastando-se com pesar da *Grande Jatte*, que, por exemplo, ontem à noite, ele tenha encontrado na casa de um agente da bolsa de valores a maior coleção de discos de microssulcos que até hoje tenha visto; ou que tenha assistido, outro dia, na casa de um corretor de terrenos, a uma discussão entusiasmada e bem-informada sobre a poesia moderníssima. Não, não é por acaso, conclui o senhor X, dirigindo-se para a saída do museu através das salas totalmente lotadas de belíssimos quadros de Monet, Manet, Cézanne, Van Gogh, Gauguin e assim por diante: Chicago é um gigante de ferro, mas com um coração humano. Se por um lado é verdade que Chicago deve a notoriedade a seu caráter quase exemplar de cidade totalmente dedicada à produção industrial, não é menos verdade que muitíssimos escritores e artistas dos Estados Unidos nasceram aqui ou nos arredores, como Hemingway, Mark Twain e tantos outros.

Depois de visitar o Museu de Arte Moderna, o senhor X caminha ao longo do Lakefront na direção do Museu de História Natural.[3] O senhor X ama esse tipo de museu muito americano, onde, atrás de grandes vitrines, empalhados e rodeados de cenários coloridos que reproduzem o ambiente natural, é possível ver exemplares da fauna estadunidense como o bisão-americano, o urso-pardo ou *grizzly*, o alce, a foca e o leopardo. A fé no evolucionismo darwiniano é testemunhada por uma série de vitrines em que o homem passa lentamente de uma condição bastante simiesca (a primeira família humana é representada por três figuras, mãe, pai e menino peludos, de cabeça baixa, prógnatos, nodosos e nus, em vias de devorar cru um pobre veado meio descarnado) à civilização já sofisticada das palafitas. Mas o senhor X é atraído principalmente pelos esqueletos dos grandes

---

2. Robert R. McCormick comprou o *Chicago Tribune* em 1910 e por décadas foi seu editor. Faleceu em abril de 1955. [N.E.]

3. Field Museum of Natural History, fundado em 1894. [N.E.]

CHICAGO
NATIONAL
BANK
120 S. LA SALLE ST
GARAGE

222 W. ADAMS BLDG

monstros pré-históricos que foram encontrados por toda parte nos Estados Unidos em ótimas condições de conservação. Aí está ele, por exemplo, dando voltas em torno do diplodoco, o maior de todos, um lagartão gigantesco que viveu nas planícies dos Estados Unidos muitas dezenas de milhões de anos atrás.

Deve ter um comprimento, pensa o senhor X, de mais ou menos trinta metros, e devia ter, pelo menos a julgar pelo tamanho das costelas semelhantes a aros quebrados de uma imensa embarcação, um corpão cambaleante sobre patas (relativamente) curtas, precedido por uma cabeça muito pequena e dotado de um rabo discreto bastante longo que devia se arrastar por um trecho entre as relvas altas, depois que o animal já tivesse passado e deixado suas monstruosas pegadas. Um cartaz aos pés do esqueleto avisa que ele foi encontrado numa mina de Utah e trazido para cá, com pedra e tudo. Foram necessários cinco anos para liberá-lo do seu túmulo de rocha, limpá-lo, desmontá-lo e remontá-lo, devidamente embebido em uma substância química que impede os ossos de virarem pó. É, reflete o senhor X, os Estados Unidos são mesmo o país dos dinossauros; milhões e milhões de anos atrás esses monstros corriam pelas planícies do *middlewest* e depois todos pereceram por algum motivo misterioso, provavelmente congênito à sua própria grandeza.

Hoje, nessas mesmas planícies, correm monstros da mesma forma desmesurados, as chamadas grandes Corporações do aço, dos automóveis, da indústria alimentícia, dos cigarros e assim por diante. Mas o que existe, pergunta o senhor X a si mesmo, o que existe no ar, na água, no solo dos Estados Unidos para que aqui todo organismo cresça fora da medida humana, monstruosamente, e se torne colossal, tanto os sáurios pré-históricos como as sociedades industriais de hoje? Nos Estados Unidos tudo se torna colossal, mas a cabeça desses colossos continua pequena; e sua própria grandeza lhes expõe, um dia ou outro, aos ataques do homem, um tanto menor que eles. E os monstros perecem e perecerão, até quando o mundo for um mundo humano e o homem, seu centro.

*

Depois do Museu de Arte Moderna e do Museu de História Natural, o senhor X pensa que também deve uma visita a Stock Yard, famoso local de massacres de bovinos e suínos, descritos muitas e muitas vezes pelos horrorizados (mas não vegetarianos, lamento...) escritores da Europa. O senhor X descobre que não poderá assistir àqueles famosos massacres porque as grandes sociedades alimentícias finalmente resolveram devolver uma parte de seus lucros à modernização de Stock Yard; em outras palavras, à construção de um campo de extermínio realmente científico. Só resta então ao senhor X dirigir-se ao subúrbio onde se encontra Stock Yard e ali tomar o trem elevado e se contentar em lançar um olhar panorâmico para o recinto dos matadouros. Assim que chega ao subúrbio, o senhor X fica mais uma vez impressionado com o aspecto particular da civilização industrial, justamente onde ela não se preocupa em se embelezar, mesmo que de forma desleixada e retórica, e revela-se em sua nudez utilitária. O que mais impressiona o senhor X, naquelas ruas devastadas, mas irrepreensivelmente esquadrinhadas em ângulo reto (estranha combinação da geometria e da esqualidez), é a absoluta falta do velho e do antigo, que são tão frequentes inclusive nos bairros mais pobres das cidades rurais e rústicas da Europa.

Casas, fábricas, publicidade, vitrines, placas, postes de iluminação, lojas de departamento, chaminés, muros e calçadas, tudo nessas ruas é decrépito ou decadente, mas não velho nem antigo. São lugares quase metafísicos, reflete o senhor X, não destituídos de uma terrível beleza patética, que lembram um pouco as paisagens urbanas dos primeiros filmes de Chaplin rodados no West End de Londres. Lugares, para ser sintético, onde a indústria substituiu a natureza, até, dir-se-ia, nos rostos dos moradores, e claramente revela ser muito inferior à sua rival. O senhor X caminha entre os detritos, os escombros de ferro e os pedaços de eixos, ao longo de um muro alto escuro, e pensa que definitivamente a civilização industrial está condenada pelo simples fato de não saber criar um muro, um verdadeiro muro de tijolos, com um reboco rachado e dourado pelas intempéries e pelo sol, esverdeado pelos musgos, embelezado pelas trepadeiras. Ou o muro é novo e flamejante, de cimento bruto ou de tijolos que parecem de ferro e não de argila, ou já é decadente, preto, rachado, não velho nem antigo, mas morto.

Eis a escada de ferro que leva com muitos degraus de ferro à plataforma de ferro da ferrovia elevada, eis o trem que desemboca, dir-se-ia, do céu e se detém em um monte de ferros velhos. O senhor X se senta na cabine, em frente a um negro gigantesco e, à moda africana, elegantíssimo, bem vestido, com uma cor azul arroxeada clara, sapatos enormes perfeitamente lustrados (nos Estados Unidos, os sapatos dos negros são sempre brilhantes e eles são os únicos que os limpam por conta própria). O senhor X olha para o negro e pensa: "De onde será que ele vem? Será que você nasceu em Chicago, em um bairro outrora elegante e habitado por brancos endinheirados, e depois sua família alugou, com um subterfúgio, por intermédio de um testa de ferro branco, uma daquelas casas com jardim bonitas, e então todos os brancos, após duas ou três reuniões agitadas, resolveram fugir; será que agora o bairro é habitado apenas por negros; será que dormem seis em cada quarto e os brancos evitam passar depois do pôr do sol?".

"Ou então, atraído pelos altos salários como centenas de milhares de outros consanguíneos seus, você deixou qualquer cidade adormecida do sul, onde precisava obedecer a linha de discriminação entre brancos e negros, frequentando escolas só para negros, subindo em bondes só para negros, comendo e bebendo em lugares só para negros, e veio aqui para Chicago onde há trabalho para todos e ninguém olha para a cor da pele e os salários são todos iguais para brancos e negros? O que será que você faz? A julgar pela largura dos ombros, pela estatura, pelos músculos que afloram embaixo do tecido fino da roupa, você poderia ser pugilista, lutador, campeão de algum esporte pesado. Ou toca saxofone ou oboé em alguma pequena orquestra especializada em músicas sulistas, e todas as noites se apresenta em um minúsculo *music hall*, no palco, e toca com seus parceiros e se abandona em prestigiosas variações com seu instrumento, liberando seu senso de ritmo ancestral?"

"O que será que tem dentro da sua cabeça, que parece de um brilhante ébano esculpido, um verdadeiro ébano da África, extremamente sólido, atrás dos seus olhos e do seu sorriso, ambos brancos, que parecem incrustar no osso do ébano; sob a sua testa, onde as fortes loções contra cabelo crespo não conseguiram alisar totalmente a textura original? Quais são as suas preocupações, quais são seus rancores? A julgar por seu grande sorriso, pela sua gentileza com os vizinhos, pelo seu ar de satisfação, você é um homem em paz consigo mesmo e com os outros. Isto é, você é um negro que vive segundo os seus gostos e os seus instintos, e não segundo os gostos e os instintos dos concidadãos brancos; um negro, enfim, em que ainda estão vivos o senso do ritmo, a imaginação infantil, a emoção imediata."

Já chegamos; o metrô, que no seu percurso a céu aberto parece se dirigir para os mais distantes e enfumaçados horizontes de Chicago, agora passa sobre uma paisagem estranha: inúmeras estacas toscas e rústicas delimitam a perder de vista inúmeros recintos nos quais, rabos contra chifres e chifres contra rabos, estão apertados os pobres bovinos, à espera de serem mortos. O trem para, e a fim de enxergar melhor, o senhor X se debruça na plataforma. Imediatamente, suas narinas são tomadas por um azedume de sangue coagulado de carniça ainda fresca.

Entre os recintos erguem-se, aqui e acolá, edifícios anônimos que trazem impressos nos muros os nomes das empresas alimentícias; canos enormes distribuem-se a partir desses edifícios deslocando-se ao ar livre para reservatórios não menos enormes. O senhor X contempla essa paisagem triste com um olhar perplexo; seja como for, Stock Yard lhe parece totalmente em sintonia com o que viu até agora nos Estados Unidos; um matadouro de massa para o alimento das massas, seu caráter sinistro vem justamente da quantidade, essa fatalidade dos Estados Unidos. Um boi saído do estábulo pelo cabresto do camponês, pensa o senhor X, para ser conduzido ao matadouro pouco distante do vilarejo provoca só pena, mas milhares de bois reunidos dentro das fileiras de estacas de Stock Yard à espera do golpe de facão e, imediatamente depois, à espera das várias máquinas produtoras que dividirão a carne em muitos vidros alegremente multicoloridos, fazem refletir e inspiram um sentimento de vazio e de arrepio paradoxal.

Depois da visita a Stock Yard, o senhor X, para recobrar a coragem, sente necessidade de alguma coisa forte: o senhor X já se aclimatou, e por volta do crepúsculo sente, como todos os americanos, o desejo de reanimar-se com um uísque duplo ou com um *gin and tonic*. Lá está o enorme cais do hotel Conrad Hilton, enegrecido com tons apagados de vermelho, no percurso ao longo do lago Michigan. Conrad Hilton, proprietário de hotéis espalhados pelo país inteiro, é justamente um daqueles dinossauros que hoje depredam sem serem incomodados (a lei antitruste mal os atinge, arma fraca em mãos fracas[4]) em todo o vasto território dos Estados Unidos. O senhor X se lembra vagamente que no ano passado falou-se precisamente em construir uma dessas monstruosidades do senhor Hilton até no suave monte Mario, que circunda Roma. A contragosto o senhor X enfia-se nas entranhas do hotel.

Tetos sobrecarregados, colunas douradas, salas no térreo cheias de lojas e escritórios, tapetes em áreas de grande declive de um gosto mais que duvidoso, o hotel também é um dinossauro do tipo oitocentista, prático, luxuoso e amedrontador. Surge uma cava escura que leva a letras de neon roxas com a inscrição encorajadora: bar. O senhor X penetra numa escuridão quase completa, senta-se em um banquinho, pede a sua bebida. Uma voz alegre exclama, em italiano, no meio da escuridão: "Mas o que o senhor X faz aqui em Chicago?". O senhor X aguça os olhos e, vejam só, reconhece no *barman* um tal de Michele, que havia encontrado alguns anos atrás trabalhando como

---

4. Conjunto estadunidense de leis, instituído entre 1890 e 1914, que buscava incentivar a competição nos mercados e evitar monopólios. Começou a perder força jurídica na década de 1930. [N.E.]

garçom em Capri. “E o senhor, o que faz aqui em Chicago?” “Como o senhor vê, sou *barman*.” “E o senhor gosta?” “Muitíssimo.” “Não tem saudade da Itália às vezes?” “Nunca.” “Mas a Itália é realmente muito mais bonita que Chicago.” “É, pode ser, mas não se vive só de beleza.” Com essa resposta, o senhor X é deixado a sós com o seu *gin and tonic* e suas reflexões.

Corriere della Sera, 10 de julho de 1955.

O TOURO DA PROSPERIDADE GALOPA COM PRUDÊNCIA

Chicago

Todos, até os comunistas, concordam em admitir que hoje os Estados Unidos experimentam uma era de prosperidade nunca vista antes, inclusive em um país como esse, onde o antigo flagelo da carestia foi debelado faz tempo. Os chefes das grandes corporações, e as revistas e os jornais, que são os porta-vozes dessa era, estão jubilosos: nunca foram fabricados e vendidos tantos automóveis nos Estados Unidos, tantos cigarros, tantas casas, tantos eletrodomésticos, tanta comida enlatada, tanto petróleo, tanto aço, tantos produtos químicos, tantas peças de vestuário. A produção geral anual da nação subiu de 357 bilhões de dólares em 1954 para 380 bilhões, de acordo com as cifras dos primeiros quatro meses de 1955, ou seja, um aumento de 23 bilhões de dólares. Além disso, também foi calculado que, no setor de casas e decoração, 28% do público fará compras neste ano; contra 26% um ano atrás (essa cifra é importante porque, como diz o *slogan* da economia clássica: "*Quand le bâtiment va, tout va*"[5]). No que se refere aos automóveis, o público consumidor cresceu de 14% para 16%. Não falemos das cifras referentes às viagens, ao lazer, aos aparelhos de rádio e televisão, às bebidas e ao cigarro: também atingiram números jamais vistos e tendem a subir. Feitas as contas, a bolsa confirma a prosperidade com um *bull-market* (mercado em alta) persistente e otimista. Enfim, o touro (*bull*) da prosperidade galopa em ascensão, enquanto o urso (*bear*, ou seja, mercado em baixa) dorme profundamente.

Qualquer viajante pode entender o que essas cifras significam percorrendo os Estados Unidos e simplesmente olhando à sua volta. Os automóveis, que na Itália ainda são um luxo e,

---

5. Em tradução livre, "quando o setor da construção vai bem, tudo vai bem". [N.E].

nos Estados Unidos, são uma necessidade (em qualquer lugar são um índice eloquente da prosperidade de um país – custam 1.500-2.000 dólares), são o que mais chama atenção no país americano. Basta se debruçar à janela de um arranha-céu com vista para o East River e o elevado que corre em volta de Manhattan, em Nova York, para ficar até aturdido com a quantidade imensa de carros potentes, grandes, luxuosos, que passam em fila quádrupla, nos dois sentidos, desde cedo até a noite e desde a noite até de manhã, sem trégua, num carrossel furioso e obsessivo, semelhante a resíduos de palha lançadas no vazio por um turbilhão incessante do vento. Essas miríades de carros indicam dois aspectos da prosperidade americana: a capacidade financeira que permite comprá-los, mesmo que seja à prestação, e a necessidade de usá-los a fim de ir para as mais variadas atividades e negócios. Todos ou quase todos têm carro. Certamente uma das visões mais impressionantes nos Estados Unidos são os imensos estacionamentos para os automóveis dos operários, às margens das grandes fábricas de Nova York, de Chicago, de Detroit e das outras cidades industriais. Se pensarmos que o salário médio americano se situa em torno de 300 a 400 dólares mensais, entenderemos que somente uma onda de prosperidade jamais vista pode permitir ao assalariado economizar mensalmente a quantia necessária para adquirir um automóvel.

Outra coisa que o viajante observará sem esforço é o grande número de casas e edifícios novos construídos atualmente nos Estados Unidos. Em Nova York, o Estado, a prefeitura e as empresas privadas derrubam quarteirões inteiros de *slums* e casas modestas do final e da primeira metade do Oitocentos e as substituem com poucos, mas gigantescos arranha-céus, de tijolos vermelhos, isolados e com torres, ligados entre si por anéis de parques públicos e alamedas arborizadas. Em Chicago está para ser implantado um programa para destruir dezenas e dezenas de ruas de velhos casebres e construir novos edifícios de apartamentos destinados à população operária, que todo ano cresce a um ritmo acelerado naquela cidade.

Em San Francisco, à beira da cidade surgiram bairros inteiros para a classe média, de casas com jardins e *cottages* de vários tipos (mas o efeito geral é de uma grande monotonia), todos ornamentados, elegantes, dotados de sacadas com colunas, um pequeno jardim, garagem. Daria para continuar. Mas será suficiente lembrar ainda uma vez o que significa o *boom* das moradias para qualquer país: uma infinidade de objetos, de artefatos, de produtos de todo tipo, que, por sua vez, trazem mais trabalho, mais circulação de dinheiro, mais prosperidade.

Contudo, é necessário precisar o caráter dessa prosperidade americana: a própria palavra "prosperidade" poderia induzir muitos a pensarem que se trata de uma explosão arrogante de abundância, de opulência, de luxo e esbanjamento. Mas eles errariam como erram com frequência na Europa aqueles que julgam os Estados Unidos pelas imagens enganosas do cinema de Hollywood e pelas revistas impressas. Na realidade, o principal caráter da atual prosperidade americana é a sua mediocridade, ligada, porém, a um elevado grau de difusão. As cifras também falam aqui uma linguagem eloquente: antes da grande crise de 1929, os ricos eram muito mais ricos, e os pobres, muito mais pobres. Entre 1929 e 1950, o percentual da renda nacional percebido em forma de salários, de pagamentos, de pensões e subsídios contra o desemprego subiu de 61% para 71%; enquanto os dividendos, os rendimentos e os juros das classes privilegiadas caíram de 22% da renda nacional para 12%. Isso significa que, hoje, se assiste ao fenômeno de uma discreta prosperidade, mas não se trata absolutamente de uma prosperidade impressionante, disseminada entre uma enorme camada da população, a famosa *middle class* americana ou classe média, aquela que imprime o caráter ao país e só até certo ponto é a burguesia de acepção oitocentista.

Portanto, quem acreditar que o americano médio hoje seja rico cometeria o mesmo erro se imaginasse que fosse rico quem possui tudo o que é necessário para um estilo de vida padrão, isto é, reduzido às necessidades de uma civilização como aquela dos Estados Unidos. O americano médio hoje não apenas não é rico, mas frequentemente deve contar o dinheiro que tem no bolso antes de comprometer-se com alguma despesa que saia do normal. Por outro lado, mesmo não dispondo de muito dinheiro, o americano médio hoje se alimenta, mora, veste, diverte-se e é transportado de uma maneira que, há cerca de cinquenta anos, ainda era aquela de um grupo de cidadãos muito mais reduzido. Em outras palavras, o padrão de vida dos privilegiados de outrora hoje se ampliou para a maioria da população, contribuindo, entre outras coisas, para criar um dos traços originais desse país, ou seja, uma civilização baseada em apenas uma classe totalmente homogênea, do Atlântico ao Pacífico, no que se refere a gostos, mentalidade, nível econômico e costumes. É óbvio que, quando se fala de padrão de vida, não se faz menção ao supérfluo, que é sempre privilégio de poucos, mas ao necessário. Porém, o necessário dos Estados Unidos é muitas vezes o supérfluo de muitos países da Europa e da Ásia.

Talvez da própria mediocridade dessa prosperidade, da sua falta de limites, da sua relativa novidade provenha a sensação de inquietação, de preocupação e de medo que, mesmo sob uma superfície camuflada, o viajante logo percebe nos Estados Unidos, tanto nas conversas particulares como nos vários artigos sobre o tema na imprensa. A atual prosperidade não é loucamente confiante e especulativa, ingênua e desenfreada como aquela dos anos anteriores à crise de 1929; é uma prosperidade acrescida de consciência econômica, social e política. O que significa que, em cada americano médio hoje, adormece ou está desperto um economista bastante informado sobre as leis do mercado, sempre alerta e sempre atento. Com outra metáfora, talvez desgastada, mas sempre eficaz: tal como à mesa de Macbeth, à mesa não demasiado opulenta do americano médio de hoje se senta eternamente um fantasma, aquele da grande crise de 1929.

Talvez na Europa não se note tão bem que a crise de 1929 foi o acontecimento nacional mais importante nos Estados Unidos depois da Guerra Civil do século XIX. A crise de 1929, deflagrada em um país cuja economia havia bastante tempo não tinha mais caráter manual e local, mas, ao contrário, era baseada na confiança, criou de uma vez por todas, com os simples e diretos instrumentos educacionais do desemprego, da fome e do susto, uma consciência econômica ainda hoje inexistente em nações muito mais pobres que os Estados Unidos. O que significa que, também nesse aspecto, este é o país mais moderno do mundo: por um preço elevado, ele adquiriu uma consciência do fator econômico que, no campo da profilaxia política e social, equivale à consciência da higiene no âmbito das doenças. Todos podem pegar a peste, por exemplo, mas saber que se pode pegá-la e quais são os agentes transmissores já é um passo para evitá-la.

Em seu ótimo livro *The Great Crash, 1929*, o economista J. K. Galbraith diz muito bem o que aconteceu naquele ano. A grande crise é descrita na obra com um sentido arguto e conformado da loucura humana, muito semelhante àquele que inspira a descrição de Manzoni da peste de Milão:[6]

> Muitos passavam fome em 1930, em 1931, em 1932. Outros eram torturados pelo medo de passarem fome. Outros ainda sofriam com a angústia de terem a dignidade e o respeito atingidos e passarem de uma vida cômoda à miséria. Finalmente, outros temiam entrar em decadência. Ao mesmo tempo, todos sofriam de uma sensação de desespero total. Parecia que nada poderia ser feito para deter a crise.

Parece ainda mais interessante observar que, logo depois de 1929, na cabeceira do leito do doente, havia dois médicos, um pessimista e outro otimista (relativamente). O médico pessimista, com Marx à mão, considerava a depressão uma das crises cíclicas do capitalismo e previa uma sucessão de tais crises sempre mais próxima e sempre pior, até a ruína total. O médico otimista, Keynes à mão (a *teoria geral* de Keynes é de 1936, mas a

---

6. Moravia aqui se refere ao ensaio de Alessandro Manzoni "Storia della colonna infame", saído, em 1840, como apêndice da segunda edição do romance *I promessi sposi* [Os noivos] (1827). Ver Alessandro Manzoni, *História da coluna infame*, trad. Jorge Coli. São Paulo: Editora da Unesp, 2024. [N.E.]

ação de Keynes no campo da teoria econômica remonta a alguns anos antes[7]), afirmava, pelo contrário, segundo as palavras de Galbraith (*O capitalismo americano*[8]):

> As variações na produção e nos índices mundiais de emprego são parte intrínseca de um processo mediante o qual a economia se adapta por conta própria aos movimentos nos investimentos e na poupança e que, consequentemente, nem a depressão nem a inflação são anormais.

Para dizê-lo de outra forma, toda a disparidade entre os dois médicos consistia em duas palavrinhas: o médico marxista considerava a crise "anormal", ou seja, mortal; já o médico keynesiano a considerava "normal", ou seja, curável.

Não vamos aqui indagar quem dos dois, teoricamente, tinha razão (provavelmente ambos: Marx é o economista dos países pobres, e Keynes, o economista dos países ricos); lembremos apenas que, na prática, foi adotado o diagnóstico otimista, e o efeito foi o New Deal de Roosevelt, ou seja, a intervenção do Estado como elemento de equilíbrio, estímulo e controle. No entanto, como se sabe, a escola marxista afirma que, depois de cada crise, o capitalismo não consegue mais se recompor numa medida superior àquela alcançada no ciclo anterior. Sem querer subestimar muitos fatores externos (as provisões de guerra, o desaparecimento momentâneo do mercado mundial do Japão e da Alemanha, o rearmamento etc.), é preciso que se diga que, pelo menos por enquanto, os fatos apontam que essa escola estava errada: na prosperidade atual, o capitalismo americano sem dúvida superou os índices de produção de 1929.

---

7. A referência é ao livro *The General Theory of Employment, Interest and Money* [A teoria geral do emprego, do juro e da moeda], do economista inglês John Keynes. A obra gerou a "revolução keynesiana", afastando a economia de seus preceitos neoclássicos e destacando a importância da leitura macroeconômica. [N.E.]

8. *American Capitalism: The Concept of Countervailing Power* [Capitalismo americano: o conceito do poder contrabalanceado], livro de 1952. [N.E.]

Porém, como se disse, tudo isso deixou na alma do americano médio de hoje uma sensação profunda de insegurança e medo. E se Keynes pudesse definitivamente ter errado e Marx pudesse ter razão? Com uma abordagem mais modesta e menos intelectual: se outra crise como aquela de 1929 eclodisse de repente, tomando de surpresa a sociedade e as autoridades e deixando na miséria 12 milhões de trabalhadores e assalariados como em 1929? Mas essa sensação de insegurança e medo, como já mencionado, não é outra coisa senão a tomada de consciência da questão econômica (ter ciência dos problemas de qualquer natureza é incômodo e doloroso). Por sua vez, que a população tenha ciência da questão econômica é um fato político novo que os governantes americanos devem levar em conta e que, para efeitos práticos, modificou e está modificando profundamente o caráter originário do capitalismo nos Estados Unidos. O já citado Galbraith observa:

> Um bom conhecimento do que aconteceu em 1929 é nossa melhor salvaguarda contra a repetição dos acontecimentos mais infelizes daqueles dias... A principal característica da fuga da realidade que houve em 1929 foi que a crise também arrastou as autoridades.

De onde se lê que a grande novidade da situação atual em relação àquela de 1929 tem dois aspectos: 1) a consciência dos fatos que já aconteceram; 2) a decisão firme das autoridades (ou seja, do governo) de não se deixarem mais arruinar pela crise. Isso significa que o capitalismo americano já está integrado em sua ação e em seu desenvolvimento pelo controle, pela assistência e pelas intervenções do Estado. Ou seja, abandonou a trilha da economia liberal clássica por aquela, ainda obscura e incerta, da tecnocracia, do planejamento e da intervenção estatal. Um caminho, como todos podem facilmente compreender, que pode levá-lo muito longe e transformá-lo completamente.

É difícil dizer o que aconteceria na realidade se uma crise como aquela de 1929 se repetisse. Em qualquer parte dos Estados Unidos se escuta que, nesse caso, o governo já tem à disposição uma série de controles e um programa maciço de obras públicas e auxílios. Evidentemente, o governo se dá conta do incalculável valor político e social de semelhante crise e está decidido a fazer de tudo para evitá-la. Além da pressão interna e política da consciência econômica dos americanos, é preciso que se reconheça que a Guerra Fria, ou seja, o contraste com a Rússia marxista, também estimula o Estado a agir dessa forma. No fundo, trata-se de uma aposta, mesmo que em escala gigantesca e mundial: de um lado, a Rússia soviética, por intermédio de seus porta-vozes e toda sua ação política, mira na derrocada final do capitalismo americano por meio de uma sucessão de crises cíclicas; por outro, os Estados Unidos querem demonstrar com os fatos que o astrólogo comunista cometeu um erro.

O tempo, que nunca age a favor de um lado ou de outro, mas apenas a favor de uma futura realidade imprevisível e que não pode ser conhecida, talvez possa dar a palavra definitiva nessa aposta. Todavia, as mudanças e as reformas (como aquela recente, sobre o salário-mínimo garantido[9]) provocadas por essa mesma aposta já estão em curso, e dão razão àqueles todos que consideram – como nós – que a economia dos Estados Unidos não esteja em fase de involução, mas de desenvolvimento e metamorfose.

Corriere della Sera, 17 de julho de 1955.

---

9. Em 1955, o presidente Dwight Eisenhower sugeriu ao Congresso americano uma emenda ao Fair Labor Standards Act of 1938, lei que havia instituído o salário-mínimo. Nessa emenda, aprovada em agosto do mesmo ano, trabalhadores do setor de serviços e varejo foram contemplados, além do aumento para 90 centavos de dólar por hora trabalhada. [N.E.]

OS RAPAZES GÂNGSTERES, FLAGELO DAS CIDADES AMERICANAS

Chicago

Para quem saiba buscar informações e reagrupá-las de acordo com certa ordem e significado, a leitura de jornais é sempre instrutiva. Nos jornais de Nova York, de Chicago e de outras cidades dos Estados Unidos, não são incomuns notícias deste tipo:

> Ontem à noite a guerrilha entre as *gangs* de menores eclodiu novamente no Bronx, pela segunda vez em 24 horas. Uma garota de 15 anos foi ferida por um disparo de revólver e seu companheiro foi atacado com um cano de chumbo. O companheiro usava uma jaqueta com os dizeres 'Cobra' nas costas. Alguns rapazes lhe perguntaram se ele fazia parte da *gang* Cobra. Ao responder que sim, um dos agressores bateu na cabeça dele com um cano de chumbo. A garota começou a fugir gritando, e então outro tipo tirou o revólver e disparou duas vezes, ferindo-a em um ombro. Em seguida a *gang* parou um táxi, subiu e se dispersou.

Ou ainda:

> X. Y., 17 anos, chefe de uma *gang* de malfeitores muito jovens no Bronx, foi preso e levado à sede da polícia de Morrisania, acusado de extorsão. Durante alguns meses, entre março e novembro, X. Y. havia aterrorizado um velho comerciante, obrigando-o a pagar cinco dólares por semana como contribuição de 'proteção'; isto é, pelo que parece, um dólar para cada membro da *gang* chefiada por ele.

Ou:

> Ontem de manhã na avenida Columbus dois guardas que estavam fazendo a ronda das ruas surpreenderam uma *gang* de rapazes que

> batia em três mulheres e um homem com socos, canos de chumbo e pedaços de ferro embrulhados em panos. A *gang* agrediu os dois guardas, que foram obrigados a disparar sete tiros antes de poder se livrar do ataque. Com exceção de dois, todos os membros da *gang* conseguiram fugir.

Seria possível continuar, mas a exemplificação seria monótona. É mais ou menos sempre a mesma coisa: bandos rivais de rapazes armados que brigam na rua, ou que agridem um desafortunado transeunte solitário que não lhes fez mal algum, ou que irrompem em um bar e quebram qualquer coisa, ou implicam com um policial e o enviam para o hospital com a cabeça rachada. Esses são os delitos que os jornais americanos reúnem sob o título abrangente de *teenagers gangs crimes*, ou seja, delitos de gangues de adolescentes; e apenas nos casos particularmente cruéis dedicam algum comentário severo (como o recente homicídio de um pobre rapaz, um mês atrás, sem a mínima provocação. Ironia: o rapaz era filho do presidente de uma associação para a prevenção da delinquência juvenil). Não há muito que dizer sobre esse gênero de delitos: nos Estados Unidos, todos concordam que ele deve ser considerado um flagelo social de primeira importância e julgam que alguma coisa deveria ser feita para, pelo menos, reduzi-lo.

As estatísticas para esse tipo de delinquência são sérias: segundo o Federal Children's Bureau, existem hoje cerca de 35 mil menores nas casas de correção dos Estados Unidos. Calcula-se que, no ritmo atual (os americanos preveem tudo, até o aumento da criminalidade), essa cifra subirá para 45 mil em 1960. Pior ainda, cerca de 20% dos rapazes que passam pelo centro de triagem correcional de Elmira, em Nova York, têm, ao que parece, certa familiaridade com os entorpecentes (maconha e, principalmente, heroína).

Na Europa, quando se fala de delinquência, na maioria das vezes a referência é à delinquência individual, mesmo se relacionada a fenômenos sociais disseminados. Nos Estados Unidos, ao contrário, o delito obedece à inclinação dos americanos, já observada por Tocqueville um século atrás,[10] de reagrupar-se de acordo com as mais diferentes afinidades e formar associações e agremiações. Portanto, em princípio, mais que uma verdadeira e própria criminalidade, está a lícita e, em muitos casos, benéfica paixão associativa dos americanos. Os rapazes de uma rua ou de um grupo de ruas habitadas por porto-riquenhos, digamos, associam-se em um bando; aqueles de outro grupo de casas habitadas por italianos, em outro bando; os de um terceiro bairro habitado por negros, em um terceiro bando, e assim por diante. Contudo, ainda se faz necessário diferenciar, nessa singular fauna social, os *street-clubs* das *street-gangs*. Os primeiros, que só em Nova York somam vários milhares, são simplesmente associações juvenis pacíficas e inofensivas, aprovadas pelos pais e pelas autoridades, dedicadas, como em todo o mundo, a jogos e a passatempos típicos de adolescentes. As segundas, ao contrário, que a polícia suspeita serem muitas centenas, são abertamente antissociais e criminosas. *Street-clubs* e *street-gangs* estão lado a lado na mesma rua ou no mesmo grupo de casas (*block*) e, não raramente, entram em conflito.

É interessante observar que um *street-club* totalmente inocente pode degenerar em *street-gang* sob a pressão de acontecimentos externos (na maioria dos casos de defesa) ou por uma simples transformação interna, um pouco como um tumor benigno pode degenerar em câncer. Assim sendo, além da já mencionada tendência associativa americana, os *street-clubs*, tal como as *street-gangs*, têm origem, nesse caso específico, nas condições ambientais não exatamente felizes: moradias esquálidas e abarrotadas, superlotação das escolas, ausência dos pais durante o horário de trabalho, falta de centros sociais e de assistência, vagabundagem (ao que parece, só em Nova York existem cerca de 20 mil adolescentes que abandonaram a família por vários motivos;

---

10. *Du système pénitentaire aux États-Unis et de son application en France* [Sobre o sistema penitenciário dos Estados Unidos e sua aplicação na França], livro publicado, em conjunto com Gustave de Beaumont, em 1833. Por coincidência ou não, Alexis de Tocqueville, assim como Moravia, também escreveu diversos relatos de viagens. [N.E.]

eles vivem nas ruas durante o dia e à noite dormem onde podem, nos sótãos, nos terraços e em outros refúgios improvisados).

As *gangs* (uma vez que é delas que queremos tratar; os *street-clubs* são apenas um aspecto do problema) têm um caráter ritual e são muito bem organizadas: todas têm um nome pitoresco provavelmente extraído das histórias em quadrinhos e que, não raro, é bordado nas jaquetas impermeáveis dos membros (os Dragões, os Esmeraldos, os Jaguares de Ouro, os Falcões de Guerra, os Turborreatores Atômicos, os Cobra, os Guerreiros etc.); um chefe reconhecido a quem se deve obediência absoluta; e um território delimitado de forma muito precisa no qual a própria *gang* exercita sua jurisdição. Como já mencionado antes, geralmente as *gangs* têm unidade racial ou nacional e isso ocorre principalmente por motivos de defesa, pois o irlandês, o negro, o italiano, o porto-riquenho sabem por experiência que apenas a afiliação a um bando de sua nacionalidade os salvará de humilhações cruéis, de agressões ferozes. A *gang* se movimentará como um só homem (ou melhor, como um só rapaz) para vingar qualquer ofensa dirigida a um de seus membros. Mas, além desse motivo importante, as *gangs* brigam entre si por questões territoriais (invasão de uma *gang* ao território de outra), por espírito de rivalidade beligerante, por questões de interesse e, principalmente, por simples tédio e desemprego. As garotas entre 14 e 18 anos também fazem parte das *gangs*, com várias tarefas que vão da prostituição (com o objetivo de arrecadar dinheiro para o grupo) até a assistência nas brigas (as garotas levam as armas, um pouco como os escudeiros dos cavaleiros errantes, e as entregam aos seus companheiros na hora do confronto). Essas pequenas desgraçadas, orgulhosas de sua afiliação e de suas relações amorosas com os membros da *gang*, são chamadas com o nome da *gang* da qual fazem parte com o acréscimo do sufixo feminino "*ettes*" (por exemplo, masculino plural: The Emeralds; feminino plural: The Emeraldettes).

Tudo isso é bastante triste e alarmante. Porque aquilo que impressiona no fenômeno da *gang* é principalmente o automatismo que parece levar os adolescentes primeiro à formação da *gang* e, em seguida, ao delito, ou seja, o caráter imediatista e totalmente espontâneo dessas associações e seus crimes. Em outros termos, trata-se de uma criminalidade anterior à formação do juízo e, portanto, do livre-arbítrio, espontânea e natural como a flor de uma planta ou a fruta de uma árvore, uma criminalidade que se deve não à escolha individual ou à vontade imediata, mas a uma determinação fatal de caráter ambiental.

Esses adolescentes são criminosos que desconhecem sê-lo até o dia do julgamento nos tribunais para menores; e isso porque vivem e crescem em um ambiente às margens ou até fora da máquina social, no qual rudes hábitos ancestrais, a persistência fragmentada de costumes anteriores à emigração e preconceitos raciais, religiosos e econômicos substituem as regras morais em vigor na comunidade americana. Diante de certos delitos particularmente absurdos (como aquele recente de uma *gang* que agrediu um velho aposentado no Central Park, em Nova York, e, depois de torturá-lo longamente, jogou o cadáver no East River), estaríamos inclinados a considerações pessimistas sobre a perversidade da natureza humana. Mas depois é suficiente dar uma caminhada em certos bairros de *slums* e lançar um olhar para as ruelas sinistras de casebres todos iguais e todos pobremente utilitários (nada a ver com uma máquina de morar, segundo a definição de Le Corbusier; pelo contrário, dever-se-ia falar mesmo de máquinas de impelir os moradores para as ruas), com suas escadinhas de balaustradas de ferro enferrujado que galgam os tétricos subsolos, suas janelas basculantes poeirentas, suas fachadas fuliginosas; é suficiente percorrer uma dessas ruazinhas, digamos, entre os detritos que cobrem o asfalto (Nova York, Chicago e as cidades industriais dos Estados Unidos em geral não são nada limpas, principalmente nos bairros populares), para entender que, nesse caso, a natureza humana é o produto fiel e direto do urbanismo. É de impressionar que, em lugares tão desolados, não aconteça o pior. Na realidade, é preciso que se alerte, as *gangs* são um fenômeno esporádico, sobretudo se colocado em confronto com a quantidade imensa de gente que vive nos bairros descritos anteriormente.

Foi dito que a crueldade firme e impiedosa das *gangs* busca sua inspiração nos filmes e, principalmente, nas histórias em quadrinhos

ou *comic-books*. Sem dúvida, tanto nos filmes como nesse gênero, esses adolescentes encontram um incentivo e um modelo.
O cinema de Hollywood popularizou entre a juventude a figura do gângster, e pouco importa se num final entediante o bem, isto é, a polícia, triunfe sobre o mal: os quatro quintos do filme foram dedicados aos gestos do patife que, vejam bem, nunca é descrito como quase sempre é na realidade, ou seja, um homem burro, inculto, rude, entediante, mecânico e convencional, e sim como um herói, embora sinistro e negativo. Nos *comic-books*, as coisas são como no cinema, mas com algo pior: não existe nenhum Código Hays, nenhuma autocensura para limitar a pueril e extravagante ostentação de crueldades (estrangulamentos, queimaduras, mutilações, torturas de vários tipos e depois extorsões, *hold-up*, rapinas, pugilatos e assim por diante) dessas publicações.[11] A violência homicida nos Estados Unidos é vista quase com indulgência, como uma prova de masculinidade e de força, enquanto a lascívia sexual é severamente reprimida com puritanismo. Contudo, ultimamente os americanos perceberam que o diabo, expulso pela porta, entrou novamente pela janela, ou seja, que o sexo, proibido em suas manifestações mais diretas, encontrou a maneira de ressurgir mais forte do que nunca, inclusive porque se encontra dissimulado e disfarçado nas crueldades dos *comic-books* e de determinados filmes. Muitas vozes se levantaram para protestar contra essa singular literatura juvenil, chamando a atenção, entre outras coisas, para o fato de que a linguagem da crueldade é aquela que mais facilmente faz apelo aos instintos da puberdade, ou seja, de uma idade em que o sexo não se apresenta nunca de forma direta, mas indireta e "transferida". Ao que parece, depois dos últimos protestos, os editores dos *comic-books* resolveram também instituir uma autocensura, tal como os produtores cinematográficos.

---

11. O Motion Picture Production Code, conhecido como Código Hayes, foi instituído pelos principais estúdios hollywoodianos em 1930, como um conjunto de 37 medidas de autocensura que proibia, por exemplo, "profanidades" e nudez. Em 1954, após o pânico moral causado pelo livro *The Seduction of the Innocent* [A sedução dos inocentes], de Fredric Wertham, uma regulamentação semelhante foi aprovada em relação aos quadrinhos: o Comics Code Autorithy. [N.E.]

No entanto, voltamos a repetir: *comic-books* e filmes não teriam o efeito que têm se seus leitores não vivessem em ambientes sociais que parecem feitos de propósito para provocar o gangsterismo juvenil; permaneceriam apenas como passatempos, embora não saudáveis, e não como modelos de ação.

Naturalmente, em um país como os Estados Unidos, onde a sociedade não faz outra coisa a não ser cuidar dos próprios males e onde eles são enfrentados por instituições apropriadas – que, por sua vez, são controladas pela opinião pública por meio de jornais, revistas e discussões (em síntese, a máquina social alimenta a si própria de mil maneiras, caso contrário pereceria de inanição) –, centenas e centenas de associações públicas, parcial ou totalmente particulares, dedicam-se à educação e à reabilitação de menores. Só o Youth Board do estado de Nova York gasta cerca de 2 milhões de dólares por ano para essa finalidade. Mas somas assim tão grandes e instituições tão numerosas são como tampões em cima de uma ferida que não se pode ou não se quer desinfetar. A desinfecção consistiria na destruição do bairro das *slums*, na dispersão e na absorção dos grupos raciais e nacionais emigrados há pouco tempo, na ampliação democrática da educação e da assistência. Para citar apenas um caso, aquele dos porto-riquenhos – que, apenas na cidade de Nova York, são cerca de 400 mil –, é evidente que as *gangs* juvenis deles desapareceriam no dia em que, em vez de viverem amontoados em bairros insalubres e paupérrimos, os porto-riquenhos se distribuíssem por todos os lados, não fossem mais considerados com um desprezo mal dissimulado pelas outras nacionalidades de imigração mais antiga, e seus filhos frequentassem mais as escolas e soubessem o inglês e não apenas o espanhol, como acontece em muitos casos. Mas os Estados Unidos não cessaram de ser o *melting-pot* de outrora; acabarão por digerir as *gangs* juvenis assim como digeriram tantas outras mordidas ainda mais indigestas do passado. Uma onda de prosperidade, um novo impulso emigratório para o oeste, um rearranjo social e econômico, e as *gangs* não serão nada mais do que uma dolorosa e incompreensível lembrança.

Corriere della Sera, 24 de julho de 1955.

TURISTA SEM AUTOMÓVEL PERDIDO NO CENTRO DE DENVER

"*Westward ho!*", a antiga palavra de ordem dos pioneiros do Oitocentos na marcha para o oeste, ecoa agora no ouvido do senhor X, com um atraso de mais de um século, é verdade, mas não por isso menos estimulante. Em Chicago, o senhor X "sente" um pouco o oeste, como um marinheiro que desembarcou em terra "sente" o mar. Realmente, para os pioneiros de outrora, o oeste deveria parecer um pouco como um mar desconhecido: um mar de planícies desabitadas, de desertos de pedra, sal e areia, de florestas silenciosas e luxuriantes. Hoje, o velho mote corajoso, reflete o senhor X, subindo a escada do avião que dentro de cinco horas o deixará em Denver, não tem mais o mesmo significado de perigo e aventura: apesar disso, assim como outrora, o oeste ainda é a meta de centenas de milhares de americanos.

Por que os americanos vão para o oeste? Muitos o fazem por motivos de saúde (a grande quantidade de velhos que vai passar os últimos anos de vida no clima ameno da Califórnia é, há algum tempo, uma característica diferencial daquele estado); muitos porque no oeste o custo de vida é mais baixo, mesmo com os mesmos salários; muitos ainda em busca, como se diz aqui, de *opportunity*, ou seja, de oportunidades. Mas, no fim das contas, todos com a esperança de uma vida melhor, mais longa, mais humana, mais calma, como em outros tempos. Como são felizardos os Estados Unidos, reflete o senhor X, que ainda hoje têm a terra prometida dentro de suas fronteiras.

Denver: o senhor X desce a escada do avião e rapidamente é arrebatado pela luz arrasadora, brilhante, irradiada em um feixe de raios incessantes no céu imenso e puro, sobre uma terra plana como uma mesa que não parece ter horizontes. É a luz do altiplano em que se encontra Denver, cidade artificial surgida do nada com o dinheiro das grandes companhias mineradoras do

CALIFORNIA ZEPHYR

leste, cidade sem indústria e sem fábricas, o que significa, nos Estados Unidos, uma cidade irreal.

Enquanto um carro o transporta para a cidade, o senhor X busca na memória qualquer vestígio do nome de Denver, mas só encontra a lembrança de Buffalo Bill, o imortal caubói das planícies, de quem, na infância, eu havia lido as prestigiosas aventuras nos fascículos ilustrados publicados por um editor milanês. Mas Denver, como o senhor X rapidamente se dá conta ao entrar na cidade, não é mais a cidadezinha de fronteira com pisos de madeira, tavernas cambaleantes e cassinos enfumaçados que, nas ilustrações dos fascículos, serviam de fundo para os tiroteios entre os caçadores de ouro e os peles-vermelhas.

Hoje Denver é limpa, luminosa e, em virtude disso, uma moderna cidade americana bastante irreal, com as ruas que tradicionalmente se cruzam em ângulo reto (mas terminam longe, no verde da planície), os clássicos anúncios publicitários coloridos e os clássicos bairros residenciais cheios de casas luxuosas onde (mas é uma impressão do senhor X) a vida parece ser terrivelmente entediante.

O centro de Denver é um cruzamento entre a clássica Broadway (ao longo da qual se alinham as típicas lojas cheias de coisas trazidas da região leste dos Estados Unidos, novinhas em folha) e uma rua qualquer de número indefinido, a cinquentésima sétima ou a quadragésima quarta. Nesse centro, que não é um centro (ah... as reconfortantes praças da França e da Itália, com a catedral e o sagrado...), estão o hotel principal da cidade, uns dois ou três cinemas, alguns bancos e até uma boate com *strip-tease*. Alguns arranha-céus, dois dos quais em construção, testemunham a prosperidade de Denver, cidade, como foi dito, mantida graças aos capitais mineradores do leste e cheia de empregados e funcionários. No que se refere a Buffalo Bill: o único detalhe que ainda lembra o famoso caubói são as estranhas botas que calçam um grupo de educados cavalheiros que está em pé conversando no saguão do hotel; botinhas de couro de vaca curtido, bordadas, que vão até a altura da panturrilha, e enfiadas dentro das calças comuns, à moda dos vaqueiros. Depois de ter observado um momento essas interessantes botinhas, o senhor X deixa o hotel para dar um passeio.

Ingênuo senhor X. Não se dá conta de que passear sem automóvel já é quase impossível nos Estados Unidos, principalmente nas cidades de projeto mais recente, construídas, dir-se-ia, só para os motoristas.

Ainda assim, os amigos da costa leste lhe haviam dito: “Se você andar a pé em cidades como Los Angeles ou por outras parecidas, vão tomá-lo por um ladrão em busca de uma casa para roubar; ou por um desamparado que perdeu a memória; e talvez alguém pare para perguntar se você se sente mal e se pode lhe ajudar”.

Tendo sido transportado até o limite final do enorme parque público de Denver, na hora de pagar o motorista, o senhor X observa que ele tem um olhar estranho, uma mescla de surpresa e compaixão. Não se dá conta na hora, mas lhe ocorre repensar nisso duas horas mais tarde, quando, morto de cansado de tanto andar pelo parque, procura em vão um táxi que o leve de volta para o hotel. O sol brilha forte nas imensas áreas gramadas pontilhadas de grandes árvores floridas, nas alamedas asfaltadas que cortam os gramados e nos lagos artificiais onde nadam patos e cisnes, mas não há nenhum táxi à vista. Todos que naquele momento estão no parque, sejam os que tomam sol de maiô, na grama, sejam os que contemplam os combalidos animais selvagens do zoológico, têm o seu bom carro à mão, estacionado logo ali.

Outros automóveis passam lentamente pelas alamedas ensolaradas, transportando as típicas familiazinhas de trabalhadores americanos, ele, de camisa branca, ela, de blusa cor-de-rosa, dois filhos, um cachorro e o cabide pendente no teto com os paletós dependurados para que não amarrotem, mas parece que não se previu nada para o turista que esteja sozinho e a pé.

O senhor X perambula, perambula e perambula, sob o sol que queima, pelo parque impiedosamente em ordem, silencioso e dominical; entra finalmente em um quiosque e pede uma cerveja. Uma garota de biquíni, na verdade bastante atraente, com as costas e as pernas bronzeadas de sol, lança um olhar sensual para o senhor X e depois se afasta para a jaula dos macacos, balançando forte o quadril. "Uma aventura", pensa o senhor X, atraído contra a sua própria vontade, apesar do calor e do cansaço. Mas pensar no automóvel que ele não tem o paralisa: que espécie de aventura se pode ter sem automóvel em um país como este? O senhor X deixa que a garota se disperse e depois percorre cinco quilômetros a pé e, finalmente, chega ao hotel, acabado.

No dia seguinte, logo cedo, o senhor X retoma a viagem para o oeste, dessa vez de trem. É um trem lindo, com um nome sugestivo, com vagões blindados que parecem muito com frigoríficos. Mas está vazio. No vagão do senhor X deve haver – se houver – três passageiros no total: nos Estados Unidos, todos já viajam de avião, principalmente no oeste, em cujas plagas desabitadas não há cidadezinhas ou vilarejos que justifiquem a existência de alguma coisa semelhante aos nossos trens regionais.

O senhor X desce para tomar um café e, no exato momento em que está subindo de volta, o trem se movimenta de forma dissimulada e traidora e passa embaixo da marquise, sem um trilo de apito ou um sinal de bandeirola, como se lhe interessasse não anunciar que está partindo. Agora o trem percorre uma superfície plana, em volta há um vale arenoso e redondo que parece a cratera de um vulcão apagado e, então, o senhor X pode ver que o trem é supercomprido e tem uma cauda infinita de vagões de mercadorias, todos legendados com as siglas e os nomes das grandes empresas alimentícias dos Estados Unidos. Carnes mortas, frutas mortas, peixes mortos, verduras mortas, raciocina o senhor X, mercadoria morta para as pessoas do oeste, enviada para os frigoríficos das cidades do Pacífico e destinada ao consumo só depois de longas estadas nas mais variadas câmaras frigoríferas. O trem começa a correr.

Como os Estados Unidos são um país grande, reflete o senhor X depois de cerca de oito horas de viagem, olhando a paisagem. De fato, já são oito horas seguidas que o trem atravessa uma paisagem sempre igual, para dizer a verdade, assustadora, isto é, quase desértica, ou melhor, morta. Uma terra cinzenta e escura, muito levemente ondulada, sem árvores, sem arbustos, com uma ou outra rocha corroída aqui e ali que parece um dente cariado aprumado nas suas raízes, coberta por uma vegetação ínfima e plumosa de coloração pálida e murcha, que se estende a perder de vista dos dois lados do trem, durante horas e horas e horas.

O senhor X aguça os olhos e finalmente entende que um ciclone de pó passou naquela região e que aquela cor é a cor do pó. Alguns dias antes, pondera o senhor X, apareceu no horizonte um ameaçador polegar escuro, com a unha voltada pra baixo, com a palma da mão perdida entre as nuvens, e esse polegar gigantesco começou a dar voltas nos horizontes, um polegar de ponta-cabeça, fazendo o gesto negativo, que, à moda dos antigos romanos nos circos, decretava silenciosamente a morte da terra. De fato, por onde quer que tenha passado aquele polegar de ponta-cabeça, a terra havia morrido. Além do pó, o que mais impressiona o senhor X é o aspecto despovoado dessa paisagem: não há uma casa, não há uma habitação; e na estrada que corre paralela ao trem, que maravilha, não há um automóvel. Lá longe, estranhas montanhas corroídas e compridas em formato de mesa contribuem para dar a toda a paisagem um aspecto decrépito, lunar, irreal.

Chega a hora da refeição. O senhor X se apresenta no vagão-restaurante e se senta em frente a um senhor de meia-idade, vestido com uma camisa transparente de náilon (no bolsinho, tem dois charutos que parecem dois corpos estranhos vistos em uma radiografia) que lembra os invólucros de celofane usados nos Estados Unidos para enrolar os mais diferentes produtos, de bifes a rabanetes. Esse viajante tem uma cara disciplinada, pensa o senhor X enquanto o espia, com certeza pertence a algum instituto ou organização ou associação. De fato, é um oficial do Exército americano que foi transferido e viaja para seu novo posto.

O diálogo começa imediatamente: "Bom dia, que lindo dia, não é verdade?" (o dia está horrível, o céu está escurecido por uma espécie de denso nevoeiro fosco). "Sim, lindo dia, para onde o senhor vai?" "Para Sacramento... e o senhor?" "Para San Francisco." Segue-se um longo silêncio; o senhor X arrisca: "O senhor é...". "Estou no exército... E o senhor?" "Sou jornalista, sou europeu." "Ah, europeu." "Sim, italiano." Dessa vez o silêncio dura mais. O senhor X pensa: veja bem, agora ele está se perguntando como devem ser as relações do Exército americano com a Itália; ele só pode fazer uma pergunta que esteja de acordo com o regulamento militar; o fato de eu ser estrangeiro levou-o de imediato a vestir mentalmente o uniforme. De fato: "Parece-me que ainda temos alguma coisa na Itália, não é verdade? Uma representação." "Sim, em Livorno, porto de desembarque para as tropas da Alemanha.[12]" "E também em Trieste, não?" "Não, em Trieste não há mais nada."

O senhor X é um pouco maldoso e, com frequência, cede à tentação de cutucar, como se diz, o cão que dorme: "Trieste é uma cidade importante, na fronteira com a Europa comunista... O comunismo...". O senhor X olha para o oficial e o oficial vê, através do corpo do senhor X, a poltrona revestida de couro vermelho do vagão-restaurante. O senhor X insiste: "O comunismo se espalha, por assim dizer, de Trieste até o mar Amarelo... Por isso...". Dessa vez o viajante faz um gesto expressivo: vira a cabeça para a janela, mastigando lentamente um pedaço de bife. É sempre assim, raciocina o senhor X, satisfeito com o teste: diante de uma conversa menos banal, que não seja feita apenas de historinhas e de estatísticas, mas também de ideias gerais, o americano médio se retrai como um crustáceo e, digamos, desaparece da própria conversa. Em outras palavras, em vez de acordar, o cão cutucado adormece ainda mais profundamente.

A viagem continua: a América, como diz a canção do emigrante, "*l'è longa e l'è larga*". Atravessado o deserto, anoitece

---

12. Em setembro de 1943, durante a Segunda Guerra Mundial, a cidade de Livorno foi ocupada pelas tropas nazistas; sua libertação ocorreu em julho do ano seguinte, após intensos bombardeios. Foi uma das cidades italianas mais afetadas pelo conflito. O porto, que teve seu farol destruído na batalha de retomada, é ainda hoje utilizado pelo Exército americano para o transporte de cargas. [N.E.]

de repente e, passada a noite, o senhor X, aproximando o rosto da janela, enxerga, através da névoa de poeira branca de uma tempestade de neve, montanhas altas nevadas, densos abetos carregados de neve e lagos debilmente reluzentes ao fundo de vales profundos, sob a neve que os encobre: as Montanhas Rochosas. A clássica paisagem alpina, o senhor X reflete, entediado. Contudo, contudo... os Alpes são outra coisa. Parece impossível, mas, também no meio dessas montanhas – como, aliás, em qualquer lugar nos Estados Unidos –, sente-se que o homem ainda não acrescentou o lacre sagrado da cultura. As Montanhas Rochosas são carentes de memórias, de referências, de lembranças, raciocina o senhor X; e Guilherme Tell, com seu garoto amedrontado e sua maçã,[13] são suficientes para humanizar até os cantões mais inacessíveis da Suíça.

O trem sobe com dificuldade, vagão após vagão, até o cume de um morro, e em seguida desce rapidamente pela outra encosta enquanto a paisagem, com velocidade, primeiro perde sua camada de neve, depois seus abetos e, em seguida, as rochas. É a Califórnia, afinal, que olha para o Pacífico e para o Extremo-Oriente (que aqui se torna Extremo-Ocidente: o Ocidente nunca acaba) e dá de costas para os Estados Unidos, verde, verdíssima, cheia de árvores encharcadas e espessas, banhada de águas, estranhamente aprazível e ao mesmo tempo selvagem.

Agora o trem vai mais devagar entre pomares exuberantes, suaves colinas entremeadas de frondosos carvalhos e campos cultivados com milho.

Algumas horas mais tarde o senhor X aponta na baía de San Francisco, na hora do pôr do sol. O *ferry boat* que o leva de Oakland para San Francisco corta com sua pesada proa arredondada uma água densa, arroxeada, que brilha com os raios do sol que se põe. San Francisco está lá embaixo, lembrando com suas

---

13. Guilherme Tell é um herói nacional da Suíça. Apesar de sua existência efetiva ser motivo de disputas, ele teria, no começo do século XIV, assassinado o tirano austríaco Albrecht Gessler, após este ter obrigado Guilherme a acertar, com uma flecha, uma maçã colocada sobre a cabeça de seu próprio filho. [N.E.]

inúmeras colinas e casas brancas, dispostas umas sobre as outras, outras cidades famosas por sua beleza: Nápoles, Hong Kong, Rio de Janeiro. Um colar de luzes resplandecentes, suspenso entre a cidade branca e um promontório escuro, indica a passagem maravilhosa da ponte Golden Gate, uma das mais bonitas do mundo.

De repente um viajante de aspecto *middlewestern*, careca, corpulento, peludo, com um grande charuto entre os dentes e uma túnica havaiana de flores grandes, aproxima-se do senhor X: "O senhor poderia me fazer um favor?" "Dois", responde o senhor X atencioso. "Então pegue esta máquina fotográfica e tire uma foto minha... Mas preste atenção para incluir aquela ilhota lá longe." "O senhor não quer que eu também inclua San Francisco?" "Não, quero apenas aquela ilhota... O senhor sabe, é a ilha de Alcatraz, onde fica um dos mais famosos presídios dos Estados Unidos... Nunca alguém conseguiu fugir, mas houve muitas rebeliões de presos. Quero mandar esta foto para a minha mulher." "Cada gosto estranho", pensa o senhor X batendo a fotografia enquanto o viajante se posiciona poeticamente com o presídio ao fundo, "estar numa das mais lindas baías do mundo e se fazer fotografar com uma prisão atrás".

Corriere della Sera, 30 de julho de 1955.

DELICADOS EUFEMISMOS CRIATIVOS DA BELÍSSIMA *MORTUARY HOSTESS*

San Francisco

Já se disse várias vezes que as civilizações são julgadas principalmente pelo modo como resolveram ou tentaram resolver o problema da morte. A civilização egípcia, por exemplo, encontrou uma forma muito simples de resolver esse problema, isto é, transformando-o no próprio centro da vida, como comprovam os inúmeros monumentos funerários no Egito, das pirâmides às tumbas subterrâneas do Vale dos Reis. Ali, toda a vida humana girava em função da morte, e o Egito oferecia a essa concepção mortuária a incomparável moldura de sua atmosfera encantada dos Campos Elíseos, do seu tempo sereno eternamente lúgubre, de seus desertos cheios de miragens, seu silêncio e sua imobilidade. O único livro conservado da literatura egípcia é o chamado Livro dos Mortos, escrito em papiros e colocado em cima do peito dos defuntos. É significativo que seja, para nós, modernos, um livro quase incompreensível, profundamente ritual e simbólico, que se refere a uma civilização já extremamente distante da nossa.

Do Egito aos Estados Unidos é um grande salto, e a diferença é considerável: no Egito, tudo era feito para a morte e a morte havia encontrado uma solução mágica, religiosa, fantástica e poética para si; nos Estados Unidos, tudo é feito para a vida, e a morte não parece ter encontrado nenhuma solução. Parece curioso: no Egito, o pano de fundo da morte parece ter sido a vida, aquela de todos os dias, pelo menos a julgar das maravilhosas representações da vida real pintadas nas paredes das tumbas do Vale dos Reis; nos Estados Unidos, ao contrário, o pano de fundo da vida é a morte, ou seja, o problema não resolvido e insolúvel da morte. Assim sendo, nos Estados Unidos a morte se vinga da vida: enquanto a vida é exaltada em todos os seus aspectos enérgicos e produtivos, a morte que se gostaria de ignorar se infiltra por todos os lados nas próprias raízes da vida, conferindo-lhe muitas vezes um sentido fúnebre e inútil.

Em San Francisco, cidade cheia de edifícios e de bairros novinhos em folha, contaram-nos sobre a nova sede de uma empresa de cerimônias funerárias (*funeral home*), que fora construída de acordo com o projeto de um aluno do célebre arquiteto americano Frank Lloyd Wright. Fomos até o local, mais para ver como havia sido resolvida não a questão da morte e, sim, a de um edifício dedicado à morte. Paramos o automóvel no fim de uma descida íngreme, como são todas as ruas de San Francisco. O edifício surgia em cima de uma espécie de superfície murada em diagonal, à direita da rua. Reconhecemos rapidamente o estilo do mestre, planos horizontais, saliências em terraços e em varandas sobrepostas (lembram-se da Casa da Cascata?[14]), alternados com sabedoria e grudados à colina como aqueles cogumelos vulgarmente chamados línguas-de-boi, que nascem no tronco de alguns carvalhos ou azinheiras. Em poucas palavras, o aluno de Wright havia concebido essa casa dos mortos como um *country-club* ou uma mansão campestre: nada de esfinges, urnas, tripés, chamas, nada no estilo império, nada de mármores pretos e brancos, mas tijolos vermelhos, superfícies lisas, linhas abstratas, jogo de volumes e de superfícies. Entramos por uma varanda no saguão: uma sala ampla, com o piso brilhante; em um canto rodeado por um pequeno jardim de plantas japonesas, um jato de água fresca nada mais que murmurante; nas paredes, algumas decorações em cerâmica, num estilo vivaz e vienense, que, por um momento, nos lembrou o velho pintor Klimt. Quase imediatamente uma garota linda, alta, muito esbelta, perfeitamente torneada desde o elegante pescoço até os delicados tornozelos, jovem e cheia de saúde, veio ao nosso encontro rebolando levemente os quadris e sorrindo.

---

14. *Fallingwater*, edificação famosa de Frank Lloyd Wright que possui, em parte de sua área interna, uma cachoeira. Foi construída em 1936 no interior da Pensilvânia. [N.E.]

Com uma voz suave, perguntou-nos de uma forma nem um pouco burocrática de que maneira poderia ser útil ("*Can I help you in any way?*"), e depois de saber que não precisávamos dos serviços da empresa, mas que vínhamos apenas para uma visita informativa, aprovou nossa curiosidade, sem sombra de dúvida, dizendo-nos que a firma ficava muito contente que se visitasse o estabelecimento, um dos mais importantes e mais modernos dos Estados Unidos. Então, postando-se à nossa frente, levou-nos primeiro ao escritório da direção e nos mostrou um enorme e complicado radiofone, explicando que estava conectado com as várias câmaras ardentes e que, no momento certo, emitia músicas para todos os gostos em tons leves e angelicais, de Bach e Haendel a jazz. Desse escritório, fomos para a câmara ardente principal. Essa sala era bastante grande e dois terços dela estavam ocupados por quatro fileiras de poltronas, como um pequeno teatro. Uma espécie de tribuna, ou melhor, de palco, ligeiramente acima do piso, ficava diante das poltronas: aqui, explicou a garota, era colocado o ataúde e ocorria a cerimônia fúnebre.

Observamos que todo o fundo do palco era entremeado por um bastidor ou biombo de tijolos vermelhos; atrás daquele bastidor ou biombo, informou-nos a nossa guia, a família do defunto podia chorar e atenuar sua dor totalmente à vontade, enquanto os amigos, os conhecidos, os colegas se sentavam nas quatro fileiras de poltronas. Era tudo limpo, novo, extremamente moderno e prático. Entre outras coisas, a garota nos fez observar que a calefação não era com aquecedores, mas funcionava por meio de canos que esquentavam de maneira uniforme toda a superfície do piso.

Da câmara ardente, passamos para o segundo andar, sempre precedidos pela *mortuary hostess*. Ela nos conduziu para uma grande sala retangular e com um gesto de mão, sem palavras, indicou a variada mercadoria reunida na sala: ataúdes, ataúdes e mais ataúdes arranjados em fileiras ao longo das paredes e no meio do recinto. Havia para todos os gostos e para todos os bolsos, como observamos examinando-os de perto: alguns de cobre prateado, forrados de lã de angorá branca, que custavam 1.500 dólares, outros de cobre simples, outros de metal e madeira, e ainda outros só de madeira. Todos esses ataúdes também tinham um aspecto pesado, quase de sarcófago, e eram decorados de maneira mais ou menos rica, segundo um estilo que oscilava entre o império e a Secessão Vienense.[15]

Enquanto isso, a garota explicava: o defunto era preparado, ou seja, maquiado de acordo com as cores que tinha em vida, arrumado de forma apropriada e, então, novamente vestido. Ela se aproximou de um armário, abriu as portas e apontou para as roupas que a empresa podia fornecer às famílias que não as tivessem: ternos azul-marinho de peito duplo, com gravata preta e camisa branca para os homens, blusas compridas de linho cor-de-rosa, decoradas com bordados e florzinhas para as mulheres. Os sapatos masculinos eram pretos (com sola de papelão, pois os mortos não andam); já as mulheres podiam calçar as pantufas usadas à noite. A garota nos garantiu que todos preferiam as roupas da empresa àquelas que o morto vestia em vida, porque pelo menos era mais prático: entregava-se o defunto à empresa e esta se encarregava de todas as coisas, do velório à preparação, à exposição, à cremação ou ao sepultamento finais. A visita havia terminado; a garota acompanhou-nos até o térreo, pediu que assinássemos o livro de visitantes e lembrou-nos de voltar o mais breve possível, naturalmente na qualidade de clientes. Deixamos a *funeral home* não sem alívio.

Suponhamos que, afinal de contas, uma empresa de cerimônias fúnebres na Europa não apresente um aspecto muito diferente: o edifício não terá sido construído de acordo com o estilo de Wright, nenhuma garota bonitona receberá os clientes, tudo será menos moderno, mais de acordo com a tradição; contudo, apesar disso, sempre se tratará de mortos e ataúdes. Para nós, toda a diferença está no modo, no espírito com que

---

15. Ou seja, um estilo datado entre o final do século XIX e as primeiras décadas do XX. A Secessão Vienense foi fundada em 1897 por Gustav Klimt, citado antes neste texto, e por outros artistas austríacos. [N.E.]

o fato da morte é considerado. Enquanto visitávamos a *funeral home* de San Francisco, notamos, por exemplo, que a nossa guia tentava obstinadamente esconder e eliminar com astúcia verbal os detalhes tristes de seu trabalho. Nós dizíamos *corpse* e ela dizia *person*; dizíamos *coffin* e ela dizia *casket*; dizíamos *die* e ela dizia *pass away*; dizíamos *funeral* e ela dizia *services*; dizíamos *mortician house* e ela dizia *funeral home*. Em suma, a pobre garota se aferrava desesperadamente ao eufemismo, com o rigor bem-educado da governanta que precisa lidar com um menino mal-criado. Na verdade, na sua boca o eufemismo era mais que uma figura verbal: era a prova de um estado de ânimo, por assim dizer, nacional. De fato, mais tarde, viajando pelos Estados Unidos, percebemos logo que a morte era um assunto a ser evitado, ou pelo menos a ser dissimulado com palavras adequadas.

Na realidade, a civilização americana, tão hábil e tão imaginativa no que se refere às comodidades da vida, revela-se extraordinariamente sem imaginação quando se tratava da morte. Digamos com franqueza: não existe lugar para a morte nos Estados Unidos, isto é, nada foi previsto para fazer da morte, como no Egito e nas antigas civilizações em geral, a conclusão digna da vida. No fundo, no fundo, os americanos consideram a morte uma indiscrição, uma indecência, um *faux-pas*, um erro imperdoável.

Ao receber a notícia da morte de um parente ou de um amigo, muitos americanos quase exclamam: "Mas como Jones ou Smith pôde pensar em morrer?". Nessa falta de preparo e inexperiência (parece impossível, mas é isso mesmo, inexperiência) tem origem a tendência a tratar a morte como se fosse um assunto de caráter prático, o último da vida do defunto, com base em considerações de eficiência, de verba disponível, de rapidez e organização. Enfim, tudo aquilo que se faz para o defunto é considerado um pouco como um entre os tantos produtos, à maneira industrial, fabricado e manipulado da forma estabelecida por uma tradição já incompreensível e distante, sempre, bem entendido, de acordo com a disponibilidade financeira da família.

Às vezes essa praticidade produz efeitos grotescos, pelo menos para nós, europeus. Sem chegar ao *slogan* que nos foi relatado, mas que não parece crível: "Por que vocês andam por aí vivos quando podemos sepultá-los por 399,50 dólares?", as empresas de cerimônias fúnebres dão muitas vezes à sua publicidade um caráter mais alegre e desprendido do que o assunto permite. Poderão mostrar, por exemplo, um cartaz com uma garota muito sexy, com o rosto ligeiramente triste, os olhos entrecerrados e, ao lado, colocarão uma legenda do tipo: "No momento do pesar, vocês não podem cuidar dos detalhes. Tudo o que devem fazer é nos telefonar e resolveremos todos os trâmites. Apenas 299,98 dólares". Deve-se observar que, entre as coisas que a empresa se encarrega de resolver, também está o serviço religioso.

Pelo que parece, atualmente cada vez mais as famílias dos defuntos preferem que o serviço religioso seja celebrado na mesma *funeral house* que se encarrega da preparação do morto e do sepultamento. Apenas os católicos ainda levam seus defuntos para a igreja. Mas não é por isso que se deve pensar que os americanos sejam menos apegados a seus entes queridos que outros povos e menos desejosos de homenageá-los depois do passamento. Como já mencionamos, trata-se, no fundo, de uma falta de experiência: morre-se nos Estados Unidos há apenas três séculos e meio, enquanto na Europa se morre há 3 mil anos e, no Egito, há 5 mil. Resumindo, é possível que essas *funeral homes* sejam o ponto de partida de uma nova maneira de interpretar a morte, de uma nova concepção da morte em um futuro distante.

Contudo, talvez seja preciso ver algo mais nessa praticidade que se esforça em tornar a morte semelhante à vida em todos os aspectos. Provavelmente o protestantismo e, principalmente, as seitas mais radicais do protestantismo tenham, no século passado, exagerado no aspecto espiritual. Em sua reação à materialidade e opulência católicas, em um país em que não havia, como na Europa, antigas religiões pagãs sobre as quais poderiam introduzir o cristianismo, as seitas protestantes acabaram por fazer da morte alguma coisa excessivamente espiritual, transcendente, inconsistente. A imensa propaganda religiosa protestante falava da morte e da alma de forma incompreensível para o povo, sobretudo para a grande maioria dos que haviam emigrado mais recentemente, quase todos provenientes dos países da Europa Oriental e Meridional. O que era, por exemplo, essa alma de que os pastores protestantes tanto falavam, sempre boa, sempre pura, sempre sublime, sempre igual, fosse a alma de um menino ou de um velho, de um rico ou de um pobre, de Smith ou de Jones? Para os emigrantes vindos de países onde ainda existem os santuários e os ex-votos, os milagres e as peregrinações, essa alma protestante não dizia nada. Em poucas palavras, essa alma tinha o grave erro de ser impessoal. De onde vem, em nossa opinião, o desejo de ver no morto o vivo, de considerar o morto ainda vivo e, portanto, de deixá-lo vestido, enfeitado, maquiado como um ator que ainda deve declamar uma parte; eis de onde vem a praticidade das *funeral houses*, onde o morto é tratado como uma *person* e não como um *corpse*, de acordo com o eufemismo da nossa *mortuary hostess*.

Por outro lado, são coisas bastante misteriosas e não se procura explicá-las, mas apenas tenta-se dar a elas uma explicação aproximada. O que, por exemplo, vinha à mente daqueles pais de uma pequena cidade do *middlewest* que haviam perdido sua filha adorada? Continuavam a tratar a pequena morta como se estivesse viva, e ora depositavam brinquedos novinhos em folha em seu túmulo, ora depositavam roupinhas e outros objetos. No Natal, um doce natalino. Na Páscoa, ovos de Páscoa devidamente pintados com cores vivas. Essa também é uma forma religiosa de entender a morte: mas de uma religião com fortes traços arcaicos e primitivos.

Corriere della Sera, 5 de agosto de 1955.

515
THE Terrace
ST. FRANCIS

AQUI TERMINA O OCIDENTE E JÁ SE NOTA A PRESENÇA DA ÁSIA

San Francisco

A viagem termina aqui, pensa o senhor X, contemplando através das vidraças de um restaurante o oceano verde e volumoso até os distantes horizontes tenebrosos; termina no Pacífico depois de ter começado no Atlântico. Termina aqui porque, geograficamente, aqui terminam os Estados Unidos, essa ilha imensa espremida entre dois oceanos (os americanos se consideram ilhéus porque, para viajar à Europa ou à Ásia, devem atravessar o mar; de fato, nos Estados Unidos a palavra "europeu" é traduzida como "continental", à moda inglesa). O senhor X pode ver através da vidraça, a cerca de cem metros do restaurante, um rochedo isolado fervilhante de grandes animais estranhos, com cabeça de cachorro, corpo de mulher e rabo de peixe: são as focas que abundam nos arredores de San Francisco, onde a água do oceano é apenas um pouco menos gelada que nas proximidades do Alasca; mais do que qualquer outra coisa, essas focas dão ao senhor X a sensação de que ele está diante de um mar ainda virgem, ainda "natural", muito diferente do Atlântico, que já está civilizado pela história de quatro séculos e pelo tráfego ininterrupto.

Apinhadas às centenas sobre um abrolho acanhado, essas sereias inocentes e afônicas desfrutam do sol pálido, com movimentos singulares, desajeitadas, lânguidas e femininas. De vez em quando duas elevam o focinho, uma toca a outra, parece que falam entre si ou se beijam; depois, escorregam na água e, assim que mergulham em seu hábitat, deixam de ser pesadas e encorpadas e se transformam em ágeis, fulminantes, levíssimas, brincalhonas. Nadam aos pares, desenhando evoluções complicadas e elegantes na água, separam-se, desaparecem, ressurgem, voltam a ficar aos pares. O senhor X fica encantado ao observá-las e, de repente, estremece com um murmúrio que se espalha às suas costas: vira-se e vê que todo o restaurante está de pé por causa de uma baleia. O senhor X também se levanta e olha; de fato, exatamente embaixo da janela, vê emergir em um momento o longo dorso grosso e preto do cetáceo.

O dorso submerge quase repentinamente e, pouco depois, semelhante a um enorme morcego, ou melhor, a um monstro voador pré-histórico, eis que o rabo falciforme e pretíssimo da baleia chicoteia o ar. Mas a baleia não brinca como as focas. Provavelmente, naquele instante, ela luta contra um sentimento obscuro e, talvez, para ela, novo: aquele do limite. Acostumada com o infinito dos oceanos que dão a volta na Terra toda e nunca acabam, a baleia não compreende a margem, esse limite, esse fim. No entanto, como uma mosca que, após se debater muito contra os vidros, consegue se enfiar numa janela aberta, finalmente a baleia parece encontrar a saída justa. Ainda outra rápida emersão da coluna vertebral, uma última chicoteada do rabo falciforme no ar e depois a baleia desaparece, a caminho dos mais longínquos horizontes do Pacífico.

A viagem termina aqui, reflete mais tarde o senhor X, onde termina o Ocidente com seus males e suas virtudes. Vê-se, por exemplo, uma enseada da baía, atrás de Oakland, calma, deserta, como se estivesse abandonada. Da mesma forma, parecem abandonadas as fileiras e fileiras de grandes embarcações a vapor atracadas umas ao lado das outras, em grupos compactos de vinte ou trinta cada um. Essas embarcações parecem em bom estado; porém, logo se nota que um estranho ar de abandono e descuido toma conta dessa frota. Na verdade, essas embarcações não navegam mais há algum tempo, são navios desaparelhados, a maioria de guerra; e agora o governo norte-americano, na falta de armazéns e de silos, adaptou-os para serem depósitos flutuantes dos enormes *surplus* da produção agrícola. São embarcações cheias de trigo, de caixas de alimentos, de manteiga, de produtos agrícolas. Os Estados Unidos produzem mais produtos alimentares do que consomem; o Estado, em vez de destruí-los como já se fez, loucamente, antes de 1929, prefere carregá-los nos navios; assim, a superprodução agrícola se acumula, com grandes despesas de manutenção dos navios empregados como depósitos. É mesmo verdade que o Ocidente termina aqui, pensa o senhor X contemplando esses navios; pela primeira vez em toda a história da humanidade, o Ocidente acabou com a carestia, aliás, inventou até um novo flagelo: a superprodução. Do outro lado do oceano Pacífico começa o Oriente, onde não existe *surplus*, onde as carestias são comuns, onde todas as reformas sociais, comunistas e não comunistas, giram em torno do problema ainda não resolvido da penúria e da fome.

A viagem termina aqui, pensa ainda o senhor X, enquanto percorre de carro a ponte Golden Gate e observa os altíssimos pilares que, por sua forma e cor vermelha, remetem a algum monumento da China. Naquele momento, uma grande embarcação passa debaixo da ponte expelindo uma fumaça negra no ar celeste. A ponte Golden Gate fica suspensa a uma grande altura, e qualquer embarcação de qualquer tonelagem pode penetrar na baía navegando embaixo da passarela rígida e elegantíssima suspensa nos dois pilares com cabos de aço de enorme grossura, também eles pintados de vermelho. É a única ponte vermelha do mundo, e o senhor X não pode deixar de lembrar que, do outro lado do Pacífico, na China, a cor vermelha é a da boa sorte.

A viagem termina aqui em San Francisco, pensa o senhor X, onde, como as águas do mar e do delta de um rio, a civilização dos Estados Unidos da América e a civilização da Ásia se encontram e se confundem. Isso acontece pelo menos na cozinha, na grande variedade de restaurantes asiáticos: japoneses, onde se pode comer sentados no chão, descalços, de pernas cruzadas, servidos por garotas japonesas de quimono; chineses, onde o arroz e as verduras são dispostos em mesas laqueadas da mesma cor vermelha da ponte Golden Gate; polinésios, onde entre enormes varas de bambu que imitam o interior de uma cabana taitiana, entre máscaras, fetiches, peixes embalsamados e canoas, por um instante pode-se ter a ilusão de estar a milhares de milhas de distância de San Francisco; e ainda filipinos, javaneses, indochineses, coreanos.

Mas não é apenas a cozinha que faz de San Francisco um ponto de encontro entre Ocidente e Oriente. No parque, um dos mais bonitos dos Estados Unidos, há um recinto chamado Japanese Tea Garden. Esse jardim estranho, fascinante e incrível, repleto de pedras minúsculas, de riachos mínimos e de monstruosidades vegetais, foi presenteado à cidade de San Francisco por um japonês rico, sem dúvida para seguir o exemplo de presentes semelhantes oferecidos às suas cidades por milionários americanos. Rebatizado durante a guerra contra o Japão como Oriental Tea Garden, resta, contudo, o testemunho de uma simpatia interoceânica que ainda sobrevive e que, no futuro, terá, sem dúvida, os mais imprevistos desdobramentos. Porque os Estados Unidos não são completos, pensa o senhor X enquanto passeia pelas pequenas alamedas do Japanese Tea Garden, ou seja, não têm mais do que duas dimensões, como todas as coisas extremas, que estão no limite de uma determinada realidade. O futuro nos dirá se será a Europa ou a Ásia que completará os Estados Unidos, o fará íntegro, conferirá ao país aquela dimensão moral, religiosa, ideológica, humana que hoje lhe faz falta. Nesse meio-tempo, é necessário considerar as guerras asiáticas dos Estados Unidos e sua permanência no Japão, na Coreia e em Formosa[16] não apenas como ações militares puras e simples, mas também como tentativas obscuras de contato com uma civilização diferente e, provavelmente, compensatória. Em síntese, em San Francisco o Ocidente não é representado somente por tudo o que é puramente ocidental, mas também por aquilo que é oriental e que testemunha a antiga e perpétua tendência da civilização ocidental de enriquecer-se e completar-se com as contribuições do Oriente, como em Veneza, outro ponto de encontro entre Ocidente e Oriente.

A viagem termina aqui, pensa o senhor X pouco depois, circulando de carro ao longo das aprazíveis praias de Sausalito, subúrbio marítimo de San Francisco, apinhadas de pequenos restaurantes, bares e tavernas. Jack London e Stevenson, ambos

---

16. Atualmente essa ilha é mais conhecida como Taiwan. [N.E.]

viajantes e navegadores do Pacífico, moraram em Sausalito. É um lugar calmo e ensolarado, onde os costumes e os hábitos do Ocidente parecem quase prepotentes, como se estivessem desafiando o oceano. Depois de Sausalito, têm início hábitos e costumes totalmente diferentes. Nos bares, nas tavernas e nos restaurantes há um pouco de tudo: *pubs* ingleses, cafés franceses de Saint-Germain-des-Prés, cantinas italianas ou espanholas. Os bares estão cheios de garotas de calça comprida, cabelos soltos nos ombros, camisetas de grumete, de óculos, pálidas, sofisticadas, existencialistas; e seus companheiros barbudos, de cabelo totalmente raspado, sem colarinho nem gravata, eles também vestidos como vagabundos, marinheiros, maltrapilhos. Bebem, fumam e falam sem trégua; e o senhor X, ao sentar-se em meio a um desses grupos, tem a sorte de assistir a uma discussão sobre psicanálise.

A viagem termina realmente aqui, pensa o senhor X, enquanto à sua volta voam palavras como repressão, complexo, inibição, censura e outras parecidas; termina com a psicanálise, essa atenção hipertrófica concedida a tudo o que seja individual na pessoa humana. Do outro lado do oceano, nada de psicanálise e nada de atenção para o indivíduo, e sim às massas, ou seja, aos homens em massa, em classes, grupos e multidões, de acordo com tendências elementares, necessidades elementares, ambições elementares. O Ocidente nasceu com a preocupação da pessoa humana, única, incomunicável, coerente e perfeita; e o Oriente, do outro lado do oceano Pacífico, como não é capaz de compreender semelhante preocupação, prefere atribuí-la a um infortúnio econômico, a um vício social, a uma decadência biológica.

A viagem termina aqui, pensa o senhor X, acompanhando uma senhora californiana a fazer compras em uma *grocery store*, ou armazém, como diríamos nós. Na Safeway, onde, na verdade, se pode comprar tudo de que uma casa precisa, desde bifes (embrulhados em papel celofane) até vassouras e sabão em pó para limpar as panelas. Na entrada, a senhora pega um carrinho de ferro bastante cômodo e de fácil manuseio e então, com a lista de compras numa mão e o carrinho na outra, empurrando-o lentamente ao longo das intermináveis prateleiras cheias de produtos, percorre toda a imensa loja amontoando as provisões para uma semana. Essas lojas Safeway, ela explica ao senhor X, são encontradas em todas as principais cidades americanas, e cada uma delas significa a morte de dezenas e dezenas de pequenas lojas individuais. Centenas de artigos em exposição em um grande ambiente de cimento armado e vidro que lembra uma estação; centenas de artigos, todos de boa qualidade, todos fabricados, preparados, produzidos para o consumidor médio. Já é o comunismo, pensa o senhor X, ou pelo menos um dos objetivos que o comunismo estabeleceu para si: a produção em massa para as massas. Só que o proprietário dessa série infindável de grandes lojas de departamentos é um reacionário raivoso que, não muito tempo atrás, financiava as escandalosas campanhas de espionagem do senador McCarthy.

Assim a cobra morde a cauda, pensa o senhor X, e no ponto extremo do Ocidente o capitalismo obtém resultados bastante parecidos àqueles do comunismo no Oriente. A disputa entre os Estados Unidos e a Rússia, que abala o mundo e corre o risco de fazê-lo perecer em uma guerra atômica, deve-se mais às semelhanças (os extremos se tocam) que às diferenças; mais a uma questão de supremacia nos mesmos campos que a uma questão de interpretação diferente, de ideologia diferente. A senhora encheu agora seu carrinho com todo tipo de produto. Ela se dirige a uma das entradas onde existe um mecanismo bastante semelhante àquele que controla o fluxo dos visitantes nos museus, uma funcionária pega um a um todos os produtos, pesa-os em uma balança, registra o preço, coloca-os novamente no carrinho: tudo mecanicamente, rapidamente. Aí está, pensa o senhor X, o ponto de encontro entre Ocidente e Oriente: na mecanização, na racionalização da vida cotidiana.

A viagem termina aqui, pensa finalmente o senhor X, à noite, passeando pelos *night clubs* e pelos bares de San Francisco. Aqui está um que, à primeira vista, se parece com todos os outros: uma espelunca escura subterrânea, onde se entra por uma escadinha tortuosa, um bar em cujo balcão, nas trevas, os mesmos frequentadores de sempre se reúnem bebendo; aí estão as mesinhas retiradas onde se sentam, sussurrando, os casais de sempre. Mas, em uma sala à parte, há alguma coisa que todas as noites faz confluir uma multidão insólita no *night club*. Paga-se um dólar para entrar nessa sala; e o que atrai tanta gente é a Crítica. A sala é cheia de poltronas e tem um pequeno palco iluminado. Após uma apresentação de jazz e de canções dos negros, a Crítica sobe no palco, recebida por muitos aplausos. Essa Crítica se apresenta com a aparência de um homenzinho vestido como um estudante com uma malha de lã e calça de flanela. O homenzinho tem um ar ofegante, endiabrado e arguto. Quando o ambiente fica em silêncio, o homenzinho começa a falar, ou melhor, a tagarelar sem parar, sem nunca tomar fôlego, improvisando por mais de uma hora.

A história desse homenzinho é simples. Ele era estudante na região leste dos Estados Unidos e havia se especializado em narrar, sempre improvisando, longos monólogos em que caçoava da vida pública, dos costumes, dos personagens e dos acontecimentos importantes do país. Um dia alguém o notou, propôs-lhe se apresentar em público e, assim, o estudante, de forma muito natural, tornou-se profissional e passou do *campus* da universidade aos palcos dos *night clubs*. Esse homenzinho tem uma capacidade enorme de tagarelar, e suas tagarelices, mescladas a uma ingenuidade fingida e a uma verdadeira malícia, representam um tipo que já é nacional, aquele do americano que já passou por muitas coisas, que não se deixa enganar, que não acredita em tudo, mas que, no entanto, ainda conserva muita candura e muita ingenuidade.

Alguns amigos dizem ao senhor X que, depois de atacar o senador McCarthy em Nova York, o público obrigou o homenzinho a se retirar. Mas aqui o escutam deliciados e o aplaudem. Na verdade, pensa o senhor X, não é tão verdade que o leste seja tão liberal e o oeste, tão reacionário; e, seja como for, sentindo-se isolado a tanta distância do leste e da Europa, o oeste aprecia qualquer coisa que venha daquela direção. A viagem termina aqui, pensa o senhor X, enquanto o homenzinho, com sua loquacidade torrencial, caçoa do escândalo em torno dos acordos de Ialta,[17] termina aqui onde o Ocidente, mesmo que seja nas tagarelices de uma espécie de *chansonnier*, exercita sua atividade preferida e mais característica: a crítica. Do outro lado do Pacífico começa a Ásia, com outras práticas, ou melhor, outros mitos.

Corriere della Sera, 17 de agosto de 1955.

---

17. Os acordos de Ialta, firmados em 1945, logo após o final da Segunda Guerra Mundial, giravam, sobretudo, em torno da reconstrução europeia. No começo dos anos 1950, eram vistos, nos Estados Unidos, como permissivos em excesso à União Soviética, com uma pressão da opinião pública republicana e conservadora por sua revisão. De todo modo, depois do falecimento de Stálin, em 1953, essa ideia foi abandonada. [N.E.]

BRASIL

1960

Na qualidade de presidente do Pen Clube Internacional, Moravia lidera a reunião da organização ocorrida em 1960, no Rio de Janeiro – An Interchange of Evaluations of the Culture of East and West, and of National and Universal Literature [Um intercâmbio de avaliações sobre a cultura do Oriente e do Ocidente e sobre a literatura nacional e universal]. A viagem ao Brasil não se limita ao Rio de Janeiro e rende relatos sobre Salvador, Recife, Sabará e a então recém-inaugurada Brasília – todos publicados pelo *Corriere della Sera*.

BRASÍLIA

Olhando do avião, o lugar onde está Brasília, situada, como se fosse por acaso, entre os infinitos relevos horizontais do planalto (embora pareça que, após cálculos muito precisos, esse lugar foi escolhido por ser o mais central do Brasil), leva a pensar em um monte de bifes ensanguentados expostos no balcão de um açougueiro. Formas quadradas mais ou menos vermelhas de acordo com a época mais ou menos recente das escavações de terra revelam as áreas destinadas à construção dos edifícios, que foram arrancadas da vegetação tropical. O avião demora a aterrissar porque a pista não está livre – o que é frequente nesse país com poucas estradas e poucas ferrovias, mas de aeroportos congestionados – e plana várias vezes sobre Brasília. Lá está a chamada "cidade livre", um turbilhão de pequenos retângulos, ou melhor, de barracões, alinhados ao longo de uma rua enorme: assim como no *Far West*, na época da febre do ouro, aqui se aglomeram os comerciantes que chegam, aos montes, de todos os lugares (é ouro, porém, o que o Estado brasileiro gasta em Brasília); lá estão, em pé aqui e ali, tal qual peças de dominó desordenadas, os ainda raros edifícios; lá está a meia-lua azul do lago artificial entre o tom avermelhado de sangue das escavações e o amarelado da vegetação; lá estão as complicadas aortas pretas desse coração de cimento, melhor dizendo, o sistema viário planejado por Lúcio Costa, o mais moderno do mundo, pelo que parece; aí se vê, em volta de Brasília, o crescimento danoso e ingrato da mata, que, como sabemos, prolonga-se por milhares de quilômetros, em meio à qual a cidade caiu como um meteoro em chamas, sacrificando a terra árida com sangue. Do alto, a vontade que deu origem a Brasília vem à tona com clareza: criar uma capital abstrata para um país enorme, cuja unidade também é um milagre de abstração linguística e étnica; penetrar com a força do Estado no interior selvagem do Brasil depois que as incursões individuais não deram grandes resultados; arrancar a classe dirigente brasileira das preguiçosas e barrocas cidades costeiras e obrigá-la a retomar com os meios modernos a marcha dos antigos colonizadores em direção ao interior. Brasília, capital burocrática como Ancara, como Washington, como Camberra, saberá ela ser mais dinâmica do que essas cidades construídas por conta da obstinação voluntariosa? Acreditamos que sim, até porque, como dissemos, a ambição de Brasília é dupla: não apenas tornar-se a capital do país, mas também assumir a função de trampolim para a colonização e civilização dos vastíssimos territórios do norte e do nordeste.

*

O carro corre agora por uma grande rua asfaltada, de largura imensurável, entre duas faixas de uma mata amarelada e contorcida, a qual parece sofrer por existir, em direção ao céu azul vazio. Lentamente surgem no horizonte duas torres, ou melhor, dois retângulos estreitos e altíssimos, ligados por uma ponte, semelhantes às lentes de um binóculo gigantesco. É o edifício do governo, construído, como toda Brasília, segundo os projetos de Oscar Niemeyer, o arquiteto genial que teve a sorte de receber a encomenda não de um edifício ou de um conjunto de edifícios, mas de uma capital inteira. As duas torres sobem, sobem, repletas de centenas de janelas; no final, embaixo das torres, surge um longo edifício horizontal sobre o qual pousam duas frigideiras enormes de cimento amarelado, uma virada para baixo e outra virada para cima. Por um momento, os olhos não acreditam no que veem, uma vez que, enquanto até um arranha-céu altíssimo é aceitável justamente por ser geométrico, a naturalidade de uma sopeira – que parece ser feita para o apetite de um gigante – tem alguma coisa de alucinante. Por um instante, sentimos que somos como os minúsculos habitantes de Lilliput e, quase sem querer, procuramos no céu vazio a forma ameaçadora de um novo Gulliver.

Não há gigantes, mas a impressão de gigantismo arquitetônico e, portanto, de esmagamento e aniquilação da figura humana permanece e se afirma durante toda a visita. Brasília foi construída por vontade de Kubitschek, um presidente democrático, para um

Brasil democrático; no entanto, a observação daqueles edifícios que se elevam como torres no meio de enormes espaços vazios faz pensar em lugares e monumentos de antigas autocracias, por exemplo, em Persépolis,[1] que tinha suas colunas gigantescas em frente a uma planície não muito diferente daquela de Brasília. A atmosfera ditatorial é, por outro lado, confirmada pela solidão metafísica dos lagos de asfalto em que surgem os edifícios. Essas solidões urbanas, antecipadas nas perspectivas surrealistas de De Chirico e Dalí, expressam muito bem o sentido de mistério e desorientação que o homem moderno sente diante dos poderes que o governam. Mas talvez sejam impressões precipitadas, porque, em Brasília, as coisas foram feitas ao contrário: outrora surgiam inicialmente as casas de moradia, depois vinham os edifícios monumentais; em Brasília começou-se com estes últimos, e as casas de moradia serão construídas no futuro.

Antes de qualquer outra coisa, o Brasil é um país de arquitetos, e Brasília é, antes de tudo, um experimento arquitetônico. Mas, para entender Brasília, é preciso, acredito eu, referir-se ao Brasil colonial da Bahia e das outras cidades barrocas do litoral. É bom que se fique sabendo: a relação não é formal e estilística, mas psicológica. Ao barroco delirante das igrejas coloniais corresponde, no sentido psicológico, o gigantismo não menos exaltado de Brasília. Fica então claro que estamos diante de uma explosão barroca mascarada de funcionalismo. Tomemos como exemplo o já descrito edifício do governo: a altura imensurável das duas torres encostadas de tal forma a não permitir que as janelas de dentro tenham sol ou vista; a naturalidade extravagante das frigideiras gigantescas pousadas no terraço do edifício horizontal; a imensa passarela inclinada que leva de um vão livre para esse terraço, isto é, leva a absolutamente nada, e que não tem outra função a não ser decorativa, tudo induz a uma concepção grandiloquente, embora expressa com uma linguagem moderna. Na verdade, houve aqui um toque de orgulho exatamente como em certas cidades da Antiguidade fundadas depois de uma conquista cruel.

---

1. Capital cerimonial do Império Aquemênida, construída em torno de 515 a.C. [N.E.]

O orgulho de um país novo que, pela segunda vez na sua história, prepara-se para partir para a conquista de si mesmo.

*

Aliás, a confirmação da ambição especialmente monumental de Brasília está no interior desses prédios grandiosos, que muitas vezes decepcionam pelo conjunto e convencionalismo das soluções; é quase como se o entusiasmo da celebração tivesse se esgotado nas estruturas principais e não tenha havido a preocupação de cuidar dos detalhes. À originalidade sedutora das fachadas não corresponde uma originalidade semelhante atrás das fachadas: salas sinuosas e imensas a perder de vista, com tetos excessivamente baixos, pontilhadas de robustas colunas cilíndricas, que dão saudades das tradicionais divisões de paredes e portas; escadas largas e sem balaústre, que levam do primeiro ao segundo andar sem nenhuma graça, tal como nas grandes lojas e nas docas; principalmente, cimento armado em todos os lugares, mesmo no revestimento e na decoração, onde se esperaria o uso de materiais mais bonitos e mais conceituados. Em resumo, o edifício tão corajoso por fora se revela preguiçoso e apressado por dentro. Não se pode negar que o julgamento aqui também é precipitado, porque o edifício ainda não recebeu seus últimos retoques. Encontra-se pronta, por exemplo, a sala do Parlamento,[2] que fica dentro da grande frigideira virada para cima. Pois bem, nada nessa sala corresponde à audácia da parte exterior. É uma linda sala, cômoda, alta, austera, mas nada demais.

Se os edifícios governamentais visam expressar o sentido de centralização e potência do Estado, o Palácio da Alvorada, residência do presidente da república, ou seja, o equivalente ao nosso Quirinale,[3] parece sugerir a ideia de uma serenidade contemplativa e de

---

2. Conhecida, por nós, como Câmara dos Deputados. [N.E.]

3. Palazzo del Quirinale, construído em Roma no ápice do monte de mesmo nome pelo papa Gregório XIII em 1583, hoje residência oficial da presidência italiana. [N.E.]

um recolhimento filosófico e estético, quase como se a república do Brasil fosse a república de Platão dirigida por sábios, baseada apenas em critérios de sabedoria. Portanto, nada de linhas verticais e nada de gigantismo. Um grande átrio sustentado por pórticos percorre toda a longa fachada horizontal e se reflete na água límpida de uma grande bacia de cores claras e brilhantes de maiólica. Em vez de colunas, a arcada tem velas de pedra, modeladas de forma a parecerem inchadas pela brisa marinha, como se fossem vistas de lado, largas embaixo e em cima e estreitas no meio, talvez uma reminiscência da embarcação nacional, a jangada do Recife e da Bahia, ou talvez das velas dos barcos da *Ilíada*. O céu azul-celeste do planalto vagueia entre uma e outra dessas velas brancas; o sol dos trópicos aqui nessa altitude de Brasília resplandece, mas não queima; o silêncio profundo emana da selva próxima; o voo cuidadoso de algumas aves predadoras; tudo aqui leva a pensar nos lugares e monumentos da Antiguidade mediterrânea dos quais o arquiteto parece ter se lembrado ao projetar esse edifício. Certamente, ao projetar o Alvorada, Oscar Niemeyer criou algo muito próximo de uma obra-prima. Pelo menos é isso o que dá a entender a identidade entre a intenção do arquiteto e o efeito que o edifício produz no visitante. Não existe nenhuma retórica no Alvorada, mas uma fusão feliz de elementos ambientais e ideais, de maneira que, se não houvesse as duas sentinelas de metralhadora debaixo do braço, medindo com passos lentos as peças de mármore branco do espaço vazio, não seria difícil, por analogia, transportar-se com a imaginação para lugares muito longe do Brasil, como para a Pérsia ou a Grécia.

Porém, como sempre, o interior do Alvorada não se parece com a parte externa. Passa-se do conjunto de pórticos luminosos e meditativos a grandes salas alegres e cômodas, que poderiam ser de um *country-club* americano. Na entrada, as paredes são cobertas de um cintilante revestimento áureo; cortinas modernistas recobrem as janelas enormes; e poltronas e sofás estão dispostos à maneira convencional de sempre. Enfim, à simplicidade da república platônica, à qual os pórticos pareciam fazer alusão, se sobrepõem o luxo e a pompa dos reinos helenísticos. Nota-se esse mesmo contraste entre a parte externa e interna da pequena e bastante original capela que fica ao lado do palácio. Do lado de fora, ela lembra uma simples concha virada para dentro de si, como se quisesse encerrar melhor, no mais íntimo dos recolhimentos, os altares e os ritos; mas, por dentro, dá pena: em vez de deixá-la branca, como justamente são as conchas, preferiu-se revesti-la de estuque ou, talvez, de madeira dourada, listrada de alto a baixo, como certos estojos para cigarros.

*

O pôr do sol nos surpreende ao final da visita apressada a Brasília, de forma repentina e traidora. Um momento antes, o sol enchia com sua luz vital as grandes ruas asfaltadas e desertas, as escavações de coloração sanguínea, a vegetação poeirenta; um momento depois, eis que a sombra da noite retira aquela vitalidade do ar que escurece e, de repente, enquanto nos dirigimos para o aeroporto, ultrapassados e seguidos por numerosos caminhões abarrotados de operários que voltam dos canteiros de obras, a atmosfera à nossa volta torna-se estrangeira e hostil. A vegetação tropical que havíamos esquecido visitando os edifícios racionais da cidade aparece novamente, amarelada e decrépita, atrás da tatuagem roxa de algumas placas de ruas em néon. As miríades de lâmpadas brancas que se distanciam na noite parecem penetrar em uma escuridão sem fim. De repente sente-se a falta, em meio a tanta monumentalidade dos edifícios estatais e a tanta leveza nos asfaltos, das casas humildes e das ruas humildes que, em outros lugares, são o testemunho da presença de uma humanidade talvez pouco ambiciosa, mas fiel e enraizada.

Assim, depois da visita, Brasília reaparece como nós a imaginamos do avião, ao chegar: um ato pioneiro de coragem; o símbolo de uma vontade de conquista; a demonstração de uma possibilidade de futuro. À luz dessa reflexão, o gigantismo de Brasília parece ter uma explicação, assim como o barroco das igrejas construídas nas cidades do litoral pelos primeiros colonizadores.

Corriere della Sera, 28 de agosto de 1960.

BAÍA DE TODOS OS SANTOS

Salvador

Na Bahia, se o tempo está bom, convém deixar para depois a pesquisa estética e sociológica e ir para uma de suas famosas praias, não tão distantes. O inverno brasileiro, mais calorento do que qualquer uma de nossas primaveras quentes, permite desfrutar dessas praias em total solidão. Pelo que parece, os baianos só as frequentam no verão. Em Salvador da Bahia, saímos para os bairros novos e sem personalidade, que lembram Rapallo ou San Remo. Cruzam-se algumas praças arborizadas, em que predominam monumentos patrióticos de escultores italianos do final do Oitocentos (em um deles, em frente ao hotel, em uma grande praça melancólica, contei mais de vinte figuras simbólicas completamente nuas, quatro leões que comem os grilhões, duas águias com as asas abertas e um grande número de estatuetas de anjinhos de cabeça grande) e, no final, chega-se a uma avenida litorânea, à beira do Atlântico.

As glórias coloniais portuguesas adormecem em dois ou três fortes à beira-mar, sem grandes pretensões de levar adiante alguma ação, mas decorados com grandes brasões que narram a história, contrastando com a água enegrecida pelas pedras em que os moleques saltitam em busca de caranguejos. Depois de passar pelos fortes, começamos a caminhar ao longo da praia; de um lado está o oceano verde e, de outro, aquela mistura de faíscas ofuscantes de sol e arbustos escuros como o carvão, tal como são os campos nos trópicos. De repente, o coração dá um salto, surgem os primeiros coqueiros que vêm ao nosso encontro, um depois do outro, jovenzinhos gigantes, um pouco como os ciprestes da velha e sentimental poesia de Carducci, não trazendo, porém, lembranças da infância, uma vez que estamos no Brasil pela primeira vez, e, sim, fotogramas esquecidos de filmes mudos sobre os trópicos e os mares do sul. Os coqueiros estão dispostos em fila única, cada um tem, talvez, trinta metros ou mais e traz um pequeno monte de folhas no alto dos troncos, tão magros e elegantes a ponto de causarem vertigem; cada folha recebe um raio forte de sol e parece vibrar com o vento e agitar-se como o élitro de uma cigarra. Enquanto isso, a praia cresce e fica cada vez mais branca e resplandecente; logo adiante, as palmeiras não estão mais em fila única, mas em fileiras duplas, triplas, uma pequena selva. Deixamos então a rua e paramos à beira da praia, no coqueiral.

Descemos do carro observando a grande quantidade de cocos que caíram dos coqueiros e agora cobrem o chão em volta dos pedestres, alguns rachados pela queda, outros intactos, alguns verdes, outros escuros e apodrecidos. À sombra de um ramo de folhas, uma barraca oferece pirâmides desses cocos; um rapaz, com traços de pureza grega e com a pele negríssima, nos oferece um depois de cortar uma extremidade com apenas um golpe de faca. O fruto deve ter um litro de um líquido morno, um pouco ácido, levemente enjoativo. Nesse meio-tempo, outros cocos caem pesadamente no chão. Lá em cima, a trinta metros de altura, amarrado com uma faixa ao tronco de um dos coqueiros, um homem movimenta o braço armado com um facão.

Mas a praia nos atrai. A partir da última fileira de coqueiros, ela desce em um declive suave em direção ao oceano, enorme, alva, deserta, a verdadeira praia tropical, sem vestígios humanos, onde os náufragos desembarcam ao amanhecer, depois de uma tempestade noturna, nos filmes e romances de aventura. Caminhamos em direção à água transparente da maré baixa, que, de vez em quando, cobre a areia com um véu líquido, com espumas cintilantes e transparentes na beirada. Quando a onda vai embora, a água, ao sol ardente, evapora rapidamente, deixando apenas algumas conchas ou pequenos seixos, aqui e ali. Quando chegamos à beira do mar, observamos o litoral. Devem ser cinco, dez quilômetros de praia deserta, numa curva grandiosa cujo final se perde na bruma do horizonte, com os coqueiros de folhagens ardentes que se distanciam a perder de vista, acompanhando fielmente, com suas colunas vegetais de regularidade e monotonia embriagantes, o alternar monótono e regular das ondas brancas e longas no oceano verde. Viemos aqui para lançar nosso olhar para essa paisagem, para contemplar essa faixa de areia. Agora podemos até ir embora.

As paisagens não estão mais na moda no jornalismo. Depois de tê-las usado em demasia no passado, hoje se prefere indagar sobre os problemas sociais e econômicos dos países. É correto, já passou o tempo das descrições ociosas e evasivas. Contudo, uma paisagem também pode ser uma experiência se não social, pelo menos cultural. Não é suficiente imaginar as colinas pedregosas da Ática, as águas azul-turquesa do mar Morto, é preciso vê-las, pelo menos para situar fisicamente as extraordinárias experiências humanas que elas presenciaram. É assim com essas praias atlânticas do Brasil. Elas são enaltecidas por uma experiência que já faz parte da nossa cultura: a descoberta do paraíso dos trópicos, inocente e virgem, por obra de pintores como Gauguin ou de escritores como Melville ou Stevenson. A ilusão, em pleno século XIX, de encontrar, no equador, o éden homérico e mediterrâneo.

Mas, se o tempo não está bom e o vento siroco tropical (pelo que parece, cada país tem o seu siroco[4]) enche o céu de grandes nuvens sujas, levando embora toda a luz do mar cinzento e metálico e carregando o ar escurecido com uma umidade pegajosa, é inútil caminhar na praia (o Éden só conhece o tempo bom); ao contrário, é melhor se dedicar à cidade de Salvador da Bahia, pequena Nápoles afro-lusitana crescida ao redor da baía de Todos-os-Santos em três séculos de colonialismo açucareiro. Durante cerca de trezentos anos, a Bahia foi uma das pontas do transporte da escravidão, que lá teve sua "estação terminal", como se diria hoje. Do outro lado do Atlântico, eram enviados homens livres, agricultores, pastores, guerreiros, cujo único pecado era o de ter a pele negra e, depois de serem transformados em mercadoria sem vida, em

4. Vento que sopra do deserto do Saara sobre o Mediterrâneo. [N.E.]

"artigos da Índia" ou "artigos da Guiné", como se dizia na gíria mercantil, eram despejados no Brasil.

Os negros que sobreviviam à terrível travessia eram recebidos em uma cidade em que inúmeras igrejas eram dedicadas ao Deus crucificado dos velhos escravizados. Mas os homens são capazes de contradições dramáticas, especialmente se existe interesse por lucro. Assim, depois de suas condições físicas serem avaliadas, os irmãos negros dos escravizados cristãos dos séculos III e IV eram vendidos no varejo da praça e enviados às fazendas, sem levar absolutamente em conta a sua evidente condição humana, rompendo aqueles poucos ou muitos vínculos nacionais, religiosos e familiares que poderiam ter, exatamente como animais de carga, tal qual eram considerados. Mas as negras deveriam produzir filhos, porque, como se disse, "o ventre que dá à luz escravos é a parte mais produtiva da propriedade";[5] de resto, com frequência o próprio patrão se encarregava, por prazer ou cálculo comercial, de ajudá-las a produzir os seus futuros "artigos da Guiné". Assim, dessa mistura bastante atroz de violência sexual e avaliação econômica, nasceu a simbiose afro-lusitana que, aqui na Bahia, entre negros e mulatos, responde por 67% de toda a população.

Por todos esses motivos, a atmosfera da "Bahia-cidade" é muito diferente daquela da "Bahia-praia": esta última é inocente, virgem, mítica; a primeira é sem inocência, sobrecarregada por um passado de prosperidade injusta e um presente de decadência fatal. Tranquilamente, lentamente, inevitavelmente, nessa cidade tropical de aspecto mediterrâneo se manifesta a civilização colonial contrarreformista e escravista do Brasil dos primeiros tempos, com efeitos e características bastante parecidos aos

5. Moravia cita aqui, com alguma liberdade, Joaquim Nabuco. No original do pernambucano, lê-se, "Calcule-se o que a exploração dessa bárbara indústria, expressa em 1871 nas seguintes palavras dos fazendeiros do Piraí – 'a parte mais produtiva da propriedade escrava é o ventre gerador' – deve ter sido durante três séculos sobre milhões de mulheres" (Joaquim Nabuco, *O abolicionismo*. Londres: Typographia de Abraham Kingdon e Ca., 1883, p. 143). [N.E.]

observados no sul dos Estados Unidos, com exceção do racismo, que, sobretudo por mérito da Igreja, aqui não existe.[6]

Os dois aspectos mais chamativos da Bahia são, de um lado, as multidões africanas e, de outro, as igrejas; de tal forma que, ao nos perguntarmos como podem existir tantas igrejas (são mais de duzentas em uma cidade de meio milhão de habitantes, uma proporção maior que em Roma) precisamente na Bahia, temos a tentação de responder: porque, precisamente na Bahia, há uma grande população de ascendência africana. Em outras palavras, até o visitante mais voltado à beleza estética e aos prazeres da diversão não pode deixar de sentir que, na Bahia, existe uma ligação muito estreita, embora de difícil definição, entre a "negritude" e a abundância de igrejas, entre a antiga prosperidade (hoje desaparecida) da sociedade colonial e o caráter de sua religião. Será um remorso obscuro dos escravistas que, ao destinar o dinheiro ganho com o tráfico para a glória de Deus, procuravam inconscientemente se livrar do sentimento de culpa? Ou um esforço supremo da Igreja para absorver e digerir um mundo totalmente novo e pagão? Provavelmente ambos. Mas as plantações de açúcar não existem mais (do monopólio mundial do Seiscentos e do Setecentos, hoje a produção do Brasil se reduz ao mínimo), e Salvador da Bahia é uma das poucas cidades brasileiras onde a maior amiga e protetora do passado, a pobreza, permite admirar modos de vida e monumentos antigos ainda intactos.

*

A principal característica, digamos, urbana de Salvador é a umidade tropical. Unidos por manchas redondas, os orifícios por onde cai a água, as pequenas gotas, os pedaços de parede

---

6. Moravia se equivoca totalmente aqui, talvez sob a influência do conceito de "lusotropicalismo" de Gilberto Freyre, para quem a colonização portuguesa se integrou e se adaptou à cultura local, sobretudo por meio da miscigenação – o que deu origem ao mito da "democracia racial". [N.E.]

enegrecidos e decompostos por essa fantástica umidade; os mais diferentes estilos, do barroco ao manuelino, do neoclássico ao *art nouveau*, fundem-se e formam a unidade original de uma decadência disseminada e melancólica. A cidade alta (Salvador da Bahia, como Nápoles, está construída sobre as colinas) esparrama-se no silêncio e no deserto de algumas ruas antigas que serpenteiam em subidas íngremes, ladeadas por edifícios herméticos e degradados; a cidade baixa, onde se concentra a população de cor [sic] dá, por sua vez, a impressão de se dissolver em lama e sujeira, em torno das águas negras do porto. Agora, tentem imaginar um dia escuro e úmido, cheio de rostos melancólicos dos negros, de trapos, de barracas de frutas tropicais, de alto-falantes emitindo vozes, pontos de venda de frituras, vendedores ambulantes de todos os tipos, de pequenas janelas escancaradas de onde as garotas mulatas paqueram, de flores já murchas, frutas apodrecidas, chuva e lodo: imaginem então dizer a si próprios, em um dia assim: "Bem, agora entro numa dessas igrejas, acalmo-me e descanso".

Então vocês entram, e a primeira surpresa é que, nas igrejas da Bahia, ao contrário das italianas, verdadeiras geleiras durante o verão, faz calor. As igrejas são sufocantes, e sua arquitetura, ou melhor, sua decoração, não traz serenidade e descanso, porque, observando bem, repete, no campo da arte, a delirante proliferação tropical que já deixou a todos cansados do lado de fora. As igrejas da Bahia, que são todas meio parecidas, como os tapetes persas, à primeira vista parecem ser, na nave principal e no teto, bastante simples e nuas. Mas o altar principal é uma escada de ouro em cujo topo fica a imagem muito pequena de um santo ou de Nossa Senhora (no Brasil, as estátuas sacras são sempre de tamanho modesto, como se houvesse a vontade de tornar acessível e amorosa a imagem da divindade); depois, se vocês dirigirem o olhar para as capelas laterais, vai parecer-lhes ver muitos trechos de florestas equatoriais, cujos frutos, folhas, ramos, raízes, cipós, pássaros, animais e insetos, porém, parecem ter sido tocados por um rei Midas de um novo tipo, colonial e católico, e transformados em ouro.

A obsessão com o ouro e com o delírio da vegetação é visível nessas grutas profundas e resplandecentes que são as capelas das igrejas da Bahia, e as raras cores com que são decorados os animais e as frutas são claras e brilhantes como as dos grandes papagaios da floresta amazônica. Pode-se dizer, resumindo, que os primeiros colonizadores extravasaram nessa decoração, esplendorosa e obsessiva, tanto a avidez que tinham do precioso metal como o medo que sentiam da natureza hostil do país. De qualquer forma, são capelas bem planejadas para atrair a devoção dos escravizados negros. Elas parecem repetir, um tanto naturalmente, os locais sagrados das religiões pagãs da África. Para completar a alusão, não é raro que, no topo do altar, salte aos olhos o rosto de um santo negro, segurando nos braços um Menino Jesus branquíssimo, em meio ao ouro.

Corriere della Sera, 1º de setembro de 1960.

OFICINA BONFIM

O ELEVADOR LACERDA

Salvador

Aqui estou eu a perambular pelo mercado geral,[7] na cidade baixa da Bahia. Para um americano ou um europeu do norte, esse mercado pode parecer pitoresco e insólito – meu guia, publicado em inglês, de fato recomenda a visita –, mas para quem, como eu, venha dos lugares de origem da civilização brasileira, não traz grandes novidades. É o típico mercado das culturas exclusivamente artesanais e rústicas, como se veem em todos os lugares desde a Espanha até o Irã e mais adiante. Dentro do grande galpão, que se parece um pouco com um *souk* do Oriente, as lojinhas minúsculas apertam-se umas contra as outras, quase perseguindo o cliente que sai de fininho pela passagem estreita onde estão expostos frutas e frios, sapatos e camisetas, utensílios e chapéus, calças compridas e vasilhames de argila, legumes secos e temperos.

Como em quase todos os mercados do Mediterrâneo, a mercadoria é apresentada em estado natural, de modo familiar e humilde, com o seu cheiro, o seu pó e, talvez, o seu apodrecimento, de maneira a fazer com que o cliente, que quase sempre é uma pessoa do povo, não se sinta intimidado ou desencorajado, mas à vontade e, inclusive, em um estado de ânimo de bondosa superioridade, como se, em vez de estar no mercado, estivesse em casa. A única diferença em relação aos mercados do Mediterrâneo, pelo menos no que diz respeito à mercadoria, é algum toque de exotismo: tatus e cobras com o chocalho embalsamado, bonecas de todos os tamanhos trajando os tradicionais vestidos baianos, algumas frutas exóticas como o mamão, a manga, o abacate, um ou outro cocar de penas de papagaio cor-de-rosa. Do lado de fora do mercado, porém, outras barracas, montadas em torno de uma praça lamacenta e com cascas de frutas e pedaços de papel no chão, à sombra de magníficas árvores de copa baixa e densa, levam

7. O Mercado Modelo, inaugurado em 1912. [N.E.].

até a pensar nas cidades de Pozzuoli ou Torre del Greco. Atrás das barraquinhas, para completar a semelhança, oscilam os mastros dos barcos de pesca e de transporte que se acotovelam no pequeno porto; e uma parte inteira do mercado fica escondida pela fachada enegrecida e caprichosa de uma grande igreja barroca.

Todavia, há algo de insólito também para o viajante que venha do Mediterrâneo: são os negros que quase exclusivamente povoam esse cenário tão familiar. Os negros vendem, os negros compram, os negros param para olhar, os negros discutem, os negros correm carregando peso, os negros passeiam à toa. Mais da metade da população da Bahia é negra: na cidade baixa, que é a parte mais pobre, os negros parecem ser quase o total da população. Estamos acostumados, na Europa, a considerar os negros como africanos, ou seja, habitantes de um continente em que, entre o homem e a natureza, quase não existe indício de civilização. Mas, no Brasil, o negro não é africano, ou melhor, não o é mais há quase trezentos anos. Ao contrário dos Estados Unidos, onde o racismo muitas vezes empurra-o para as margens inexpressivas e improdutivas da sociedade, no Brasil o negro deu ao país provavelmente mais do que recebeu. As mesmas mãos negras que, nesse momento, oferecem-me a fruta cor de laranja do mamão esculpiram os maravilhosos altares dourados de tantas igrejas da Bahia. O negro está em todos os lugares no Brasil, com seus instintos, sua fantasia, seu ritmo e seu calor humano; se não estivesse, quase surge a tentação de pensar que seria preciso inventá-lo.[8]

Nas proximidades do mercado fica a entrada para o Elevador Lacerda, uma velha construção em estilo *liberty*[9] que permite subir da cidade baixa para a cidade alta. Considerando que preciso voltar para o hotel, localizado na cidade alta, junto-me à

---

8. Em relação à população afrodescendente brasileira, Moravia também prefaciou, em 1962, o livro *Quarto de despejo*, de Carolina Maria de Jesus. Ver Alberto Moravia, "O diário de Carolina, por Alberto Moravia", in Carolina Maria de Jesus, *Quarto de despejo: edição comemorativa*. São Paulo: Ática, 2020, pp. 181-186. [N.E.]

9. Forma italiana do *art nouveau*, popular entre o final do século XIX e começo do XX. [N.E.]

longa fila de pessoas que esperam para subir no elevador. É um dia sufocante, úmido e escuro, com muita lama e pouca chuva, aquela quantidade de chuva suficiente para alimentar a lama. Como estamos em período eleitoral, um alto-falante grita nos nossos ouvidos; despertados e aguçados pelo siroco tropical, os aromas e os maus cheiros do mercado penetram violentamente nas narinas; em suma, tudo parece estar preparado para imprimir à vida um tom enfadonho e pouco suportável. No entanto, essas pessoas na fila esperam com uma paciência que em outros países se reserva apenas para os dias bonitos.

Não é a primeira vez que observo essa extraordinária paciência brasileira. Quem lhes ensinou a ter tanta paciência? Os jesuítas, que por dois séculos fizeram do Brasil o banco de testes de suas experiências religiosas e sociais? Ou os escravocratas das plantações de açúcar e de café? É evidente que, quanto à paciência, eles superam até os soviéticos e os ingleses, dois recordes do gênero. Mas a paciência inglesa é fruto de civismo, e a soviética tem algo de militar; a paciência brasileira parece, ao contrário, ser revestida de um tom de resignação e melancolia. Que fique claro, o Brasil não é um país alegre; o humor de seus habitantes se assemelha um pouco à sua vegetação, cujas folhas são entristecidas, pesadas e imóveis sob o brilho insuportável do sol forte. Mas a tristeza brasileira nunca fica tão evidente como nas intermináveis esperas a que a vida moderna mal planejada e mal administrada obriga os habitantes desse país. Filas nas paradas dos bondes e dos ônibus, longas filas nas bilheterias dos cinemas e dos estádios esportivos, infinitas esperas nos aeroportos e nas estações: poder-se-ia dizer que o brasileiro está sempre esperando alguma coisa. Mas essas esperas não são nada mais que o símbolo de uma espera mais geral e mais basilar. Esse é o motivo da resignação e da tristeza de sua paciência.

*

Aqueles que esperam o elevador diante e atrás de mim são quase todos pessoas de cor [sic]. Existe uma razão: na cidade baixa vive a parcela mais pobre da população e, no Brasil, a parcela mais pobre da população é quase sempre negra e mulata. O elevador demora, talvez tenha parado por causa de um defeito. Assim posso observar bem a fila. São quase todos mulatos (digo mulatos para indicar a mistura do negro com o branco, mas são muitas as nuances e os nomes que lhes designam: crioulo, mulato, cabra, escuro, sarará, chulo, cabo-verde, moreno etc.); são raros o negro realmente camita e o branco totalmente caucasiano. O sangue africano misturado ao europeu produz indivíduos ambíguos, nos quais o caráter das duas raças parece se misturar de forma provisória e casual. É quase como se o mulato fosse o esboço de um tipo humano que ainda está por ser criado, ao contrário do branco e do negro, já estáveis e imutáveis.

Todos esses homens e todas essas mulheres que esperam o Elevador Lacerda dão a impressão de não ter fisionomias definitivas; tanto que, instintivamente, dá vontade de pensar: "Eu mudaria o nariz naquela garota; aquele homem deveria ter uma boca diferente". Em síntese, dir-se-ia que, inclusive no aspecto físico, o mulato reflete sua condição intermediária e meio indefinida. Ele não é mais negro e ainda não é branco, ou seja, ainda é africano na medida certa para não ser totalmente europeu. Mas é brasileiro: isso significa que, ao contrário dos Estados Unidos, o problema racial no Brasil tem solução, mesmo que em longo prazo. O Brasil espera que, por conta de tantos cruzamentos com os casamentos mistos, a predominância da população branca e a maior mortalidade dos negros, a população de cor [sic] deixe de existir, isto é, torne-se branca.[10]

---

10. Aqui vem novamente à tona a visão errada de Moravia sobre o "problema racial" no Brasil. Para contextualizar seu pensamento, deve-se lembrar que, no início do século XX, a ideia de eugenia, isto é, de "higiene social", estava em pleno florescimento no mundo, inclusive no Brasil. Ao escrever "O Brasil espera que", Moravia se refere aos eugenistas brasileiros que, assim como os europeus, acreditavam que poderiam aperfeiçoar os seres humanos e eliminar os chamados males sociais por meio da genética e da hereditariedade. Não se trata, portanto, do Brasil como um todo, mas, sim, do grupo dos eugenistas – cujo maior expoente foi o médico Renato Kehl (1889-1974). A eugenia foi um mecanismo fundamental voltado a implantar a segregação, a miscigenação e a eliminação dos negros na sociedade brasileira. [N.E.]

À luz dessa reflexão, quase nos parece que encontramos a explicação para o ar de tristeza resignada com a qual todos esses mulatos esperam o elevador. Na verdade, além desse elevador, que é quase um símbolo, uma vez que, da cidade baixa, que é pobre, leva para a cidade alta, que é próspera, eles também esperam outra coisa, muito mais importante: esperam tornarem-se brancos.

Parece uma brincadeira e, ainda por cima, sobre um assunto muito sério e doloroso; mas, no fundo, não é. É preciso esclarecer: geralmente se diz que o problema racial no Brasil não existe. Não existe ou quase não existe no sentido negativo, ou seja, na sociedade brasileira, não há nenhuma discriminação oficial dirigida aos homens de cor [sic]. Desde o início, o Brasil aceitou a presença negra: provavelmente, esse é o único país do mundo em que a simbiose afro-europeia acontece quase sem dor, com suficiente naturalidade e confiança. Mas isso não quer dizer que o problema não exista, no sentido, digamos, positivo ou, melhor, não racial, mas humano. Os negros existem, têm a consciência de serem negros, isto é, diferentes; o problema é que é necessário mudar e integrá-los.[11]

Dissemos que a solução é fazer com que se tornem brancos. Mas será que é uma solução de verdade? Ou melhor, é uma solução que resolva completamente o problema? Não estamos totalmente seguros. Parece-nos que o problema racial não é uma mera questão de pele branca ou negra, mas de determinadas experiências sociais e históricas que os negros não têm em comum com os brancos. Ao contrário do ameríndio, o negro é aberto à civilização moderna, mas, no início de suas relações com o branco, passou pelo trauma terrível da escravidão. O fato de ser e de se sentir "escravo", isto é, um objeto comercializável, reflete-se em uma grave deterioração moral no plano individual; porém, no plano coletivo, pode até provocar neuroses sociais. Em nossa opinião, não existe uma verdadeira relação entre esses estados psicológicos e a cor da pele. Diríamos que até sob uma

---

11. Mais uma vez, Moravia demonstra não entender bem a questão racial no Brasil, embora reconheça que o problema existe. [N.E.]

pele já totalmente branca pode persistir uma obsessão atávica da escravidão. Por isso, a solução do problema não pode ser apenas psicológica: deve ser também moral e social.

A Igreja percebeu muito cedo esse aspecto da questão racial: a conversão ao catolicismo das pessoas de cor no Brasil é, certamente, um dos fatores mais importantes da impressionante unidade nacional desse imenso país. Mas a Igreja viu-se diante do enorme obstáculo da escravidão, ou seja, dos interesses da classe dirigente latifundiária. Dessa forma, a conversão foi incompleta; quando não se submeteu a esses interesses, parou em seus limites e não livrou o negro de si mesmo. A libertação dos escravizados, ocorrida no rastro das ideias iluministas, deteve o processo de conversão que estava caminhando a *pari passu* com o paternalismo das fazendas. A nova sociedade capitalista, mercantil e materialista, só soube oferecer às pessoas de cor uma igualdade formal, baseada no dinheiro. De fato, há no Brasil um provérbio que diz: "Um negro rico é um branco, e um branco pobre é um negro".

Em outras palavras, isso significa que a antiga ferida da escravidão foi ocultada, mas não realmente curada, já que os remédios biológicos (os casamentos mistos) ou econômicos (o enriquecimento e a consequente inserção na sociedade capitalista) não podem curá-la. Certamente, o tempo vai curá-la: mas, no campo da história, as curas confiadas apenas ao passar do tempo quase equivalem à estabilização dos males. Portanto, o negro, o mulato e todos aqueles que são fruto dessa miscigenação racial no Brasil ainda vão continuar por um bom tempo a constituir, com sua psicologia muito particular, e principalmente provisória, a origem sombria e inquieta da alma nacional.

Em meio a essas reflexões, as portas do Elevador Lacerda escancaram-se e desaparece a primeira leva dos que estavam à espera. A fila inteira dá um passo adiante, apenas um. As portas se fecham, o elevador começa a subir. Recomeça a espera.

Corriere della Sera, 7 de setembro de 1960.

XANGÔ

Recife

O folclore brasileiro reflete o racismo da época da escravidão. Tome-se, por exemplo, uma pequena estrofe popular sobre os negros:

> O negro não nasce, aparece;
> Não morre, desaparece;
> O branco entrega a alma a Deus;
> O negro a entrega ao diabo.

Nessa estrofe, estão simbolizadas as duas principais justificativas da escravidão em todos os tempos; ou seja, nos dois primeiros versos, está a ideia de que o homem objeto da escravidão não é um homem, mas um animal, isto é, uma entidade nula; nos dois últimos versos, admite-se que ele é um homem, mas insinua-se que é um homem negativo, uma expressão do mal. Analisando bem, essas duas ideias também estavam na origem da última tentativa de restabelecer a escravidão no mundo, a nazista. As populações que os nazistas queriam submeter ou exterminar eram, para eles, ou não existentes (os eslavos) ou maléficas (os israelitas).

Para nos ater aos negros, eles não eram, como se sabe, nem animais nem diabos, e sim integrantes de nações primitivas que tinham sua própria cultura, seu próprio sistema social e sua própria religião. O que acontecia ao negro no momento que era embarcado no nefasto navio do tráfico? Era arrancado da sua nação, da sua sociedade, da sua religião e da sua família e reduzido à pura individualidade física, ou seja, transformado em objeto. Longe de seu ambiente nativo, o negro então se aferrava à religião como a única forma de defesa da própria humanidade aviltada e negada.

Mas, na chegada ao Brasil, o negro, querendo ou não, foi cristianizado. Assim, na esteira da escravidão, ocorre no Brasil o sincretismo afro-católico, ou seja, a fusão do cristianismo europeu com o paganismo da selva. Ao lado dos rituais reconhecidos pela Igreja, proliferam entre os escravizados os clandestinos, reiteradamente perseguidos pelo sincretismo. Esses rituais se chamam xangô no Recife, candomblé na Bahia, macumba no Rio, batuque no sul.

Como se sabe, a cada divindade africana corresponde uma ou mais de uma divindade católica. Para nos restringirmos à região do Recife, aí vão algumas dessas equivalências bizarras: Oxalá-Espírito Santo; Oxum-Maria Madalena; Ifá-Orunmila-São Francisco; Obá-Santa Joana D'Arc; Ogum-São Jorge; Nanamburucu-Nossa Senhora da Boa Morte, e assim por diante. Não se trata de simples traduções, mas, como em todo sincretismo, de transformações e fusões originais. Em síntese, os mistérios da religião cristã tornam-se os mistérios da magia e do fetichismo.

Tivemos a sorte de assistir a uma cerimônia xangô no Recife. A casa do mestre era em um subúrbio, nas proximidades do aeroporto, o maior do Brasil, onde fazem escala os aviões das linhas aéreas americanas e europeias. Era noite: por uma rua empoeirada, chegamos ao lugarejo enterrado em uma folhagem escura carregada de árvores tropicais. Havia pouca iluminação; através de algumas luzes viam-se as casinhas térreas com os telhados de laminados ondulados, os negros sentados nas soleiras das portas, as crianças, os animais domésticos. O local da cerimônia era uma casinha entre tantas. Assim que entramos, notamos que essa espécie de templo particular tinha três salas. Na primeira, havia alguns bancos, neles se sentariam os espectadores; a segunda tinha uma grande mesa oval coberta por uma toalha branca com muitos vasos de flores e copos de vidro azul cheios d'água; era, digamos, o altar, ou seja, a sala onde o mestre curandeiro e seus assistentes fariam o ofício; finalmente, na terceira sala ficava o sacrário.

É importante descrever essa terceira sala. Era bastante pequena, com o telhado inclinado. As paredes eram forradas de papel vermelho, o teto estanhado era dourado. Não havia móveis, e sim um grande número de prateleiras dispostas nas paredes. Fomos convidados a tirar os sapatos e, pelas expressões de repreensão das duas mulheres que nos acompanhavam (o mestre ainda não havia chegado), compreendemos que esperavam que entrássemos na sala com o respeito e a devoção destinados aos locais sagrados. Quando entramos, examinamos os inúmeros objetos nas prateleiras. Havia um pouco de tudo: estatuetas e figuras religiosas baratas, daquelas que se encontram nas lojas próximas às igrejas; quinquilharias populares, que na Itália são vendidas nas chamadas Casas de Presentes ou coisa parecida; peças um pouco mais insólitas, como bolas de cristal, vasos com flores artificiais, pequenos animais embalsamados, mãozinhas de ébano com os dedos curvados em sinal de zombaria; conchas marinhas; simulacros de casinhas ou de igrejas e assim por diante; além de muitos daqueles grandes copos azuis cheios d'água. Mas aí reside a potência da religião: todos esses artefatos grosseiros e sem acabamento, só porque estavam naquela espécie de templo familiar de proporções mínimas, para fins nem práticos nem estéticos, mas rituais, assumiam fisionomias misteriosas, esotéricas, mágicas. As mulheres nos mostraram as estatuetas e os outros objetos, explicando seu significado. Era, enfim, um pequeno panteão e, ainda por cima, bastante atualizado, com santos recentes e tipicamente europeus como Joana d'Arc; mas particularmente frequentes eram os santos e as santas negras, pequenas estátuas de gesso, com corpos vestidos de branco e mãos e cabeças negras.

Depois de expressarmos nossa admiração, saímos do templo e fomos nos sentar nos bancos dos espectadores. Nesse meio-tempo, o mestre havia chegado. Era um homem alto, robusto, de aspecto atlético e pele muito clara, poderia ter sido um árabe do norte da África ou um berbere. Vestiu um avental branco, de dentista, com a ajuda de uma negra enorme que também estava vestida de branco; e foi se sentar à mesa oval, na sala número dois, junto aos outros dois assistentes que tinham chegado.

Inicialmente tudo aconteceu, digamos, à maneira cristã. O mestre e seus companheiros homens e mulheres oravam com as mãos juntas, a cabeça inclinada, os olhos fechados. De vez em quando, com uma voz inspirada, amarga, de uma fervorosa doçura tropical, ele exclamava: "Seja louvado o nosso Senhor Jesus", e os outros respondiam como em qualquer litania, com uma frase em português que não entendi. Mas essa primeira etapa era, digamos, apenas a moldura cristã dentro da qual, segundo as leis do sincretismo, deveria irromper o "transe" africano e mágico, a passagem do recolhimento e devoção católicos, totalmente espirituais e morais, à penetração física da religião atávica; um momento antes, o mestre e os assistentes invocavam Jesus em português, as mãos estavam juntas em oração, os rostos estavam imóveis e humildes; um momento depois, as vozes repetiam, com um ritmo forte e insistente, um refrão incompreensível em língua banto ou congolês; as mãos se agarravam frenéticas à beirada da mesa ou às cadeiras, as fisionomias se decompunham convulsivamente.

Depois, uma jovem mulata com uma pele cor de iodo começou a fazer uma careta de náusea e desprezo, arregalando os olhos e agitando as palmas das mãos. Levantou-se e começou a balançar para frente e para trás. De repente, um jovenzinho de traços puros e harmoniosos, muito negro, bem penteado e todo arrumado, abaixou muito a cabeça e, em seguida, levantou-a rapidamente; agora, com uma mudança semelhante àquela que se verificava no doutor Jekyll, de Stevenson, após ter bebido a poção, o rosto do jovem negro ficou horrível, os cabelos desarrumados, os olhos apagados e imersos na órbita, as narinas dilatadas, os lábios virados sobre os dentes. Levantou-se e começou a cabecear como faz o carneiro quando se prepara para dar uma chifrada. Enquanto isso, a negra corpulenta também entrou em convulsão, agitando a enorme cabeleira crespa e preta para frente e para trás, com uma violência raivosa e desesperada, quase como se quisesse separar a cabeça do tronco. Os outros assistentes, cada um por conta própria, caíram em transe. Somente o mestre ficou parado e sorridente, com os olhos fechados, pronunciando de vez em quando, com uma voz atormentada, algumas frases de invocação religiosa.

Os espectadores, na saleta número um, acompanhavam essas convulsões com uma simpatia contagiante e tentadora. As negras, algumas delas jovens e bonitas, pareciam particularmente fascinadas. Depois, o mestre se levantou, colocou na cabeça um daqueles grandes copos azuis cheios d'água e, tal qual uma grande cobra, mais se arrastando que caminhando, com o copo em cima da cabeça e os olhos fechados, introduziu-se entre as espectadoras, com as mãos estendidas para a frente. Eram mãos enormes e encurvadas e, assim que pousavam na cabeça de uma daquelas negras ou mulatas, elas entravam logo em convulsão, levantavam-se e caminhavam rapidamente para se juntar aos outros em convulsão na sala número dois. Foi assim que essa sala acabou por ficar cheia de braços que se agitavam, de cabeças que balançavam para a direita e para a esquerda, de corpos que se contorciam; até que tudo começou a parecer uma dança ou sarabanda, em fila, uma pessoa atrás da outra, ao redor da mesa como ao redor do ídolo ou do fogo na floresta africana. Essa ciranda durou uns dez minutos, ritmada pelas batidas das mãos dos espectadores, até que depois, finalmente, os responsáveis pelo ofício, exaustos, despencaram sobre as cadeiras. O esforço havia sido tenaz, os rostos estavam pálidos e banhados de suor. Um jovem negro que fazia o papel de sacristão começou a borrifar água-de-colônia no ar; e o mestre tirou o grande copo azul da cabeça, com a água intacta, colocou-o sobre a mesa e recolheu-se novamente, com as mãos espalmadas uma contra a outra. Continuava a sessão.

Esses momentos alternados de exaltação e colapsos duraram três horas. No final, porém, tudo entrou novamente nos moldes cristãos. Nada de outras convulsões nem de refrões congoleses ou danças. Com ar benigno, o mestre estava agora sentado entre seus companheiros, cansados mas serenos, e os presentes, exatamente como em um ritual primitivo cristão, desfilavam um depois do outro e se ajoelhavam diante dele, que pousava as mãos sobre eles e os abençoava. Confesso que tive uma sensação de mal-estar que não havia tido durante a parte pagã da cerimônia, como se estivesse assistindo a um tipo de paródia, mas estava enganado. Tudo isso era sincero demais e tinha origens demasiado sérias, se não trágicas, para poder pelo menos se aproximar da falsificação. Em outros termos, o sincretismo religioso é exatamente o contrário da imitação cômica. Esta é caricatura, enquanto o sincretismo é uma fusão comovente de elementos contrastantes e originais.

Mais tarde, deixamos a cerimônia xangô e caminhamos pelas ruas adormecidas e escuras de Recife em direção ao hotel. Em cima da nossa cabeça, invisível no céu noturno a não ser pelas pequenas luzes vermelhas e verdes das asas e da cauda, uma grande aeronave que fazia voos transatlânticos descia aos poucos. A alguns passos da casa do mestre xangô, o aeroporto nos revelava os milagres totalmente humanos da mecânica da aviação.

Corriere della Sera, 11 de setembro de 1960.

SACRISTIAS E MINAS DE OURO

Belo Horizonte

A história do primeiro assentamento português no Brasil, como observa Paulo Prado, autor de um pessimista e, justamente porque pessimista, patriótico ensaio (*Retrato do Brasil: ensaio sobre a tristeza brasileira*), é a história do violento estupro de um país virgem por parte de grupos relativamente pequenos de conquistadores renascentistas, ávidos e cruéis. Na origem dos Estados Unidos está o lendário desembarque dos puritanos do navio *Mayflower*, e não se está dizendo aqui que eles fossem todos perfeitos, mas eram puritanos, como é possível observar ainda hoje estudando a marca que deixaram em seu povo. Na origem do Brasil existe, ao contrário, a cobiça, ou seja, a ganância do ouro; na prática, isso significa o extermínio sistemático dos indígenas na prisão perpétua das minas, a escravidão dos negros, a fundação de uma sociedade baseada no tráfico e no latifúndio. Assim, no Brasil, desde o princípio, as condições sociais e econômicas encontradas apenas no sul dos Estados Unidos foram universais e fundamentais. Qualquer um que saiba quão longa é a história da decadência e da lenta corrupção do sul dos Estados Unidos não pode deixar de admirar o esforço potente do Brasil, que, não obstante o passado difícil, conseguiu se tornar um país moderno.

Paulo Prado começa seu ensaio com essas palavras:

> Numa terra radiosa vive um povo triste. Legaram-lhe essa melancolia os descobridores que a revelaram ao mundo e a povoaram. O esplêndido dinamismo dessa gente rude obedecia a dois grandes impulsos que dominam toda a psicologia da descoberta e nunca foram geradores de alegria: a ambição do ouro e a sensualidade livre e infrene...[12]

---

12. Citado aqui a partir de Paulo Prado, *Retrato do Brasil: ensaio sobre a tristeza brasileira*, org. Carlos Augusto Calil. São Paulo: Companhia das Letras, 1997, p. 53. [N.E.]

Deixando de lado a sensualidade, que, no entanto, teve um papel importante para drenar e esgotar a energia dos conquistadores, e fixando-nos no primeiro impulso, fica a observação de que a diferença entre as duas colonizações, aquela da América do Norte [Estados Unidos e Canadá] e a do Brasil, é principalmente uma diferença ideológica, como se costuma dizer atualmente. Não devemos nos deixar desviar por palavras moralistas como "avidez" e "sensualidade". Na realidade, essas paixões refletem uma forma de conceber a vida tão válida quanto a calvinista, isto é, a forma renascentista e humanística, como, aliás, reconhece o próprio Prado. A fatalidade histórica quis que o humanismo, que então parecia ser tão poderoso e florescente, viesse a ser o cavalo perdedor, e o calvinismo, o vencedor; pouco importa. A melancolia sobre a qual discorre Paulo Prado não é apenas aquela que, segundo o velho provérbio latino, acompanha o ato sexual; é, sim, a de uma concepção da vida que foi derrotada e já está embalsamada. A provar que isso seja verdade está a beleza das cidades grandes e pequenas criadas por essa sociedade de aventureiros e latifundiários ao longo do litoral entre Rio e Recife, e principalmente no interior de Minas Gerais, ao redor de Belo Horizonte.

Ouro Preto, Sabará, Congonhas, Diamantina, Olinda e tantas outras estão ali, a testemunhar com suas igrejas barrocas, seus prédios majestosos, suas casinhas lusitanas e um urbanismo irregular, elegante, musical e repleto de intimidade que os "bandeirantes", os "paulistas", enfim, os aventureiros, eram, sim, cruéis e impiedosos, mas também tinham algo a dizer. Tome-se, por exemplo, Ouro Preto, cujo próprio nome é revelador. Situada em uma área de minas abandonadas, entre lindas colinas tropicais e verdejantes, já se tornou uma cidade-museu, um museu, precisamente, do humanismo já morto: ruazinhas em declive, com a pavimentação de pedra, em meio a graciosas fachadas vermelhas e cinzas, em meio a grandes, suntuosas igrejas barrocas com pátios gramados na frente, onde a garotada se dedica apaixonadamente ao esporte nacional, o futebol; janelas com grades bonitas e robustas, portões fechados e enferrujados, jardins cerrados, taciturnos, com uma ou outra estátua enegrecida e uma ou outra fonte entupida – tudo em Ouro Preto respira a graça, a harmonia, a intimidade, a doçura de um viver puro e sem remorsos. Apesar disso, perto da cidade, nas minas hoje abandonadas, morriam aos milhares os escravizados indígenas e negros empregados na triagem das pedras auríferas.

A sociedade de Ouro Preto tinha duas caras: de um lado, as minas de ouro e pedras preciosas, isto é, a cobiça, a ganância; de outro, as igrejas, ou melhor, aquela parte da igreja em que geralmente são dispostas as peças decorativas sacras, ou seja, a sacristia. No Brasil, apesar da beleza das igrejas, sente-se que, do ponto de vista social, a sacristia foi mais importante que o altar. Isso porque a Igreja, aqui, não soube ou não quis se opor ao humanismo violento e aventureiro dos conquistadores. A Igreja era tão renascentista e humanista quanto a sociedade que teria de cristianizar. Daí a maior importância da sacristia, espaço social, em detrimento do altar, espaço religioso.

Sacristias do Brasil: visitei dezenas e dezenas, e todas as vezes reencontrei o fascínio melancólico da antiga sociedade colonial. Em geral, chega-se a essas sacristias não por passagens escuras ou por simples portas, mas por amplos corredores luminosos quase sempre decorados com azulejos, isto é, aquelas graciosas peças de maiólica azul com ilustrações de temas religiosos ou mitológicos, que são uma das mais belas criações da civilização ibérica. Os azulejos perderam o revestimento, estão apagados e sem cor, mas seus desenhos continuam a comover ainda hoje, não mais pela inspiração religiosa, quase sempre ausente, mas pelo sopro humanista, tão amável e floreado: mitos gregos e romanos, história sacra, vida dos santos, tudo está coberto por um manto renascentista, iluminado pelo sol do Mediterrâneo e transformado em aventura humana. Os azulejos estendem-se ao longo das duas paredes como um rodapé; depois se adentra na sacristia, passando por uma linda porta fechada com uma trave esculpida.

A sacristia é extraordinariamente vasta e sugere logo a ideia de um lugar de reunião, de associação e discussão. O teto é constituído de grandes caixilhos decorados e espessos, as paredes também têm um rodapé de azulejos, os pisos são de mármore ou de mosaico.

Armários imensos, medindo entre cinco e dez metros, ficam junto às paredes. É importante descrevê-los porque são, de longe, as peças mais expressivas. Esses armários são de jacarandá, uma madeira muito escura, quase preta, com veias vermelhas e brancas, a única, pelo que parece, a resistir às mandíbulas dos cupins. Esculpidos em um estilo barroco ao mesmo tempo rústico, austero e monumental, os armários têm portas enormes, trabalhadas, elementos decorativos que saltam para fora, fechaduras de ferro elaboradas. Ao se abrir uma gaveta, ela resiste durante algum tempo, mas depois abre e deixa entrever uma profundidade de cinco, dez metros, grande e desconexa como aquelas dos móveis de cozinha que outrora eram usados para fazer e conservar pão, feitos com tábuas maciças de três dedos de altura. São baixos a fim de permitir que se coloquem em cima não apenas as peças decorativas, mas também os copos e garrafas dos sucos servidos durante as reuniões. Os outros móveis das sacristias coloniais são todos do mesmo tipo dos armários: mesas, estantes, cadeiras, poltronas, genuflexórios, banquinhos, tudo é cortado com o machado, esculpido com o cinzel, tudo é maciço, monumental, inabalável, feito para sugerir a ideia de potência e permanência.

Naturalmente, a sacristia no Brasil era o complemento indispensável do confessionário para uma sociedade que ignorava os próprios pecados mais graves e, seja como for, não os submetia à avaliação da confissão cristã, mas sentia igualmente a necessidade de relacionar, de alguma maneira, as próprias atividades sociais à religião. Nas sacristias do Brasil se percebe que todos os acontecimentos e todas as paixões, grandes e pequenas, da sociedade escravista passaram por ali: casamentos, heranças, conflitos familiares e sociais, amores, ódios, interesses e ambições. O padre que se sentava como juiz de todos esses episódios era o mesmo padre que, pouco antes, na igreja, havia escutado as confissões.

Numa dessas sacristias, na Bahia, presenciei uma cena de outros tempos. A uma enorme mesa preta, na penumbra, estava sentado um padre de fisionomia pálida e aristocrática, com uma expressão singular, mistura de inteligência arguta e de estoica resignação. Escutava as confissões de uma jovem negra volumosa e graciosa, que falava com uma voz baixíssima, mas torrencialmente, quase submergindo-o nas palavras. As mãos dela se agitavam, ornamentadas por anéis cintilantes e baratos; as do padre, brancas, longas, magras, com as unhas bem cuidadas, contorciam-se uma dentro da outra, de leve, às vezes.

Como dissemos, as sacristias são um dos aspectos da sociedade colonial; o outro é a "cobiça", ou seja, a ganância do ouro. Em Sabará, um museu pequeno, mas muito didático, é dedicado exclusivamente aos instrumentos e à história dessa ganância.

A cidade de Sabará evoca plasticamente a origem da maldição do metal improdutivo, que os conquistadores, com uma obsessão hoje quase incompreensível, dirigiam ao trabalho humano simples e criativo. Sabará é um povoado antigo situado em um lugar parecido com Ouro Preto: colinas verdejantes, um rio, pastagens e mata. Mas o rio, não sei se devido aos dejetos industriais ou em virtude da natureza do terreno que atravessa, é escuro, escuro mesmo. Esse rio de tinta corre em meio a uma densa vegetação tropical, carregada e corpulenta, totalmente desprovida de frescor e alegria. O leito daquele rio foi outrora aurífero. Para extrair o ouro, nesses declives hoje cobertos de vegetação foram construídos sistemas complexos de comportas, canais e filtros que permitiam, após longas lavagens, separar o ouro da areia. Inicialmente, os indígenas escravizados subiam e desciam esses declives, do rio às comportas e vice-versa; mais tarde, quando todos os indígenas foram mortos, os negros faziam o mesmo.

Como era realizada a lavagem do ouro? Escreve Paulo Prado, em seu livro já mencionado:

> Mudavam o curso dos rios, rasgavam vales, revolviam as entranhas da terra, até que nos talhos abertos nas montanhas surgissem os vieiros, ou no fundo das bateias brilhassem as folhetas e os gravites. Sebastião Pinheiro Raposo, nos riachos do mato grosso da Bahia, fazia a sua gente trabalhar desde a madrugada até às dez horas da noite, ou então à luz de fachos: um dia colheu nove arrobas [quinze quilos] de ouro.[13]

---

13. Id., ibid., p. 128. [N.E.]

À luz dessas informações, no museu montado em uma antiga e graciosa casa da época colonial onde outrora ficava a sede da agência estatal para a coleta de ouro, todos os instrumentos para a busca do metal, também rústicos, maciços e com um ar de grande solidez, parecem instrumentos de tortura. Diante dos baús de madeira e ferro em que, no dorso dos burros, viajavam os lingotes destinados à casa da moeda de Lisboa, não se pode deixar de pensar na quantidade de vidas humanas que foram necessárias para cada lingote. Não se trata de retórica humanitária, mas de simples cálculo. Os indígenas adultos, homens e mulheres, outrora habituados à liberdade infinita, morreram de cansaço nos seixos dos rios; seus filhos morriam em casa por falta de assistência, uma vez que os pais estavam nas minas. Foi assim que desapareceram. Uma vez mortos os indígenas, cresceu o tráfico negreiro.

Contudo, também nesse museu o humanismo, isto é, a concepção renascentista da vida, embeleza os velhos instrumentos da dor, cobrindo com um verniz de melancolia os grilhões da escravidão. Os baús de ferro nos quais eram guardados os lingotes são mais bonitos que os cofres modernos; os livros contábeis, com grandes páginas de um papel grosso com o brasão de armas de Portugal, escritos com caligrafias decoradas e trabalhadas, são mais atraentes que os frios registros atuais; e os poucos móveis, maciços e envelhecidos, são mais aconchegantes e decorativos que os adornos metálicos e funcionais dos nossos escritórios.

Mas também é verdade que foi justamente essa indiferença, ou, pior, a conivência do humanismo brasileiro e não brasileiro com os mais terríveis sistemas de servidão, que acabou por introduzir o germe da retórica. O humanismo tornou-se retórico porque era desumano. No fim, quando a concepção humanista da vida evaporou, permaneceu apenas a retórica.

Corriere della Sera, 28 de setembro de 1960.

O RIO É COMO ALEXANDRIA

Rio de Janeiro

Quem sobe o morro do Corcovado e se debruça sobre a plataforma em que o feiíssimo e gigantesco Cristo abre os braços para o céu tem uma vista quase completa do Rio. É uma vista pitoresca e incrível, mas desprovida de unidade; cheia de acidentes e de particularidades surpreendentes, mas sem uma imagem clara; esparramada e confusa, mas sem um centro. Vêm à mente os cenários naturais de certos retratos ou composições renascentistas, de uma fantasia mitológica e evocativa; só que aqui a natureza superou até a invenção mais fabulosa. Montanhas eretas e nuas de formato estranho, águas que se insinuam entre as montanhas, passagens estreitas em que se alojam arranha-céus, lagoas rodeadas de jardins, o oceano pontilhado de ilhas e ilhotas, a floresta tropical densa e rugosa como um casaco de pele, parques quadrados e estádios esportivos redondos, um cemitério com todas as cruzes, encerrado entre as paredes quase verticais de um barranco, bairros com as casas alinhadas ao longo de ruas retas como espadas ou amontoadas em colinas arredondadas, semelhantes a formigueiros; tudo assombra e atrai, mas, ao mesmo tempo, escapa de uma visão de conjunto. Segundo a antiga imagem já muito usada, essa é a verdadeira cidade tentacular, mas os tentáculos de casas que se insinuam por todos os lados entre os contornos das montanhas e se lançam para o mar não parecem ter início em nenhum lugar. O único traço comum entre todos esses elementos espalhados é a faixa branca das praias que contorna fielmente as saliências e curvaturas do golfo. Toda a cidade parece descer e convergir para essas praias, como se estivesse caminhando para seu ponto de encontro ideal.

Assim, também dessa altura, o caráter do Rio vem logo à tona. É aquele de uma imensa Cannes ou Biarritz, de uma enorme cidade balneária. Descemos do Corcovado, dirigimo-nos para uma daquelas praias, Copacabana, por exemplo. Estamos diante de uma praia enorme em forma de curva, com uns dez quilômetros de extensão, talvez mais, em torno da qual se alinham, paralelos, o oceano verde, a praia bucólica, a pista cinzenta do asfalto e a fileira dos altos edifícios brancos. O clima está sereno e, embora seja inverno, a praia parece lotada. Homens de calção de banho, bronzeados e desnudos, correm atrás de uma bola na praia, mulheres de biquíni passeiam ou se deitam na areia tomando sol. Na calçada, uma multidão que parece ser de veranistas caminha lentamente, ociosa e contemplativa. Automóveis grandes e luxuosos percorrem as ruas, levando nos amplos assentos mulheres delicadas e muito bronzeadas ou grupos de homens com fisionomias irritadiças, de olhos entristecidos e dissimulados.

Os edifícios que se alinham a perder de vista ao longo da praia e se dissolvem na distância brumosa são todos novinhos em folha; têm o caráter luxuoso, cintilante, efêmero e monótono próprio dos produtos da especulação imobiliária. São prédios de moradia para gente rica, edifícios residenciais. No andar térreo ficam os acessos esplendorosos para hotéis e restaurantes, vitrines de lojas de moda, joalherias, antiquários. Da avenida à beira-mar saem, em ângulo reto, ruas transversais também ladeadas por edifícios modernos, com lojas de luxo no térreo; são ruas curtas que terminam bruscamente na lateral da montanha em que a cidade do Rio encosta. Na verdade, Copacabana não é nada além de uma faixa de prédios alinhados ao longo da praia que justifica e alimenta a sua existência. Exatamente como Viareggio, Cannes, Biarritz ou o Lido.

Caminha-se pela magnífica calçada à beira-mar com a sensação de estar em férias e com a certeza de que as outras pessoas também têm a mesma sensação. Mas é uma sensação equivocada: o Rio nunca está em férias, justamente porque está sempre em férias. Para traduzir o que queremos dizer com essa afirmação, observamos que, enquanto nas cidades balneárias da Europa o clima de férias dura cerca de três meses, e nos outros nove vigora novamente a atmosfera simples, séria e enfadonha da província, aqui no Rio a temporada balneária se prolonga durante o ano todo. E não apenas porque as *praias*[14] estão cheias o ano todo e ir à praia parece ser o principal objetivo do dia, mas também porque, ao longo do ano inteiro, o clima de férias se prolonga na cidade. Não são, contudo, férias ocasionais e vinculadas à estação do ano, mas de cunho social e histórico. As férias próprias de determinadas fases da civilização e que podem durar até séculos.

✶

O que significa essa definição do Rio como uma imensa cidade balneária? Observando bem, o caráter muito particular que a cultura europeia assumiu após ter sido transplantada para essas praias é um indício do que isso significa. O que é realmente uma cidade balneária? É um lugar de distração, de divertimento, de evasão, sensualidade, despreocupação, irresponsabilidade, sem, contudo, conferir um sentido alegre a essas palavras. Pelo contrário, muitas vezes os balneários são lugares muito melancólicos. Esse era, justamente, o caráter das cidades do período alexandrino, na Antiguidade, ou seja, daquelas cidades em que a cultura antiga foi catalogada, embalsamada, divulgada e reunida com objetivos práticos e hedonistas, em um clima de cosmopolitismo mercantil. Alexandria, Éfeso, Antioquia, Pérgamo e tantas outras cidades do Oriente helenístico não deviam ser muito diferentes do Rio.

Mistura de raças, importância obsessiva do dinheiro, busca ansiosa do prazer, sensualidade, luxo, politicagem, intrigas financeiras, administrações ineficientes, festas frenéticas, fanatismo esportivo, todas essas características do Rio são encontradas nas cidades do período alexandrino. Um morador de Alexandria, no Egito, certamente compreenderia melhor a explosão do Carnaval carioca ou o delírio esportivo no estádio do Maracanã

---

14. No original, Moravia utiliza a palavra “praia” em português neste momento do texto. [N.E.].

do que um cidadão da Atenas arcaica ou da Roma republicana. Mas, enfim, o que eram essas cidades antigas que nos deixaram uma lembrança tão precisa de certo tipo de vida e civilização que os antigos povos chamaram justamente de alexandrino? O que elas não eram? Eram certamente centros de difusão e divulgação de uma cultura transplantada, colonial e já em decadência. Não eram cidades em que aquela mesma cultura poderia ter tido suas origens, ter desabrochado com suas primeiras flores virgens.

É sem dúvida um fato obscuro e significativo que, enquanto os primitivos dos países europeus são realmente primitivos, os primitivos do Brasil são, ao contrário, os barrocos, isto é, os decadentes da Europa. Os brasileiros têm consciência disso, tanto é que se tentou remontar a outras origens, aos indígenas pré-colombianos que Cabral encontrou na sua chegada a esta terra.[15] Mas os indígenas brasileiros não chegaram a ser nem ao menos primitivos; entre todos os ameríndios, eram os mais desprovidos e que andavam mais nus: assim, na verdade, o Brasil começa onde termina a Europa renascentista. A semente plantada pelos conquistadores portugueses nessa terra demasiado fértil era uma semente de maturidade ou já prestes a apodrecer de madura; isso explica a naturalidade com que, nos últimos tempos, passou-se, no Brasil, da igreja barroca ao arranha-céu. O gigantismo, o informal, o coletivismo da cultura moderna de massa ficaram imunes à falência do humanismo renascentista, que foi incapaz de dominar a natureza desmedida e selvagem desse país. O verdadeiro Brasil não é Olinda, pequena cidade perecida que levou três séculos para preencher de lindos edifícios e igrejas uma ou duas colinas, mas São Paulo, que, em poucos anos e por força dos arranha-céus, saltou de meio milhão a 4 milhões de habitantes. No Rio, o Brasil de Olinda e aquele de São Paulo coexistem e, poder-se-ia dizer, refletem com veemência a passagem de uma decadência de natureza europeia, resignada e

15. Moravia demonstra, neste trecho, ter tomado conhecimento das experiências românticas e modernistas brasileiras, que elegeram a figura do indígena como centro de sua estética. [N.E.]

melancólica, a uma de natureza americana, violenta, opulenta, veemente e triunfante.

✶

Ao falar sobre decadência, é preciso entender o sentido que se confere a essa palavra. Ela tem um sentido na Europa – uma vez que, na Europa, ainda sobrevivem os modos de vida e os monumentos do passado – e outro na América, onde esse passado não existe, e a decadência tem como comparação a planície e a floresta. Enfim, decadência, termo negativo na Europa, aqui se torna positivo e talvez fosse o caso de substituí-lo por outro mais apropriado. Nesse sentido, é correto falar do Brasil como de um país do futuro, destinado a ainda mudar de cara muitas vezes antes de assumir sua fisionomia definitiva.

Confirmando essa sensação de mistura de aspereza e decadência, lembro-me da partida do Rio e do Brasil. Às onze da manhã, o avião que, em nove horas de voo, devia levar-me do Rio a Nova York decolava em um voo silencioso e aparentemente imóvel, no céu sobre a baía. Uma cidade imensa, fervilhante, que parecia ser muito populosa, aos poucos se revelava entre as montanhas escuras e o oceano verde e luminoso. Depois, a aeronave rumou para o norte, o Rio desapareceu e começou a solidão do Brasil, com o litoral interminável sem um porto, sem um vilarejo, tristemente verde e denso, margeado de espumas brancas, às vezes interrompidas pelas margens vazias de um rio cujo curso cintilante e serpenteante subia a montanha em meio ao verde monótono do planalto. Era um dia sereno, voávamos a 10 mil metros de altitude, via-se o Brasil nitidamente, como em um mapa geográfico: e via-se que o Brasil era vazio. Os únicos indícios de presença humana eram os longos e tristes sinais dos incêndios que surgiam aqui e ali na floresta. Poucas horas depois o céu começou a ficar nublado e o voo continuou entre colunas de nuvens, sob catedrais de nuvens, sobre pavimentos de nuvens. De vez em quando esses edifícios aéreos brancos abriam-se numa fresta verde e então via-se novamente o Brasil, com sua floresta e seus rios, mais vazio que nunca.

No fim, por volta do entardecer, através de uma fresta maior, apareceu o rio Amazonas, símbolo fluvial do Brasil despovoado: uma longa, preguiçosa, opaca e enorme mancha amarelada com a forma e a expressão inertes e malignas de uma grande pele de sucuri, deitada sobre a cobertura verde e densa da floresta. Na margem mais alta, a pele da sucuri se espremia e ficava perdida entre as névoas do crepúsculo; na direção do mar, alargava-se e dividia-se exatamente como uma pele de serpente que teve a cabeça cortada. Essa imagem majestosa e hostil se sobrepôs então àquela do Rio e complementou a lembrança.

Corriere della Sera, 5 de outubro de 1960.

CUBA

1966

Em janeiro de 1966, Alberto Moravia participa como convidado da Conferência Tricontinental, em Havana. A reunião conta com delegados de 82 países, com vistas a promover a solidariedade entre os povos da Ásia, África e América Latina. O autor prolonga a estadia e envia quatro relatos sobre Cuba para o *Corriere della Sera*. Três deles estão a seguir.

PARA FAZER DE CUBA UMA GRANDE POTÊNCIA, CASTRO LHES ENSINA O PASSO DO GANSO

Havana

Sétimo aniversário da revolução, festa nacional cubana. Batista, ditador de inclinação fascista, profícuo nas obras públicas e assassinatos e miserabilíssimo nas reformas estruturais, criou a enorme praça onde se eleva a torre em homenagem a José Martí, apóstolo da liberdade cubana.[1] A torre tem o formato de uma estrela de cinco pontas, todas alicerçadas no mesmo centro, que se erguem bem para o alto, na direção do céu. Nos pés da torre, enrodilhado em um enorme bloco de mármore branco, medita um gigantesco e melancólico Martí, com a cabeça inclinada e traços pouco delineados. O monumento está assentado sobre um grande alicerce, com degraus e plataformas, tudo de granito cinza; é nesses degraus e plataformas que se senta o público especial à espera do discurso de Fidel Castro: delegados dos três continentes enviados para a conferência, convidados VIP, diplomatas, membros do governo e da classe dirigente. O povo, por outro lado, tem à sua disposição a imensa praça, além das avenidas e dos espaços abertos entre os raros edifícios à sua volta. É a multidão cubana, o bom *pueblo* alegre e barulhento, sempre inclinado a tocar, cantar e dançar, mas também a se rebelar e fazer a revolução.

Como papoulas numa plantação de trigo, as bandeiras vermelhas, pequenas e inflamadas, apontam na multidão; aqui e ali, maiores e mais agitadas, desfraldam-se as bandeiras cubanas com a estrela e as três faixas brancas e azuis. Um murmúrio espanholado emerge dessa multidão, cheio de vida, barulhento, popular; de vez em quando, é interrompido pelo grito solitário de

---

1. Fulgencio Batista era o ditador de Cuba na ocasião da revolução de 1959. Já o poeta José Martí atuou, no final do século XIX, durante o período de independência da ilha, o que ocorreu em 1902. [N.E.]

alguém que fica na ponta dos pés para invocar um pedido para o céu. Faz calor, as grandes sombras formadas pelas nuvens em movimento que passam por cima da multidão por um momento trazem um pouco de frescor, mas, assim que o sol desponta, o frescor logo se transforma em suplício de verão: é o janeiro cubano, semelhante a um maio nosso, ou até a julho.

Estamos sentados bem perto do palanque onde Fidel Castro vai falar. Olho para cima, na direção do pódio, dos alto-falantes, e não posso deixar de reconhecer que, mais uma vez na vida, estou em meio a um ritual totalmente moderno: de um lado, um homem sozinho, que, no entanto, tornou-se infinitamente maior que um indivíduo; do outro, uma multidão cujos componentes querem que a especificidade individual de cada um seja aniquilada pelo entusiasmo. É inútil teorizar sobre as diferenças imensas, de acordo com os momentos políticos, os contextos ideológicos, as condições do meio. Pode-se estabelecer as diferenças – aliás, deve-se –, mas em nível histórico e, de certa forma, superficial. No fundo, resta o fenômeno do ritual da comunicação coletiva, ou seja, a relação carismática entre o líder e a multidão, livre das intermediações sociais que antes a deixavam ambígua e distante, mas que agora é totalmente instantânea, quase física e, seja como for, irracional.

Tudo acontece com pontualidade, a mesma pontualidade tão rara nas relações sociais em Cuba. Às sete horas, tínhamos de nos reunir no saguão do hotel; às oito, em um trajeto vagaroso através das ruas cheias de gente que caminhava e corria, levaram-nos até a praça da Revolução; às nove, nos sentamos embaixo da estátua de José Martí; das nove às dez, embora escutássemos hinos marciais, ficamos a queimar no sol, esperando; às dez em ponto, recebido por uma sucessão cada vez maior de aplausos, eis que surge um grupo de personagens em uniforme verde-oliva e, entre eles, reconhecível pela estatura alta, pela constituição física robusta e pelo corte diferente da barba, Fidel Castro. Logo depois da sua chegada, começa o desfile militar.

O Exército cubano é hoje com certeza o mais preparado e moderno de toda a América Latina. Alguém me diz que até cerca de dois anos atrás o mesmo desfile ainda tinha um caráter popular, como o de uma nação em armas e não o de um exército profissional. Não resta dúvida de que, hoje, os pelotões que desfilam diante dos nossos olhos, disciplinados, apertados em impecáveis formações em forma quadrada, ordenados em fileiras em sincronia, sejam de um exército moderníssimo, treinado de acordo com as normas de Von Clausewitz, e não com as do chefe guerrilheiro Che Guevara. O desfile é perfeito e, ao mesmo tempo, sem originalidade; também aqui estamos diante de algo já realizado em outro lugar, em outros tempos e por razões diferentes, mas da mesmíssima forma. De longe, até onde o olhar alcança, vemos os pelotões avançarem com equilíbrio e ritmo, precedidos por porta-bandeiras que rodopiam o bastão no ar ou porta-estandartes que carregam a bandeira nacional levemente inclinada. Os pelotões marcham a um ritmo normal, mas, quando chegam diante do palanque de Fidel Castro, improvisam um passo que, para nós, italianos, é um velho conhecido: o passo do ganso. Trata-se de uns cinquenta metros, não mais que isso, de uma marcha alemã, com o peito rígido, o braço esticado, a perna levantada em ângulo reto. Eles passam, a banda toca, o grupo de militares em torno de Fidel Castro faz uma saudação.

Vários pelotões vestidos de camisas azuis desfilam em seguida: a milícia. Finalmente, anunciadas por um barulho ensurdecedor, avançam as divisões mecanizadas do exército: tanques de guerra, caminhões, veículos equipados com canhões e metralhadoras, carros blindados etc. etc. Pelo que parece, tudo de fabricação tchecoslovaca, tudo coberto de um verniz em tom de verde amarronzado. Muitos desses veículos são manobrados por soldadas, dá para notar muito bem os espartilhos estufados, a cabeleira castanha solta nos ombros. De repente, damos um pulo: em cima das nossas cabeças, antecipados por uma explosão seca e aterrorizante, despontam três aviões MiG, com uma violência supersônica enfurecida.

A essa altura, porém, deve-se observar que o desfile do exército não é longo demais e tampouco tem muito para mostrar. Trata-se de uma amostra, sem dúvida digna e persuasiva, mas limitada. Na verdade, dura pouco. Ainda passa um grupo de tanques de guerra, com seu som baixo; em seguida, é substituído pelo murmurinho alegre da multidão que invade a rua. Milhares de rostos de várias cores se viram para o alto, em um leque que abrange desde uma fisionomia pálida até a negra, passando pela marrom. Começa a última parte do ritual e a mais importante: o discurso.

Fidel Castro vai para a frente do palanque. É grande, robusto, com os traços fisionômicos curiosamente rígidos e austeros, quase de estátua clássica ou de algum personagem bíblico. Aproxima-se dos alto-falantes, controla os aparelhos de recepção do som: um ato que repetirá durante o discurso. Então, com um gesto da mão convidando ao silêncio, começa a falar.

A oratória tem o efeito que, segundo se diz, o vinho provoca: faz explodir a sinceridade, não tanto das palavras, sempre mais ou menos estudadas, mas nas expressões do rosto que revelam, apesar de todo o esforço de controle, o verdadeiro espírito do orador. Já vimos os semblantes de líderes do povo transformarem-se, nesse momento da verdade que é a oratória, em rostos de epiléticos, de lobisomem, de canibais, de endemoniados. Tantos bondosos doutores Jekyll que a droga oratória transformava, diante de nossos olhos atordoados, em outros tantos horrorosos senhores Hyde. No caso de Fidel Castro, é notável que, ao longo do discurso, mantenha a costumeira serenidade e compostura. É um rosto meio estatuário, meio pictórico, ao mesmo tempo austero, inspirador e edificante, alguma coisa entre Garibaldi[2] e um santo da Contrarreforma pintado por um mestre espanhol; a expressão desse semblante durante a oração ganha em intensidade, mas não se deforma.

Não que Castro não seja um orador impetuoso: basta ver como prolonga a pronúncia dos erres, como se faz na província

---

2. Giuseppe Garibaldi, general que atuou, em meados do século XIX, durante o processo de unificação da península itálica. Trata-se do mesmo Garibaldi que se juntou aos rebeldes rio-grandenses contra o Império do Brasil, em 1835. [N.E.].

do leste onde nasceu: *rrrevolución*, *derrrrota*, *contrrrrarrrrevolución*, mas dir-se-ia que seu entusiasmo nunca passa do limite de uma consciência orgulhosa. Em suma, a impressão que se tem não é a de se estar diante de um ditador, e sim de um professor ou pedagogo dando uma aula com um tom às vezes calmo e paciente, outras vezes fervoroso e violento, mas sempre didático e educativo, a seus alunos ignorantes, mas cheios de boa vontade.

Essa não é apenas uma metáfora, mas uma realidade: com seus 8 milhões de habitantes, Cuba é uma grande escola em que, aos poucos, dia após dia, Fidel Castro ensina o socialismo. Ensina-o, é preciso acrescentar, com a mesma proporção e o mesmo ritmo com que ele próprio o vem descobrindo e aprofundando em seu conhecimento. Acreditamos que seja por isso que Fidel Castro, ao contrário de tantos líderes de outros tempos, não parece querer ser agradável, seduzir, talvez hipnotizar e, ao mesmo tempo, desafogar as próprias paixões e recitar seu papel como um ator, mas está principalmente focado em tentar convencer, e mais que convencer, em educar, até mesmo com uma ponta de pedantismo e moralismo. A rebelião de Castro, não se deve esquecer, foi antes moralista e só depois marxista; seu intelectualismo é notadamente aquele do educador, e não o do filósofo. Dizem que Castro dedica regularmente três horas diárias aos estudos. Porém, se ele pudesse, faria o povo cubano – o oposto do pedante e aplicado – penar doze horas por dia com os livros.

De repente, o tom pedagógico se quebra: o professor ficou emocionado durante a aula. O que comove o professor Castro é a difícil e problemática autonomia de Cuba, pequeno país sitiado pelo poderio estadunidense, chantageado pelo poderio chinês, protegido pelo poderio soviético. A emoção pode ser percebida não apenas na exaltação da voz, no uso mais frequente dos erres alongados, mas também em uma mimica que, mesmo sendo bastante contida, não deixa de ser curiosa: Castro segura o atril com as duas mãos, curva-se com todo o peito para trás e de lado, bate os pés, mexe e agita toda a coluna: dir-se-ia que são os gestos de um felino que se estica antes de cumprir um salto.

Porém, em vez de querer saltar com o próprio corpo, Castro parece desejar que as palavras formadas em seus lábios sejam arremessadas como se fossem projéteis lançados por uma zarabatana. Toda vez que uma palavra mais importante explode em sua boca, por exemplo, *revolución*, Fidel Castro dobra os joelhos e joga todo o corpo para cima – e assim a palavra sai de sua boca e voa pelos ares, no céu de Havana.

Por outro lado, a carga sentimental de Castro não tem nada de egocêntrica, de inconsciente: pelo contrário, é clara, realista e consciente; diz respeito a Cuba, ao destino de Cuba e à situação de Cuba, em poucas palavras, não ao indivíduo Fidel, mas a Cuba. Então, de repente, entendemos: Castro não tem atrás de si uma nação imensa como a China ou a União Soviética ou os Estados Unidos; mas um pequeno país (*pequeño país*, não para de repetir), quatro vezes o tamanho da Sicília, com apenas 8 milhões de habitantes. Isto é o castrismo: sem dúvida a construção do socialismo em uma nação exígua e subdesenvolvida; sem dúvida também a criação de um modelo revolucionário a ser usado e consumido na América Latina, mas, principalmente, partindo de uma interpretação personalista e hispanofalante do marxismo, a promoção de Cuba ao patamar de grande potência, de protagonista da cena mundial, de sujeito da história.

O discurso termina. Castro falou por duas horas e, agora, vai embora, enquanto a multidão aplaude. Pode ficar satisfeito: teve uma multidão de ouvintes digna de país grande (cerca de 300 mil pessoas) e falou com o estilo e sobre temas não de um personagem nacional, e sim cosmopolita, mundial.

Corriere della Sera, 16 de janeiro de 1966.

DEPOIS DE BRINCAR COM O FOCO, CUBA APOSTA NO MITO DE CASTRO

Havana

Em 1927, André Malraux participava da desventurada revolução chinesa, depois de ter lido não apenas Marx, mas também Nietzsche e Sorel. Corriam os anos do entreguerras, e o intelectual revolucionário do Ocidente era também um super-homem ou, como o definiu Malraux, *un conquérant*.[3] Hoje, em 1966, além de Marx, o intelectual revolucionário do Ocidente leu ainda Sartre, Husserl e Lévi-Strauss: do *conquérant* passamos ao filósofo existencialista, ao antropólogo estruturalista.

Isidore é um desses jovens revolucionários modernos. Franco-canadense, de mãe irlandesa, toma parte da conferência dos três continentes na misteriosa qualidade de "indivíduo". Pelo que parece, é um revolucionário ativo, tendo inclusive feito uma investida nas zonas de guerrilha da Colômbia, mas também aspira a escrever um romance que, segundo suas próprias informações, não será muito distante do *nouveau roman* parisiense.[4] É alto, magro, moreno, tem olhos azuis expressivos, nariz comprido e pontudo, lábios finos, um pomo de adão proeminente, cabelos espetados e uma fisionomia delgada. Saímos uma manhã para passear em uma praia a pouca distância de Havana. Estamos usando calção de banho, vamos dar um mergulho no mar cálido. Chamo a atenção de Isidore para o fato de que a paisagem marinha evoca a bandeira dos Estados Unidos: com suas cúspides brancas, Havana, lá embaixo, em um canto, é o retângulo das estrelas, enquanto as variações de cor

---

3. Referência ao romance *Les conquérants* [Os conquistadores] (1928), de André Malraux, que narra as tensões colonialistas e imperialistas entre China e Europa, em especial em torno de Hong Kong. [N.E.]

4. Romances geralmente experimentais, que buscavam avançar a forma do gênero. Entre seus autores, destacam-se Marguerite Duras, Nathalie Sarraute e Georges Perec. [N.E.]

do mar correspondem às faixas da bandeira. Isidore solta uma gargalhada, dá um pulo na areia: "A eterna obsessão dos Estados Unidos. Compreensível, mas são apenas 145 quilômetros até a costa da Flórida. E a coexistência deveria existir!".

"Deveria, mas não existe."

"Nunca existirá até que a União Soviética, a China e os Estados Unidos concebam a coexistência como a paz entre eles, isto é, entre os grandes, mas com o direito de fazer a guerra, fria ou quente, através dos pequenos, como no Vietnã ou aqui em Cuba, por exemplo. É cômodo demais; os cubanos têm razão quando dizem que a coexistência deve ser total, ou seja, ampliada a todos os países, grandes e pequenos. Aliás, ainda assim não fica garantido que a coexistência entre os Estados Unidos e Cuba consiga um dia substituir a atual Guerra Fria."

"Por quê?"

Ele se abaixa para pegar uma concha, examina-a, joga-a fora, faz o mesmo gesto com uma segunda, uma terceira, como o personagem de *As férias do sr. Hulot*.[5] Em seguida, diz: "Os Estados Unidos estão dispostos a coexistir com a União Soviética, mas não com Cuba, porque a União Soviética não consegue ser um modelo revolucionário para a América do Sul, mas Cuba, sim".

"O que você quer dizer com a palavra 'modelo'?"

"Exatamente o que qualquer dicionário diz: alguma coisa que se pode imitar, reproduzir... Resumindo, com sua já longínqua revolução de 1917, as centenas de milhões de habitantes em seu território, sua economia, sociedade e história, a União Soviética não pode ser um modelo revolucionário para nenhum dos países da América Latina. Por isso os Estados Unidos aceitam a convivência. Mas Cuba é um modelo para os sul-americanos. É por esse motivo que a coexistência não existe."

"Como assim? O que faz de Cuba um modelo revolucionário para os sul-americanos?"

"Uma aula de estratégia revolucionária, *en plein air*, à beira-mar, entre um mergulho e outro, não? Afinal de contas, por

---

5. *Les vacances de Monsieur Hulot* (1953), filme de Jacques Tati. [N.E.]

que não? Cuba tem dois aspectos principais no que diz respeito ao modelo revolucionário. O primeiro é estratégico-militar, o segundo é de caráter personalista."

"Explique-se melhor."

"O aspecto estratégico-militar responsável por fazer da revolução cubana um modelo é a maneira como Fidel Castro conquistou o poder. Preste muita atenção. Até Fidel, a conquista do poder copiava o modelo soviético: rebelião armada na capital, após uma longa preparação técnica dos pequenos grupos especializados; ocupação dos chamados centros nervosos, ou seja, ministérios, centrais elétricas, jornais, rádio; e assim por diante. Mas tudo isso muda com Fidel. Não se ataca o centro, e sim a periferia. Em outras palavras, não Havana, mas Niquero, a oeste de Santiago, a 1.500 quilômetros da capital. E não se tomam as centrais elétricas ou os ministérios, mas se cria o foco."

"O que é o foco?"

"O foco é a criação de um polo de irradiação revolucionária em uma zona periférica, isto é, de uma pequena sociedade ou comunidade revolucionária que não apenas colabore com os militantes no que diz respeito à logística, como também lhes garanta uma base social. Na América Latina, a teoria do foco foi logo elevada à categoria de princípio e dogma; e da teoria passou imediatamente à prática."

"Como assim?"

"Já a partir de 1959, observam-se em toda a América Latina tentativas de criação de focos. Na Argentina, o grupo Uturunco; no Paraguai, o pessoal da Juventud Febrerista; em Santo Domingo, Enrique Jiménez Moya e seus companheiros; na Colômbia, o grupo Moec; no Equador, os homens da Urje; na Venezuela, a guerrilha de Mérida e de Yaracuy; no Peru, a tentativa de Puerto Maldonado..."

"Está bem, já me convenci de que Cuba é certamente um ótimo modelo para toda a América Latina no que diz respeito à teoria do foco..."

Ele fica sério, inclina a cabeça, parece refletir, e depois diz: "Mas, pelo contrário, não foi o que aconteceu. Todas essas tentativas fracassaram, o foco não é suficiente, é necessário que existam outras condições objetivas indispensáveis".

"O que, por exemplo?"

"Uma situação social específica favorável que existia em Cuba e que não existe nas outras regiões da América Latina. Ou seja, os trabalhadores braçais desumanizados dos canaviais e usinas de cana-de-açúcar. Uma massa de homens desenraizados, desprovidos de propriedade, que só trabalhavam quatro meses por ano, abandonados ao próprio destino pela Metrópole (sem escolas, sem hospitais, sem igrejas, sem obras assistenciais e assim por diante). Esses camponeses apoiaram prontamente Fidel Castro, e ainda o apoiam. Mas, nos outros países da América Latina em geral, esse tipo de trabalhador agrícola não existe. Os focos foram criados em regiões selvagens, montanhosas, habitadas por indígenas camponeses muito atrasados, homens habituados a viver nas montanhas, reservados. Por isso, a imitação do modelo cubano não podia dar certo, e de fato foi o que aconteceu. Além disso, houve a ação estadunidense."

"Em que ela consistiu?"

"Na criação da Aliança para o Progresso,[6] com destinação de recursos, treinamento de homens no Panamá para o combate à guerrilha, rearmamento dos exércitos regulares com equipamentos moderníssimos. Castro pegou os Estados Unidos de surpresa, agora isso não poderia mais acontecer."

"Bem, passemos ao segundo aspecto do modelo."

"Com prazer, sobretudo porque esse aspecto se revelou positivo e teve um êxito profícuo. É o caráter personalista, representado justamente pela pessoa de Fidel Castro."

"Mas como Fidel Castro representa um aspecto do modelo cubano?"

"Como portador de cultura, como produto de cultura."

"O que seria isso?"

---

6. A Alliance for Progress, em atividade entre 1961 e 1973, foi lançada pelo governo de John F. Kennedy para estabelecer relações comerciais e políticas entre os Estados Unidos e a América Latina, almejando, como diz Isidore no texto, afastar a "ameaça comunista" das Américas. [N.E.]

"É o seguinte: no mundo moderno, já se chegou à conclusão, em nível universal, de que a força de um homem ou de um movimento consiste em grande parte em sua capacidade cultural. A fraqueza, ao contrário, é a falta de cultura, ou seja, a pura e simples defesa dos interesses. Cubano de nascimento, mas filho de um abastado burguês da Galícia que emigrou para Cuba, educado pelos jesuítas, formado em direito, Fidel Castro é o produto de alguém que nasceu em um berço de cultura, mas, ao mesmo tempo, também é portador de cultura, isto é, da cultura espanhola. Uma cultura antiga em que os valores da tradição espanhola e os do liberalismo do Oitocentos se encontram, uma cultura retrógada, pode ser, mas, apesar disso, sempre uma cultura, o que tornava Castro infinitamente mais forte que seu adversário Fulgencio Batista."

"No entanto, Batista é uma pessoa do povo."

"Infelizmente, sim, é um autêntico filho do povo, mulato, sargento, taquígrafo. Ai, ai, você enfiou o dedo no flagelo da América do Sul. Para um Fidel Castro culto e filho de burgueses, quantos filhos do povo ou militares, incultos, quantos Perón, quantos Trujillo, quantos Batista... Infelizmente, a cultura é como a coragem, se alguém não a recebe desde que nasce, é difícil que se possa transmiti-la mais tarde. Mas se a tradição espanhola foi com certeza suficiente para derrotar Batista, talvez não tenha sido para criar o castrismo."

"E então?"

"Bem, gostaria que você se detivesse em duas datas. Washington, abril de 1959: Castro faz declarações que, apesar de não serem exatamente anticomunistas, visam a enfatizar a distância entre ele e os comunistas. Abril de 1961: Castro declara solenemente em Havana que a revolução cubana é uma revolução socialista. O que você acha que aconteceu durante esses dois anos?"

"Todos sabem: nacionalização dos investimentos americanos, que somavam 1 bilhão de dólares; suspensão, pelos Estados Unidos, da compra anual de 700 mil toneladas de açúcar; acordo com a União Soviética para a aquisição da mesma quantidade de açúcar; acordo com a China; rompimento das relações diplomáticas com os Estados Unidos..."

"Está certo, tudo bem, mas como você é materialista! Aconteceu outra coisa ainda: durante esses dois anos, Castro fez o enxerto, sempre delicado e arriscado, da cultura científica socialista na árvore da cultura humanista e castelhana. Em outras palavras, Castro também é fiel à tradição espanhola nesse ponto e, simultaneamente, é intelectual e soldado. O soldado conquistou o poder, mas o intelectual soube mudar a própria cultura ao longo de sucessivas transformações e acréscimos. Esse é o aspecto personalista da revolução cubana que, aos olhos dos sul-americanos, faz de Cuba um modelo. Isso, e não o fato de que Fidel Castro seja uma personalidade pitoresca e fascinante."

"E então?"

"E então, ai dos incultos, mesmo aqueles que ostentam cinco estrelas na manga. Ai dos Batista, dos Perón, dos gorilas da América Latina. Ai dos filhos do povo mais ou menos autodidatas, que acreditam que o humanismo consista no culto à própria personalidade. Ai deles, cedo ou tarde a cultura vai esmagá-los como grãos de trigo prensados em uma mó de moinho."

Ele grita e, para acalmá-lo, lhe pergunto se aproveitará tudo isso no romance que está escrevendo. Responde rapidamente que será um romance fenomenológico sobre o comportamento revolucionário, com a América Latina como pano de fundo. Em seguida, olha para o horizonte e exclama: "Diga-me, o mundo moderno não é maravilhoso? Aqui temos o castrismo, lá adiante, a apenas 145 quilômetros daqui, estão os americanos. Não é maravilhoso esse contraste tão forte, tão radical, tão absoluto? Não é maravilhoso? O que você me diz?"

Chamo-o a observar que, naquele momento, o que é realmente maravilhoso é o mar. Ele concorda imediatamente e mergulha de cabeça nas ondas. Acompanho-o logo em seguida.

Corriere della Sera, 23 de janeiro de 1966.

O MITO DE HEMINGWAY

Havana

A casa de campo de Ernest Hemingway fica um pouco fora de Havana, em uma região intermediária entre a zona rural e o subúrbio. Percorre-se uma estrada rural, depois uma estradinha secundária e chega-se ao portão. O carro entra e sobe em uma rua ladeada de árvores. O jardim parece grande e cheio de árvores tropicais, mas de um trópico domesticado; dá para escutar a cidade que está logo ali, próxima. Eis que surge uma velha escadaria apodrecida, enegrecida pela umidade, com árvores floridas e plantas suculentas que a tomam de assalto; no alto da escadaria, ficam as janelas que se abrem do teto ao chão, um tanto descascadas e apagadas. A casa tem apenas um andar. Não sei quem certa vez disse que os americanos costumam ter casas decoradas com comodidade, mas de forma sintética, e que, no meio da sala, sempre há uma mala pronta para viajar ou para ser desfeita, na volta de uma viagem. É essa sensação que a casa de Hemingway provoca. Apesar de contar com todas as comodidades, é como uma residência em que se está provisoriamente, entre uma viagem e outra. A sala de estar tem as poltronas e os sofás de praxe revestidos com um tecido de algodão estampado de flores e cores fortes; a de jantar tem mesas e cadeiras inglesas bonitas, mas corriqueiras; e no escritório da mulher de Hemingway, não há nada que chame particularmente atenção. É uma casa qualquer que, porém, remete a certo tipo de civilização, ou seja, uma casa anglo-saxã como qualquer outra. Poderia ser a casa de um diplomata aposentado, de um jornalista famoso que se instalou num país tropical na velhice, de um militar graduado na reserva.

Aí está o quarto onde Hemingway trabalhava e dormia. A cama não é grande, é tão simples a ponto de ser quase como um catre, só que um pouco mais largo. Perto da cama, há um balaio cheio de encomendas postais com livros que chegaram após sua morte; em cima da cama, estão as revistas que Hemingway lia: justamente as revistas que geralmente se leem em casas como essa, não há nada de literário, nada especializado. A escrivaninha é pequena, em estilo inglês; numa prateleira, está uma máquina de escrever muito velha e de jeitão antiquado, daquelas altas, pretas, com as letras do teclado douradas, como a velha Ford dos curtas-metragens cômicos de Buster Keaton.

Os livros em geral não faltam na casa de um militar ou diplomata anglo-saxão aposentado; e realmente os ambientes estão cheios de volumes. Estão enfileirados em prateleiras afixadas na altura média de um homem, ao lado das molduras das janelas, nos espaços entre uma porta e outra. Contam-me que há cerca de 6 mil volumes: nada de excepcional para um escritor como Hemingway, que teria gostado de ser considerado um homem de ação, mas, na verdade, também era – principalmente – um literato. Vejamos os livros. É a biblioteca típica do escritor dos anos 1930: nada de obras de filosofia e de ciência, nada de ensaios e crítica, como é habitual nos dias de hoje; há apenas literatura e narrativa. Todos os clássicos dos romances inglês, francês e russo, em edições triviais e com aparência de terem sido lidos e relidos. Não causa surpresa descobrir um grande número de livros de viagem, relatos, jornais, descrições de expedições, ao lado da ficção: Hemingway tinha sido jornalista e nutria o gosto pela informação exata, pela experiência vivida. No entanto, é espantoso ver, espalhados aqui e ali, como o joio no meio do trigo, alguns romances de nenhum valor, daqueles que não sobrevivem ao ano em que foram publicados, em poucas palavras, romances supérfluos, de leitura fácil. Quem os lia? Hemingway? Sua mulher? Ambos?

Quem era Hemingway? A casa não revela que tipo de escritor ele fosse, no máximo sugere a ideia de um homem que pertencia a uma determinada sociedade, a uma determinada cultura. Por outro lado, revela que personagem ele tentou ser durante toda a vida, em que consistia seu mito, sua visão de mundo. Antes de qualquer coisa, ali estão os troféus de caça: cabeças de antílopes, de vaca-do-mato, de gazelas africanas, afixadas por acaso aqui e ali nas paredes, observam-nos com enormes olhos vítreos de coloração escura e dão uma sensação de tristeza com sua pele opaca e empoeirada. No chão, no piso de cerâmica maiólica, notam-se peles de leão e de zebras: também não estão em estado perfeito, estão cheias de rasgaduras, cicatrizes, vácuos deixados pelas áreas em que a pele já se desmanchou, e dão a entender que o curtume que trabalhava para Hemingway não devia ser dos melhores. As espingardas e os fuzis estão enfileirados sobre uma grade de arame afixada horizontalmente bem embaixo da cabeça de um rinoceronte. Talvez nessa mesma grade Hemingway guardasse em Cuba a arma que, mais tarde, numa manhã nos Estados Unidos, segurou pela última vez entre as mãos sem apontar para alguma coisa que fugia e não se via, que podia ou não ser um animal selvagem, mas para si mesmo, bem visível e presente.

Seja no palco ou no mundo, um personagem se define não só pelo que faz, mas, principalmente, também pelas roupas que usa. Aí estão justamente as roupas, os sapatos de Hemingway. Principalmente os últimos: há todo tipo deles, arrumados abaixo de uma janela, sobre as mísulas: bonitos sapatos ingleses, de couro avermelhado e sola dupla; mocassins americanos, sapatos esportivos com a sola de borracha; botas de montaria, de marinheiro, de caçador; sapatos produzidos em série, mas com um estilo peculiar; sapatos para todas as ocasiões e necessidades. Em seguida, o vigia tira dos armários as roupas, ou melhor, os uniformes, de Hemingway: uma a uma, saem as jaquetas de couro com forro de pele de cordeiro, as capas de chuva forradas de lã, os capotes de pele de cabrito e até o uniforme de correspondente de guerra de 1918, comovente e triste, como tudo o que ficou vivo demais depois da morte – bastante conservado, não obstante a passagem dos anos. Hemingway na Turquia, Hemingway na Itália, Hemingway na França, Hemingway na Espanha...

Caminhamos pela casa, tentando identificar, por um lado, as impressões que provocam o caráter anônimo da decoração e dos livros, por outro, aquele desfile de troféus de caça, armas, jaquetas de couro e botas; ao final, parece que entendemos: é a moradia de um homem que continuou a ser um rapaz a vida toda, um jovem, um esportista; mas que, ao mesmo tempo, já que era um artista, via a si mesmo como um rapaz, um jovem, um esportista; ou seja, de um homem que era um esteta da vida ativa, da ação. Vem à mente Stendhal, com quem Hemingway se parecia e de quem talvez fosse um epígono, seja pelo estilo transparente, exato, linear, totalmente ritmado e sem nenhuma sensualidade, seja pela inclinação ao exotismo, ou seja, à identificação de visões de mundo únicas e pessoais nos países estrangeiros.

Sabe-se o que Stendhal encontrava, ou melhor, o que acreditava encontrar na Itália: a "energia" renascentista, conservada ao longo de séculos de estagnação social. Já Hemingway tinha uma visão de mundo que talvez não fosse rara entre a juventude inglesa e americana: a coragem física como prova da própria existência, e todo o restante reabsorvido, reprimido, suprimido com uma operação puritana de censura. A identificação dessa visão de mundo foi muito definida em Hemingway: aos 20 anos, ele já sabia que somente a Espanha, com sua mescla de conservadorismo católico e arcaísmo pré-cristão, era o país da coragem física. Com efeito, a coragem física deveria ser demonstrada não apenas enfrentando bravamente a morte e o perigo, mas também sendo capaz de fazer alguma coisa que fosse livre, jocosa, imaginativa, ou seja, arte. Eis aqui, *in nuce*, a estética do toureiro e de Hemingway. O primeiro é ameaçado pelo touro, mas, apesar disso, quase dança uma espécie de minueto a pouca distância dos terríveis chifres de seu adversário, com elegância, graça, destreza e delicadeza; o segundo, como qualquer homem, sabe que deve morrer, mas, apesar disso, demonstra a própria liberdade com o gesto da poesia.

Mas a semelhança com Stendhal não vai além do estetismo da ação. O destino quis que Hemingway nascesse tarde demais, quando o estetismo não podia mais contar com a estagnação social, seu grande aliado, e era sempre assediado e desmentido pela revolução. Existe uma relação curiosa entre Hemingway e o estetismo, de um lado, e a revolução, de outro. Durante a vida toda, Ernest Hemingway foi um pouco como um homem que sonhava ser um grande caçador, um grande *aficionado*, um grande pescador, um nômade esteta, para depois despertar com o barulho dos tiros e perceber que era, ou que pelo menos desejava que fosse, acima de tudo um homem que tomava partido nas lutas sociais do mundo moderno. Então, Hemingway, um homem generoso e sensível, transformava-se em alguém que tomava partido, escrevia um livro para mostrar a si mesmo e aos outros que as lutas sociais lhe diziam respeito pessoalmente, ou seja, que o sino também tocava para ele. Porém, em vez disso, só conseguia demonstrar que as lutas sociais realmente não lhe interessavam, e que seu coração estava em outro lugar, justamente naquela concepção da coragem física como fato estético e prova máxima da existência. Foi assim que Hemingway participou da guerra civil, escreveu *Por quem os sinos dobram* e, pouco depois, *Ter e não ter*, mas, no fundo, continuou a ser o Hemingway dos três primeiros livros, sem problemas e lutas sociais.[7]

Sua verdadeira inimiga, a revolução, expulsou-o da Espanha e obrigou-o a emigrar para Cuba: ali, a poucos passos de Batista, torturador "gorila" e arbitrário, Hemingway começou a sonhar novamente em ser um grande pescador de alto-mar e um grande farejador de charutos Havana, mas a revolução de Castro, herdeira direta da espanhola, despertou-o ao som dos disparos. Assim, Hemingway, que até aquele momento vivera em Cuba sem ver nenhum cubano, encontrando apenas anglo-saxões, teceu elogios a Fidel Castro, declarou numa entrevista no México que "estava plenamente de acordo com Cuba e sua revolução".[8] A essa altura, Hemingway escreveu seu pior livro:

---

7. A guerra civil aludida é a espanhola, coberta por Hemingway, em meio a idas e vindas, entre 1937 e 1938. *To Have and Have Not* foi publicado em 1937; *For Whom the Bell Tolls*, em 1940. Os três primeiros livros são a novela *The Torrents of Spring* [As torrentes da primavera] (1926) e os romances *The Sun Also Rises* [O sol também se levanta] (1926) e *A Farewell to Arms* [Adeus às armas] (1929). [N.E.]

8. Esta entrevista teria sido dada por Hemingway a Luis Guevara, do periódico mexicano *Mañana*, porém não conseguimos confirmar sua autenticidade. [N.E.]

O velho e o mar.[9] Ruim não porque não tenha produzido um bom resultado, mas porque ficou bom demais, porém sempre igual a tudo o que havia feito antes. Foi provavelmente então que se deu conta de que estava caminhando para a crise de sua vida: a juventude havia passado, não era mais possível ser caçador, homem do mar, soldado, esportista; restava a poesia. Mas, agora, a poesia também faltava; não conseguia mais fazer o gesto do toureiro que solta o pano e, diante do touro, move-se com passos parecidos aos de uma dança.

Naturalmente, trata-se de suposições. Tudo leva a pensar que Hemingway não tenha se deixado enganar pelo sucesso de *O velho e o mar*, que tenha percebido haver algo ilusório na aprovação que o livro obteve. Na casa de Havana, contam-nos que sua morte aconteceu pouco depois de um tratamento talvez demasiado duro da neurose que o afligia, falam-nos sobre um eletrochoque que o teria deixado perturbado. De qualquer forma, a trajetória dupla de Hemingway, aquela do homem de ação e aquela do poeta, termina ali, na casa de campo nos Estados Unidos, na manhã em que ele, com extrema coerência, quis comprovar pela última vez a própria coragem diante da morte.

A visita continua até a piscina, localizada no ponto mais baixo do jardim, uma velha piscina azul-clara, vazia e poeirenta, com uma cobertura rasgada, sob a qual repousam cadeiras de jardim amontoadas. Aqui, Hemingway se deleitava com o sol de Cuba, mergulhava, nadava, bebia com os amigos, desafiava-os a uma luta de boxe, conversava sobre caça, pescarias, viagens. A visita está para acabar Ficamos um momento parados à beira da piscina, tentando uma difícil operação de identificação, ou seja, procurando olhar as coisas com os olhos de Hemingway pouco antes da morte. Então, de repente, compreendemos que a sensação de uma casa provisória, que temos aqui, corresponde àquela de uma moradia em que se vive entre duas viagens. Hemingway deve ter olhado para a piscina, as árvores, para a

9. *The Old Man and the Sea*, novela de 1952. Seu enredo gira em torno de um pescador idoso em luta com um marlim descomunal. [N.E.]

distante silhueta industrial de Havana, lá longe, sempre com a mesma mítica esperança: a de viajar novamente o mais depressa possível, e por algum milagre da natureza tornar-se novamente jovem e livre, no bem-aventurado início de uma carreira dupla e exitosa de escritor e homem de ação.

Corriere della Sera, 13 de fevereiro de 1966.

MÉXICO

1966

Moravia visita o México pela primeira vez em 1936, quando estava passando uma longa temporada nos Estados Unidos. O primeiro contato com a cultura mexicana lhe desperta uma grande curiosidade pelo país, que não pôde ser satisfeita em apenas um mês. Trinta anos depois, graças à proximidade geográfica com Cuba, o escritor aproveita a passagem pela ilha para ir de novo ao México, de onde envia artigos para o *Corriere della Sera*.

O MITO DO MÉXICO

Cidade do México

Trinta, quarenta anos atrás, o México gozava do discutível privilégio de ser um mito cultural na moda. Em que consistia esse mito? Em poucas palavras: em se ter tornado naquele momento, por motivos históricos temporários, o polo de atração do decadentismo ocidental. São coisas que costumam acontecer com o decadentismo: antes do México, já haviam existido a Itália de Stendhal, a Cartago de Flaubert, a antiguidade de D'Annunzio,[1] manifestada de várias maneiras. Assim, por um lado, havia o México com sua história e sua pré-história (também esta uma história como as outras); por outro, o mito do sangue, do sexo e da raça, tal qual vinha se formando nos salões de Bloomsbury e nas cervejarias de Viena. Certas características peculiares da história e da pré-história do México pareciam confirmar o mito de maneira prestigiosa; e o tiro foi certeiro.

Não há dúvida de que o principal fabricante do mito foi D. H. Lawrence, que, justamente por meio do mito, procurava reagir contra a própria origem e o pertencimento à sociedade mais sofisticada, reprimida e industrial da Europa. Lawrence queria curar a si mesmo e à sociedade inglesa daquilo que ele chamava de impotência do intelectualismo: o remédio deveria ser um misticismo naturalista e cósmico. Em 1922, Lawrence foi para o México e teve a impressão de descobrir um povo inteiro que ainda vivia de acordo com os princípios daquele seu misticismo.[2] Na realidade, havia descoberto uma civilização camponesa e primitiva semelhante a tantas outras, cuja originalidade, caso houvesse, consistia em ter

---

1. Em romances, novelas e tragédias como *Le chartreuse de Parme* [A cartuxa de Parma] (1839), de Stendhal; *Salammbô* (1862), de Flaubert; ou *Fedra* (1909), de D'Annunzio. [N.E.]

2. Entre 1926 e 1927, D. H. Lawrence publicou dois livros sobre o México. Primeiro, o romance *The Plumed Serpent* [A serpente emplumada]; depois, a coletânea de ensaios de viagem *Mornings in Mexico* [Manhãs no México]. [N.E.]

permanecido quase intacta até os dias atuais. Porém, na época de Lawrence, as ciências humanas ainda não tinham recuperado a pré-história dos primitivos, e Lawrence tampouco era o tipo de homem que ficava perturbado com a verdade. Assim sendo, graças às entusiasmadas mensagens do escritor inglês, o México ficou na moda.

O que restou desse mito? Faço-me essa pergunta enquanto percorro com grande lentidão a planície de Teotihuacán, de um templo a outro, sentado em um vagão do trenzinho turístico; e devo responder a mim mesmo: nada, menos que nada. Mesmo sem conhecer profundamente a religião dos astecas, aqui em Teotihuacán é tudo tão claro que causa espanto que Lawrence tenha podido fundar seu edifício ideológico sobre tais bases. E assim, enquanto o trenzinho avança aos solavancos, surgem os famosos templos em forma de pirâmides, enfileirados nas esplanadas áridas e ofuscantes de sol, sob o céu firme e límpido do altiplano: a pirâmide do sol, a pirâmide da lua, o templo da agricultura, o templo do deus da chuva Tlaloc... Os próprios nomes dos templos nos indicam que tipo de religião levou a seu surgimento e a que deuses eram dedicados. Essas edificações são tão límpidas, luminosas, bem perfiladas, enfim, tão inertes, que quase se tem a impressão de que somos nós os visitantes liliputianos espalhados em um plástico de proporções gigantescas.

Como disse, tudo é resplandecente e, de fato, olhando para a pirâmide do sol, a mais alta e majestosa, que sobe, ou melhor, que escapa para o céu, à medida que passa de um andar para outro; e escura, quase negra, indiferente, dir-se-ia, à luz que a envolve, árdua em sua subida com mais de um recomeço (as pirâmides egípcias sobem sem uma pausa, direto; já as mexicanas parecem parar e retomar o fôlego a cada patamar), logo se sabe que, na época dos astecas, por aqueles degraus altos e íngremes passavam procissões disciplinadas e humildes de vítimas convencidas a morrer e que, lá no alto, no cume, os sacerdotes, vestidos de preto, ofereciam as mulheres, as crianças, os homens destinados ao sacrifício na pedra sacrifical e, mantendo-os deitados com a barriga para cima, abriam-lhes o peito com um punhal de rocha vulcânica, arrancavam-lhes o coração e o erguiam para o céu, ainda palpitante.

Também se sabe por que se fazia isso: não propriamente por um desejo místico de uma relação enigmática com as misteriosas forças do cosmos, como Lawrence queria acreditar e fazer acreditar, mas em virtude de uma observação – levando em conta os prós e os contras – bastante racional e científica, embora basicamente religiosa: os deuses naturalistas da chuva, do sol, do cultivo, da fecundidade etc. etc., que garantiam a existência física do povo asteca, precisavam receber sempre agradecimentos e ser sempre apaziguados, principalmente alimentados, caso contrário teriam – como dizer? –esmorecido, não teriam mais a força para cumprir suas tarefas. Evidentemente (nesse caso também não se trata de uma intuição mística, e sim de uma observação quase científica), o melhor alimento para os deuses era o sangue, um elemento vital por excelência: por isso, os sacrifícios humanos. Resumindo, os deuses eram grandes sanguessugas que deviam ser continuamente empanturrados de sangue, caso contrário, sabem-se lá os males que poderiam advir.

Era uma religião primitiva, baseada no medo – os astecas diziam para si mesmos: "Nós não acreditamos: temos medo". Contudo, estranhamente, apesar do caráter simbólico das divindades, no fundo era principalmente uma religião incapaz de simbolismo; ou seja, incapaz de superar a ideia de caráter prático e racional que estava por trás da adoção do sacrifício humano. Afinal, o que era o sacrifício humano, a não ser uma permuta rigorosa e materialista entre os homens, que ofereciam o sangue das vítimas, e os deuses, que, em troca, davam o tempo bom e ruim, a fecundidade, o sol, a chuva?

Nesse aspecto, os astecas são mais atrasados ou, caso se prefira, mais conservadores que os povos mediterrâneos, que milhares de anos atrás já haviam substituído o objeto real pelo símbolo, isto é, a vítima humana pelo animal ou pelo ritual. Em 1520, ano da conquista espanhola, ou seja, depois de 3.500 anos de desenvolvimento civil ininterrupto, mulheres, crianças e homens ainda eram sacrificados nos altares no México. Mais que isso: com um significativo retrocesso, uma vez que o número de sacrifícios era maior que no passado. Só no ano de 1486, o rei Ahuitzotl imolou 20 mil vítimas. Isso a que chamamos de incapacidade de simbolismo, ou seja, esse naturalismo sacrifical, devia, mais do que qualquer outra coisa, deixar os conquistadores espanhóis – simbolistas convictos, ou seja, cristãos – indignados e furiosos. Dessa forma, a religião asteca, particularmente culpada por não ter sabido evoluir, isto é, por ser, aos olhos dos espanhóis, um anacronismo repugnante, pereceu sem deixar rastros na cultura dos conquistadores.

Mesmo assim, as pirâmides são lindíssimas. Sua imponência, seu ordenamento, seu rigor, sua consistência revelam uma capacidade de abstração metafísica e, ao mesmo tempo, de realismo telúrico que poderia ser procurada em vão nas milhares de igrejas construídas pelos espanhóis no México. Analisando bem, talvez houvesse mais religião nesses volumes em formato quadrado e desprovidos de ornamento do que nas encantadoras quinquilharias barrocas das catedrais churriguerescas.[3] Talvez os astecas fossem simplesmente artistas melhores que os espanhóis. É justamente por meio da beleza, ou seja, por meio do estetismo, que se pode entender a presunção ideológica e decadente de Lawrence.

Para demonstrar o que afirmamos, vamos comparar agora dois textos: o primeiro do ignorante, inculto e rude *conquistador* espanhol Bernal Díaz del Castillo, testemunha ocular dos últimos sacrifícios humanos;[4] e o segundo, do culto, sofisticado e intelectualizado D. H. Lawrence. Em sua história da conquista da Nova Espanha, Bernal Díaz escreve o seguinte, a propósito dos sacerdotes astecas e de seus templos:

> Esses *papas* (padres) vestiam roupas pretas parecidas às dos nossos cônegos; outros usavam túnicas semelhantes àquelas dos dominicanos. Tinham os cabelos compridos até a cintura, alguns chegavam a mantê-los até os pés; e esses cabelos eram tão impreg-

---

3. Estilo arquitetônico que dominou a Espanha e suas conquistas do além-mar no século XVIII, em parte semelhante ao barroco brasileiro de Minas Gerais. [N.E.]

4. Moravia cita aqui o livro *Historia verdadera de la conquista de la Nueva España*, publicado em 1632. [N.E.]

nados de sangue que pareciam colados. As orelhas dos *papas* eram perfuradas e cortadas; elas fediam a enxofre. Mas também fediam a algo pior: à carne humana em estado de putrefação... Pouco mais adiante havia um local de sacrifícios com simulacros de diabos e serpentes, tudo emplastrado de sangue e preto de fumaça.

Havia muitos copos grandes, jarras e tigelas cheias d'água, onde se cozinhavam as carnes dos desafortunados indígenas que haviam sido sacrificados. Perto do local do sacrifício viam-se muitas facas e toras semelhantes àquelas com que os açougueiros cortam as carnes em pedaços nos açougues... Perto dali um templo pequeno cheio de caveiras e de ossos empilhados, tão numerosos que não era possível contar. As caveiras ficavam de um lado, os ossos de outro...

Ao lado dessa descrição horripilante, transcrevemos agora um trecho de D. H. Lawrence nada horripilante; ao contrário, com exaltação enfática. É extraído do conto "The Woman Who Rode Away".[5] O conto, um dos melhores de Lawrence, fala sobre uma mulher inglesa que vive com o marido numa localidade nas montanhas no norte do México. A mulher se dá conta de que nunca teve nenhuma relação com as forças cósmicas e experimenta uma obscura atração pelos indígenas. Sente a intuição de que, entre eles, essa relação nunca foi interrompida. No final, foge, vai ao encontro deles. Eles a fazem prisioneira; levam-na para um longínquo vilarejo e, depois de uma longa preparação, finalmente a sacrificam à maneira dos astecas, sobre uma pedra, com o rosto virado para o sol, abrindo seu peito e extraindo-lhe o coração.

No entanto, o sentido da história reside no fato de que a mulher, que simboliza a exausta civilização ocidental, no final não apenas aceita, mas também deseja ser sacrificada. A narrativa acaba desta forma:

---

5. Em tradução livre, "A mulher que fugiu a cavalo". Conto publicado em 1924 na revista *The Dial* e parte da coletânea *The Woman Who Rode Away and Other Stories* (1928). [N.E.]

> Os olhos do velho eram os únicos a não demonstrar angústia. Negros e fixos, como se fossem cegos, eles fitavam o sol, vendo mais além do sol. E nessa concentração negra e vazia residia um poder, um poder intensamente abstrato e remoto, mas profundo, tão profundo quanto o coração da Terra e o coração do sol. Na mais absoluta imobilidade, ele espreitava o momento em que o sol rubro projetaria seu raio pela coluna de gelo. Então o velho golpearia, e golpearia sem erro, para concluir o sacrifício e consumar o poder. Esse poder que é preciso deter e que passa de raça para raça.

Aqui está todo o mito do México dos anos 1930, claro como o programa místico-político dos nazistas, até em seu obscuro caráter instigante. É o típico mito do decadentismo europeu, que, no fundo, limitava-se (e ainda se limita) a virar de cabeça para baixo o mito do progresso indefinido, que lhe é semelhante, e considerava que a humanidade estava sempre a regredir, como fazem os caranguejos, da idade do ouro das religiões primitivas até os nossos dias de civilização industrial de massa. Alguém dirá que são ideias de literatos, atitudes de estetas, imaginações inofensivas. Mas, se pensarmos que essas ideias encontraram expressão nos campos de extermínio estabelecidos pelo racismo, que, analisando bem, eram justamente templos dedicados ao deus do sangue, onde eram praticados sacrifícios humanos aos milhões, notar-se-á que não se trata apenas de ideias – como dizer? –, mas de tentações frequentes de nossa civilização. De qualquer forma, um texto como o de Lawrence teria certamente maravilhado não somente o bondoso Bernal Díaz, mas também os próprios astecas, que acreditavam de boa-fé terem estabelecido uma relação razoável com seus deuses por meio dos sacrifícios humanos.

Corriere della Sera, 20 de novembro de 1966.

FASCÍNIO E MISTÉRIO NO MÉXICO

Oaxaca

O mistério do México. Ou, melhor, o mistério no México. Escritores tão distintos como Malcolm Lowry, autor de *Debaixo do vulcão*,[6] um dos mais bonitos romances de temática mexicana escritos até hoje, e Antonin Artaud, que passou uma longa temporada no México, já o abordaram. Em um curto texto de sua autoria, "O jardim de Etla",[7] Lowry afirma:

> Qual é, na verdade, o segredo dessa atração, desse fascínio quase teleológico que o México exerce sobre nós? Por que tanta gente vai para lá?... Quem se apaixona pelo México se apaixona por um universo inacreditavelmente colorido, selvagem e vivo, é verdade, mas também se vê envolvido em um mistério, no sentido mais forte da palavra.

Por sua vez, em seu ensaio "Viagem ao país dos Tarahumara",[8] Antonin Artaud escreve:

> Existe um mistério que até agora os feiticeiros tarahumara guardaram cuidadosamente. Na montanha Tarahumara tudo fala sobre o essencial, isto é, sobre os princípios que a natureza tomou como base para se formar. Com os Tarahumara entra-se num mundo terrivelmente anacrônico...

Tanto Lowry como Artaud nos dizem que o México seria diferente de todos os outros países do mundo, principalmente em

---

6. *Under the Vulcano*, publicado em 1947. Ver Malcolm Lowry, *Debaixo do vulcão*, trad. José Rubens Siqueira. São Paulo: Alfaguara, 2021. [N.E.].

7. "The Garden of Etla", publicado no periódico *United Nations World* (n. 4, jun. 1950, pp. 45-47). [N.E.]

8. *Au pays des Tarahumaras*, publicado em 1945. [N.E.]

virtude de um caráter bastante incomum: no México, haveria o mistério, nos outros países, não. Como se vê, trata-se de uma diferença, poder-se-ia dizer, misteriosa. O mistério é uma verdade que pode ser conhecida somente por meio da revelação divina ou de outras maneiras não ligadas à mente. Ao contrário de muitos outros lugares, o México seria então misterioso porque, para toda uma região do país, a pesquisa científica se revelaria impotente, e poderíamos nos aproximar dessa região somente pela revelação. No caso de Lowry e de Artaud, sabe-se inclusive como essa revelação aconteceu, a partir de um estado de desespero extremo: no caso de Lowry, graças ao álcool; no de Artaud, graças ao peiote, um ritual alucinógeno. Os brâmanes da era védica, aliás, alcançavam estados místicos com o soma, que produzia efeitos semelhantes ao peiote, e no Himalaia se adorava o deus Soma, assim como na *sierra* mexicana se adorava (e pelo que parece ainda se adora) o deus Peiote. Digo isso para mostrar que, por mais raras, ou melhor, únicas que fossem, as experiências de Lowry e de Artaud têm precedentes.

Mas tudo é mistério, não é verdade? A realidade é misteriosa justamente porque, que nos permitam o trocadilho, é real. Porém, no caso de Lowry e de Artaud, o mistério no México não era o mistério próprio do real, presente em qualquer lugar, mas um mistério singular que só se encontrava no México. Em poucas palavras, um mistério mexicano. Assim sendo, o mistério foi, por assim dizer, localizado. Sem a ajuda do álcool ou do peiote, tentemos agora o delimitar e descrever seu caráter, sem explicá-lo (os mistérios não são explicados, no máximo se imaginam).

Aqui estamos, por exemplo, no Palácio Nacional, um edifício comprido e baixo de pedra vulcânica vermelha que ocupa um dos quatro lados da praça principal da Cidade do México. Entramos no pátio, subimos uma escada e deparamo-nos com o grande afresco de Diego Rivera, em que o pintor coloca lado a lado, de maneira expressiva, a conquista do México levada a cabo pelo espanhol Cortés e a revolução liderada pelo indígena

Juárez, três séculos depois.[9] O que mais impressiona no afresco desse pintor ingênuo e delicado, irônico e emocionado, surrealista e afetado, popularesco e eloquente, que tinha vivido na Europa e estudado os quadros de Paolo Uccello, de Piero della Francesca e de Pisanello, o mais impressionante, digamos, é sua parcialidade a favor dos indígenas. Eles são bonitos, são bondosos, humanos, ingênuos, civilizados; os espanhóis são cruéis, predadores, hipócritas: só dos indígenas pode-se esperar uma renovação do México.

Esse ponto de vista não é incomum; é aquele simultaneamente marxista e nacionalista de todos os países colonizados e subdesenvolvidos na África, na América Latina e na Ásia. Mas, aqui, a particularidade reside no fato de que, no México, opressores e oprimidos se mesclaram em quatro séculos de convivência e já formam uma única nação; de maneira que, combinando o protesto econômico e social com o racial, no fim das contas termina-se por pregar uma volta às origens. Que origens? Obviamente, as pré-colombianas, ou seja, neolíticas. Naturalmente, Rivera, que era um socialista, queria apenas ilustrar o destino de uma massa proletária dotada de suas próprias características históricas e étnicas. Porém, estranhamente, mesmo assim suas queixas coincidem com aquelas dos pesquisadores místicos e decadentes do tipo de Artaud.

Alguns dias depois, estamos em Matamoros, uma aldeia na estrada entre a Cidade do México e Oaxaca. Paramos para almoçar, ou melhor, é a aldeia que nos para: assim que entramos na aldeia, uma multidão de indígenas vestidos de blusas curtas, calças brancas, grandes chapéus de palha e sandálias trançadas se detém em frente ao carro, cada vez mais compacta e mais indiferente aos ruídos do motor e aos sons da buzina. Deixamos então o veículo e passeamos pela aldeia a pé.

---

9. O afresco se chama *Epopeya del pueblo mexicano* e foi pintado entre 1929 e 1935. Diego Rivera foi o principal nome do muralismo mexicano, responsável por internacionalizar o movimento. Ver o texto "Ambições mexicanas" (p. 246) para mais detalhes. [N.E.]

É sexta-feira, dia de feira, tema de outro grande afresco de Diego Rivera no Palácio Nacional. Deveria ter sido a primeira obra de uma série que ilustraria a história econômica do México, mas o pintor morreu antes de terminar a série. Como sempre, no afresco de Rivera, os indígenas são idealizados: bonitos, majestosos, bondosos, orgulhosos, humanos, com suas peças de artesanato, com os produtos de suas hortas e cultivos. Mas, aqui em Matamoros, estão os verdadeiros indígenas, sem discórdia e sem idealização. É estranha a impressão que causa essa enorme massa de camponeses, agrupada depois de dois ou três dias de viagem e oriunda dos mais remotos vilarejos dessas temíveis montanhas; por um lado, com sua natureza suada e rústica, com sua alegria contida e manifesta por estarem juntos e comprarem e venderem seus produtos; eles não se distinguem dos camponeses em qualquer feira do mundo, no sul da Itália ou na província chinesa de Yunnan; por outro lado, parece-nos que são indiferentes, justamente porque conhecemos mais sobre eles do que eles próprios conhecem ou se lembram.

Eles são cientes, ou poderiam facilmente sê-lo, de que moram em cabanas de parede de argila e telhados de palha, tendo como mobília apenas uma esteira estendida sobre a terra batida; de viver constantemente fora do sistema monetário, presos que ainda estão às trocas de produtos *in natura*; de alimentar-se exclusivamente de *tortillas* de milho, de pimentões e de *pulque*; de que 70% deles são analfabetos; de ainda hoje dependerem, para sua existência, de uma classe dirigente que não os admira e não os entende; mas não são cientes, nem poderiam ser, de ter participado, durante dois mil anos, de uma civilização complexa e requintada à qual não foi permitido ter um desenvolvimento histórico coerente e sem interrupções, como aconteceu nos casos semelhantes na Europa.

Na verdade, a conquista espanhola foi um trauma do qual a população indígena nunca se recuperou, e isso talvez explique parcialmente sua passividade apática raramente perturbada por violências inesperadas, a falta de ambições e interesses, a incapacidade de assimilar a cultura que está na origem da civilização moderna, embora, assim que podem, se utilizem dos produtos mecânicos dessa mesma civilização. Os indígenas esqueceram ou, melhor – para usar um termo da psicanálise –, sublimaram. Sua maneira de estar no mundo, sempre um pouco a de quem se sente estrangeiro e alienado assim que se arrisca para além do mais elementar modo de existir, é testemunho de que isso é verdade. Nessa feira de Matamoros, são os olhos dos indígenas que particularmente chamam atenção. Os indígenas estão agachados no chão perto de sua mercadoria, ou sentados atrás das barracas ou, ainda, agitados debaixo das barracas. O sol límpido e cruel do altiplano faz brilharem esses olhos, que parecem de vidro escuro como as armas dos antigos astecas; mas, se o sol não bate nos olhos, eles logo se apagam, fixos, inexpressivos, sem um olhar. São os olhos do México pré-colombiano, neolítico, mas que enxergam através dos rostos de uma humanidade proletária moderna. Se é verdade, por um lado, como afirma Artaud, que algumas tribos da montanha ainda conservam intactos os rituais de comunicação mística do peiote, por outro, não é menos verdade que uma religião que não se expresse mais na cultura (como acontecia na época dos astecas) corra o risco de adentrar a magia ou até o folclore.

Finalmente, Tula, a última lembrança dos indígenas. Não é distante da Cidade do México: no alto de uma colina em formato de mesa (todos os sítios religiosos do antigo México localizam-se nesse tipo de colina), sobre o patamar de uma pirâmide, estão dispostas verticalmente as chamadas Atlântidas, espécie de colossos em forma de colunas. Mas deixemos falar alguém que descreveu esses colossos sem querer e sem nunca os ter visto, por pura afinidade poética. No seu romance *Erewhon*,[10] Samuel Butler imagina que a trilha na montanha que dá acesso ao país imaginário de Erewhon seja custodiada por uma fileira de colossos: "Eram bárbaros, mas não egípcios, nem assírios, nem japoneses... Todos com a mesma malévola expressão sobre-humana... Cada estátua era construída com

---

10. Publicado originalmente em 1872. [N.E.]

quatro ou cinco blocos enormes...". Retomemos em particular a definição da impressão sobre esses colossos: sobre-humana, isto é, divinamente malévola.

É verdade. Os deuses dos indígenas eram malévolos; nas fisionomias ameaçadoras de suas estátuas, seja do deus da chuva ou daquele do sol ou de qualquer outro deus, existe uma singular malignidade desconfiada, melancólica e arrogante. Por outro lado, no México não existiam divindades tranquilas ou alegres, e esse é outro ponto original que faz refletir; em todas as outras religiões, os demônios são contrabalançados pelos anjos, mas os colossos de Tula, assim como os de Palenque ou de Chichén Itzá, assemelham-se incrivelmente aos indígenas, não apenas nas silhuetas, mas também na expressão. Vem então a vontade de perguntar: quando os indígenas tinham consciência de ser aquilo que eram e o exprimiam com suas maravilhosas obras de arte, será que sabiam que eram "malévolos"? Diríamos que sim. Se assim for, talvez seja legítimo pensar que todo povo, toda civilização explora uma zona de mistério em especial. A zona explorada pelos indígenas seria aquela que outrora se chamava ínfera, ou do reino dos mortos.

Concluindo, mesmo a partir do pouco que dissemos, se pode deduzir que o mistério mexicano sobre o qual falam Lowry e Artaud é constituído, no fundo, pelos indígenas. No México, os indígenas puros não são mais de 4 milhões, mas uma grande parte dos *mestizos*, ou que têm sangue misto, pode dizer-se "indianizada", ou seja, também compartilha da condição indígena. Essa enorme massa humana é, portanto, o mistério do México, isto é, faz com que a parte misteriosa desse país seja maior do que aquela compreensível e explicável. Mistério principalmente religioso, no sentido amplo dessa palavra, como uma maneira de conceber a realidade e de se relacionar com ela. Quando, em seu livro sobre os Tarahumara, Artaud escreve que "os Tarahumara se dizem e se sentem uma raça-princípio. Hoje ninguém mais sabe o que é uma raça-princípio, e se eu não tivesse visto os Tarahumara, poderia acreditar que semelhante expressão esconde um mito", ele define com notável lucidez porque o México exerce tanto fascínio. O espírito religioso se renova pelo retorno aos princípios, e, precisamente no México, Artaud e outros como ele podem imaginar com alguma razão que ainda estejam em vigor os princípios sombrios e terrificantes dos quais as religiões ocidentais se distanciaram durante seu desenvolvimento histórico.

Corriere della Sera, 30 de novembro de 1966.

DOMINGO MEXICANO

Querétaro

É domingo, são oito horas da manhã. Com uma agitação repentina, o sino da capela dispara uma explosão de sons agudos no silêncio: presume-se que o pequeno indígena agarrado à corda cumpra com zelo sua função de sineiro. Mas nada acontece entre as quatro assimétricas paredes cor-de-rosa do pátio da *hacienda*; as janelas da casa continuam fechadas. Três quartos do pátio estão na sombra e um quarto está ao sol. Um cachorro, um desses estranhos cachorros mexicanos, macérrimo, meio-morto, desnutrido há séculos, levanta-se com esforço e leva seus ossos da sombra para o sol. Passa uma hora; são nove da manhã; nada acontece novamente; agora são quatro ou cinco cachorros estendidos como mortos na calçada; dois terços do pátio recebem a luz do sol. Dez horas; o sino toca pela terceira vez, ríspido e irrequieto, é um sino novo, embora provavelmente venha tocando daquela forma há três séculos. Então os proprietários e os hóspedes finalmente saem da porta que dá para a sala de estar e se esparramam ao sol.

São homens e mulheres vestidos de cavaleiros e amazonas ou até de boiadeiros: casacos de cordeiro, camisas xadrez, calças de escudeiro, botas de couro de vaca. Um rapaz está vestido, ou melhor, fantasiado de *charro*, ou seja, de *cowboy* mexicano: chapelão de feltro bordado, jaqueta curta bordada, calças compridas e apertadas bordadas, botas embaixo das calças, esporas de prata. Na cintura, uma cartucheira dupla de couro rústico, com a fivela na virilha e uma pistola com uma empunhadura de osso balançando na coxa. Saem com um ar cansado, entorpecido, atordoado. Todavia, não houve nada de especial na noite anterior: na sala, em torno da enorme chaminé de pedra onde ardia um fogo intenso feito com sabugos de milho, foram feitas as coisas de sempre: discos de Bob Dylan e dos Beatles; um pouco de dança; algumas exibições de um hóspede toureiro, com a capa e a espada, em um círculo arrebatado de mulheres e homens jovens, com um dos rapazes que fingia ser o touro.

Também se jogou dominó; alguém até folheou a enciclopédia taurina, cinco volumes grandes ricamente ilustrados, cheios de fotografias de toureiros e de touros e de notícias eruditas sobre touros e toureiros; outros conversaram sobre animosidades, isto é, essencialmente sobre os indígenas, tema infinito, lamentando sua apatia de séculos, sua falta de ambição, sua excessiva inclinação ao *pulque*, uma bebida péssima extraída do agave, que fede à verdura podre. Resumindo, uma noitada tranquila. Apesar disso, o despertar, combinado entre todos para as oito, aconteceu duas horas mais tarde. No México, principalmente nas *haciendas*, as pessoas vão dormir cedo e se levantam tarde. É a atmosfera do país.

Após muitas hesitações, conluios, saudações e discussões sem importância, os hóspedes caminham lentamente para um portão que dá para outro pátio, onde ficam as escuderias. O sino da capela toca com obstinação novamente, mas ninguém liga. Aí estão as cavalariças. Alguns entram em um *box* e entabulam uma longa conversa de caráter técnico com o estribeiro; outros, ao contrário, conversam com o cavalo, que, curioso e impaciente, põe a cabeça para fora do *box*, esticando o pescoço e relinchando; outros examinam cuidadosamente as selas e os arreios. Penso que, como já tomou o café da manhã e já compareceu à missa, o grupo esteja pronto para montar os cavalos e cumprir um dos vários objetivos estabelecidos na noite anterior: exame dos touros jovens da criação, visita a um típico povoado indígena, cavalgada pelas colinas, excursão a uma *hacienda* próxima e assim por diante. Mas estou errado. A conversação revela que os hóspedes e os proprietários ainda não fizeram nada: só acordaram. Ainda precisam ir à missa; ainda precisam tomar o café da manhã. Nesse meio-tempo, já são dez e meia.

Mas aí estão os indígenas que vieram para a missa. Passando o portão de entrada, avista-se a imensa planície azul, infinitamente pontilhada de cactos eretos que despontam para o céu como dedos. Eles vêm de lá, daqueles espaços aparentemente vazios, sabem-se lá as trilhas poeirentas que pegaram e quantas horas caminharam desde que deixaram seus remotos vilarejos para chegar até aqui. Chegam aos poucos as famílias; pais, mães e muitos filhos, de mãos dadas: os meninos vestidos como os pais, com o chapelão, a camisa de algodão branco por cima das calças; as meninas como as mães, com saias rasgadas e compridas e um xalezinho. Assim como seus patrões, eles vêm lentamente; às dez horas, as primeiras famílias já entraram; depois das onze, as últimas ainda estão chegando. Fico em frente à capela: meu olhar volta-se para uma multidão compacta que preenche todo o ambiente, em formato retangular; naquela escuridão, mal se reconhece o altar, muito dourado; ao longo das paredes se veem com dificuldade as estações da Paixão de Cristo.

Mais uma vez, a religiosidade fervorosa dos indígenas chama minha atenção. Eles estão em pé esperando com impaciência, dir-se-ia, para ajoelhar-se; quando se ajoelham, o fazem com violência, como se quisessem se precipitar ao chão, desmoronar. E então rezam como quem tem um motivo bom e preciso para rezar: nada de confuso e genérico. Os motivos dos homens são claros: barbas malcuidadas, rostos abatidos, olhos fixos e dilatados; eles, por assim dizer, trazem a sua miséria para a igreja, representam-na dramaticamente em frente ao Cristo no altar, que lhes é tão semelhante, com suas costas encurvadas debaixo da cruz enorme, seus cabelos verdadeiros caindo sobre as bochechas magras e banhadas de sangue.

Os motivos das mulheres são mais complexos. Comparecem à igreja com menos sofrimento que os homens. Ajoelhadas, movem os lábios com pressa e entusiasmo, com um contentamento evidente, mantendo os olhos arregalados com um olhar em que o êxtase se mistura à satisfação mundana: a missa também é um acontecimento social, uma espécie de festa. Enquanto isso, as crianças cobertas pelos xales, nas costas das mães, dão uma volta com a cabeça observando com olhos amendoados o espetáculo do mundo. Espetáculo misterioso, incompreensível, que também continuará a ser assim quando elas forem grandes e será a sua vez de levar os filhos à missa. O mistério do México, que nunca acaba e se transmite de uma geração à outra, de pai para filho, é patrimônio só dos pobres.

Os donos da casa e os hóspedes também rezaram, dispersos entre os indígenas; agora saem da igreja aos poucos, com muita lentidão. O padre, depois de se vestir novamente com roupas laicas (no México ainda vigora a lei que proíbe os padres de se mostrarem com vestimentas eclesiásticas em público), vai embora em sua caminhonete; o coroinha apaga as enormes velas de cera natural que estão no altar, mas os indígenas ficam. São famílias inteiras que estão sentadas nos bancos da igreja ou agachadas no chão, imóveis, silenciosas. Os indígenas também vão embora, mas vagarosamente, como se estivessem decepcionados pelo fato de a missa ter durado tão pouco; de o Cristo não ter descido do altar com sua cruz nas costas; ou de Nossa Senhora "morena" de Guadalupe não ter vertido lágrimas por eles.

*

São onze e meia. Num canto do pátio, ao sol, uma freira ensina o catecismo para um grupo de moleques entre 7 e 10 anos que pouco lhe dão ouvidos e se distraem empurrando uns aos outros e fazendo caretas; em outro canto, os hóspedes e os donos da casa tagarelam sem pressa e sem compromisso. Depois, como se de repente se lembrassem de ter esquecido alguma coisa, todos se dirigem lentamente para a porta que dá para a sala de jantar. A grande mesa patriarcal já está pronta aqui desde as oito; tortilhas, pamonhas, ovos, café, chocolate e, naturalmente, feijão. Todos se sentam à mesa e fingem para si mesmos que são oito horas da manhã. Na verdade, quando se levantam da mesa, já é meio-dia e meia e, de todos os passeios e excursões programados na noite anterior, só foi mantida a inspeção dos touros jovens do ano.

Finalmente, depois de muitas tentativas, a pequena procissão se dissolve no pátio. Primeiro dois ou três rapazes a cavalo, com arreios de filmes de faroeste; em seguida uma carroça oitocentista, toda esmaltada, puxada por um enérgico cavalinho preto; depois um par de pôneis franzinos com duas garotas na sela, com as cabeças grandes carregadas e encurvadas, dir-se-ia, sob o peso das crinas volumosas; finalmente, tal como os soldados que seguem o exército a pé, estamos nós que não usamos nem o cavalo nem a carroça. Saímos. Os indígenas ainda estão voltando a pé, entre os cactos das campinas. Percorremos uma trilha íngreme e poeirenta, e cinco minutos depois chegamos ao *ruedo*.

O *ruedo* é uma pequena *plaza de toros* particular, em que o treinador apresentará hoje touros que depois serão vendidos aqui e acolá no México e nos outros países da América Latina. O *ruedo* é assim: um espaço em formato circular coberto de areia branca; uma cerca redonda, rebocada de cal; quatro bússolas de madeira nos quatro pontos cardeais, atrás das quais se pode refugiar quando o touro ataca. O sol bate forte, a arena ofusca, estamos em uma pequena tribuna de onde se vê todo o lugar. Com um passo lento, corajoso, um toureiro a cavalo entra na pequena *plaza*. Com a lança pendurada em um gancho, o toureiro e seu cavalo de aspecto magro, parado ao sol, com sua sombra magra projetada ao lado, trazem à memória o inevitável Dom Quixote. Nas laterais, os toureiros improvisados estão prontos: o filho do proprietário e seu amigo. Algumas cabeças de indígenas, espectadores abusivos, despontam da cerca. A essa altura, com o automatismo próprio do arquétipo cultural, de repente me parece que não estou em uma *hacienda* mexicana, diante de uma verdadeira arena, de um verdadeiro toureiro, à espera de um verdadeiro touro, mas nas salas do Museu do Prado, em Madri, folheando um álbum de desenhos de Goya sobre touros e toureiros.

*

São cinco da tarde, o sol já está baixo, a procissão se organiza novamente: cavaleiros, carroças, pôneis, pessoas a pé. Todos falam de touros. O almoço nos espera na *hacienda*. O jantar será servido por volta da meia-noite. Dessa forma, todo o tempo é adiado. Para colocá-lo de volta no lugar, seria necessário pular um dia. Ou talvez um ano. Ou ainda, talvez, um século.

Corriere della Sera, 13 de dezembro de 1966.

A SERPENTE EMPLUMADA VAI VOLTAR

Puebla

As analogias e combinações da história são muitas vezes misteriosas, mas quase sempre fortuitas. No caso do México, ao contrário, temos alguma coisa que lembra muito uma predestinação providencial, embora, em nossa opinião, isso seja pouquíssimo favorável. Como se sabe, as cidades do México pré-colombiano eram todas teocracias, ou seja, Estados-Igreja cujo caráter principal era o predomínio da religião em todas as manifestações não apenas da vida pública, mas também da particular. Esse predomínio se revelava da mesma forma de sempre, própria das teocracias, mas com um excesso, um extremismo, e – também há de se dizer – uma loucura que não parece ter precedentes na história da humanidade. A ritualização da existência cotidiana no México pré-colombiano era, ao mesmo tempo, abrangente e obsessiva; a alienação humana, ou seja, a irrealidade das relações sociais, total.

Apesar de sua prosperidade e de seu refinamento, a civilização mexicana vivia sempre em uma atmosfera de ano mil, em um estado de ânimo de fim de mundo. O pressentimento de uma catástrofe iminente e a insegurança provocada por isso levavam a multiplicar os sacrifícios humanos para apaziguar os deuses sempre ameaçadores; mas os sacrifícios humanos, por sua vez (assim como o canibalismo, o sacrifício humano nunca é "normal", nem mesmo para o primitivo: é sempre "anormal", isto é, depravado e portador de traumas), criavam uma maior insegurança e um terror mais intenso. Nada exemplifica melhor a psicose coletiva do México pré-colombiano do que a lenda mexicana de Quetzalcóatl. Segundo essa lenda, Quetzalcóatl, ou seja, a serpente emplumada (de *quetzal*, emplumada, e *coatl*, cobra), era um padre ou demiurgo de pele branca, nascido de uma mãe virgem graças à intervenção divina. Quetzalcóatl, que parece ter realmente existido, tentou reformar a religião já irremediavelmente homicida dos astecas, propondo a abolição dos sacrifícios humanos, causa e efeito do eterno medo mexicano. Mas os sacerdotes, que nos dias de hoje seriam chamados tradicionalistas, rebelaram-se contra o reformador e conseguiram desacreditá-lo, embriagando-o e levando-o a quebrar o voto de castidade.

Derrotado e entristecido, Quetzalcóatl entrou em uma embarcação exatamente no local onde hoje se encontra a cidade de Coatzacoalcos, e partiu para o leste por via marítima, alertando os discípulos de que, em breve, eles o veriam novamente. Os astecas estavam tão convencidos de que Quetzalcóatl voltaria um dia para libertá-los e encaminhá-los para uma vida mais livre que, quando os espanhóis desembarcaram em Vera Cruz, o imperador Montezuma II teve logo a certeza de que eles eram a serpente emplumada e seus seguidores. Mas, pelo contrário, por uma ironia obscura e hilariante, infelizmente eram os europeus; pior ainda, justamente aqueles únicos europeus que tinham a vocação da teocracia. Assim, no fim das contas, a conquista espanhola não foi nada mais que uma solução de continuísmo na história do México: a uma teocracia de caráter arcaico sucedeu outra não menos rigorosa, embora mais moderna. E Quetzalcóatl? Até hoje ainda deve vir para libertar os mexicanos do terror e da insegurança.

Os maias, os astecas, os toltecas e outros haviam construído centenas de pirâmides, assim como o fizeram os egípcios, os babilônios e tantos outros povos antigos que ficaram parados nesse tipo elementar de construção primitiva; os espanhóis, talvez cientes da rivalidade, encheram o México de igrejas católicas. Mexicanos nacionalistas, e, portanto, contrários à conquista espanhola, disseram-me que a urbanização asteca, baseada em medidas e cálculos cósmicos, era no fundo mais moderna que aquela espanhola, baseada no esquema sintético da igreja e da praça. Pode até ser verdade. Mas isso não elimina o fato de que, para quem conhece a imensidão e o aspecto terrificante desse país, o esforço arquitetônico e urbanístico dos conquistadores no México parece admirável, embora demasiado custoso em vidas e liberdades humanas, como se pode deduzir dos resultados sociais.

A igreja e a *plaza*. Esse tema é repetido em todos os lugares e, em todos eles, é submetido a infinitas variações sempre felizes e sempre vivificantes. *Plazas* e igrejas do Yucatán, a pátria tropical dos maias: enormes terrenos descampados, íngremes, sem uniformidade, circundados por casebres de adobe cor de argila ou rebocados de cal, atrás dos quais se ergue em tom ameaçador a volumosa e resplandecente torrente negra da selva. Nesses vilarejos do Yucatán, a *plaza* é tão grande que vem em mente que tenha sido feita, por assim dizer, para crescer, ou seja, com a ideia de que um dia o vilarejo pudesse se tornar uma cidade. Em vez disso, porém, o vilarejo continuou um vilarejo, e as duas ou três ruazinhas que saem da praça quase imediatamente se transformam em trilhas lamacentas, entre duas fileiras de cabanas com telhados de folhas de coco, nos campos tropicais sob o sol ofuscante.

E a igreja? Está na extremidade da *plaza*, da mesma maneira e com o mesmo aspecto de um galpão para aviões na ponta de uma pista de decolagem. Essas igrejas do Yucatán são muito pobres, porque a região é pobre, não tem riquezas minerais e está presa à monocultura do sisal: fachadas sem nenhum tipo de decoração, cor-de-rosa ou amarelinhas, todas umedecidas, manchadas, enfumaçadas pela umidade tropical: ambientes amplos, ecoantes, esquálidos, vazios, como depósitos ou celeiros, decorados apenas pelas estações da Paixão pintadas a óleo e, no fundo, um pequeno altar rústico abarrotado de fantoches vestidos com panos, de candelabros de madeira pintados com cores suaves, de maços de flores de papel. Como em um quadro de Rivera ou de Orozco,[11] aos domingos essas praças fervilham de chapelões de palha e de roupas de algodão branco, mas, nos dias de semana, só se veem os cães, estendidos como mortos na

---

11. José Orozco, cujo estilo, de tom expressionista e interessado nas dores humanas, diferenciava-se dos demais artistas do muralismo mexicano. [N.E.]

poeira, e os poucos moleques que jogam e correm atrás de uma bola feita de trapos.

Já no altiplano, a igreja e a *plaza* têm um caráter distinto, mais sólido, mais cívico, mais duradouro. Aqui não existe a prepotente corrupção tropical, a miséria luxuriante da floresta; aqui, de certa forma, repetem-se as condições climáticas e econômicas da Espanha. Aí está a *plaza* típica de uma cidadezinha do altiplano; em três lados da praça, edifícios compridos e baixos de dois andares, em estilo colonial, com um primeiro andar de pórticos e um segundo andar de janelas todas iguais; no quarto lado, não estão os barracões apodrecidos de Yucatán, mas, muitas vezes, verdadeiras catedrais, de pedra e de mármore, sem nenhuma justificativa pelo pequeno tamanho da cidade, mas amplamente explicadas pela vontade de potência da teocracia e pela exploração escravagista das riquezas minerais da região. Principalmente na zona de Puebla e de Cholula, as igrejas são em estilo churrigueresco: duas torres, um corpo central com o portal; acima do portal, um bloco inteiro com uma decoração fervilhante feita de figuras humanas, monstros, animais, folhagens de todos os tipos, arabescos de toda espécie. O estilo churrigueresco é, ao mesmo tempo, rico e popularesco, refinado e ingênuo, fantástico e metódico; é o estilo arquitetônico de uma teocracia que já se encontra sem conteúdos religiosos e sem a devoção bizarra, ociosa e monótona.

As *plazas*, por sua vez, têm um caráter menos provisório e sóbrio que em Yucatán; são mais decorosas, mais urbanizadas. Grandes árvores frondosas elevam os galhos das folhagens bem acima das casas. Embaixo dessas árvores, está tudo o que é necessário para a vida pública do vilarejo: o mercado com os carrinhos de mão, as exposições das mercadorias dos vendedores ambulantes; o palanque redondo para a banda municipal; os bancos onde passar o tempo sem fazer nada ou definhar, de acordo com o caso, isto é, segundo a própria condição econômica; as barracas dos refrescos; os engraxates que aqui no México têm caixas de utensílios cobertas de tachas e de medalhas de latão etc. etc. Nas *plazas* do altiplano, as cidades concentram seu máximo

NON FECIT TALITER

esforço social. As ruas que saem das *plazas* começam a descer em direção à planície, cada vez mais pobres, cada vez mais vazias, cada vez mais incertas, até morrerem nos campos áridos e luminosos, entre a poeira e as hirtas plantações de agave.

Assim, os espanhóis sucederam os astecas; a uma teocracia seguiu-se outra. Quais foram as consequências desse regime teocrático ininterrupto na psicologia mexicana? Vamos nos limitar a indicar apenas uma, mas significativa: a desvalorização da vida em todas as suas manifestações públicas e privadas e a supervalorização da morte. No entanto, uma morte nada metafísica, mais viva que a vida; produto, dir-se-ia, da indiferença em relação à vida, uma indiferença macabra e hilariante. Dessa forma, os astecas e os espanhóis tiveram o cuidado de lembrar aos desventurados povos autóctones que, dentro de cada civilização, encontra-se o fim inevitável da própria civilização; assim como dentro de cada corpo está o esqueleto.

No que diz respeito aos pré-colombianos, será suficiente recordar o friso que passa em volta da base do chamado parapeito do tzompantli, em Chichén Itzá. Trata-se de uma faixa de mármore toda esculpida de cabeças de mortos em baixo relevo, surpreendidas (é o caso de dizê-lo) nas mais diferentes atitudes. É realmente extraordinária a engenhosidade do escultor ao dar uma variedade infinita de expressões àquela coisa pobre e sumária que é a caveira humana. Caveiras sorridentes, tristes, pensativas, vulgares, irônicas, atônitas, honradas, orgulhosas, idiotas, e assim por diante, alinham-se a perder de vista, com as orelhas e as dentaduras esverdeadas pela umidade tropical. Dizem que, com essas caveiras, os astecas queriam reproduzir os cortejos das pessoas sacrificadas todos os dias em seus altares. Mas o que isso significa, a não ser que a morte deveria ser o momento de maior brilho da vida?

Já a morte dos espanhóis não é tão terrível como aquela dos astecas; em compensação, é mais popularesca e disseminada, e por isso mais eficaz. Lembro-me de Pátzcuaro no Dia dos Mortos: nas barracas, estavam fileiras e mais fileiras de caveiras de algodão-doce, com as olheiras pintadas de rosa e os dentes de amarelo, ao lado de fileiras e mais fileiras de esqueletos montados simplesmente com arame e gesso, pintados de prateado. Por um peso, podia-se ter uma caveira de algodão-doce, um caixão fúnebre de papelão com um esqueleto que se sentava ao se puxar uma linha e ainda dois pequenos fantoches em forma de esqueleto. O menino mexicano saboreia a sua caveira de algodão-doce, faz o esqueleto de arame dançar no ar e assim, desde pequeno, se convence de que o mundo é imutável porque, por trás das aparências, sempre variadas, existe a morte, sempre igual.

Corriere della Sera, 21 de dezembro de 1966.

MÉXICO, EXPOSIÇÃO PERMANENTE DE TODA A BELEZA DO MUNDO

Cidade do México

No meu retorno de Yucatán, um amigo veio me ver e perguntou que meio de transporte eu lhe recomendaria para ir da Cidade do México a Mérida: trem, avião, barco, automóvel? Respondi imediatamente: "Trem não, é cansativo demais; o barco e o avião também não, você não vê nada, só o céu e o mar; vá de automóvel. Sim, você vai para Mérida de carro. Vai alugar um carro confortável e rápido e partir numa linda manhã, bem cedo, na direção de Puebla". Ah, as manhãs mexicanas... Não por acaso Lawrence intitulou um livro seu sobre o México de *Manhãs no México*.[12] O céu tem uma forte luz ofuscante e, mesmo assim, é muito colorido, de um azul intenso; todas as coisas nessa luz ficam com suas cores no ápice do seu esplendor e pureza; o ar é leve, transparente, calmo e límpido.

Lá estão os carros na estrada que vai para Puebla. É uma verdadeira autoestrada, com carros que vão e vêm por curvas largas, em uma paisagem que poderia ser suíça: bosques perfumados de abetos, relvas e arbustos musgosos e, acima dos bosques, picos nevados. São os picos dos dois vulcões nacionais, o Popocatépetl e o Iztaccíhuatl: no Popocatépetl, os conquistadores espanhóis, encontrando-se com pouca pólvora, desceram com as cordas para extrair o indispensável enxofre. Atravesse o desfiladeiro, depois desça para o vale de Puebla, mas evite a cidade (já que a conheceu em outra oportunidade) e tome a reta que segue na direção de Cholula.

Aqui, recomendo que faça um desvio, talvez passeie um pouco pela zona rural; é o lugar das igrejas em estilo churrigueresco, deliciosamente e incrivelmente barrocas, populares e ingênuas, criações delirantes de "arquitetos de fim de semana". Vá a Santa

---

12. Ver a nota 2 do texto "O mito do México" (p. 213). [N.E.]

María Tonantzintla, uma cidadezinha comum com ruazinhas solitárias em meio a muros antigos, onde fica a igreja em estilo churrigueresco mais bonita: a fachada é como um doce do interior; os dois campanários têm as cores suaves da torta de cassata siciliana, e o portal lembra um doce de amêndoas; o interior parece uma caverna. Tudo fervilhante de folhas, frutas, cabeças de meninos e de animais pintadas e douradas. Mas você não tem tempo, deve retornar para a estrada e seguir adiante. Deixará para trás a linda planície, e voltará a subir por entre as montanhas.

Até agora você viajou pelo México turístico, rico, povoado, civilizado; agora, entra no México deserto, selvagem, pobre e inóspito. A estrada com certeza existe, e foi projetada da melhor forma possível, mas ninguém passa por ela. A cada cinquenta quilômetros, tudo o que se vê é um ônibus enorme e lotado, ou um carro velho e desengonçado, cheio de camponeses. Essa estrada vai para Oaxaca, capital do sul, mas quem vai para Oaxaca vai de avião.

Além disso, essas primeiras montanhas não são nada mais que um aperitivo, uma antecipação daquilo que o espera. Depois de dois ou três estreitos, você descerá para a planície em Matamoros. Aqui, se a feira estiver acontecendo, pare, circule entre a multidão dos camponeses que compram e vendem, mas principalmente olham com aqueles olhos pretos, vítreos e dilapidados, incrustados nos rostos de cor de madeira envelhecida escura. Pode comprar um chapelão branco de palha, vai precisar de um em breve; ou um par de sandálias tão trançadas que parecem imitar as escamas de uma cobra, de couro cru, mal curtido e fedido.

Depois de Matamoros, você vai pensar que a estrada continua a descer e que, no final da descida, encontrará Oaxaca. Nada disso. Vai subir novamente e, dessa vez, conhecerá realmente a solidão da *sierra* mexicana. São centenas de quilômetros de estrada montanhosa, a trinta quilômetros por hora, um sobe e desce ininterrupto por declives ferrosos e rochosos, com torrentes agitadas encravadas no fundo de vales estreitos; e, a cada desfiladeiro que alcançar depois de subidas íngremes e desgastantes, a visão desencorajadora de outras infinitas cadeias de montanhas a perder de vista o espera, como as ondas de um mar petrificado.

A solidão é absoluta. Não estou dizendo que não haja um carro, mas não há nem uma charrete, um burro, um cachorro; não existem nem casas nem cabanas nem plantações: são montanhas onde talvez ainda morem os deuses sanguinários do México, mas homens não, com certeza. Por todos os lados, nas encostas, os cactos em forma de bastões em pé, semelhantes a pontos de exclamação sem fala, parecidos a dedos verdes apontados para o céu. Você terá previsto que o tanque do carro é suficiente para esse trecho da viagem, mas, a cinquenta quilômetros de Oaxaca, percebe que a gasolina está no fim. Onde encontrá-la em meio a essa solidão? Verá um ramo frondoso na estrada, notará que há um recipiente vermelho de bomba de gasolina debaixo do ramo e se aproximará diminuindo a velocidade do carro, cheio de alegria, mas só para encontrar um pedaço de papel com os dizeres: "*No hay gas*". Então, retome seu caminho, suba as encostas em quarta marcha e desça com o motor desligado. Enquanto isso, o dia escurece, os vales mergulham na sombra e os contornos dos cumes ficam pretos e lúgubres com o céu vermelho ao fundo.

Finalmente surge um punhado de luzes lá embaixo. Desça na direção delas, e chegue a um rio estreito e fundo em cujas águas brilhantes e oleosas como o petróleo se extinguirão os últimos reflexos purpúreos do pôr do sol. Aí está uma cidadezinha, não, o que estou dizendo? É um distrito, isto é, quatro barracos dos dois lados da rua, acocorados na sombra de árvores tropicais enormes, sufocantes, tenebrosas. Aí estão os cachorros de sempre, que com muito custo levantam-se do asfalto. Aí está o empório de sempre, uma versão rude e suja do *drugstore* americano, onde passando de um barril de vinho para um balde d'água, te darão dez litros de gasolina. Trinta quilômetros adiante finalmente você chegará a Oaxaca.

No dia seguinte, saia do hotel cedo e escale a colina do monte Albán, um dos lugares sagrados do México pré-colombiano. No alto da colina, assentado numa esplanada de relva rasteira, encontrará, como sempre, o sistema brilhante e simétrico de pirâmides mutiladas, altares, templos com os quais os mexicanos pré-colombianos se iludiam de que estavam apaziguando a malignidade feroz dos seus deuses antropófagos. Olhe, fotografe os templos, é claro, mas, principalmente, se debruce no parapeito e contemple o imenso panorama. Veja a beleza do mundo uma vez mais: as montanhas azuladas, de formatos estranhos, a dança inabalável e remota de picos e cumes; a planície pálida e infinitamente verde; e, no meio da planície, Oaxaca, branca e circular, semelhante a um globo iluminado, semelhante a um ventre deitado.

Valeria a pena passar um mês em Oaxaca, mas você ficará apenas 24 horas. E, mais uma vez, a velha cidade espanhola, colonial, com a sonolenta *plaza* de grandes árvores frondosas, os pórticos, a catedral, os edifícios, os conventos; você a deixará com remorso, nostalgia, prometendo um retorno, pelo menos porque é o centro de uma região povoada por alguns dos mais autênticos indígenas do México.

Parta pela manhã e, ao fim de outro longo percurso entre as montanhas, desça bruscamente na direção do ar tropical, quente, sufocante, pesado, que traz a sensação de uma vegetação em delírio e em putrefação, na direção de Tehuantepec, cidade que dá nome ao istmo entre o Pacífico e o Atlântico. Hospede-se aqui em um hotel que tem a pretensão de ser de luxo, mas que, ao contrário, é apenas decente, um bom exemplo do maior problema dos trópicos: a manutenção. Portas que não se fecham, aparelhos de ar-condicionado que não funcionam, redes contra insetos rasgadas, fragmentos do reboco se decompondo, piscina toda trincada, ventiladores velhos, água que só goteja na pia, mas não flui. E, quando abrir a porta e vir alguma coisa caminhando nos seus pés, baixe os olhos e veja um enorme papagaio azul-claro, vermelho e verde que tenta desamarrar seus sapatos com o bico.

Durma em um colchão franzino e cheio de bolinhas, em meio a uma nuvem de pernilongos; no dia seguinte, tome alegremente a direção dos morros do istmo, através de uma planície sinistramente improdutiva, enegrecida pelos múltiplos voos dos *zopilotos*, os abutres mexicanos de bico comprido amarelo e penas pretas.

Depois desses morros, estará na reta que leva de Tehuantepec a Acayucan. São 250 quilômetros entre duas muralhas de vegetação fulgurante, suculenta e oscilante, permeada de flores violeta e escarlate. De vez em quando, um rio de lâmina azul com reflexos de laca preta; ou uma clareira com um grupo de algumas cabanas, alguns indígenas, algumas vacas, alguns cachorros. Estamos no fim do istmo, em Acayucan, com casas pequenas e árvores grandes. Chegamos, então, ao entroncamento para Coatzacoalcos. Você não deveria ir para Coatzacoalcos, mas vá, vale a pena.

Depois de percorrer uma planície alagada pelas águas do rio homônimo, encontrará uma cidade bem distinta das tradicionalmente mexicanas fundadas pelos espanhóis quatro séculos atrás; uma cidade da fronteira americana, uma cidade que poderia estar no Texas ou no Arizona. Nada de *plaza*, nada de pórticos, nada de catedral, nada de edifícios coloniais, mas uma rua grande, banal, barulhenta, cheia de bombas de gasolina, de automóveis estacionados, de pavilhões comerciais e de edifícios de cimento e vidro altos e novíssimos.

No mapa, somando os quilômetros, você deve ter previsto chegar à capital de Yucatán à noite, mas não deve ter levado em conta as balsas. Depois de um longo trajeto em torno do golfo do México, com o mar verde, branco e triste à sua esquerda, e à sua direita a selva tropical, depara-se de repente com o estuário do rio Grijalva: uma imensa extensão de água azul e no horizonte, quase invisível, a margem oposta pontilhada de palmeiras. A estrada sobe o estuário até onde ele se alarga, isto é, até o ponto em que o rio entra no mar. Ali, na foz do rio, há uma ilha grande completamente coberta de bosques de palmeiras; nessa ilha, há uma velha cidadezinha, Ciudad del Carmen; de acordo com um itinerário absurdo projetado pelos espanhóis quatro séculos atrás, a estrada passa por essa ilha e por essa cidade.

Veja bem: a primeira balsa serve para chegar à ilha; a segunda, para sair e alcançar novamente o continente. Até aqui, nada demais. Mas, uma vez que a estrada tenha avançado para o molhe, em meio às dunas, aos voos das gaivotas e aos respingos do mar contra os rochedos, você se surpreenderá com uma fila de veículos parados. Automóveis particulares abarrotados de gente; caminhões com motoristas adormecidos embaixo das carrocerias ou empenhados em jogar cartas. Tome informações e fique sabendo que só existe uma pequena balsa. Deveriam ser duas, mas uma quebrou e foi enviada para o conserto nos Estados Unidos; a única que existe não é suficiente para dar conta do trânsito da estrada, uma das mais importantes do México. Portanto, deve-se esperar. Quanto? Depende: os carros usados para transportar turistas, sete, oito, dez horas; os caminhões, até dois ou três dias.

Desconcertado, deixe o carro, passe novamente pela fila de carros, olhe o mar, perambule entre as pessoas e acabe sentando-se à mesa de um restaurante rústico, embaixo de um ramo frondoso. Aqui, beba uma primeira cerveja, depois uma segunda, depois uma terceira; coma um prato de *camarones*, ou seja, de camarões, depois um segundo, depois um terceiro. Tente puxar conversa com os vizinhos, mas não deve conseguir: a resignação é silenciosa. No final, volte para o carro, deite-se e leia um livro qualquer. À noite, depois de apenas cinco horas de espera, embarque finalmente na balsa. Mas já é noite, a parada programada em Ciudad del Carmen para explorar a ilha já se foi pelos ares. Atravesse a cidade, a ilha, e tome a balsa para o continente.

Na mesma noite, depois de uma viagem de perder o fôlego no escuro (a noite é igual em todos os lugares, no México, como na Inglaterra, só o dia tem um rosto e um nome), chegue a Campeche para dormir. Na manhã seguinte, retome a viagem e perceba que está em outro mundo: Yucatán. Grandes plantações de agave, azul-claro e sinistras; vegetação rasteira maligna; vilarejos de cabanas, mas com *plazas* imensas; igrejas que parecem silos abandonados; indígenas alegres, baixos, afetuosos e diligentes. Mas você já não precisa mais da minha orientação. Fará o que puder e quiser, partindo de Mérida e lançando-se em excursões especiais por um dos territórios arqueológicos mais importantes do mundo.

Corriere della Sera, 1º de fevereiro de 1967.

AMBIÇÕES MEXICANAS

Cidade do México

Fui convidado a falar sobre a arte do romance em um auditório de conferências. Na última hora, soube que se tratava de um debate em que me encontraria diante de economistas. Prestem atenção, não eram sociólogos, ou seja, cultores de uma ciência humana que, pouco ou muito, sempre tem a ver com a literatura, mas justamente economistas, isto é, estudiosos para quem o romance só pode ser um produto como todos os outros, sujeito às leis da procura e da oferta, da produção e do consumo, ou seja, não um romance, mas um livro, um objeto industrial fabricado em série. Fiquei espantado, não conseguia ver que relação se poderia estabelecer entre, digamos, James Joyce e Keynes, só se fosse uma semelhança remota e nada esclarecedora. De qualquer forma, o debate já estava marcado e, assim sendo, fui.

A discussão aconteceu como eu tinha previsto. Os economistas reunidos em torno da mesa de debates não entendiam de literatura; eu não entendia de economia. Eles haviam lido aqueles poucos romances que todos de cultura mediana leem; e os haviam lido como leitores sem pretensões, que leem só por ler. De minha parte, o meu conhecimento da disciplina deles não passava da informação mais banal. O resultado é que não nos compreendíamos e falávamos duas linguagens diferentes assim que deixávamos a conversa superficial e entrávamos na realidade da literatura e da economia. Depois de terem citado ao acaso os inevitáveis Tolstói, Dickens, Balzac, os meus interlocutores emudeceram; de minha parte, não adiantou atiçá-los passando o debate da economia para a sociologia e a política, falando do realismo socialista e da chamada literatura de consumo. Finalmente, o debate acabou se transformando em uma conferência normal, e os economistas, com muita amabilidade, resignaram-se a ser simples ouvintes.

*

Por que falei sobre esse debate esquisito? Porque na aproximação incongruente entre economia e romance é preciso enxergar, creio eu, um reflexo da desarticulação e da contradição da cultura mexicana e latino-americana em geral.

É difícil explicar determinadas coisas, principalmente quando, como é o caso, é difícil as documentar. O que eu gostaria de dizer é que a cultura latino-americana reproduz e agrava o particularismo insular (ou, caso se prefira, peninsular), ao mesmo tempo extravagante e confuso, da cultura espanhola. A cultura italiana, por exemplo, embora tenha claramente características nacionais inconfundíveis, é perfeitamente inserida na cultura ocidental. Mas a cultura espanhola tende a uma espécie de insularidade ou isolamento, com seus valores, suas tradições, seus problemas. Bem, esses valores, essas tradições, esses problemas têm um caráter curioso: são insulares, mas não autossuficientes. A hispanidade seria então um provincianismo que gostaria de se expandir e se transformar em universalismo, sem, porém, convencer totalmente nem a si própria nem aos outros quanto ao sucesso dessa operação.

Voltando ao México, poder-se-ia arriscar a afirmação de que qualquer teocracia ou qualquer cultura dominada por uma teocracia leve a uma alienação mais ou menos profunda. Sob esse ponto de vista, poder-se-ia até argumentar que todo o período medieval foi uma época alienada. A alienação de origem teocrática é talvez prejudicial à arte e à cultura? Não, de jeito nenhum; eu diria que, quando muito, favorece mais determinadas atividades culturais e artísticas que outras. Por exemplo, parece atingir mortalmente a literatura ou, pelo menos, certo gênero de literatura e, ao contrário, favorecer as artes plásticas e a arquitetura. Como se sabe, o México foi inicialmente governado durante séculos pela teocracia pré-colombiana, e depois pela espanhola; então talvez seja por isso que o temperamento mexicano parece se expressar preferencialmente na pintura, na escultura, na arquitetura, em detrimento da literatura?

Arrisquemos essa hipótese; naturalmente existem outras, mas, no final, elas podem sempre reconduzir a esta. Em outras palavras, pode-se afirmar com certeza que a cultura latino-americana seja só um véu jogado em um continente selvagem, isto é, que ainda seja, no fundo, colonial; que sua pretensão de autossuficiência seja, na verdade, uma rejeição temerosa e retrógada, e que as classes dirigentes latino-americanas já são totalmente incapazes de despejar no velho recipiente da hispanidade o vinho novo da cultura ocidental; mas sempre permanece o componente basilar da teocracia original.

*

O México é principalmente um país de pintores, de escultores e de arquitetos. Com isso, não quero afirmar que a pintura, a escultura e a arquitetura tenham sempre atingido um nível de excelência no México; quero apenas dizer que essas artes parecem ter um caráter mais orgânico, mais complexo, mais abrangente, mais articulado que a literatura. A começar pela pintura, talvez não seja necessário lembrar que o México é o país do muralismo. Para compreender o fenômeno da pintura mural mexicana, deve-se observar que, por volta dos anos 1930, também na Itália os pintores do chamado Novecentos[13] tentavam se apropriar dos modos e temas do afresco renascentista, desde Michelangelo até Pisano, Paolo Uccello e Piero della Francesca, mas uma comparação entre esses pintores, favoritos do Estado fascista e por ele adulados, e os artistas da escola mexicana logo revela uma enorme diferença a favor destes últimos. Com um espírito retórico e apático, de acordo com uma tradição formal de caráter acadêmico, os pintores do Novecentos celebravam as glórias militares e civis de um

---

13. Movimento fundado em 1922, que rejeitava as vanguardas europeias do período e, como afirma Moravia, tinha ligações imediatas com Mussolini e o fascismo italiano. O ditador chegou, inclusive, a discursar na abertura da primeira exposição do grupo, em 1923, na cidade de Milão. [N.E.].

regime para o qual não davam importância. Porém, os vários Orozco, Rivera, Siqueiros e Tamayo[14] mostravam que não apenas haviam colocado em prática o que aprenderam sobre o afresco italiano e a escola moderna de Paris, mas tinham alguma coisa muito precisa e sincera para dizer: a revolução mexicana de 1910-1920;[15] isto é, a primeira de tantas revoluções que se seguiram posteriormente, em que o componente racial e o componente econômico-racial se juntam e se fundem em um único movimento de ressurreição irresistível. Por outro lado, a pintura mural mexicana, particularmente nas obras de Diego Rivera, revela uma astúcia formal e uma autenticidade de sentimentos que são, ao mesmo tempo, simples e refinadas, e a associam mais a artistas como "Douanier" Rousseau[16] e Gauguin que aos autores de afrescos *pompier* do Oitocentos europeu[17] e aos pintores e acadêmicos do Novecentos italiano. Resumindo, em 1930, verificou-se no México o fenômeno bastante raro de uma revolução autêntica que encontrou artistas autênticos não para celebrá-la retoricamente, mas para contá-la com a simplicidade e a astúcia populares. A única comparação possível é com os primórdios do cinema e da literatura na União Soviética. Na época, Bábel[18] ou Eisenstein também não

---

14. David Alfaro Siqueiros e Rufino Tamayo, também muralistas. Siqueiros eventualmente se aproximou mais do realismo social, ao passo que Tamayo optou pela abstração figurativa. [N.E.]

15. Longa guerra civil encabeçada por vários grupos, como o de Emiliano Zapata, que derrubou o regime de Porfirio Díaz e instituiu a Constituição mexicana atual. Cerca de um milhão de pessoas morreram durante os conflitos. [N.E.]

16. O pintor pós-impressionista Henri Rousseau, conhecido por seu apelido "Douanier", aduaneiro, pois esta era a sua profissão. Seu estilo não foi bem aceito no século XIX, mas tornou-se referência posteriormente. [N.E.].

17. Estilo acadêmico voltado para pinturas de grandes dimensões de temas históricos e alegóricos e com pendor clássico. [N.E.]

18. Isaac Bábel, possivelmente o maior contista de língua russa após Nikolai Gógol. Foi assassinado pelo regime de Stálin em 1940. Ver Isaac Bábel, *O exército de cavalaria*, trad. Aurora Fornoni Bernardini e Homero Freitas de Andrade. São Paulo: Cosac Naify, 2006. [N.E.]

enalteceram a revolução de Outubro, mas a contaram segundo os moldes do expressionismo cinematográfico e narrativo.

*

Os pintores mexicanos ocupam uma posição de destaque em seu país e no exterior; é graças a eles que, no exterior, o homem de cultura mediana diz: "O México? Ah, sim, a pintura mural mexicana". Porém, a arquitetura e a escultura, tanto na Cidade do México como na província, pelo menos testemunham a tendência a estreitar novamente os vínculos com as tradições não apenas coloniais, mas também, e sobretudo, com as pré-colombianas. O caráter dessas tradições é conhecido: um gosto pelo monumental, pelo colossal, pelo expressionista e pelo grotesco e uma preferência pelos significados coletivos – quer sejam os religiosos e cósmicos, quer sejam os sociais e comunitários.

Na Cidade do México e nas províncias, museus, *night clubs*, centros universitários, edifícios de serviços públicos testemunham essa tendência de maneira eloquente. O artista figurativo e o arquiteto mexicanos veem tudo grande, volumoso, colorido, brilhante, deformado, hipertrofiado e, muitas vezes, também de forma lúgubre e sinistra. Uma violência expressiva repetidamente inflada, com frequência retórica, curiosamente sempre bárbara e popularesca ataca o altiplano mexicano como um vento impetuoso, alterando volumes, formas, linhas, cores. Assim reencontramos as cores brilhantes e cruas, as proporções gigantescas, as deformações caricaturais dos pré-colombianos, mas estranhamente contaminadas e fundidas com a grandiosidade espetacular e o caráter decorativo industrial da arte de consumo americana. Dissemos: estranhamente, mas depois, pensando bem, não é assim tão estranho. A arte de consumo americana, preciosamente rebuscada e industrial, tende a passar por cima do humanismo, com o qual não sabe o que fazer, e a restabelecer facilmente a ligação com os primitivos e os pré-históricos colombianos. O cimento, o vidro, os metais, as matérias plásticas levam aos mesmos resultados, têm o mesmo caráter coletivo e anônimo dos materiais maciços e impessoais utilizados pelos escravizados das civilizações primitivas. E nada é mais próximo da ambição teocrática do que a ambição industrial: para além da história, tanto uma como a outra aspiram à eternidade, ou seja, a uma duração de tempo que não tenha o destino do homem como base e medida.

Corriere della Sera, 15 de fevereiro de 1967.

ESTADOS UN

DOS 1968

A viagem aos Estados Unidos em 1968 ocorre em meio a revoltas estudantis, protestos antirracistas e à ascensão do movimento hippie naquele país. Moravia publica os relatos sobre essa experiência na revista *L'Espresso*.

QUANDO OS ESTADOS UNIDOS MATAM

Nova York

Recorramos a uma metáfora. Estamos em Manhattan. Os arranha-céus, uma visão maravilhosa, projetam-se para o alto, dir-se-ia, a uma velocidade crescente, como mísseis luminosos, rajados de cimento branco, de aço cinza e de cristal cintilante. Sobem bem para o alto, verticais e vertiginosos, não param: simplesmente se interrompem sem motivo; poderiam ser muito mais altos, também poderiam não terminar nunca, perder-se no céu. Não são mais as torres com degraus, babilônicas, de cerca de cinquenta anos; se fosse esse o caso, levariam a pensar em uma selva de computadores gigantescos, ou seja, de cérebros mecânicos apertados em um espaço pequeno e, por isso, obrigados a terem aquela forma de paralelepípedos titânicos que se apoiam sobre o lado menor. Manhattan seria, assim, um grupo de computadores que pensa e decide pelos Estados Unidos, o que significa dizer pelo mundo inteiro. Analisando bem, o arranha-céu tem muito do cérebro eletrônico. Baseado na repetição praticamente infinita de apenas um elemento – o projeto de alguns apartamentos, cada um com dois ou três quartos –, o arranha-céu de várias dezenas de andares contém centenas de celas, aliás, de células, tal como o cérebro. E como funciona esse enorme cérebro vertical, colmeia apertada de cabines cúbicas? Funciona como qualquer cérebro: recebendo sangue de baixo, ou seja, da terra sobre a qual se ampara. A cada dia, da mesma forma que o sangue flui para o cérebro, da cidade, dos subúrbios, dos centros limítrofes, milhões de pessoas confluem aos arranha-céus e, pelos elevadores fulminantes e silenciosos, sobem e se espalham por todas as cabines. A cada noite o sangue, ou melhor, os homens, vão-se, e o cérebro, ou seja, o arranha-céu, apaga e adormece.

Aliás, uma visita aos arranha-céus confirma a ideia do cérebro eletrônico. Os corredores, nos andares, são simples tubulações quadradas, desnudas, austeras, bem iluminadas, com portas simples e sem informações por escrito, indicadas por números. Cada porta dá para uma antecâmara com uma ou mais secretárias sentadas em suas escrivaninhas; da antecâmara se passa à sala do *boss* ou do patrão, com sua mesa de presidente, seu ramo de flores artificiais, seu retrato da esposa e dos filhos, sua pasta, seus telefones e seus interfones. Como um cérebro em funcionamento normal, tudo se desenrola com calma, precisão e regularidade, com toques de campainhas, passos felpudos em carpetes dilatados, vozes sussurrantes, tique-taques de máquinas de escrever. Nas imensas vidraças iluminadas apenas pelos cidadãos encobertos pelo *smog*,[1] veem-se outros arranha-céus, outros cérebros torriformes. Os arranha-céus, ou seja, os cérebros de Manhattan, contêm milhares e milhares de células, ou melhor, de salas, e em cada sala há homens que tomam decisões, isto é, os chamados *executives*, que pensam e decidem. Trata-se de operações puramente mentais, abstratas, cerebrais, cumpridas com a ajuda dos telefones, do rádio, dos telégrafos, do correio e de outros meios mecânicos de comunicação semelhantes.

O que pensam e decidem os *executives*, isto é, quais são as operações que cumprem os arranha-céus-cérebros? Dinheiro, sempre dinheiro, nada mais que dinheiro. Na realidade, nos arranha-céus, ou melhor, nos cérebros, não há letreiros como "O povo americano", "Os direitos do homem", "A cultura", "As artes", "A liberdade", "A ciência" – como se poderia esperar, no fim das contas, num país oficialmente democrático como os Estados Unidos –, e sim nomes que já são famosos e soam ligeiramente estranhos, de corporações financeiras, de bancos, de grandes indústrias automobilísticas, aeronáuticas, cinematográficas, eletrônicas, químicas. Os grandes cérebros verticais de cimento, de vidro e de aço de Manhattan cumprem todos os dias milhões de operações que têm um só motivo: o lucro.

---

1. Neblina causada pela poluição atmosférica, bastante comum, por exemplo, na cidade de São Paulo. [N.E.]

Mas, como já dissemos, um cérebro se alimenta de sangue, que, subindo e ramificando-se pelas células as irriga, revigora, atiça, estimulando a imaginação, acelerando as operações, incendiando a imaginação, fazendo as invenções explodirem. Do sangue vêm para o cérebro brilhantismo, rapidez, precisão, força, generosidade, amplitude de ideias, firmeza, agressividade. Ora, nos milhares e centenas de milhares de células dos cérebros de Manhattan, hoje reina a anemia. Os *executives*, as secretárias, o *boss*, os capitães da indústria, os dirigentes, os chefes do *business*, ou seja, a classe dirigente americana como um todo, são atingidos, e não de hoje, por aquele processo de esclerose, de perda de vigor que, no sentido sociológico, se chama alienação e, no sentido psicológico, estranhamento.

O sangue não sobe mais para os cérebros, ou melhor, não sobe mais do que numa proporção suficiente apenas para executar as operações normais, mas imprópria para enfrentar as situações excepcionais. Sim, o *business* americano, apesar de seu poderio imenso, está hoje sem vigor, acanhado; em suma, ameaçado de paralisia e impotência em suas ramificações sociais, culturais e políticas.

Mas onde está o sangue? Ele corre debaixo da terra, nos esconderijos tenebrosos dos *subways*, com os sórdidos trens apinhados das massas urbanas. Os arranha-céus-cérebros se erguem no céu luminoso, puro, espiritual do poder; já o sangue popular que deveria irrigá-los e revigorá-los corre impuro e enegrecido nas veias escuras e subterrâneas das cidades. Os arranha-céus estão imóveis, assim como estão imobilizados os cérebros eletrônicos que não têm necessidade de ver e tocar ou, seja como for, de entrar em contato com as coisas para calculá-las. Os trens do *subway*, ao contrário, correm freneticamente e absurdamente em todos os sentidos, inchados de gente, sem meta, exatamente como o sangue que corre pelas veias e que, caso parasse, seria a morte. Entre as mentes dirigentes, ou seja, os arranha-céus, e o sangue, isto é, os trens dos *subways*, houve outrora uma relação, digamos, sociobiológica. Estava subentendido que determinada parte daquele sangue popular, purificada e selecionada por meio de filtros culturais, racistas e sociológicos, irrigasse as células cerebrais do poder. Mas há algum tempo os filtros estão entupidos e não funcionam mais; pior, o sangue recusa-se a subir para os cérebros. Deixando para trás a metáfora, digamos que toda uma parte dos Estados Unidos se revoltou contra o sistema do *business* e contra os grupos calvinistas, brancos e nórdicos que o dirigem. Rebelou-se justamente por causa daqueles tais filtros, que, por sua vez, fizeram com que os cérebros se tornassem cada vez mais anêmicos, cada vez mais alienados, cada vez mais abstratos.

A revolta é ampla e múltipla. Antes de tudo, é de geração, ou seja, é a revolta da juventude contra os idosos; em seguida, é a revolta dos pobres contra os ricos; e, finalmente, é racial: é a revolta dos negros contra os brancos. No fim das contas, porém, será possível isolar três grandes polos ou grupos de revolta: os hippies, os estudantes e os negros. Os primeiros contestam o sistema totalmente, mas sem nenhum desejo de destruí-lo ou de substituí-lo; os segundos o contestam também globalmente, mas com a intenção de, uma vez consumada a sua destruição, substituí-lo por outro melhor; os terceiros o contestam globalmente com a obsessão de destruí-lo e nada mais. A essa altura, alguém vai querer saber por que e quando esses grupos se rebelaram de forma tão firme e radical. A resposta deve ser apenas uma, a mais simples e a mais direta: desde a guerra do Vietnã e por causa dela. Não tanto porque a guerra do Vietnã seja a aventura infeliz e perigosa de uma sociedade que, de outra forma, seria sólida e positiva, mas mais ainda porque ela é a expressão imediata e direta do processo de estranhamento, alienação, esclerose e anemia que já há algum tempo atingiu os grupos dirigentes americanos, ou seja, os grandes cérebros eletrônicos do *business* em Manhattan.

Existe uma relação convincente e óbvia entre a derrota da máquina de guerra, criada à imagem e semelhança do *business* (em outras palavras, segundo critérios rigorosos e de lucro), por obra de um pequeno povo subdesenvolvido e de “cor”, e a recusa do sangue juvenil, negro e não negro, em confluir para os cérebros do *business*, irrigá-los e tornar a dar-lhes força e criatividade. Todo negro, todo estudante, todo hippie, pelo próprio fato de ter confrontado essa recusa às tentações do poder, sentiu-se confortado pela vitória dos vietcongues ou, melhor, sentiu-se vietcongue, e, pela primeira vez, relacionou os Estados Unidos a um possível Vietnã, onde havia, de um lado, as mentes alienadas do *business* com sua riqueza e seus meios repressivos e, de outro, a juventude e as raças de cor [sic] ricas de sangue, mas não de dinheiro. A guerra tornava-se contestação, desobediência, revolta, revolução. Criar Vietnãs dentro dos Estados Unidos não era mais um *slogan* pitoresco: tornava-se uma possibilidade psicológica e prática.

Mas a revolta, como se mencionou, é um tripé, ou seja, é formada por três elementos principais: os hippies, os estudantes e os negros. Começando pelos hippies, recomendamos colocar o *executive* ao lado do hippie e ver quanto é complexo o contraste, quanto é radical o paradoxo. Para exprimir em termos culturais, o *executive* é dório, e o hippie é micênico. O primeiro é pela linha reta, pelos ângulos agudos, pela representação geométrica: nuca raspada, ternos passados, postura vertical e rígida. As características culturais são análogas: calvinismo, racismo, funcionalidade, racionalismo, simplificação, mentalidade do norte dos Estados Unidos. Provavelmente loiro, de olhos azul-claros, quando não idealmente ariano, mesmo se for moreno e pequeno. O hippie, ao contrário, é micênico, como dissemos. Tudo nele é arredondado, encaracolado, atrapalhado, sem ângulos agudos e linhas retas: roupas frouxas e soltas, barba, bigodes e cabelos copiosos, camisetas estampadas de flores e de motivos ornamentais pré-colombianos ou indígenas, flores, colares, pulseiras, anéis, capotes, ponchos, mantas peruanas ou mexicanas, trapos, trapos e trapos. Loiro e de olhos azul-claros também ele, isso sim, mas não como os SS de Hitler, e sim como Jesus ou como os personagens dos quadros de Dante Gabriel Rossetti.[2]

---

2. Pintor e poeta inglês, pré-rafaelita, inspirado, logo, pela época medieval. Muitas vezes as figuras masculinas em seus quadros têm cabelos compridos, barbas, e, de fato, remetem à comparação feita por Moravia. [N.E.]

O hippie é o paradoxo do *executive*; e o *executive* é o paradoxo do hippie. Quase todos os hippies provêm das classes altas e médias, muitas vezes têm contas no banco ou mesadas do pai: mas seu destino é a pobreza. À concepção de mundo dos *executives*, calvinista e baseada no reconhecimento comprovado pelo sucesso e pela riqueza, os hippies contrapõem uma visão de mundo em que entram ingredientes variados, porém todos de origem parecida: práticas místicas zen, ideais franciscanos, espírito comunitário, ioga, naturismo, cultos fálicos do xivaísmo, miserabilidade vagabunda, introversão *beat*, promiscuidade sexual à maneira de Theodor Reik[3] e, principalmente, droga.

O fundamento da concepção de vida hippie é a droga, porque o hippie renega não apenas a sociedade, mas também a realidade. Na época dos míticos invasores arianos da Índia, o soma, erva alucinógena do Himalaia, também era um deus, assim como o peiote mexicano é para os indígenas que ainda hoje o usam; o LSD não é um deus para os hippies, mas assume as mesmas funções do soma e do peiote: faz viajar, como eles falam, quer dizer, projeta misticamente para fora da chamada realidade, numa realidade metafísica superposta, que se situa a meio caminho entre a fisiológica e a espiritual. Por que afirmamos que a droga é o fundamento da concepção de vida hippie? Porque ela é a contrapartida, a seu modo positiva, de um modo de vida que, de acordo com os padrões do *executive* americano, só pode ser definido como suicida.

Amontoados em pequenas comunidades nos chamados *pad*, ou seja, esquálidos apartamentos decadentes e sem móveis, ou em cavernosos porões nos subsolos, numa desordem que, não raro, beira a imundície, com fezes, urina, papéis e detritos de

---

3. Reik, um dos primeiros alunos de Freud, mais tarde em sua carreira se opôs às teorias sexuais de seu antigo professor, sobretudo no livro *A Psychologist Looks at Love* [Um psicólogo olha para o amor] (1944), o qual cria uma distinção entre amor e luxúria sexual. Talvez Moravia, por conta da pronúncia dos sobrenomes, tenha confundido Theodor Reik com Wilhelm Reich, outro psicanalista bastante popular entre a juventude dos anos 1960, também por conta de suas teorias sexuais. [N.E.]

vários tipos incrustados no piso, os hippies colocam inexoravelmente qualquer coisa no mesmo saco, de maneira delicada e coerente: sexo, comida, sono, propriedade, dinheiro. Todos juntos e na presença de todos, eles copulam, dormem, comem, bebem, despem-se e se drogam. Com sua paixão exagerada pela música, escutam sons intermináveis de instrumentos exóticos (na maioria violões sul-americanos ou asiáticos), fazem amor, usam maconha ou LSD ou não fazem simplesmente nada. As crianças e os cachorros (os hippies são muito prolíficos e adoram conviver com bandos de cães bastardos) que fervilham nos *pad* assistem indiferentes e ignaros aos coitos e às "viagens", isto é, às sessões psicodélicas. Segundo as mais antigas teorias indianas, o sexo também leva a estados místicos, seja quando é totalmente reprimido e sublimado, seja quando, ao contrário, é praticado com frenesi: sob a influência de Reik e de outros pós-freudianos, os hippies tendem à segunda alternativa. Vistos de fora, com os olhos dos turistas que são transportados em grande quantidade pelas agências de viagem aos bairros e às ruas onde moram, os hippies parecem uma multidão variada, amável, suja, remendada, barbuda, cabeluda, florida, delicada e gentil.

São todos jovens e superjovens; e, afinal, é preciso reconhecer que, se não são exatamente alegres, parecem serenos e até felizes, mesmo que de maneira curiosamente exaltada. Existe uma palavra criada por eles (como todas as sociedades, por assim dizer, antissociais, os hippies têm uma gíria própria) que designa esse seu estado de levitação libertina e drogada: *groovy*. Tudo o que é bom, amável, positivo, alegre, entusiasmante, inebriante é *groovy*. Toda experiência encarada pelo seu lado bom, ou seja, à moda hippie, é *groovy*. Uma garota andando de pés descalços numa calçada de San Francisco esmaga um excremento de cachorro, por exemplo. Muito bem, é preciso superar o nojo, raspar de leve o pé na beira da calçada para tirar o grosso do excremento e, em seguida, com indiferença e alegria, seguir adiante com o pé sujo de esterco: tudo isso é *groovy*, isto é, positivo de forma mística e amorosa, sem limites nem preconceitos nem obstáculos racionais, educacionais, morais, conformistas e sociais. É óbvio que esse modo de vida, entre o indígena e o medieval, traz doenças e, geralmente, leva ao enfraquecimento do organismo. Com frequência, os hippies são acometidos por doenças venéreas, tuberculose, enfermidades provocadas pela carência alimentar e parasitas, doenças de pele e assim por diante. Mas, para concluir, por enquanto, sobre os hippies: a revolta deles é principalmente cultural, sem conotações sociais ou políticas. Ou, caso se prefira, antes de cultural, religiosa, como se pode compreender pelo mote dos hippies: "*Turn off, turn on, drop out*" (desligue-se da realidade, adquira consciência, saia da sociedade).

A revolta dos estudantes é, ao contrário, social e política e, mesmo não sendo possível traçar uma linha precisa de demarcação entre os *pad* e os *campi*, porque seus moradores pertencem ambos à mesma juventude, é preciso dizer que os estudantes renegam a sociedade de uma forma completamente diferente daquela dos hippies. Para começar, nada de droga, nada de promiscuidade sexual, nada de sujeira e nada de misticismo. *Grosso modo*, a revolta dos estudantes americanos contra o *establishment* não é tão diferente daquela dos estudantes europeus. Aqui, como na Europa, os estudantes se revoltam contra a civilização do consumo, contra o sistema de produção, contra o condicionamento do indivíduo em favor do lucro, contra as discriminações raciais, sociais e de riqueza. Mas o *establishment* americano é diferente do europeu e, assim, também a revolta assume características diferentes. Enquanto as coronhadas desferidas pelos policiais e os vidros quebrados pelos estudantes são os mesmos nos Estados Unidos e na Europa, nos Estados Unidos os policiais defendem algo que, na Europa, não existe ou não existe ainda: a universidade transformada em fábricas de homens em série para servir ao *establishment* em seus patamares superiores e inferiores. A título de exemplo, citamos alguns trechos significativos do conhecido livro de Hal Draper sobre a revolta de Berkeley, que se referem a Clark Kerr, reitor da Universidade da Califórnia, e a seu livro

The Uses of the University.[4] De acordo com Kerr, "a universidade é uma instituição que futuramente será sempre menos diferente de outras empresas econômicas de nossa sociedade industrial". Kerr continua:

> A produção, a distribuição e o consumo do "conhecimento" (*knowledge*) em todas as suas formas representam, *grosso modo*, cerca de 29% do produto nacional. A produção cultural está crescendo em um ritmo duas vezes maior que todo o restante da economia. O que as ferrovias fizeram na segunda metade do Oitocentos e os automóveis na primeira metade do Novecentos será provavelmente feito na segunda metade deste século pela indústria cultural (*knowledge industry*).

Finalmente, Kerr conclui:

> As universidades e as indústrias assemelham-se cada dia mais umas às outras. À medida que as universidades estreitam os laços com o mundo industrial, os professores adquirem cada vez mais características de empresários. Os dois mundos se confundem fisicamente e psicologicamente.

Resumindo, as universidades, segundo Kerr, não seriam nada mais que, digamos, apêndices culturais das grandes corporações industriais, daquelas que fabricam armas e fazem descobertas científicas para o exército àquelas que se encarregam de abastecer o mercado com os mais variados produtos.

Portanto, é lógico que as indústrias e o Estado americano (segundo a frase famosa de um ministro da Defesa: aquilo que

---

4. Hal Draper, teórico marxista estadunidense, publicou dois livros sobre as revoltas de Berkeley: *Berkeley: The New Student Revolt* [Berkeley: a nova revolta estudantil] (1965) e *Strike! The Second Battle of Berkeley* [Ataquem! A segunda batalha de Berkeley] (1966). Já *The Uses of the University* [Os usos da universidade] foi publicado em 1963 e ganhou algumas reedições nas décadas seguintes. [N.E.].

é bom para as grandes corporações é bom para o Estado[5]) se inclinem a considerar as universidades verdadeiras fábricas culturais nas quais, em vez de *executives*, ou espiões, ou soldados para combater a guerrilha, são forjados homens de cultura "úteis". É óbvio que as indústrias e o Estado controlam as universidades por meio de enormes financiamentos que determinam e restringem automaticamente as especialidades dos cursos. Em conclusão:

> O uso da universidade [...] está ligado à atual estrutura de poder e, em uma sociedade de negócios (*business*) como a nossa, a universidade não pode não ser semelhante a qualquer outra empresa industrial. Existem as ferrovias, as siderúrgicas e as fábricas de frios [...] e também existem as fábricas de conhecimento (*knowledge*) cujas funções são estar a serviço das outras empresas e do Estado.

A luta dos estudantes contra esse totalitarismo neocapitalista e industrial é obstinada e, de acordo conosco, mais consciente e mais preparada que a luta semelhante levada adiante pelos estudantes na Europa. Mas é preciso acrescentar que, assim como em outros campos, tudo é mais nítido, mais acentuado, mais esquemático, mais dividido em branco e preto nos Estados Unidos que na Europa. Por dois motivos: o primeiro é que, na Europa, o velho é mesclado com o novo, enquanto nos Estados Unidos, só existe o novo, mesmo que seja o horrível novo que citamos anteriormente; em segundo lugar, porque os Estados Unidos são hoje o centro do mundo ocidental, o olho do tufão neocapitalista. Isso explica, por exemplo, porque as posturas anticulturais dos estudantes italianos são desconhecidas entre os estudantes dos Estados Unidos. Concluindo, os estudantes –

---

5. A frase, dita por Charles E. Wilson em 1953, durante uma sessão no Senado dos Estados Unidos, era: "*What was good for our country was good for General Motors, and vice-versa*" [O que foi bom para o nosso país foi bom para a General Motors e vice-versa]. [N.E.]

sejam os que se declaram maoístas ou castristas ou marcusianos ou marxistas, sejam os que simplesmente são homens com boas intenções – desejariam uma universidade cuja finalidade fosse a libertação e a formação do homem, e não o exercício de monstruosos fetiches, como o poder, o lucro, a eficiência, a produção e o consumo. Sua revolta violenta e racional não pode deixar de extrapolar os limites do *campus* justamente por causa das múltiplas ligações financeiras que correm entre as universidades, as indústrias e o Estado. Consequentemente, é inevitável que surja a demanda por uma reforma radical na sociedade americana.

Passemos agora aos negros. Eles não querem reformar a sociedade, não querem contestá-la, não querem revolucioná--la; querem simplesmente destruí-la, mesmo que sob pena de que eles próprios pereçam sob os escombros. Falo aqui da ala mais extrema do movimento negro porque, ao discorrer sobre a revolta contra o sistema, é preciso dizer que, no fundo, é a mais significativa. Além dessa ala extrema, existem naturalmente os grupos burgueses negros, mais ou menos integrados, os líderes negros e seus seguidores, que apreciariam uma integração pacífica (ironicamente chamados pelos extremistas de "*Uncles Tom*"[6]), e, finalmente, as massas negras passivas e indefinidas, urbanas e camponesas, no norte e no sul. Mas os extremistas do movimento negro são racistas desesperados e decididos a um tipo de luta impiedosa que equivale praticamente a um suicídio coletivo. São *kamikazes* que aceitam a própria morte de bom grado, contanto que leve à morte dos brancos. É difícil dar uma ideia do ódio que esses grupos de negros extremistas têm contra os brancos racistas alienados – que, em grande parte, formam a *middle class* americana. Esse ódio explodiu de repente, exatamente no momento que os negros venceram a primeira batalha, com os direitos civis. De repente, foi como se quatrocentos anos de escravidão, de opressão, de humilhações e complexo de infe-

6. Referência ao romance *Uncle Tom's Cabin* [A cabana do Pai Tomás] (1852), de Harriet Beecher Stowe. O Uncle Tom, protagonista da narrativa, é um escravizado religioso e defensor do pacifismo. [N.E.].

rioridade tivessem se revelado com a rapidez de um raio à consciência negra, provocando, pela própria prontidão da revelação, não a reflexão moral e o cálculo político, mas um desejo ardente de vingança. Fala-se de ressarcimentos dos danos sofridos em quatrocentos anos de exploração econômica. São invocadas ações armadas do tipo da guerrilha sul-americana e asiática, a serem praticadas nas cidades. Ao que parece, as pessoas não se preparam mais para destruir as próprias residências a esmo, mas para saltar pelos ares e incendiar e destruir, de acordo com programas terroristas planejados, centrais elétricas, fábricas, escritórios, ferrovias, aeroportos. Por puro acaso (um pouco como os estudantes), os negros descobriram a violência como meio de pressão política e social.

Digamos por acaso: acrescentamos que nada é casual, e que essa violência aparentemente casual constitui a resposta de efeito retardado aos quatrocentos anos de violência racista branca. Seja como for, os negros descobriram a violência queimando bairros inteiros das cidades americanas.[7] Descobriram-na e, de agora em diante, querem aplicá-la cientificamente, sistematicamente, racionalmente. Porque os negros desejam destruir os Estados Unidos e, com os Estados Unidos, a si próprios é algo que tem a ver com o incurável racismo dos americanos da classe média. Em outras palavras, os negros – naturalmente estamos falando dos negros extremistas – "não têm esperanças". Não esperam nem conseguir cargos, nem arrancar a parte de poder à qual têm direito como todos os outros grupos étnicos, nem, finalmente – talvez não o pior aspecto, porém o mais intimamente sentido –, esperam poder confundir-se com os brancos por meio dos casamentos mistos. O negro extremista enxerga a si mesmo como um completo desesperado, que não tem nada a perder e cujo único proveito pode ser a destruição do adversário. Certos

7. Moravia opina aqui sobre o ciclo de protestos violentos iniciado por volta de julho de 1964, quando, no bairro do Harlem, em Nova York, James Powell, um garoto negro de 15 anos, foi assassinado por um policial branco. O ápice dessas manifestações foi em abril de 1968, poucos meses antes da publicação deste artigo, após o assassinato de Martin Luther King Jr. [N.E.]

slogans sinistros (os incêndios das cidades americanas foram provocados aos gritos de "*Burn, baby, burn*", certas frases como "*Take your dirty white hand away from me*" (pronunciada por um garoto negro para uma professora branca que o tinha tomado pela mão) dão a medida do ódio dos negros em relação aos brancos. Talvez esse ódio jorre no próximo verão numa tentativa de guerra civil. Por enquanto, se exprime numa separação obstinada, voluntária. É mais fácil aproximar homens importantes do *establishment* branco e até sermos recebidos pelo presidente dos Estados Unidos do que conseguir uma hora marcada com líderes negros como Carmichael ou LeRoi Jones ou Rap Brown.[8] A separação é racista, mesmo que seja por represália. Lembra a separação – também racista – das castas da Índia. Mas aqui não é imutável e, por assim dizer, eterna, como na Índia. Ao contrário, parece ser um prelúdio da revolta armada ameaçada e temida para o próximo verão.

L'Espresso, 23 de junho de 1968.

---

8. Stokely Carmichael (conhecido também como Kwame Ture) atuou em diferentes grupos do movimento negro americano, incluindo o Student Nonviolent Coordinating Committee (SNCC) e os Panteras Negras. LeRoi James (conhecido também como Amiri Baraka) foi poeta e escritor. H. Rap Brown, assim como Carmichael, atuou igualmente no SNCC e nos Panteras Negras. [N.E.]

NO PAÍS DO MEDO

O sentimento do medo geralmente tem duas origens. Pode ser o medo de alguma coisa real, concreta, iminente, diante da qual nos sentimos inferiores e despreparados; ou o medo de alguma coisa totalmente ou em parte imaginária, ou seja, medo de alguma coisa que inventamos para nós mesmos, integralmente ou em parte. Esse segundo tipo de medo é essencialmente medo de ter medo, ou seja, medo da relação que se estabeleceria entre nós e as pessoas ou as coisas que nos assustam se determinados acontecimentos ocorressem. Em outras palavras, nesse segundo caso, não temos tanto medo da coisa que nos amedronta quanto de não sermos capazes de estabelecer com essa coisa uma relação que não seja de medo. Um cavaleiro, por exemplo, cujo cavalo impetuoso o tenha derrubado da sela pela primeira vez, na segunda vez que cavalga não tem tanto medo do cavalo quanto de si mesmo, isto é, tem medo de não saber mais reatar com o animal a velha relação de confiança irracional e (justamente porque irracional) completa.

Esse preâmbulo sobre o medo tem a intenção de ser uma pequena introdução à descrição do fenômeno do medo social nos Estados Unidos hoje. Estivemos quatro vezes nos Estados Unidos: 1936, 1955, 1964 e 1968. Neste ano, se nos perguntassem o que encontramos de realmente novo naquele país sempre novo, responderíamos: o medo. Justamente aquele medo ao qual nos referimos anteriormente: o medo de amanhã sermos obrigados a ter medo.

Com certeza, aquilo que, à primeira vista, assombra hoje os Estados Unidos é uma sensação generalizada de insegurança física e nada imaginária. Quando se chega a Nova York, amigos e conhecidos fazem advertências inusitadas com muita naturalidade, dando a entender que já se admite a situação sem maiores problemas: não passear à noite no Central Park porque está infestado de bandos de *teenagers*, ou seja, jovens delinquentes, de gente de cor [sic] enfurecida, de drogados à procura de dinheiro para comprar droga, de criminosos comuns; não se aventurar no bairro negro do Harlem nem de dia nem de noite porque, nos Estados Unidos, a cor da pele (no caso, da pele branca) já é uma provocação; não circular por algumas áreas de cidade (como o Bowery, o bairro dos porto-riquenhos) porque embates de vários tipos (de um empurrão a facadas) podem ser sempre possíveis. Alguns chegam até a aconselhar a não tomar o *subway* nas horas de pouco movimento, uma vez que pode acontecer de tudo, seja no vagão quase vazio enquanto o trem corre a todo vapor (como mostra um filme recente e como realmente aconteceu[9]), seja nos corredores das estações, essas sinistras vias sinuosas de azulejos imundos de maiólica branca onde se corre o risco de ser agredido e roubado, ou também morto, sem que ninguém se dê conta.[10]

Pessoalmente, lembramos de ter pedido ao motorista de um táxi para atravessar o Harlem e ter recebido uma recusa. Perguntamos se temia ser atacado, e ele respondeu que não: só não "gostava" de atravessar o Harlem. Nessa frase, havia justamente o medo indireto do qual já falamos, isto é, o medo de ter medo. Aliás, que o Harlem cause medo é comprovado por aqueles que se dão ares de corajosos levando os turistas para o bairro negro e lhes mostrando minuciosamente as fileiras de casinhas oitocentistas vermelhas em estilo inglês e as calçadas largas e sujas cheias de negros ociosos. Como um domador que o convida a entrar na jaula e o faça acariciar a cabeça do leão garantindo que não é mais do que um gato, um grande gato totalmente inofensivo. Aí o medo se transforma em coragem.

---

9. Trata-se do filme *The Incident* [O incidente] (Larry Peerce, 1967), baseado em uma história real, no qual dois garotos (um deles representado por Martin Sheen em seu primeiro papel) aterrorizam passageiros de um vagão no metrô nova-iorquino. [N.E.]

10. Moravia descreve aqui o princípio de um processo de degradação urbana que se manteve em Nova York até a década de 1990. O evento culminou, em 1975, com a bancarrota oficial da cidade. [N.E.]

A essa altura, é preciso dizer que essas recomendações nascem do primeiro tipo de medo, o medo direto e imediato de um perigo concreto. Esse medo se refere a alguma coisa que sempre existiu nos Estados Unidos. Mesmo sob a aparência de um país superorganizado, os Estados Unidos não são nem um pouco parecidos com as velhas nações europeias, com suas camadas fossilizadas e imutáveis de antigas classes, subclasses, comunidades, grupos e subgrupos; se fosse o caso, deveriam ser comparados a um vulcão ainda ativo, no qual, sob a vegetação luxuriante que recobre o fundo da cratera, se esconde, ainda ardente e fluido, um magma étnico e social sempre pronto a explodir. Os Estados Unidos ainda não deixaram de ser um país de "fronteira"; ou seja, um país que os vagabundos, os nômades motorizados ou não, os criminosos em fuga, os insociáveis de todo tipo percorrem em todos os sentidos. A única novidade (e aqui se retorna ao discurso do medo de ter medo) é que se tenha medo deles. Ou melhor, que se tenha mais medo que no passado.

Mas, então, de onde vem o medo de ter medo?

Para nós, tem origem em dois motivos. O primeiro é de caráter social e político, o segundo, psicológico e cultural. Começando pelo primeiro, temos a impressão de que, de certa forma, os Estados Unidos hoje carecem de um verdadeiro governo.

O fato de que Johnson tenha anunciado que, contrariamente à tradição, não irá se candidatar a presidente pela segunda vez equivale para nós, pelo menos no sentido psicológico, a uma renúncia à própria presidência. Isso justamente quando os Estados Unidos se encontram em um dos momentos mais dramáticos de sua história: com uma guerra desastrosa na Ásia e as revoltas negra, hippie e estudantil em casa. É verdade que os Estados Unidos são a democracia parlamentar mais velha e mais estável que existe hoje no mundo (remonta a 1787, ano da promulgação da Constituição): mas também é verdade que, como dissemos, são um país em estado fluido, sem classes verdadeiras, ou melhor, com apenas uma classe, a *middle class* ou classe média, e que essa massa compacta, enorme, uniforme e conformista é sujeita a movimentos irracionais de pânico, de ressentimento e de desespero muito mais que as sociedades europeias indefinidas, divididas e atomizadas.

Sim, hoje os Estados Unidos são o país onde a burguesia é mais poderosa, mais incólume e mais obstinadamente fiel às ideias que estão na sua origem. O país (só comparável nesse sentido à URSS) onde há o maior número de homens que creem na mesma escala de valores convencionais. Mas, ao mesmo tempo, e talvez justamente por isso, também é um país que tem uma necessidade instintiva, primitiva de se sentir conduzido e governado por um único homem que seja ao mesmo tempo um modelo a ser imitado e um espelho fiel no qual se refletir. Após sua recusa, Johnson não é mais nem uma coisa nem outra; de qualquer forma, havia deixado de sê-lo havia um bom tempo, principalmente por causa da guerra do Vietnã. Além de piorar por causa da guerra e da revolta contra o sistema, esse vazio na Casa Branca e a sensação de insegurança que brota daí se agravaram com a agitação tumultuada das eleições, outrora cheias de vitalidade e de alegria democrática, mas que, neste ano, tornaram-se angustiantes com os assassinatos de Luther King e Bob Kennedy e as personalidades pouco estimulantes dos dois prováveis candidatos finalistas à presidência, Humphrey e Nixon.

Em outras palavras, a enorme, inconstante e infantil *middle class* americana se sente traída (e o foi) pelo sistema democrático no qual até agora havia depositado sua confiança. Parece-lhe que esse sistema não funciona mais ou, pior, que não funciona mais no sentido democrático, primeiro permitindo que um homem profundamente *unrealiable* (isto é, não confiável) como Lyndon Johnson faça, debaixo de seu nariz, uma guerra imoral e desastrosa para, depois, lavar as mãos no momento mais difícil; e, em seguida, sugerindo-lhe, ou melhor, inflingindo-lhe a escolha entre dois candidatos medíocres e impostos, admirados apenas pelos chefes dos partidos: o *yesman* (absolutamente otimista) Humphrey e o advogado politiqueiro e reacionário Nixon. Donde vem aquele sentimento de medo que definimos como o medo de amanhã sermos forçados a ter medo.

Uma prova desse sentimento de medo pode ser constatada no assassinato de Luther King. Estivemos na chamada Resurrection City, em Washington, ou seja, o parque público onde se alojaram em toldos e barracas os mais de dois mil participantes da *Poor's March*, a Marcha dos Pobres, perto da Casa Branca.

Pouco antes de sua morte nas mãos de um assassino, Luther King havia almejado e organizado essa manifestação como uma última e radical resposta aos extremistas do Black Power que não queriam mais saber da política da não violência. Ao morrer, Luther King já estava desacreditado justamente por causa de sua moderação; a marcha dos pobres, uma invenção estranha e original de sabor medieval e cristão-primitivo, era a última carta que lhe restava para jogar. Para entender sua dimensão, é preciso lembrar que a pobreza nos Estados Unidos é a grande (e escandalosa) descoberta desses últimos anos. Um livro como *Os outros Estados Unidos*, de Michael Harrington,[11] revelou a um público surpreso e incrédulo que, nos Estados Unidos, existem 50 milhões de pobres e que, em alguns lugares, o nível de vida não é superior ao da Índia. Mas Luther King sabia que, na realidade, a Marcha dos Pobres seria a Marcha dos Negros. Dentre aqueles 50 milhões de americanos pobres, 20 milhões, o que significa a quase totalidade do grupo étnico, são negros. Como afirma Harrington: "Nos Estados Unidos não se é pobre só porque se é negro, mas se é negro porque se é pobre"; indicando, com isso, que o racismo manifesto ou latente dos brancos faz com que, na cor da pele e a pobreza, se identifiquem, como acontece na Índia com os *outcasts*, os párias. Seja como for, o eufemismo de "pobre" usado no lugar de "negro" revelava a intenção moderada e conciliadora de Luther King de deslocar o protesto do campo racial para aquele econômico, além de uma singular mentalidade evangélica não apenas pré-marxista, mas também anterior à revolução francesa.

11. *The Other America*, publicado em 1962. Após resenhas positivas na imprensa, o volume tornou-se um *best-seller* e serviu como fonte para a implementação de políticas públicas específicas para a população pobre nos governos de John F. Kennedy e Lyndon Johnson. [N.E.]

Como dissemos, fomos visitar o parque de Resurrection City, em Washington. Havia chovido aos cântaros durante muitos dias e o terreno, um amontoado de barracas em estilo militar e de abrigos de compensado, era um lago cintilante de lama. Embaixo dos galhos baixos das árvores, na chuva que continuava a cair, com seus fervilhantes acampamentos de barracas, com todos aqueles negros vestidos com modestos mas exuberantes trajes campestres, que atolavam e saltitavam na lama com uma agitação contínua e aparentemente sem objetivo, Resurrection City fazia pensar nos campos de refugiados do pós-guerra nas regiões mais pobres do nosso sul mais pobre e rude. Era uma pobreza nada lamuriosa (como normalmente é aquela das vítimas de sinistros e dos que precisam ser removidos de suas casas nos contextos urbanos), mas indiferente e despreocupada; a pobreza de gente que não havia conhecido na vida nada além da pobreza, de forma que Resurrection City, com toda a lama e todo o desconforto, deveria parecer-lhes quase como um mercado popular em uma cidadezinha. Aproximamo-nos de algumas garotas e garotos negros e lhes fizemos algumas perguntas: eram extremistas e desesperados como aqueles de Watts ou do Harlem, mas com uma serenidade rústica bem diferente da tristeza e frieza quase sinistras de seus irmãos das cidades. Mesmo enquanto respondiam às nossas perguntas, as garotas "sorriam", o que nunca acontecia falando com os negros das zonas urbanas. Sorrisos radiantes, encantadores, de bocas africanas em rostos esculpidos no ébano e delineados não como os rostos dos brancos, pelas sombras, e sim pela luz! Depois, fomos entrevistar o reverendo Abernathy.[12] Continuava a chover aos cântaros. O reverendo, um homem corpulento, baixo, de ombros largos, rosto arredondado e, também ele, camponês, estava de pé na lama, rodeado por um grupo frenético e imbecil

12. Ralph Abernathy, figura religiosa bastante próxima de Martin Luther King Jr. Após o assassinato deste, Abernathy assumiu em seu lugar a presidência da Southern Christian Leadership Conference, entidade que fora essencial, nos anos 1950, durante a campanha pelos direitos civis da população negra. [N.E.]

de fotógrafos amadores, de repórteres fotográficos e de gente da televisão. Abrimos espaço e só tivemos tempo de fazer algumas perguntas: "O que o senhor pensa sobre LeRoi Jones (o poeta, um dos líderes dos extremistas)?"; "Penso que cada um deve fazer o seu ofício: o poeta deve ser poeta, o homem político, homem político"; "O que significa a *Poor's March*?"; "É a nossa última tentativa no caminho da não violência"; "O que a *Poor's March* reivindica?"; "*Job, job, job* (trabalho, trabalho, trabalho)." A essa altura, uma máquina fotográfica cravou-nos a lente na orelha, um repórter fotográfico passou-nos uma rasteira e um homem da televisão chegou a nos empurrar para trás com uma cotovelada no estômago. Adeus, reverendo Abernathy.

Pois bem, diante da tentativa conciliadora da *Poor's March*, os extremistas, os Carmichael, os Rap Brown, pelo menos uma vez haviam concordado em aceitar o apelo à solução democrática e tinham aderido à manifestação. Em outras palavras, por um momento, havia se delineado uma unidade na multiforme e, ao mesmo tempo, passiva (tendo em vista que aterrorizada) massa negra. Foi o suficiente para que se desencadeasse aquele medo de ter medo do qual falamos e para que Luther King fosse assassinado por obra de um matador pago pelos mesmos grupos que mandaram matar o presidente Kennedy em Dallas. Deve-se observar que King foi assassinado, e não Rap Brown. Os negros devem continuar divididos e devem ser fanáticos e provocadores de forma que possa haver, quando se mostre necessário, um bom pretexto para sufocá-los. É a lógica do medo.

Como dissemos, os negros amedrontam quando são conciliadores. Com mais razão ainda, embora de forma diferente, amedrontam quando não o são. Vejam o que escreveu LeRoi Jones, um apóstolo desenfreado da violência:

> O homem branco é apaixonado pelo passado, pelas coisas mortas, e não demorará a se tornar uma coisa morta. É apaixonado pelo passado porque é justamente no passado que ele sabe existir de verdade. Entende que não pode existir no futuro nem no presente.

> O homem branco deve temer as coisas que são vivas porque tem o pressentimento de que será substituído.[13]

Por que citamos um texto, dentre os muitos mais violentos, em que, no fundo, LeRoi se limita a fazer uma constatação e, além disso altamente discutível? Por duas razões: em primeiro lugar, porque nessa profecia de que o homem branco "será substituído" há mais violência, da verdadeira, homicida e, no fundo, canibal violência, do que em qualquer incitação a queimar, destruir, matar. Em segundo lugar porque, sem se dar conta, com essas palavras LeRoi Jones tocou no verdadeiro e mais profundo motivo do medo social nos Estados Unidos. Em outras palavras, inconscientemente LeRoi Jones afirmou que a força moral e cultural à qual os brancos nos Estados Unidos deveram até agora sua mágica autoridade já pertence à história, ao passado; que o sistema inteiro saiu da linha, ou seja, degenerou-se; que os brancos têm medo dos negros porque já morreram e os negros estão vivos; ou seja, que têm medo de serem obrigados a ter medo, por conta de sua morte cultural e moral. Em síntese, eles têm medo porque começou a faltar-lhes o terreno sólido da autoridade da vida, a única que vale.

Por que um sistema político, cultural, econômico degenera? Geralmente porque, por uma misteriosa alquimia, suas qualidades, ao longo do tempo, transformam-se em defeitos. A ditadura do proletariado, por exemplo, núcleo do sistema comunista, pode tornar-se ditadura pessoal. Ou, ainda, por exemplo, a variedade das nacionalidades, das línguas e das culturas, outrora glória da Europa, com as duas guerras mundiais se transforma na ruína da Europa. O grande realismo maquiavélico italiano da Renascença, por exemplo, nos dias atuais se transforma em uma postura de indiferença e desconfiança em relação à política e ao

---

13. Trecho do ensaio "American Sexual Reference: Black Male" [A referência sexual americana: o homem negro], publicado no livro *Home: Social Essays* [Lar: ensaios sociais], em 1966. [N.E.]

sistema de partidos, o qualunquismo.[14] Com relação aos Estados Unidos, gostaríamos de mencionar alguns versos de Milton, que, por sua vez, foram citados por Max Weber em seu ensaio clássico *A ética protestante e o espírito do capitalismo*. Como se sabe, a tese de Weber é que, na origem do capitalismo, estava a ética calvinista, baseada, por sua vez, na doutrina da eleição por intermédio da graça. O eleito por Deus o é não por mérito seu, mas por decretos divinos imperscrutáveis, ou seja, pela graça de Deus. De onde vem a compreensível e justificada necessidade da "comprovação da graça" para o puritano; em poucas palavras, do sucesso neste mundo justamente como "comprovação" de que a graça divina lhe foi realmente concedida.

Weber cita uma frase significativa de Benjamin Franklin sobre isso: "Se você vir um homem exímio em sua profissão, é sinal de que ele pode aparecer diante dos Reis". Mas chega de "comprovação". Vejamos os versos de Milton. Após ter escrito a expulsão de Adão e Eva do Éden (expulsão que em um artista católico como Masaccio assume um aspecto cruel, uma dor inconsolável), Milton continua:

> Verteram naturais algumas lágrimas
> Logo enxugadas. Era à frente o mundo,
> Onde escolher seu lar, e a providência:
> Mão na mão com pés tímidos e errantes
> P'lo Éden solitário curso ousaram.[15]

Esses versos, afirma Weber, são próprios de um puritano. De fato, o Adão e a Eva de Masaccio choram e se lamentam penosamente depois da expulsão do Éden. Mas o Adão e a Eva de Milton enfrentam a situação com duas lagrimazinhas e, em seguida, "mão

---

14. Termo italiano para atitudes cínicas em relação à política, derivado do Fronte dell'Uomo Qualunque [Frente do Homem Comum], partido de direita formado em 1946 e dissolvido três anos depois. [N.E.]

15. Tradução retirada de John Milton, *Paraíso perdido*, trad. Daniel Jonas. São Paulo: Editora 34, p. 877.

na mão com pés tímidos e errantes", guiados pela Providência, dirigem-se para "o mundo".

Nesse ponto, é preciso que se diga: devagar, devagar, não é bem assim. Tímidos e errantes, absolutamente não. O Adão e a Eva puritanos de Milton não tiveram um passo lento e incerto, e sim rapidíssimo e extremamente seguro, e se lançaram, como dois diabos desenfreados, realmente ao mundo inteiro, começando pelos desérticos e românticos Estados Unidos. Lançaram-se com fúria e com pressa porque (outra frase de Franklin) "tempo é dinheiro", e o dinheiro queria dizer sucesso, e o sucesso, "comprovação da graça divina". Ou seja, o Adão e a Eva calvinistas tinham uma necessidade absoluta de demonstrar para si mesmos que não eram malditos, mas eleitos. Foi, portanto, como dois diabos desmesurados que eles desembarcaram nos Estados Unidos, exterminaram os indígenas, importaram milhões de escravos negros, fundaram uma nação com numerosas cidades, revoltaram-se contra a mãe Inglaterra e a venceram, continuaram a marcha para o oeste armados de Bíblia e de fuzil, abriram o país para dezenas e dezenas de milhões de emigrantes europeus, dilaceraram-se numa das guerras civis mais sanguinárias da história, deram o golpe de graça no império colonial espanhol e os sucederam com a política do dólar (investimentos financeiros e desembarques de *marines*), tornaram-se árbitros do mundo com a Primeira Guerra Mundial e donos do mundo com a Segunda. Enquanto isso, tinham criado toda uma cultura, com artes, literatura, filosofia, toda uma civilização americana original e poderosa. Por último, o Adão e a Eva de Milton tomaram o lugar dos impérios coloniais francês, inglês e japonês com o neocolonialismo e o lugar dos impérios econômicos europeus com o neocapitalismo; encheram de ouro as galerias e os túneis subterrâneos de Fort Knox e de bombas atômicas os do Pentágono; desencadearam a cruzada contra o comunismo, primeiro na Coreia e posteriormente no Vietnã... Naturalmente, a lista dos passos "tímidos e errantes" dos dois desamparados expulsos do Éden está incompleta: trata-se nem mais nem menos da história da maior nação do mundo hoje, os Estados Unidos. Porém, se, por um lado, essa busca tempestuosa da "comprovação da graça" levou o Adão e a Eva de Milton à conquista do "mundo inteiro", não resolveu a dúvida: eleitos ou malditos? É aqui que se insere o medo social dos Estados Unidos de hoje. Os americanos obtiveram infinitas "comprovações da graça", ou seja, tiveram inúmeros sucessos; no entanto muitos indícios apontam que, atualmente, têm medo de serem malditos. Num determinado momento da história deles, que não conseguem identificar, aconteceu um desvio, verificou-se uma degeneração. E a autoridade da vida, aquela autoridade de que fala LeRoi Jones, parou de iluminá-los, ou pelo menos é o que parece. Por isso, diante de qualquer acontecimento social (por exemplo, a revolta dos negros), eles têm medo de amanhã serem incapazes de restabelecer a relação de confiança com a realidade, exatamente aquela relação que, no fundo, é a verdadeira, a única "comprovação da graça".

Mas, quando aconteceu a falha, quando foram constatados os primeiros sintomas da degeneração? Não é fácil, aliás, é impossível afirmá-lo. O que é certo é que as qualidades de outrora parecem realmente ter se tornado defeitos. As cidades americanas o demonstram: tão vitais e tão ricas, mas, ao mesmo tempo, em demasiados bairros, assombrosas, esquálidas, sórdidas, em ruínas, decrépitas. O racismo dos brancos, tradução, no sentido psicológico, do antigo escravismo, demonstra-o. A potência esmagadora do *business*, ou melhor, para falar em termos bíblicos, do novilho de ouro, demonstra-o: não é isso o que queriam os puritanos, para eles o *business* deveria ser um meio, não um fim. Finalmente, demonstra-o a vulgaridade de certos aspectos da vida hoje nos Estados Unidos; que não é a vulgaridade democrática, enérgica e ingênua, de outros tempos, mas a vulgaridade dessa colossal ilusão ou fraude que se chama consumo de massa, que identifica a felicidade com o consumo, mas só permite consumir sucedâneos desprezíveis e, além disso, ao preço exorbitante pela vida inteira.

Deve-se voltar ao que já dissemos: sem se darem conta, o Adão e a Eva calvinistas passaram da eleição à maldição. A "comprovação da graça" foi o sucesso mundano. Ao que parece, em um momento impossível de ser identificado, a ideia da "comprovação" foi esquecida e só permaneceu aquela do sucesso. Por sua vez, o sucesso foi substituído pela cobiça e pela fruição dos frutos do sucesso. Afirmo tudo isso para dizer que, pela primeira vez em sua história, constata-se nos Estados Unidos o fenômeno aterrorizante que deve realmente ser chamado pelo novo nome de hedonismo de massa. O que significa que nos encontramos diante de uma corrupção da sociedade, que naufraga suas raízes nas razões de vida dessa mesma sociedade. Trata-se, porém, de uma corrupção estranha que tem dois aspectos, um de ânsia voraz e nunca satisfeita, outro de debilidade dispéptica e sofística. De um lado, existe o *business*, com sua capacidade ininterrupta de incorporar e transformar tudo em mercadoria, inclusive a revolta contra o *business*; de outro, o liberalismo mais ou menos "radical" da cultura humanista tradicional. Por incrível que pareça, a gordura insalubre do primeiro se deve à magreza anêmica do outro, e vice-versa. É aqui que Herbert Marcuse errou.[16] O Adão e a Eva calvinistas não conseguiram criar um sistema perfeito que absorve tudo e só permite o refúgio na utopia. Na realidade, o *business* pode incorporar tudo, até a revolta contra o *business*, mas em um nível tão vulgar, de substituto tão desacreditado, a ponto de constituir por si só um limite intransponível. Por outro lado, a outra face ascética e intelectual da "comprovação da graça", o liberalismo empírico e humanista, não é capaz de incorporar nada ou quase nada, justamente porque está sem vitalidade e porque perdeu o apetite e ficou anêmico em virtude do conluio com o *business*. A absorção de novos temas da revolta no liberalismo seria possível se ainda existisse a autoridade da busca antiga, tenaz, da "comprovação da graça". Mas aquela autoridade não existe mais. O *business* e o hedonismo de massa destruíram-na. De onde surge o medo.

---

16. Moravia refere-se, mais especificamente, ao livro *One-Dimensional Man* [O homem unidimensional], publicado em 1964, no qual Marcuse condena a repressão social tanto nos Estados capitalistas quanto comunistas e propõe uma recusa a essa situação. [N.E.]

O aspecto estranho de tudo isso é que, principalmente quando confrontados com as nações europeias, ainda hoje os Estados Unidos são um país onde os aspectos positivos são de longe mais numerosos que os negativos. O patrimônio da boa vontade, da generosidade, da ingenuidade e da honestidade americana está longe de ter sido totalmente utilizado. Os próprios americanos da *middle class*, que, ao terem medo de ter medo, hoje se apressam a comprar armas (entre 2 e 4 milhões de armas de fogo vendidas em apenas um ano), se indagados individualmente nas numerosas e inúteis pesquisas Gallup, respondem, na grande maioria, que são favoráveis a uma solução pacífica e justa da questão dos negros. Os Estados Unidos ainda são o país em que, segundo uma pesquisa recente, 43% dos jovens dos 20 aos 25 anos conseguem ir para a universidade (URSS: 24%; Itália: 6%). Finalmente, os Estados Unidos são o país em que o progresso tecnológico, em nossa opinião, a única esperança do mundo moderno, é mais avançado e audacioso. Mas a psicologia social, assim como a individual, é contraditória. Os Estados Unidos têm muitas "comprovações" de serem "eleitos", mas, mesmo assim, temem ser "malditos". Ou, ainda pior, temem ter de descobrir de repente que, desde o princípio, o Deus de Calvino era o diabo e que, desde o início, a "eleição" foi "maldição".

Talvez uma visita que fizemos a Washington mostre como é difícil para o liberalismo americano, "radical" e "não radical", incorporar e digerir o drama atual. Visitamos um dos melhores e mais poderosos homens da atual administração, que nos pediu para não mencionar seu nome. Em determinado momento, perguntamos se ele via uma ligação entre o fracasso da máquina de guerra americana no Vietnã e a revolta dos negros contra o sistema. Até então, ele havia permanecido calmo. De repente, se irritou e negou com violência: não havia ligação. Nesse caso, era o tradicional empirismo anglo-saxão que se revoltava contra uma maneira europeia de pensar as relações. Por um momento, aquele personagem típico do neocapitalismo, que nos havia recebido num daqueles luxuosos escritórios silenciosos e felpudos, tão comuns (secretária, campainhas, telefones, interfones, vasos de flores, quadros a óleo, móveis de marca), também de forma neocapitalista, isto é, juvenil, enérgica e desenvolta (estava vestido de camisa e calças de tecido leve. Ah, os ternos de duplo peito azul-escuros dos nossos ministros na Itália!), havia-nos convencido. Porém, não muito tempo depois, certa noite, estávamos em um velho teatro sórdido da Segunda Avenida em Nova York, onde havia uma manifestação dos Black Panthers, grupo extremista negro. O programa incluía discursos e representações teatrais e era em benefício do escritor Eldridge Cleavers, detido e preso em San Francisco: tratava-se de protestar e recolher dinheiro para a *bail*. Dois terços do público eram formados por negros; o outro terço era formado por simpatizantes brancos, a maioria estudantes e hippies. LeRoi Jones surgiu no palco, era uma espécie de Esopo negro, com uma enorme cabeça careca e barbuda, um corpo insignificante, vestido de preto e com um colar dourado no pescoço. Enquanto atrás dele se postavam quatro atléticos guarda-costas, ameaçadores, de braços cruzados, LeRoi Jones insultou os brancos durante uma hora, chamando-os de degenerados, estetas, artistas fingidos, imitadores e escravos dos negros. Seu ressentimento tinha alguma coisa de cavernoso; sentia-se que ele vinha de uma zona primitiva, fora dos limites da cidade americana, a zona de onde havia sido repelido pelo racismo dos brancos. Depois de LeRoi Jones, houve um *sketch* contra os negros que imitam os brancos; em seguida, a linda esposa de Cleavers falou longamente, com uma voz monótona e clerical; e, então, Bobby Seale, um dos melhores oradores negros, subiu ao palco. Agrediu com desprezo ofensivo justamente os brancos *radicals* e da *New Left* que se encontravam na plateia:

> Brancos, vocês, brancos liberais, vejam o que faço com vocês. Quando eu estava na escola e encontrava um branco liberal, lhe dizia: dê-me o dinheiro do teu *lunch* ou te corto a garganta, e ele me dava. Porque aquele dinheiro era meu. Era meu por causa de quatrocentos anos de opressão e de racismo. Quando pego

> dinheiro de vocês, seus porcos, vocês não devem protestar. Liberais, eu os obrigarei a sustentar o movimento da libertação negra [...], nós os usaremos [...] para destruir seu sistema branco.

Por fim, após Seale, falou James Forman, um dos organizadores da interessante manifestação:

> Agora alguém vai circular para recolher dinheiro. Precisamos conseguir de vocês entre 2 e 3 mil dólares. Vocês devem pagar. Se não pagarem faremos 'como no Vietnã'. Os vietcongues pedem dinheiro para os camponeses e, quando eles não dão o suficiente, tomam-no. Assim faremos: se vocês não derem o suficiente, nós controlaremos a saída e lhes tomaremos o dinheiro de que precisamos.

Por que quis contar essa anedota? Porque, enquanto o homem do poder liberal de Washington se recusava a estabelecer alguma ligação entre o fracasso da máquina militar americana no Vietnã e a revolta negra contra o sistema, os negros, ali no teatro, desde o começo enxergavam e estabeleciam a relação, poder-se-ia dizer, de forma mimética. Não apenas havia uma ligação, mas era preciso agir como no Vietnã. É difícil afirmar onde tudo isso pode levar. A pior hipótese seria que a revolta negra provoque não um racismo branco, que já existe e não poderia ser mais forte, mas a institucionalização do racismo já existente. Nesse caso, o abandono do empirismo por parte dos brancos, a descoberta dos "vínculos" entre uma coisa e outra, poderia levar a uma radicalização dos contrastes raciais. Em outras palavras, a um inimaginável, e por sorte improvável, nazismo americano.

L'Espresso, 7 de julho de 1968.

ENTRE OS DERROTADOS DO PENTÁGONO

Nova York

A forma pentagonal do Pentágono, é o caso de dizê-lo, revela--se não apenas por fora, em seu aspecto de fortaleza maciça e baixa no estilo de Vauban,[17] assentada com os muros amarelados entre amplos estacionamentos apinhados de automóveis, mas também por dentro, na decepcionante disposição dos corredores intermináveis, de ângulo obtuso. Estamos acompanhados por um jovem capitão, de rosto alongado e arguto de cão de caça, e por um major com o rosto amassado e robusto de buldogue. Ambos os oficiais estão vestidos à paisana; da mesma maneira, parece, que os corredores, que, de fato, poderiam ser muito bem os de qualquer edifício destinado a escritórios, com exceção dos quadros pendurados nas paredes. Esses quadros revelam que os corredores são mesmo aqueles do célebre Pentágono, o maior centro militar do mundo, porque o tema é sempre e invariavelmente a guerra. Da mesma forma, pensamos, nos corredores de um convento nos damos conta de que estamos num lugar religioso ao ver que todos os quadros representam santos, divindades, crucificações e outros temas sagrados semelhantes.

Mas existe guerra e guerra. Existe a guerra dos comandantes e aquela dos soldados. A primeira, naturalmente, não tem aspectos dramáticos. É totalmente mental, moral, científica, projetada, preparada e dirigida sem considerar a situação concreta. As pinturas que se referem a esse tipo de guerra são exclusivamente retratos de comandantes militares, confiadas à discreta adulação de pintores oficiais. Nas paredes dos corredores do Pentágono se veem, portanto, dezenas e dezenas de retratos de homens de

---

17. Sébastien Le Prestre, o marquês de Vauban, engenheiro militar francês que, no século XVII, revolucionou a construção de fortalezas e fortificações. Doze de seus prédios são considerados patrimônios da humanidade pela Unesco. [N.E.]

uniforme, a maioria deles idosos, com a expressão pacata, séria, serena, que se supõe seja própria de quem dirige e comanda. É um estilo tradicional de fazer retratos, o mesmo que ainda hoje é o predileto dos grandes banqueiros, homens de negócios e industriais do mundo todo.

Existe ainda a guerra propriamente dita, combatida, vivida e sofrida. De repente, dos retratos dos comandantes pintados por pintores de escritório, passamos para os quadros de soldados pintores amadores. Aqui não há unidade de estilo, há de tudo: realismo, naturalismo, expressionismo, ilustração gráfica, desenho colorido, impressionismo, mas, principalmente, ingenuidade e ignorância. No fundo, são pintores de domingo, mas de um domingo sem jogo de bocha, sem casamentos e sem lanches, o domingo do soldado americano jogado em Okinawa, em Seul, em Manila, em Saigon, na Nova Guiné, no Japão, no arquipélago das Marianas. O domingo entre uma semana de guerra e outra.

Além do caos dos estilos desastradamente imitados, causa espanto o caráter dos conteúdos. As paisagens e os ambientes variam, mas sempre são pano de fundo para a mesma coisa: a máquina, seja esta um navio ou canhão ou tanque de guerra ou, principalmente, aeroplano. Falo para o capitão: "Nota-se que são quadros pintados por soldados de um país industrial". Ele responde sorrindo: "Sim, quase sempre há um aeroplano. Mas o senhor sabe por quê? Porque hoje o soldado se sente protegido sobretudo pelo aeroplano".

Corredores, corredores, corredores. Mas não musical e poeticamente, como no filme de Resnais, *O ano passado em Marienbad*.[18] Corredores americanos, objetivos e áridos; de escritórios industriais, talvez lúgubres, mas de tanto anonimato e mediocridade. O Pentágono, enfim, não tem nada de militar e de guerreiro. A impressão geral é a de um lugar onde as coisas acontecem um pouco por conta própria, sem um verdadeiro comando,

---

18. *L'Année dernière à Marienbad*, de Alain Resnais, lançado em 1961. Boa parte do filme se passa em um hotel repleto de corredores. [N.E.]

sem um núcleo decisório. Vêm à mente certas bolas de algas que o mar joga para a margem. São redondas e espessas, dão a impressão de ser uma fruta com caroço: mas, se você as quebra, dentro existe a mesma substância que há fora. O Pentágono é feito de forma tal que, mesmo se houvesse uma investigação sobre as responsabilidades da guerra do Vietnã, não se encontraria nada e ninguém. No máximo, uma das muitíssimas salas de escritório, com as escrivaninhas e as prateleiras metálicas. Mas vazia, porque, enquanto isso, o militar estaria fora da sala, quiçá no corredor, matando a sede com um copinho de papel cheio de água com cloro.

Corredores, corredores, corredores. Agora os dois passam por uma portinha, descem uma escadinha interna, desembocam em um porão. Um cartaz avisa que mulheres não são admitidas. Estamos na academia de ginástica do Pentágono. Surge uma sala com as cordas, os trapézios, os cordames, os pesos. Outra sala dividida por uma rede, para o jogo de tênis. Uma terceira sala em que se atira a bola com a mão direita armada de uma luva enorme de beisebol. Há um ar de quartel, de atletas, de agonistas; homens jovens e velhos com torsos desenvolvidos e pernas musculosas que saltitam ou trocam socos entre si; uma atmosfera insípida e viril de colégio. Estamos diante da piscina: totalmente nus na água azul-celeste, os nadadores vão e vêm, saindo à tona rapidamente, com longas braçadas escorregadias, elegantes como focas. O mais alto, que tem o rosto de buldogue, tem um pequeno sorriso malicioso de satisfação, como se quisesse dizer: "Veja que rapazes bonitos há no Pentágono".

Subimos novamente, vamos almoçar na cafeteria. Entramos na fila; soldados, majores, coronéis, furriéis, civis, serventes, todos com a bandeja e os talheres, mansos e pacientes. Passamos diante dos balcões onde, embaixo do vidro, estão as habituais comidas ascéticas e inodoras; pegamos as coisas de sempre: hambúrguer, batatas, salada, torta de maçã, café. Vamos para uma mesa qualquer e comemos.

Em meio ao barulho moderado das mil conversas da grande sala cheia de mesas semelhantes à nossa, falamos. Do que falamos? De Las Vegas, a cidade dos jogos. O major, que nunca esteve lá, emudece. Mas o capitão, que vai sempre, tece um elogio, revelando imediatamente a cisão militar: de um lado, a rigidez e, também, a elegância do hábito de comandar e obedecer; de outro, os gostos rudimentares do homem em série, do homem da massa. Uma carreira brilhante, provavelmente; e, ao mesmo tempo, a mentalidade de um rapazinho do interior.

Depois do almoço, mais corredores. Na verdade, não há nada mais que corredores para se ver no Pentágono. Estamos diante de uma espécie de sacrário dedicado àquelas que, na Itália, seriam as medalhas de ouro pelo mérito militar. Há grandes murais pretos em que, em letras douradas, estão grafados os nomes dos condecorados nas muitas guerras combatidas pelos Estados Unidos. As listas dos nomes estão em colunas abaixo do nome da guerra: guerra civil, guerra contra o México, guerra contra a Coreia, guerra contra o Japão, guerras mundiais e assim por diante. Faço a observação óbvia, mesmo assim sempre significativa, de que, desde o início, os Estados Unidos fizeram suas guerras na Ásia e adjacências. Para os americanos, a Ásia começa na Califórnia. Como me dizia um americano pessimista: "Se perdermos a guerra no Vietnã, combateremos a próxima guerra entre Seattle e Los Angeles".

Depois do sacrário das medalhas, os dois oficiais se despedem e somos introduzidos em uma salinha. Há um sofá com duas poltronas de couro escuro. Há uma escrivaninha. E há um grande mapa do Vietnã. Uma porta é aberta. Entra um homem de cerca de 50 anos, de uniforme, com o grau de major, careca, de aspecto alourado, com uma grande testa branca, pequenos olhos azuis, a parte inferior do rosto semelhante a um saquinho vazio. Um rosto de militar liberal, equilibrado, objetivo, científico e abstrato. Pega uma régua e começa a fazer a descrição da guerra do Vietnã. Fala lentamente, mas com fluência, sem procurar as palavras. Nota-se que tem falado dessas coisas todos os dias e sempre da mesma forma, durante anos.

As explicações são elementares: como se fôssemos marcianos e escutássemos sobre a guerra do Vietnã pela primeira vez. Este é o Vietnã do Sul e este é o Vietnã do Norte. Esta é a zona desmilitarizada e esta é a zona do Delta. Este é o golfo de Tonquim e esta é a base americana de Da Nang. Daqui vêm as infiltrações dos norte-vietnamitas: ali são os territórios controlados pelos vietcongues. E assim por diante. Preparei um pedaço de papel com perguntas um pouco mais específicas: mas, à medida que as faço, me dou conta de que o major se mantém inflexível em sua explicação-modelo. Ou não responde absolutamente nada, ou hesita, gagueja, dá uma volta em torno da pergunta e retoma tudo a partir do ponto em que o havia interrompido. Resumindo, o major fala como se eu não estivesse lá. Ele cumpre rigorosamente seu dever de falar, sem falar comigo, da guerra do Vietnã. Que a situação militar nesses últimos dias tenha mudado, que os combates tenham sido suspensos, que se esteja para fazer a paz, tudo isso não parece atingi-lo nem um pouco.

Todavia, o fio de uma ideia serpenteia, mesmo que seja por intermédio desse rosário de informações dedutíveis e resumidas. Essa ideia é a seguinte: a guerra do Vietnã é uma guerra justa. Por que uma guerra justa? Porque no Vietnã os Estados Unidos defendem a liberdade e a autonomia de um pequeno povo contra a opressão dos vizinhos poderosos. É a fórmula oficial: mas o que conta não é a fórmula, e sim o fato indubitável de que o major acredita nela. Com a carta dessa e de milhões de outras crenças parecidas no baralho, os Estados Unidos jogaram e ainda jogam sua civilização, sua cultura, sua potência, sua hegemonia, seu futuro. Por que o major acredita? A resposta é muito simples: porque o major é americano. Em outras palavras, para a grande massa dos americanos, dos quais sem dúvida o major faz parte, o que é correto não pode não ser americano e o que é americano não pode não ser correto. Assim sendo, estamos diante de um totalitarismo realmente moderno, isto é, inconsciente e, por assim dizer, biológico; em que, com um imprevisível processo histórico, o máximo de liberdade possível provocou o máximo de conformismo. De repente, me vêm à mente as palavras de um intelectual de Nova York:

> Não fazemos nada mais que gritar: chega de guerra. Mas ninguém nos escuta. É como se gritássemos: chega de automóveis Ford.

> A massa não é a favor da guerra em si: mas é a favor da guerra na medida em que a guerra é uma das tantas expressões do *american way of life*, isto é, de uma realidade com a qual, no fundo, identifica-se. De forma que, para muitos americanos, ser contra a guerra significaria ser contra si mesmos.

Essa lembrança me desviou das explicações do major abatido e diáfano. De repente, me pergunto: o que é a guerra do Vietnã? O que significa? E então, ao fazer essas perguntas para mim mesmo, sem querer me dou conta de que até agora nunca houve no mundo guerras como a do Vietnã. Sim, porque a guerra do Vietnã não foi feita contra alguém e em defesa de alguém, como todas as guerras do passado. É uma guerra estranha e nova, à qual falta qualquer justificativa moral, e que, apesar disso, é combatida com uma aterradora funcionalidade e eficiência. Até a interrupção dos bombardeios aéreos no Vietnã do Norte e até o fato já certo de que a guerra não poderá ser vitoriosa ficam em segundo plano diante de sua eficiência e funcionalidade. A guerra do Vietnã é um produto. Os Estados Unidos fabricaram, isto é, produziram a guerra como qualquer outro produto do sistema.

Ora, esse sistema não produz apenas a guerra, essa guerra do Vietnã em particular, mas também automóveis, cigarros, eletrodomésticos, tecidos, mobília etc. etc. O pacifismo não é uma novidade; nem mesmo a guerrilha é uma novidade, mas a revolta contra todos os aspectos da vida que se parecem com a guerra do Vietnã, inclusive contra aqueles que não têm nada a ver com a guerra, isso, sim, é uma novidade. A guerra do Vietnã – fabricada como um produto industrial – revelou inesperadamente que a vida humana também havia se tornado um produto industrial como tantos outros. Quando Marcuse critica a tolerância como instrumento de opressão, na verdade fala da tolerância baseada no consumo.[19] Teoricamente, essa tolerância baseada no consumo teria podido se estender também para a guerra. Tolerada porque consumível, a guerra teria acabado por se tornar "invisível" para

---

19. Ver nota 7, no texto "No país do medo" (p. 279).

se transformar num dos tantos aspectos da civilização industrial americana. Porém, inesperadamente, o mundo se tornou intolerante. Como fogo numa campina ressecada pela estiagem, essa intolerância se propagou, passando do produto da guerra para todos os outros produtos.

Naturalmente, tudo isso se deve à resistência do povo vietnamita. Ele tornou a guerra "visível", convertendo-a, por conta de tanto sangue, sofrimento e sacrifícios, em "humana", isto é, revelando sua humanidade fetichista, para além de sua indiscutível e inegável eficiência. A guerra continua a ser um produto perfeito, mas é fácil prever que a produção será descontinuada. A suspensão dos voos americanos ao norte do paralelo 17º já é a primeira interrupção da cadeia de montagem.

O major terminou a explanação. Ele me pergunta se tenho outras perguntas. Respondo que sim: "Quanto tempo ainda será necessário para que se chegue a uma paz definitiva no Vietnã?". O major abre um sorriso pálido: "A guerra ainda poderia durar seis horas como seis anos". Racionalmente lhe dou razão. A guerra do Vietnã não acabou ainda e, também, poderia não acabar mais. O homem criou uma eternidade sua, totalmente humana, que deveria competir com a eternidade natural: a eternidade industrial. Transformada em produto, a guerra pode se tornar eterna. Mas, para que se torne eterna, é preciso que ambos os adversários a considerem, precisamente, um produto, isto é, alguma coisa que não se refere realmente à humanidade. Dessa vez, um dos dois não acreditou e se revoltou, provavelmente porque não era um país industrial. Mas, da próxima vez, talvez não seja assim.

L'Espresso, 17 de novembro de 1968.

GUATEMA

LA 1968

A visita de Moravia à Guatemala, em companhia de Dacia Maraini, ocorre após aquela aos Estados Unidos, em 1968, e resulta em três artigos – reunidos a seguir.

GUERRILHA

Guatemala

Partimos muito cedo com Williams, um americano que, à primeira vista, parece um vagabundo ou um hippie muito jovem: loiro, olhos azul-claros, barba e bigodes pontiagudos, uma camiseta vermelha com um buraco atrás, calça azul-escura. No entanto, deve ter 40 anos e não é hippie, e sim antropólogo e sociólogo, e está aqui na Guatemala há um ano. As ruas de Quetzaltenango, a segunda cidade mais populosa da Guatemala, são bastante parecidas com as de um grande centro agrícola no nosso sul rural. Fora a *plaza*, com as árvores de sempre, os bancos de sempre, a igreja de sempre e os prédios de sempre, o desalento latente há séculos se lê como em um livro aberto, impresso com letras garrafais. As lojas são pobres, com placas entristecidas e vitrines repletas de bugigangas baratas; os transeuntes são camponeses com suas roupas coloridas, os rostos acobreados olhando para o chão e as costas curvadas pelo peso dos pacotes, ou então burocratas vestidos de preto, com óculos grandes e aspecto sério; crianças correm nuas oferecendo bilhetes de loteria e jornais franzinos impressos em um papel de péssima qualidade, com manchetes enormes e nada de notícias; mulheres cansadas transitam com crianças no peito, nas costas, em volta, ou puxando-as pela mão. A única coisa que não se veria em um centro agrícola do nosso sul são os soldados em uniforme de guerra, a cada dez passos, vestidos de verde-oliva, com o capacete cobrindo os olhos, a metralhadora a tiracolo, a pistola pendurada na coxa e o punhal na cintura.

Falo para Williams: “Eles estão armados aqui na Guatemala”.

“Nem tanto. Eles têm um pequeno exército com poucos soldados e muitos oficiais. Um coronel para cada trinta soldados. Mas todos esses soldados ficam nas cidades.”

"Fazendo o quê?"

"Defendendo os oligarcas."

Como sempre, ele fala em um tom sarcástico, mas a palavra "oligarca" não é, como se poderia acreditar, um termo solene utilizado com ironia. Na Guatemala, como, aliás, em toda a América Latina, "oligarca" é uma palavra que corresponde a uma determinada realidade social e humana. Naturalmente, na Europa não existe o equivalente de "oligarca", assim como, por outro lado, não existe o correspondente aos chamados "conservadores", "liberais" e talvez "revolucionários", etiquetas que embelezam os governos apoiados e inventados pelos oligarcas. Porém, quase por brincadeira, pergunto: "O que é um oligarca?".

Williams responde com exatidão: "Um grande proprietário de terras cultivadas com café, algodão, banana; é de origem espanhola e fala inglês melhor que os americanos e os ingleses. Um homem que não pertence nem à antiga cultura ibérica nem à cultura anglo-saxã e ficou com o pior das duas: o formalismo pomposo da primeira, o conformismo consumista da segunda. Um alienado total. Um neocolonialista. Um rico".

"O que significa 'um rico'?"

"As lutas sociais aqui não são intermediadas pela cultura, como na Europa. Aqui não se diz 'capitalista' e 'proletário'. Tal como na Antiguidade, diz-se 'ricos' e 'pobres'. *To have and to have not*."

"O que os oligarcas fazem?"

"Ah, uma vida interessantíssima: casamentos, noivados, almoços, recepções, coquetéis, reuniões mundanas, cerimônias, jogos, caça, cavalos e assim por diante."

"Existem muitos oligarcas?"

"Não, são poucos, senão não seriam mais oligarcas."

"Mas são ricos de verdade?"

"O governo guatemalteco recolhe 119 milhões de dólares de impostos por ano. Desses 119 milhões, apenas 7 provêm do imposto de renda e dos tributos sobre a propriedade. Como poderiam não ser ricos?"

"Mas como o senhor faz para saber essas coisas?"

"Estou aqui para estudar isso. O senhor nunca ouviu falar da United Fruit Company?"[1]

"É lógico."

"Naqueles 7 milhões também estão incluídos os impostos pagos por aquela nossa ilustre corporação. Dessa forma, também nós, americanos, somos oligarcas. Todos os problemas da Guatemala derivam disso."

"Por quê?"

"Os oligarcas locais dão os golpes e colocam no governo os 'gorilas' que defendem seus interesses, e podem até organizar uma campanha de homicídios como aquela da Mano Blanca.[2] Mas a United Fruit Company defende seus próprios interesses por meio dos fuzileiros navais, da frota e dos aviões americanos. Ou melhor, defendia, porque, pelo que parece, agora está transferindo seus negócios para outras paragens."

Nesse meio-tempo, o carro desce rapidamente uma estrada com curvas curtas e acentuadas. Uma vegetação enorme e firme nos comprime de ambos os lados. Se levantamos os olhos, vemos lá no alto, de um lado e de outro da estrada, dois cones enormes, perfeitos e verdíssimos, que se erguem até as nuvens: dois vulcões. Não estamos mais no altiplano; os abetos de estilo alpino, harmoniosos e frios, são substituídos pela floresta tropical, com árvores de folhagens suculentas e abundantes, com plantas gigantescas que lembram as pré-históricas, com folhas grandes como guarda-chuvas. Chegamos a uma ponte de ferro, saímos do carro: incrustado entre duas muralhas verdejantes, o rio, amarelado, espumoso, indisciplinado, faz uma curva sobre

---

1. A United Fruit Corporation, multinacional estadunidense, manteve um monopólio virtual da produção e exportação de frutas, sobretudo bananas, na América Central. Entrou na Guatemala em 1901 e, em 1952, após uma tentativa do governo local de instituir uma reforma agrária, pediu auxílio ao governo dos Estados Unidos para deflagrar um golpe de Estado, o que ocorreu em 1954. [N.E.]
2. Grupo paramilitar de extrema-direita que, a partir de 1966, comandou operações de extermínio contra camponeses e figuras de oposição, com suporte do Estado guatemalense. Foi dissolvido em 1978. [N.E.]

um leito de pedrinhas cor de chocolate, em meio ao ar escuro e catastrófico do céu de temporal. Pergunto a Williams: "Vai chover?".

"Só daqui a uma ou duas horas."

Voltamos para o carro e partimos novamente. Digo: "Mas, se a United Fruit Company for embora, a Guatemala finalmente terá paz".

"Ah, não, não é assim. Nós, americanos, somos desconfiados e ansiosos. Antes defendíamos as bananas, agora, depois de Castro, o *status quo*."

"De que forma?"

"Missões militares, armas para o exército, aviões, bombardeios de outros países."

"E os resultados?"

"Fala-se de milhares de mortos nos primeiros meses de 1968."

"Mas quantos são os guerrilheiros?"

"Poucas centenas."

"Mas então por que tantos mortos?"

Williams começa a rir: "O senhor já ouviu falar de um tal de Mao?".

"Diria que sim."

"Mao afirma que o guerrilheiro deve estar submerso no povo, assim como o peixe na água. A CIA, que leu Mao, tenta aplicar seus ensinamentos ao revés. É preciso, portanto, destruir... a água."

"O que isso significa?"

"Significa acabar com tudo o que está em volta dos guerrilheiros. Quase todos os mortos são gente que teve alguma coisa com eles: camponeses, pequeno-burgueses, operários. Tudo isso, aliás, tem um nome: terror."

"O senhor disse que isso aconteceu nos primeiros meses de 1968. E agora?"

"Agora há uma trégua. Talvez alguma cabeça pensante da política em Washington tenha descoberto que se associar à Mano Blanca pode estragar a reputação dos Estados Unidos. Então houve um recuo. O governo até eliminou um dos chefes do terrorismo de direita."

"O que é a Mano Blanca?"

"Uma associação secreta de gênero fascista."

"Os guerrilheiros também mataram gente?"

"Sim, cerca de duzentas pessoas. Mas hoje eles deixaram a zona rural e voltaram para a cidade. E não matam. Só sequestram."

"Quem eles sequestram?"

"Os oligarcas. Dois por mês. Sequestram e obrigam os parentes a lhes pagar um valor alto, por exemplo, 200 mil dólares, e devolvem o oligarca."

"Para que serve todo esse dinheiro?"

"É interessante observar: a guerrilha se institucionaliza. É um mito entre a juventude, principalmente entre os estudantes e os intelectuais, mas também é uma instituição ou está em vias de ser. Na Cidade da Guatemala existem pessoas que até recebem salários regulares da guerrilha, para guarnecê-la, ajudá-la."

"Diga-me uma coisa: quem são os chefes da guerrilha?"

"Existem ou existiam duas guerrilhas. Uma liderada pelo estudante César Montes, conhecido como *El Chirís* (o moleque), ficava no norte, na região de Verapaces e de Río Hondo, La Palma, San Cristóbal, Rosario, Gualán. A outra, liderada por Yon Sosa, controlava a região de Izabal, no nordeste. A primeira se chama FAR (Fuerzas Armadas Revolucionarias); a segunda, MR-13."

"O senhor é muito bem-informado."

"Não me tome por alguém da CIA. Todos sabem essas coisas aqui na Guatemala. O senhor, que é italiano, talvez seja de seu interesse saber que, agitando a encíclica de Paulo VI *Populorum Progressio*,[3] durante uma entrevista, César Montes declarou: 'O Papa é mais inteligente que os nossos oligarcas. As razões da guerrilha estão muito bem explicadas aqui dentro'."

"Como cidadão americano, o que o senhor pensa disso tudo?"

Ele fica sério, abaixa a cabeça, franze a testa. Diz: "Amo o povo guatemalteco, um dos povos mais amáveis, simpáticos e oprimidos da América Latina. Gostaria que nosso governo não

---

3. A encíclica, traduzida como *Do progresso dos povos*, foi publicada em março de 1967. Nela, o papa Paulo VI aproxima a Igreja Católica de princípios humanistas e de valores de justiça social. [N.E.].

ficasse sempre do lado errado. Para nós, seria fácil ficar do lado certo: não perderíamos nada e ganharíamos muito, em todos os sentidos".

*

Começa a chover. As primeiras gotas se quebram no para-brisa, grandes e frágeis; depois tem início um jorro quente e escuro. O carro roda devagar; parece que a água cai em blocos, como se estivesse caindo de um avental furado. O dilúvio dura talvez meia hora; de repente, não chove mais, enxergamos de novo a vegetação escura da floresta tropical que o nevoeiro da chuva havia deixado brevemente escondida. Ao longo da estrada, vemos muitos portões com letreiros que indicam estabelecimentos militares. Mais adiante, quando a floresta cede lugar à savana, dois campos de aterrissagem. Com a alegria rebelde e sarcástica de sempre, Williams diz: "O senhor nunca ouviu falar da baía dos Porcos?".

"E então?"

Ele me indica um cartaz onde está escrito: "Retalhuleu". "Aqui em Retalhuleu os nossos 'assessores militares' treinavam os cubanos opositores de Castro para a invasão. O desembarque partiu daqui".

Agora percorremos uma reta através da savana, na direção do Pacífico. Surgem duas fileiras de barracos em estado deplorável e, ao fundo, a faixa turva do mar esverdeado. Um navio preto expele fumaça preta; homens correm em um cais; o céu está cheio de nuvens escuras e oprimentes. Paramos, descemos e vamos olhar o oceano.

Corriere della Sera, 16 de julho de 1968.

A IGREJA EM RUÍNAS

Guatemala

A Guatemala é um país de vulcões (provavelmente são cerca de vinte, em uma nação que não supera um terço do território da Itália), e as erupções e os terremotos foram muito importantes em sua história. Em 1773, um terremoto destruiu a capital. Tomou-se a decisão de abandonar a cidade arruinada e reconstruí-la em outro lugar. Assim, a Guatemala tem hoje uma ex-capital e uma capital: Guatemala Antigua e Guatemala Nueva, que refletem fielmente dois períodos históricos definidos: a primeira, o período inteiramente espanhol; a segunda, o da independência, isto é, ironicamente, aquele das múltiplas influências estrangeiras. Destas, a principal é a dos Estados Unidos.

Hoje, Antigua está morta e limpa como uma concha fóssil. D'Annunzio a teria chamado de cidade do silêncio. Vindo da Cidade da Guatemala, se desce por um vale verdejante rodeado de cumes vulcânicos que podem ser vistos no horizonte; ao chegar à cidade, logo vem à tona a impressão, um tanto estranha nos trópicos, de que se está em um lugar antigo, onde o tempo parou. As ruas são largas e em linha reta, com pavimento de cascalho preparado para o trânsito das carruagens e dos cavalos, com fileiras e fileiras de sobrados de aspecto aristocrático, alinhados a perder de vista. Poucas pessoas passam por essas ruas sem lojas, e os poucos que passam são bastante característicos: padres e freiras, colegiais carregando os livros debaixo do braço, alunas de escolas religiosas vestidas de branco e preto, mulheres indígenas à procura de turistas para quem oferecer seus tecidos, guias improvisados, mendigos. Os soldados estão sentados em cadeiras de palha nas portas dos edifícios públicos, com a espingarda entre as pernas, e se entediam.

É possível visitar edifícios coloniais públicos com pátios, arcadas, salas com abóbadas, escadas e escadarias, ou residências particulares coloniais conservadas intactas durante séculos e ainda habitadas, mas são as igrejas, ou melhor, as ruínas das igrejas, que conferem um fascínio especial à cidade. Talvez por falta de recursos, as igrejas de Antigua não foram reconstruídas depois do terremoto. Olhando de frente para a porta principal, debaixo do sol cruel dos trópicos, podem ser vistas as naves obstruídas por blocos enormes de rocha sedimentar, formada de fragmentos de várias origens. São fragmentos de abóbadas que desmoronaram e ficaram ali. Com suas curvaturas pronunciadas e suas cores suaves e apagadas, parecem pedaços de esculturas gigantescas, peças de alguma grande estátua de outros tempos, despedaçadas e mutiladas.

Uma dessas igrejas, talvez a maior, fica onde a cidade acaba, quase na zona rural.[4] A fachada não existe mais; a escada, toda fragmentada, leva a um emaranhado de ruínas cobertas pela cruz. Para onde quer que se olhe, há arcos que foram derrubados, colunas decapitadas, paredes demolidas. Porém, dir-se-ia que aqui se soube explorar bem a descoberta romântica da ruína como elemento decorativo e cenográfico. As ruínas foram arrumadas e limpas: ficam no meio de um parque com grandes árvores frondosas e gramados à inglesa. É um lugar tranquilo e sombreado, e aqui e ali se veem jovens lendo sentados ou andando pra cima e pra baixo, falando sozinhos: são estudantes que vêm aqui para repassar as aulas.

Entra-se por uma passagem subterrânea escura em um primeiro pátio, depois em um segundo, depois em um terceiro. É provável que não sejam pátios, mas salas da sacristia sem teto. No entanto, a simetria dos espaços e alguma coisa íntima e hermética própria de uma sala (embora o teto não exista há três séculos) levam a pensar nisso. Numa dessas salas da sacristia, ouço alguém me chamar pelo nome. Viro-me e vejo um homem vestido de preto, com o colarinho redondo dos padres. Rapidamente reconheço a grande cabeça careca, os olhos arredondados e um pouco saltados para fora, um narigão muito encurvado e a

4. Pela descrição, é possível que Moravia tenha visitado a Iglesia de Candelaria, construída em 1548. [N.E.]

grande boca triste do padre Salvatore, um argentino de origem italiana. Aproximo-me dele, pergunto-lhe como veio parar na Guatemala. Coloca o dedo nos lábios para indicar um segredo e, sussurrando, explica que está aqui em missão secreta e que irá embora em breve. Fala com uma vibração polêmica na voz: olho para ele com uma expressão de interrogação. Ele me toma pelo braço e me faz andar ao seu lado. Diz:

"O senhor viu quantas igrejas desmoronadas existem aqui em Antigua?".

"Sim, vi."

"Na catedral,[5] na *plaza*, há um cartaz onde está escrito que estão recolhendo recursos para reconstruí-la. O senhor viu?"

"Sim, também vi esse cartaz."

"Bem, aquela igreja é um símbolo, aquele cartaz é um símbolo. O terremoto que derrubou a igreja, três séculos atrás, também é um símbolo. A Guatemala indígena, a Guatemala pagã deu uma sacudida e fez as igrejas desmoronarem. Talvez reconstruam a catedral, eles têm dinheiro para isso. Mas, nesse país, a Igreja", e para um momento a fim de enfatizar a maiúscula, "a Igreja não se reconstrói com o dinheiro. Reconstrói-se de outra forma".

"De que forma?"

"Cumprindo o próprio dever de cristãos. Veja bem, o dever dos cristãos não consiste apenas em fazer o bem, mas também em denunciar o mal. Se o mal predomina, fazer o bem significa ser, de certa forma, cúmplice do mal. Com o predomínio do mal, o único bem que se pode fazer é, justamente, denunciar o mal. E combatê-lo."

Fico quieto. Ele me aperta o braço e fala muito de perto, direcionando a caminhada para onde quer. Recomeça logo depois:

"O terremoto é a revolta do povo oprimido. O terremoto já fez as igrejas desabarem uma vez e voltará a fazê-las desabar se

---

5. A Catedral de San José, construída originalmente em 1545 e refeita entre 1669 e 1680. Em 1976, poucos anos após a viagem de Moravia ao país, ela foi novamente castigada por outro terremoto. [N.E.]

elas não forem reconstruídas com um material de boa qualidade, com material antissísmico. O senhor me entende?"

Olho para ele pensando que talvez a metáfora seja um pouco exagerada. Ele parece adivinhar meu pensamento e muda de assunto de repente.

"Não muito tempo atrás, o arcebispo da Guatemala falou numa pastoral sobre o 'silêncio dos cemitérios' que foi imposto a esse país.[6] O senhor sabe a que ele estava se referindo?"

"Sei: aos homicídios da Mano Blanca."

"Pois bem, se o arcebispo, digo, o arcebispo, fala do 'silêncio dos cemitérios', o que o senhor acha que dirão os padres, os humildes e simples padres que vivem entre o povo e sabem por experiência própria, no dia a dia, o que significa aquela frase?".

Sorrio e respondo: "Imagino que dirão coisas mais precisas, mais detalhadas".

Ele muda de tom e de assunto novamente. "O que o senhor acha? Que os padres existem para batizar recém-nascidos, abençoar os casamentos e absolver os moribundos?"

"Certamente que não."

Mais uma vez ele pula de um assunto para outro:

"O senhor ouviu falar, sem dúvida, do padre Camilo Torres, o padre boliviano que morreu como guerrilheiro."

"Claro que sim."

"A fama de Ernesto Che Guevara se espalhou pelo mundo todo. Está certíssimo. Porém, ao lado dele é preciso colocar Camilo Torres, não menos herói que Che. Escute o que vou dizer, são palavras dele." Padre Salvador abaixa a cabeça e cita de cor, com devoção: "Quando há circunstâncias que impedem os homens de se entregar a Cristo, o sacerdote tem o dever de lutar contra essas circunstâncias mesmo que isso implique a renúncia

---

6. Cremos que a referência seja a Juan Gerardi, então bispo de La Verapaz. Dedicou sua vida à defesa dos direitos humanos e foi assassinado pelo Estado guatemalense em 1998. Mario Casariego, arcebispo da Guatemala, era, naquele período, conservador e pouco se envolvia com questões políticas – porém acabou sequestrado, em agosto de 1968, pela Mano Blanca, sendo libertado pouco depois. [N.E.]

à celebração da missa. Escolhi o cristianismo porque nele encontrei a forma mais pura de servir ao meu próximo. Na qualidade de sociólogo, procurei tornar esse amor eficaz conferindo-lhe o apoio da ciência e da técnica. Analisando a sociedade do meu país, me dei conta da necessidade de uma revolução para poder dar de comer ao faminto, de beber ao sedento, vestir os que não têm roupa e alcançar o bem-estar de nosso país. Considero que a luta revolucionária seja uma luta cristã e sacerdotal".[7]

Cita o pensamento do padre Camilo Torres lentamente e em voz baixa, com uma entonação didática, como se quisesse mais me ensinar do que informar. Depois, bruscamente, muda para outro assunto:

"Conheci muito bem um guerrilheiro, de que país ele era já não importa. Ele me disse isto: 'Fazemos a guerrilha porque somos obrigados a fazê-la, porque não é possível agir de outra forma. Garanto ao senhor que, se fosse possível, não a faríamos'. Essas palavras explicam muitas coisas, o senhor não acha? Explicam porque, por exemplo, Camilo Torres migrou aos poucos da missa para a guerrilha, quase contra a vontade. O senhor sabe que, aqui na Guatemala, o partido democrata-cristão não é legalizado por ser considerado esquerdista demais?".

Dá uma risada para si mesmo, como se estivesse rindo de uma piada. Aproveito para perguntar se é verdade que recentemente aconteceram episódios revolucionários com a participação de padres na Guatemala. Responde de forma indireta: "Geralmente são os estudantes e os intelectuais que fazem a guerrilha. Que fique claro, o povo não faz a guerrilha, porque o povo é desnutrido, o povo é analfabeto, o povo é temeroso. O que o senhor pensa que seja um padre? Principalmente em um país como este, com 75% de analfabetos, ele também é um estudante, também é um intelectual. Lê, reflete sobre o que lê e, se lê com certa predisposição, aquilo que lê facilmente o transforma num revolucionário. Camilo Torres queria saciar a fome dos famintos

---

7. Trecho de uma entrevista do padre Camilo Torres dada a Jean-Pierre Sergent ("Razones de un adiós", *Semana al Día*, agosto de 1965). [N.E.]

e vestir os que não tinham roupa: essa é a revolução. Mas onde vamos encontrar esses alimentos? Essas roupas? Quem nos dará? Talvez os oligarcas e seus amigos gringos?".

Para um momento e, depois, acrescenta: "Não é por acaso, lembre-se, que as revoluções estão cheias de padres no México, por exemplo. Morelos era um padre, Matamoros era um padre, Hidalgo era um padre".[8]

Olha para o relógio e diz: "Eu me atrasei, estão me esperando. Por falar nisso, o senhor ouviu falar do vulcão Água? Quatro séculos atrás, a cratera ficou cheia d'água por causa das chuvas, a água fez a cratera desmoronar e uma cidade inteira foi soterrada pela lama. Agora, muitas crateras estão ficando cheias d'água na Guatemala. A água do céu, a água dos dilúvios. Que Deus não queira que as crateras desabem". Com essa última metáfora de estilo bíblico, despede-se e vai embora.

Corriere della Sera, 25 de julho de 1968.

---

8. José María Morelos, Mariano Matamoros e Miguel Hidalgo y Costilla foram padres que participaram da Guerra de Independência do México, entre 1810 e 1821. Todos foram capturados e executados durante os conflitos. [N.E.]

CONVERSA NO LAGO

Guatemala

Atravessamos o lago de Atitlán de lancha, de manhã cedo, a caminho de um vilarejo indígena na margem do outro lado. Águas transparentes, límpidas, paradas, silenciosas; margens rochosas totalmente desertas; montanhas por todos os lados, assimétricas e escuras; e, bem à nossa frente, o altíssimo e perfeitíssimo cone de um grande vulcão dormente: o lago de Atitlán é um daqueles raros lugares do mundo onde a história não parece ainda ter começado. Estamos na pré-história muda e desumana, às vésperas do surgimento do homem; não ficaríamos surpresos se, dessas águas profundas, víssemos surgir o pescoço comprido de um dragão-marinho, o dorso enorme de algum monstro que combate o dilúvio. As paisagens falam como as pessoas. O lago de Atitlán também nos diz coisas. Porém, ele fala conosco em uma língua pré-humana, totalmente indecifrável.

Conto sobre essas reflexões para Ramon, o estudante guatemalteco que me guia nesse passeio. Ele balança a cabeça com um sorriso irônico: "Espere até chegarmos ao povoado e o senhor perceberá que, infelizmente, a história chegou até aqui. Ai de nós, o senhor notará que a paisagem envia mensagens muito claras".

Chegamos. A paisagem vai revelando seus contornos, sempre com aquela melancolia habitual que ela tem nos trópicos. De um lado, se vê um declive alto de terra vermelha, coberto de uma vegetação densa de coloração quase azul; de outro, blocos de lava cor de cacau em uma parte das águas leitosas do lago. Percebo que, em cima dos blocos, estão figurinhas humanas multicoloridas, tais como muitos papagaios de cores fortes. São mulheres indígenas que dobraram suas vestimentas típicas até a altura dos joelhos e lavam roupa no lago.

A lancha se aproxima do embarcadouro: os turistas desembarcam. São americanos, franceses, alemães. Todos brancos, rosados, loiros, todos grandes e fortes, todos com a máquina fotográfica a tiracolo. Subimos por uma ruazinha empedrada, daquelas que se veem nas cidadezinhas do interior, entre duas cercas vivas altas, em meio a um cheiro forte de fezes caprinas, de suor forte, de forno, de lã virgem, de galinheiro. De vez em quando, há uma brecha entre as cercas vivas e podemos ver as cabanas dos indígenas. São em forma de círculo, com chão de pedra e telhado de palha. À sombra de uma ou duas árvores em frente às cabanas há uma área lamacenta onde crianças seminuas de rostos sujos e barrigas enormes caminham cambaleantes, entre porcos, cachorros, galinhas e patos. As mulheres, todas vestidas com suas roupas pesadas e coloridas, estão sentadas perto das cabanas, de costas para a rua. Parecem absorvidas no exercício de tecer em seus teares primitivos. Mas, assim que um dos turistas se detém e ergue a lente da máquina fotográfica, elas se viram rapidamente e esticam a mão com uma exigência resoluta. O turista quer levar embora uma foto delas? Muito bem, que pague.

Seguimos adiante, de cabana em cabana, de foto em foto. A ruazinha desemboca em um amplo espaço de terra, delimitado nas três faces laterais por edificações baixas com arcadas e, na quarta, por uma igreja branca grande e sem adornos: a *plaza*. É dia de feira, e a *plaza* parece fervilhante de barracas, cada uma com seu toldo retangular para proteger do sol. Compradores indígenas circulam lentamente entre os brancos; vendedores indígenas estão sentados atrás das barracas; os indígenas estão por toda parte. Os turistas se espalham rapidamente pela *plaza*, excitados por aquela multidão exótica que só pede para ser fotografada. Nós os vemos despontar aqui e ali, brancos e encorpados entre a multidão baixa e escura dos indígenas, com a lente apontada para, num momento, fotografar apressadamente a mulher com um penteado e um chapéu que parecem uma criação de Piero della Francesca; em outro, as pirâmides de abacaxis e de abacates nas barracas; em outra ocasião, a vendedora enrugada carregada de colares e amuletos; ou ainda a roupa que parece ter aflorado da ilustração colorida de um códice pré-colombiano. Os turistas têm uma espécie de avidez fotográfica; são como hóspedes que, depois de uma conversa longa, quando as portas se escancaram, de repente se veem diante de um bufê requintado. Todos aqueles indígenas de rostos acobreados, de olhos negros inertes e vítreos, com vestimentas coloridas, todo aquele exotismo lhes faz perder a cabeça. Correm pra lá e pra cá gritando ansiosamente: "Veja aquele ali... Pare, veja outro... Fotografe aquela, mas sem que ela perceba... Finja que está tirando uma foto de mim e fotografe aquela outra...".

Ramon diz: "Veja bem, não estamos mais na pré-história aqui, mas na história. Esse povoado miserável e pitoresco envia uma mensagem que tem tudo para ser chamada de histórica."

"Que mensagem é essa?"

"É uma mensagem desesperada. A mensagem diz o seguinte: 'Vocês, turistas, dormiram essa noite num hotel de luxo construído e decorado como uma antiga casa espanhola do período colonial: com um pátio, os quartos distribuídos nos dois andares ao redor do pátio, varandas de madeira esculpida, a decoração 'antiga' com as camas 'inspiradoras' de sempre, adornadas por baldaquinos, poltronas, crucifixos, bonecas indianas, *ex-voto*. Hoje de manhã, depois de tomar banho e fazer a barba, vocês desceram para o restaurante, onde os indígenas, trajando suas roupas típicas, serviram-lhes um *breakfast* nutritivo à base de *cornflakes*, *grapefruit*, ovos mexidos com bacon, *tostados*, mel e geleia. Depois, vocês compraram uma passagem, atravessaram o lago e desembarcaram aqui, colocando um filme novo na máquina fotográfica com a mesma dedicação homicida com a qual os conquistadores espanhóis, mais ou menos quatro séculos atrás, colocavam a bala na pistola antes de avançar em um povoado indígena. Na verdade, vocês são os representantes de um novo colonialismo, pior que o antigo. Pelo menos os conquistadores vinham para impor sua religião, sua moral, seus costumes; eles queriam se relacionar com a população conquistada, mesmo à força. Mas vocês vêm aqui para apenas para 'ver'. Vocês não querem viver entre nós, relacionar-se conosco, conhecer-nos. Querem apenas nos ver. Ou seja, tratar-nos como objetos inanimados; como coisas que estão entre as coisas. A prova que demonstra seu colonialismo é a máquina fotográfica que vocês apontam para nós. Com aquela máquina fotográfica, em um piscar de olhos, vocês nos transformam em meras imagens, ou seja, em bens de consumo. Por meio da máquina fotográfica, vocês nos consomem, isto é, consomem nossa imagem. O que somos não interessa a vocês: só interessa o que parecemos ser'."

Como sempre, está agressivo e, ao mesmo tempo, resignado. Chamo-o a observar o seguinte: "Está certo. Mas seria preciso saber por que é possível esse novo colonialismo, digamos, fotográfico. Os turistas querem levar embora as imagens dos indígenas e jogar fora o restante como lixo. Tudo bem. Mas, se essas imagens não fossem, como se diz, pitorescas, os turistas não fotografariam. Portanto, analisemos primeiro o pitoresco. É o pitoresco das roupas, dos usos, dos costumes, dos rituais, das línguas, de tudo isso que isola os indígenas da Guatemala e faz dela uma nação de objetos, digamos, dentro de uma nação de sujeitos. Quantos indígenas existem nesse país?"

"Mais ou menos a metade da população."

"Então a metade da população da Guatemala é formada por objetos cultural e historicamente inanimados. Mas qual é o motivo desse enclausuramento, desse isolamento dentro de uma cultura já considerada uma imagem de consumo? Vejamos quais são as condições econômicas dos indígenas."

Ele responde com a voz quase surpresa de quem afirma coisas óbvias: "Ruins, naturalmente".

"Por exemplo?"

Ramon cursa sociologia, uma área de estudos muito difundida atualmente nas universidades da América Central. Responde sem muita precisão: "Não sei. Os analfabetos são 75%. Teoricamente, o camponês ganha um dólar por dia; o operário, um dólar e meio; na verdade, três quartos dos trabalhadores recebem cerca de vinte *cents* por dia. Em algumas províncias, existe um médico para cada 120 mil habitantes. Das terras cultivadas, 98% pertencem exatamente a 142 pessoas. Não existem mais do que 750 tratores em todo o país. De cada 10 mil crianças, todos os anos 1.200 morrem. Somente 10% das crianças conseguem frequentar a escola. E assim por diante".

No início, ele lança essas estatísticas com uma negligência estudada, mas, aos poucos, vai se enfurecendo e se revoltando. Termina de forma imprevista: "Em meio a uma situação como essa, os Estados Unidos nos obrigaram a enviar víveres e medicamentos para o Vietnã do Sul. Mas por que, em vez disso, não os enviar para Alta Verapaz, para Río Hondo, para Teculután?".

Então lhe digo: "Agora vamos fazer as contas. Existe um novo colonialismo, é verdade, mas a culpa desse novo colonialismo é dos que deixam a metade da população nas condições que o senhor acaba de descrever. Se essas populações não fossem tão desamparadas, não seriam tão pitorescas e, portanto, não poderiam ser transformadas em objetos a serem fotografados. O senhor não tira fotos das pessoas em Paris ou em Moscou porque elas são pitorescas. Mas, se o faz, não pode se iludir de ter 'captado' totalmente a imagem delas. Os indígenas são objetos cuja imagem se pode captar totalmente porque, mesmo antes de serem fotografados, foram reduzidos a objetos no campo cultural, econômico, social e assim por diante. São vocês que transformam os indígenas em objetos para os turistas: a responsabilidade pelo novo colonialismo é de vocês, assim como do antigo."

Ele me olha, suspira e admite: "Pode ser verdade. Mas os indígenas não nos ajudam".

"Como assim?"

"A conquista aconteceu há mais de três séculos. Mas é como se tivesse acontecido poucos dias atrás. Embora possa parecer estranho, na Guatemala também se realizam eleições. Mas apenas 30% dos eleitores participam. Os indígenas não votam. Os indígenas ignoram completamente a vida nacional, que, no fundo, é a vida dos ladinos."[9]

"Por sua vez, porém, os indígenas se tornaram católicos. Ainda são, e com fanatismo. Essa é a prova de que é possível tirá-los do isolamento provocado pela condição de objetos e lançá-los em uma cultura em que se tornem sujeitos."

"Nada está provado. O senhor não conhece o catolicismo dos indígenas. Não é a religião que os empurrou para dentro da cultura, são eles que lançaram a religião para fora da cultura."

"O que significa isso?"

"Significa que são pagãos. O senhor pode ir a qualquer lugar onde haja ruínas maias e sempre encontrará nas clareiras vestígios de material incendiado, pedaços de lenha meio queimados, tochas enegrecidas. Eles saem de noite com os *brujos*, os feiticeiros, e fazem seus rituais. Sabe-se lá o que são a Virgem Maria, Jesus e os santos para um indígena."

"Mas os indígenas fazem a guerrilha."

Ele faz um movimento, por instinto, para olhar à sua volta. Estamos na *plaza*, entre as barracas da feira, mas, mesmo assim, teme que alguém possa estar escutando. Responde: "Eles fazem pouco. Assim como tudo o mais, a guerrilha é assunto dos ladinos. Na verdade, o indígena não confia".

"No entanto, disseram-me que a propaganda armada tem sucesso. Os guerrilheiros aparecem em um vilarejo, reúnem os moradores, explicam os motivos da guerrilha e vão embora. Disseram-me que, muitas vezes, depois dessas explanações, se os indígenas não se tornam guerrilheiros, pelo menos viram informantes, assistentes, amigos da guerrilha."

Ele diz: "Se isso fosse verdade (e talvez tenha sido, mas numa escala insuficiente), a guerrilha não teria deixado a zona rural e se deslocado para a cidade, como aconteceu ultimamente. O senhor sabe qual é a diferença entre Cuba e os outros países da América Latina?".

---

9. Ladinos, na América Central, são indígenas aculturados e/ou miscigenados, falantes de espanhol. [N.E.]

"Qual é?"

"Em Cuba, a zona rural é habitada por espanhóis, ou seja, europeus que emigraram no final do século passado. Mas aqui e em muitos outros países sul-americanos, é habitada por indígenas vindos da Ásia alguns milhares de anos atrás. Outra cultura, outra história. Talvez a guerrilha se transfira das cidades para a zona rural."

Corriere della Sera, 14 de agosto de 1968.

ESTADOS UN

DOS 1969

A corrida espacial entre os Estados Unidos e a União Soviética, que marca a Guerra Fria, não passa desapercebida por Moravia. O escritor viaja aos Estados Unidos em julho de 1969 – justamente quando o astronauta Neil Armstrong se torna o primeiro homem a pisar na Lua. O artigo a seguir foi publicado na revista *L'Espresso*. Relata uma visita ao Goddard Space Center, no estado de Maryland, e a entrevista feita em Washington com o administrador-adjunto para voos espaciais tripulados.

PARA QUE SERVE A LUA

Washington

O carro para numa barreira: em um cartaz, está escrito: "Goddard Space Center". Saio da cabine fresca por causa do ar-condicionado para o calor pegajoso do verão americano e observo. O Goddard Space Center, assim chamado em homenagem a Robert Goddard, pioneiro dos foguetes e ainda autor do livro com o significativo título *Um método para alcançar as altitudes extremas*,[1] pareceu-me, sob o manto de temíveis nuvens de calor, como uma próspera universidade de província. Edifícios baixos e compridos dispostos simetricamente, em volta, espaços arrumados em canteiros: no fundo, bosques verdejantes sufocados no mormaço. Caminhamos de cabeça baixa na canícula, entramos com alívio no mundo glacial (glacial tanto pelo ar-condicionado como pelo formalismo burocrático) do edifício número 8. Aí estão os corredores intermináveis de costume (os ministérios e escritórios americanos lembram muitas vezes o filme *O ano passado em Marienbad*),[2] vazios, limpos, assépticos, envernizados de cinza, com as portas enfileiradas a perder de vista. Vejo um dos tantos escritórios: mesas de metal envernizado, secretárias sussurrantes com vozes guturais, copos de papel cheios de água clorada. O primeiro homem está para pôr os pés na Lua: mas a burocracia, ai, ai, mantém firme os pés no chão, ou melhor, no meio da papelada. Depois de uma rápida identificação, somos confiados a um homenzarrão avermelhado, ao mesmo tempo jovial e glacialmente indiferente. Ele se encaminha para a saída. Nós o seguimos.

---

1. *A Method of Reaching Extreme Altitudes*, relatório publicado em 1919 pelo Smithsonian. Apesar da importância do estudo para o desenvolvimento posterior dos foguetes, o escrito foi ridicularizado na imprensa à época de seu lançamento. [N.E.]
2. Moravia insiste aqui em uma comparação feita no artigo sobre seu passeio no Pentágono. Ver nota do texto "Entre os derrotados do Pentágono" (p. 284).

"Vamos ver o nosso museu", diz. Não se trata de um museu, e sim de uma sala em que são expostos muitos dos numerosos satélites até agora colocados em órbita pelos Estados Unidos. Mas aqui as coisas são feitas com rapidez: dessa forma, já se pode falar de museu para os satélites que ainda hoje giram em órbita em volta da Terra. Esses satélites representam o resultado prático mais positivo alcançado até agora pela exploração espacial. Ao contrário do voo para a Lua, um projeto "aberto", isto é, com limites e resultados imprevisíveis,[3] o projeto dos satélites é "fechado", ou seja, sabe-se o que rendeu e o que renderá. Mas não é somente isso que vem à mente observando-se um depois do outro os bizarros monstros produzidos pela vigília do raciocínio. Talvez seja o caso de pensar que o próprio princípio do envio de satélites em órbita é o de encerrar certa quantidade de mecanismos de registro dentro de um invólucro e catapultá-los em órbita para que fotografem, estudem, registrem, observem e em seguida transmitam para a Terra. Não é necessário ter lido McLuhan[4] para se dar conta de que esses satélites são nada mais que prolongamentos ou extensões artificiais de determinadas faculdades humanas: mais precisamente, são cérebros. Alguns bastante simples, outros mais complicados, mas, mesmo assim, sempre infinitamente mais elementares que o mais estúpido cérebro humano. Pensando bem, têm não apenas as faculdades dos cérebros, mas também a forma. Ou melhor, têm a forma de seres humanos que, por intermédio de uma longa peripécia biológica, ficaram reduzidos a serem apenas cérebros. São esferas, piões, cilindros, bulbos, globos, bolas: com antenas leves e numerosas que surgem como alfinetes numa almofadinha para espetar alfinetes. Corpos reduzidos apenas à cabeça: com aquele tanto (ou seja, pouquíssimo) de órgãos de locomoção que são

---

3. O pouso lunar ocorreu em 20 de julho de 1969, uma semana após a publicação deste artigo. [N.E.]

4. Marshall McLuhan, filósofo e teórico das mídias. Moravia parece se referir especificamente ao livro *Understanding Media*, publicado em 1964. Ver Marshall McLuhan, *Os meios de comunicação como extensões do homem*, trad. Décio Pignatari. São Paulo: Cultrix, 2012. [N.E.]

necessários no vazio espacial. Esses cerebrões com suas perninhas remetem às aranhas metálicas que, caminhando por um fio próprio, deixariam-se cair no vazio. Seja como for, lembram insetos: nada se parece mais com um inseto que uma máquina destinada ao vazio. Com suas asas, o aeroplano que deve se mover na atmosfera se parece com um pássaro, mas os satélites às vezes têm aletas rígidas e metálicas que lembram élitros. Estranhos, imprevisíveis, monstruosos, ficam em volta da sala, agarrados a suas pernas de pernaltas, desafiando o ar com suas antenas cintilantes. Então, quase dá vontade de pensar que, se o homem é realmente destinado, como parece, a abandonar a Terra e a viver no espaço, esses cerebrões orbitais talvez antecipem as futuras atrofias do corpo humano. Ficaremos parecidos com esses satélites, com cérebros enormes e nada mais que isso: transmitindo cálculos e informações entre nós; circulando no vazio cósmico como núcleos errantes de energia pensante perdidos na energia infinita e, provavelmente, também pensante do universo.

Corredores, escadinhas, corredores. Vem uma porta e depois o escuro. Os olhos então se acostumam, vemos uma grande sala dividida em duas partes por um cristal. De um lado, há algumas fileiras de poltronas, como em um cinema normal; do outro, depois do cristal, alguma coisa que se deixa definir só após uma atenta observação. Antes de tudo, uma fileira de mesas, cada mesa com um pequeno painel eletrônico e um telefone; em seguida, grandes telas pretas e luzentes sobre as quais se alinham legendas luminosas cifradas, mostradores verde-esmeralda ou vermelho-rubi, intermitentes sinais luminosos piscantes. Nas poltronas, de olhos arregalados, segurando a respiração, fileiras de visitantes profanos escutam as explicações sumárias do cicerone espacial e observam. Do outro lado do cristal, os técnicos em mangas de camisa tomam a coisa com calma, relaxados e preguiçosos: alguns controlam seus painéis, outros se reviram nas poltronas e contemplam o teto, outros, em pé, conversam suavemente. O que os espectadores veem? Veem como se dirige e se mantém contato com vários satélites observados nesse momento no "museu", os tantos Explorer, Discoverer, Tiros, Pegasus, Nimbus, Pacific, Echo, Transit, Syncom e assim por diante. Tarefa nada fácil. Basta pensar na enorme quantidade de informações que os satélites em órbita enviam ininterruptamente do espaço interplanetário: alguma coisa como cem quilômetros de fita magnética por dia. Mas o que mais impressiona é sempre a diferença, melhor dizendo, o abismo que separa o pequeno número de técnicos do grande número de espectadores. Essa sala dividida em duas partes, entre atores e espectadores, entre ignorantes e sábios, é uma imagem simbólica do futuro poder, em um mundo que se dividirá em massas produtoras-consumidoras e em quadros tecnológicos dirigentes. O poder despolitizado, sem ideologia, des- (é o que se gostaria de dizer) moralizado: que se concretiza no metafórico lugar-comum (mas não tanto) da famosa sala dos botões.

A visita continua. Lá está, em uma antessala, um fac-símile da cápsula lunar, aquela em que os astronautas viverão durante o voo. É um grande cone lustrado de cinza, com um amplo visor retangular que permite ver, no interior, três bonecos estendidos de costas (a posição que os astronautas manterão até que entrem novamente na atmosfera). Os três bonecos estão vestidos de macacões espaciais brancos e têm a cabeça encerrada dentro de globos de plástico transparente. As pessoas sobem numa passarela, caminham, observando, e parecem fascinadas. Os três bonecos estão estendidos de costas como os corpos embalsamados dos santos nos escrínios das igrejas; e na realidade, assim como os santos, são modelos a ser imitados, aos quais é conveniente se igualar, em meio a essa cerrada, alucinada, furiosa fé tecnológica do mundo moderno.

Passamos para um corredor, achatamos o nariz contra um daqueles cristais divisórios para além dos quais, em meio a uma misteriosa escuridão, os calculadores eletrônicos cintilam, observam, piscam, monitorados pelos apáticos tecnólogos em mangas de camisa. O cenário é muito parecido com o das cozinhas modernas de módulos desmontáveis. Nosso guia nos fornece rapidamente algumas informações: "Todos os dias o

Goddard Space Center deve elaborar uma quantidade enorme de informações. Calcula-se que unicamente as informações fornecidas pelo Explorer precisariam de operadores manuais que trabalhassem 24 horas por dia, seis dias por semana, durante 1.780 anos. Uma semiautomatização reduziria esse tempo para 29 anos, a automatização, para quatro anos. Esses calculadores que vocês veem na sala fazem qualquer coisa em um dia".

Mas como o homem fará para caminhar na Lua com um sexto do peso normal? Como fará para aguentar as temperaturas de um pequeno mundo morto no qual o sol se levanta e se põe a cada duas semanas, onde à sombra a temperatura cai para 150 graus abaixo de zero e, ao sol, sobe para 120 graus acima de zero?

A resposta a essas e a outras perguntas semelhantes é oferecida não apenas pela quantidade imensa de estudos e cálculos que precederam o empreendimento espacial (apenas no Goddard Space Center, trabalham mais de 7 mil pessoas, com uma despesa de 1 milhão e meio de dólares por dia), mas também pelas chamadas câmaras de simulação. Vamos, então, para a passagem metálica instalada abaixo do teto, contornando uma sala imensa. Lá de cima os homens que estão trabalhando nos extensos andares parecem pequenos: as máquinas, ao contrário, enormes. Grandes reservatórios com canos; grandes cilindros rodeados de feixes de fios elétricos. Lá dentro, o astronauta é submetido às condições ambientais do espaço e da Lua: falta de gravidade, falta de atmosfera, temperaturas assustadoras, luz ofuscante, noite total, horizontes mínimos, ausência de vida vegetal, silêncios absolutos, fervilhar de crateras grandes e pequenas, dificuldade de movimento, solo lunar, um tanto poeirento (alguns dizem que tem poucos centímetros de profundidade; outros que tem centenas de metros), ausência de cores, desolação total. Mas a câmara de simulação também faz pensar em virtude do nome que tem. Na verdade, os astronautas são como atores em um palco. Como atores, devem representar com seu corpo um papel bem diferente de seu jeito normal de viver. Mas a semelhança acaba aqui. Uma vez terminado o espetáculo, os atores voltam à vida normal. Mas nós, habitantes da Terra, de simulação em simulação, talvez acabemos por nos tornar outra coisa, distinta da que somos, por nos transformar em simuladores perpétuos.

Depois de ter visitado o Goddard Space Center, não seria correto não entrevistar, em Washington, um personagem da Nasa, a organização espacial americana. Eis o personagem: o doutor George Mueller, *associate administrator for manned space flight*.[5] A importância do personagem, mesmo se não soubéssemos quem é, seria-nos revelada pelo local em que nos recebe: não mais um dos costumeiros escritórios puritanos com móveis de metal, mas uma sala confortável, apesar de totalmente anônima. O doutor Mueller é um homem de uns 50 anos, de aspecto juvenil e esperto como os cientistas costumam ser. Olhos grandes e vivazes, nariz delineado, boca ondulada, sorridente. Convida-nos a sentar, senta-se à nossa frente, inclina-se para frente unindo as mãos, escuta e responde com voz suave, firme, inflexível e talvez com um toque muito leve de impaciência. Naturalmente, a primeira pergunta que lhe faço é: "Qual é o objetivo da exploração espacial?". Comentemos. A palavra "objetivo" é da maior importância. De certa forma, a pesquisa científica e tecnológica normal termina em si mesma. Mas, quando um país como os Estados Unidos investe no programa espacial a soma de 25 bilhões de dólares, a questão do propósito ou teleológica se impõe. Aliás, o grande número de críticas lançadas de todas as partes aos programas da Nasa demonstra que a questão do "objetivo" é importante. Antes da Lua, a prioridade não deveria ter sido conferida ao saneamento da natureza americana, violentada e envenenada em sua flora, em suas águas, em sua fauna pelos dejetos industriais? À reconstrução das cidades envelhecidas, miseráveis, em ruínas nos bairros mais pobres? À ascensão cultural, econômica e social dos cerca de 50 milhões de pobres dos Estados Unidos? À solução do problema da juventude revoltosa, das minorias étnicas desesperadas? Essas críticas

---

5. Ou seja, administrador-associado de voos espaciais tripulados. Mueller teve esse cargo de 1963 a dezembro de 1969. [N.E.]

acabaram por suscitar algumas teorias sobre o "objetivo" da exploração espacial. Mencionaremos as principais. A primeira é a teoria da rivalidade político-ideológico-militar com a União Soviética. Essa rivalidade remonta à primeira explosão atômica russa, em setembro de 1949. Naquela data, a classe dirigente americana, iludida, acreditando deter o monopólio atômico, despertou tomada pelo pânico competitivo. Descobriu que a ciência não é necessariamente "liberal", também pode ser comunista ou talvez nazista.[6]

Depois, totalmente de repente, em 4 de outubro de 1957, a URSS enviou o primeiro Sputnik para a órbita. A rivalidade se transferiu do campo militar para o espacial e, assim, de uma órbita a outra, chegamos ao programa da Apollo. Mas com essa particularidade justamente em relação ao "objetivo": que os Estados Unidos rivalizariam sempre com a URSS no plano político-ideológico-militar, inclusive quando, como é o caso da exploração espacial, o empreendimento não é revestido de nenhum caráter guerreiro. Em outras palavras, a tecnologia espacial, tal como a pesquisa científica termonuclear, seria apenas um instrumento para uma competição cuja finalidade seria a hegemonia militar em escala mundial.

A segunda teoria sobre o "objetivo" da exploração espacial seria aquela da pirâmide do Egito ou da catedral de São Pedro ou de qualquer outra construção gigantesca feita dessa forma. Nesse caso, o objetivo seria de prestígio, e o caráter do objetivo seria revelado pela qualidade improdutiva dos investimentos de dinheiro comprometidos no empreendimento espacial. Em outros termos, a pirâmide ou São Pedro certamente permitiram que um grande número de pessoas trabalhasse e fosse paga, mas essa ocupação e esses salários não tiveram nenhuma influência na ordem social e econômica do Egito e dos Estados da Igreja,

---

6. O primeiro teste nuclear soviético ocorreu no final de agosto de 1949, não em setembro. É curioso que Moravia tenha citado aqui os nazistas, visto que muitos cientistas da Nasa, como Wernher von Braun, eram alemães "recrutados" após o final da Segunda Guerra Mundial por meio da infame operação Paperclip. [N.E.]

uma vez que o dinheiro não era gasto para criar condições de novos rendimentos e novas atividades, mas para objetivos não econômicos, no caso, o culto ao Sol e o prestígio dos faraós e o culto cristão e o prestígio dos papas. A pirâmide é constituída de 2 milhões e meio de fragmentos afixados uns sobre os outros por aproximadamente 400 mil operários, que trabalharam dia e noite por muitos anos. O programa Apollo demandou o trabalho de 300 mil pessoas, e o míssil de três fases que enviará os três astronautas para a Lua é composto de 3 milhões de peças. Essas cifras são indicadas principalmente para fazer entender que, em qualquer lugar, se trata de prestígio, mesmo que seja o complexo e democrático prestígio de uma nação moderna; as cifras, em si, não contam mais.

Terceira teoria crítica do "objetivo": a finalidade da exploração espacial seria inerente, por assim dizer, estaria no próprio caráter da civilização dos Estados Unidos. Ou melhor, no mito dominante nos Estados Unidos, o mito da infalibilidade, onipotência e verdade da ciência. Naturalmente, esse mito não é a ciência, assim como o mito da revolução artística não é a arte e o mito da revolução não é a revolução. Para dizer de outra maneira, encontraríamo-nos diante de uma explosão mitológica sem precedentes, que funcionaria como propelente (é o caso de dizê-lo) psicológico para o projeto espacial.

Essas três hipóteses são as principais. A essa altura, deve-se observar que elas foram formuladas não por cientistas, e sim por jornalistas, escritores, intelectuais. Ao que parece, todas as vezes que os cientistas são questionados sobre o "objetivo" final da exploração, encolhem os ombros e não sabem o que dizer. Saem pela tangente com generalidades ou com um "*no comment*" de quem é mero funcionário. Mas o doutor Mueller é um cientista exceção à regra. Responde com a voz suave e inflexível: "O objetivo da exploração espacial é o progresso científico e, mais particularmente, o estudo da possibilidade de o homem viver no espaço".

O doutor Mueller reflete um momento, então acrescenta: "As descobertas que serão feitas nos primeiros anos da descoberta da Lua fascinarão o mundo".

Pergunto: “Qual será o maior efeito da exploração espacial sobre o conjunto da humanidade?”.

“De que ponto de vista?”

“Científico, tecnológico, espiritual.”

A distinção entre científico e tecnológico parecerá talvez inútil: mas não o é. A pesquisa científica pura também pode não encontrar expressão nas aplicações tecnológicas: a tecnologia, por sua vez, pode muito bem progredir sem o auxílio da pesquisa científica. E, por outro lado, é a tecnologia que exerce uma influência sempre maior sobre a vida cotidiana. Não a pesquisa científica. De certa forma, as revoltas dos estudantes, dos hippies e das minorias étnicas nos Estados Unidos têm como alvo a tecnologia, culpada, de acordo com eles, de ter transformado a sociedade americana em uma máquina desumana e de ter colocado a ciência a serviço dos interesses.

Mas meu interlocutor deixa de lado o aspecto científico e tecnológico. Diz suavemente: “O efeito da exploração espacial será principalmente espiritual”.

“Por que espiritual?”

“Não se esqueça de que é a primeira vez que um homem põe os pés na Lua.”

Refuto: “Para mim, a questão da importância espiritual da exploração espacial depende não do fato de o homem pôr os pés na Lua pela primeira vez, mas do que acontecerá depois. Admitamos por um momento que o homem ponha o pé não apenas na Lua, mas também em outros planetas. Pois bem, a eficácia espiritual dessa exploração dependerá dos efeitos que se seguirão. Existe uma eficácia espiritual de caráter agonista, esportivo, competitivo, por exemplo, para atingir o polo Norte ou subir no topo do monte Everest. E existe uma importância espiritual de caráter cultural, social, econômico e biológico que consiste não apenas em pôr o pé nos planetas, mas em permanecer e criar um sistema de relações duradouro, estimulante, entre a Terra e os outros planetas”.

O doutor Mueller confirma: “A exploração do espaço pode ser comparada à façanha de Cristóvão Colombo. Não se pode realmente negar que ela teve efeitos espirituais”.

Reajo: "A comparação é, ao mesmo tempo, correta e incorreta. A importância espiritual da viagem de Colombo está não tanto no fato de ele ter descoberto a América, mas de ter permanecido. Pelo que parece, por volta do ano 1000 os noruegueses também haviam descoberto a América, mas essa descoberta não trouxe nenhum efeito espiritual. Os noruegueses descobriram a América e depois voltaram para a Noruega. Agora, em relação à Lua, de acordo com o senhor, somos como os noruegueses ou como Colombo?"

"Como Colombo."

"Com certeza o senhor se dá conta das implicações desconcertantes e de certa forma terrificantes de tal afirmação. Basta pensar em algumas diferenças entre a viagem de Colombo e a dos astronautas. O primeiro singra um oceano azulado, sob um céu luminoso, atraca em ilhas verdejantes povoadas de homens inocentes e primitivos. Já os astronautas, assim que deixam a atmosfera, desabam no vazio, atracam em um mundo morto, sem ar e sem vida, desembarcam com enormes dificuldades, vagueiam nos limites de um horizonte que não vai além de dois quilômetros, em um solo de pedra-pomes, entre picos desolados. Sua afirmação de que a viagem dos astronautas se parece com a de Colombo implica, analisando bem, que a humanidade aos poucos abandone a Terra, berço da vida, e se disperse pelo espaço, em mundos inimagináveis e com meios inimagináveis; em síntese, deixe de existir nas formas que até agora a caracterizaram. Pelo menos até quando não tivermos criado para nós mesmos uma mentalidade interplanetária, tudo isso, permita-me, é bastante sinistro."

"Os europeus têm postura distinta da nossa, mais fria, mais crítica. Nós estamos envolvidos, talvez não nos demos conta de muitas coisas. Isso não exclui que pelo menos um dos aspectos espirituais do voo espacial deveria ser evidente para todos."

"Qual?"

"O de criar uma nova meta para a humanidade. Uma meta que poderia suplantar tantas outras metas menos dignas e principalmente menos verdadeiras. Uma meta não efêmera, não sujeita às mudanças da política."

Chegamos ao ponto. Talvez sem querer, o doutor Mueller finalmente respondeu à pergunta inicial: "Que objetivo". Em outras palavras, o objetivo da exploração espacial seria dar um objetivo para a humanidade. Obviamente, o doutor Mueller colocou, como se diz, o dedo na ferida. De fato, nunca, em nenhum período da história, foi oferecida ao homem uma meta como essa, concreta e racional e, ao mesmo tempo, inalcançável e utópica. Aqui está a profunda, terrível originalidade da exploração espacial: fornecer uma meta objetiva e real (a conquista do espaço) e todavia (em função dos milhões e bilhões de anos-luz que são as medidas normais do universo), no que se refere ao homem, perfeitamente utópica.

Uma meta ao mesmo tempo finita e infinita. Em nível racional, as implicações psicológicas, políticas e sociais dessa conjunção, do finito com o infinito, são enormes. A um homem da época de Colombo se ofereciam metas finitas e terrestres (como a descoberta da América) e metas infinitas e espirituais (a busca cotidiana do verdadeiro, do bem, do belo). Ao homem da época de Colombo nunca viria à mente que a descoberta da América, uma vez efetuada, não teria acabado nunca mais. Que à primeira América teria se seguido outra, depois uma terceira, depois uma quarta e assim por diante, por milhões de anos, por bilhões de quilômetros. Ora, é justamente isso o que está acontecendo hoje. Em comparação, o reino da liberdade de Marx, meta utópica do comunismo, é pura imaginação. Pela primeira vez, o real e o racional ameaçam se identificar para sempre. Quer dizer, a história termina? Começa a "pós-história".

L'Espresso, 13 de julho de 1969.

BOLÍV

A 1970

Moravia viaja a La Paz em 1968, para interceder pela libertação do professor e filósofo francês Régis Debray, que havia se unido à expedição de Che Guevara na Bolívia e fora capturado com ele. Vários intelectuais europeus clamaram por sua soltura, mas Moravia foi o único a ir até a Bolívia. Debray é libertado em 1970. A viagem se estende para outras regiões do país, incluindo a cidade colonial de Potosí. Os três artigos resultantes do périplo à Bolívia foram publicados no *Corriere della Sera* em 1970.

POTOSÍ

La Paz

A 4 mil metros de altura, o aeroporto de La Paz parece nada mais que uma mínima nesga do imenso aeroporto que é o altiplano boliviano. O altiplano é deserto, plano e vertiginosamente ventoso e luminoso como sabem ser apenas as pistas dos aeroportos. De uma cor árida uniforme, de todos os lados o altiplano escapa para remotos horizontes circulares de onde se mostra, generosamente, uma fileira inteira de picos nevados. É a cordilheira Real, a cadeia andina para além da qual a Bolívia, país dualista, despenca sem transição nas baixadas tropicais. No aeroporto, não há nada mais que dois pequenos aeroplanos de turismo, um de uma hélice só. Daqui a pouco, uma dessas libélulas brancas e azuis nos levará, sobrevoando sorrateiramente entre os picos, para Potosí, a cidade morta da prata.

Subimos, fechamo-nos na cabine não maior do que aquela de um automóvel comum. O piloto, um capitão da aviação militar boliviana, só dispõe, para se orientar, de um pequeno mapa sobre o qual traça a lápis uma linha reta de La Paz a Potosí. Voará entre penhascos altíssimos, sobre abismos escancarados, servindo-se apenas desse mapa.

Partimos. O aeroplano trepida, mas nem tanto, corre um pouco na pista e, então, decola e se dirige com exasperante lentidão (200 quilômetros por hora) para as montanhas no horizonte. Sobrevoamos La Paz. Para protegê-la do vento, os espanhóis construíram-na no fundo de uma espécie de cratera de paredes carcomidas, de um amarelo leonino, que lembram as argilas de Siena; sobrevoamos um pouco mais ainda o altiplano; em seguida, nos embrenhamos entre as montanhas.

*

A Bolívia é um país de minas. Ou melhor, é um país de camponeses que, para a sua desgraça, é riquíssimo de minerais. Os incas conheciam as minas, mas, por vários motivos, sua civilização comunitária, isolada entre os Andes e o oceano, não tinha interesse em sua exploração; por isso, se serviam dos metais apenas para fins domésticos. Os espanhóis, ao contrário, eram colonialistas, os primeiros, em ordem cronológica, do mundo moderno. É interessante observar como, na origem do colonialismo espanhol, existe um desvio psicológico que talvez tenha mais a ver com o moralista que com o cientista de assuntos econômicos. A ideia do enriquecimento fácil, sem trabalho, por roubo ou por sorte ou por ambos, corrompeu de início a conquista da América. O mito asiático do ouro, da prata, das pedras preciosas, das essências raras, das especiarias se interpunha como uma miragem entre os olhos dos soldados espanhóis e a humilde realidade primitiva do Novo Mundo. Infelizmente, esse mito encontrou uma confirmação na natureza, e então foi a ruína da Bolívia. A agricultura, outrora planejada com complicados sistemas de irrigação, começou a decair até chegar ao nível atual de mera subsistência; e os indígenas foram enviados em massa para as minas, com métodos escravistas.

Voando sobre a cordilheira Real, é possível ver tudo isso a olho nu. Lá longe, no fundo das valadas estreitas, abrem-se de vez em quando pequenas frestas, e sobre um terrapleno se distinguem muitos retangulozinhos cinza distribuídos em simetria. Em cima desses retangulozinhos, altíssimas montanhas áridas e íngremes que, a um olhar atento, revelam-se todas esburacadas de orifícios escuros. São as minas, as famosas, funestas minas de ouro, prata, antimônio, zinco, chumbo, estanho, cobre da Bolívia. Olhando aqueles miseráveis vilarejos mergulhados nos desfiladeiros solitários, entendem-se muitas coisas: o isolamento absoluto dos mineiros, motivo das sucessivas agitações revolucionárias que visam, pensando bem, a inserir aquelas comunidades perdidas na vida social e política do país; as imensas dificuldades do transporte do mineral, que os espanhóis tinham resolvido com a escravidão dos indígenas, mas que, hoje, depois da nacionalização de dois terços das minas, deixa o balanço das administrações estatais passivo.

*

Lá está finalmente Potosí. Nós a sobrevoamos planando obliquamente. Potosí surge como uma cidade-tartaruga, por causa dos telhados amparados como os plastrões da couraça da tartaruga. O aeroplano continua a plainar em volta do árido vale descampado; então, diante de nós, surge a célebre montanha triangular que domina Potosí, o Cerro Rico. É uma montanha sem vegetação, cor de tabaco, pontilhada pelos habituais orifícios escuros. Dessa montanha, os economistas modernos calculam que a Coroa da Espanha tenha extraído em três séculos o equivalente a 1 bilhão de dólares em prata. No Seiscentos, metade da prata de toda a Europa vinha de Potosí. Mais poeticamente, dizem em Potosí que, com a prata extraída do Cerro Rico, poder-se-ia construir uma ponte toda de prata maciça desde a cidade até a longínqua Madri.

Potosí é uma cidade colonial espanhola do tipo mexicana, como Oaxaca, por exemplo. Existe a *plaza* de sempre, as grandes árvores frondosas de sempre, os bancos de sempre, a catedral barroca de sempre. Só que, em contraste com as cidades mexicanas, Potosí está morta, de uma morte antiga que não remonta a ontem, mas ao Setecentos, quando as minas de prata, esgotadas, não pagaram mais as despesas da extração. Potosí é, portanto, a cidade simbólica do colonialismo espanhol: nascida com a prata, morta com a prata. Sua vida também foi de prata, uma vez que, por causa da cobiça pelo precioso metal, houve, em Potosí, até guerras civis. Dessa opinião, aliás, também é o poeta anônimo que escreveu por volta do Setecentos o poema "Testamento de Potosí", à maneira dos testamentos de François Villon.[1] O poema

1. "Testamento de Potosí", um romance, forma poética narrativa medieval da península ibérica, tem seu manuscrito original datado de agosto de 1800 e foi publicado no começo do século XIX. A ligação proposta por Moravia com *Le testament*, coleção do francês François Villon impressa em 1461, não pôde ser confirmada. [N.E.]

é uma lista de atribuições testamentárias ora descritivas, ora cômicas, feitas pela célebre cidade a ponto de morrer. Entre outras coisas, Potosí deixa para Deus a própria alma; que, no entanto, como observa ironicamente o poeta, "*es la plata pura*", é feita de pura prata.

É natural que o centro de uma cidade tão emblemática não seja, observando bem, a catedral, e sim o famoso Palácio da Moeda,[2] um dos mais bonitos da América Latina. É a temporada das chuvas, chove a cântaros; assim, visitamos o palácio quase às escuras porque, por economia, há luz elétrica apenas nos escritórios da direção. Percorremos às pressas as salas do museu de pintura colonial, nas quais, da penumbra, fitam-nos as ninfas desproporcionais de sempre, as Nossas Senhoras de rostos insossos de sempre, os cavalheiros de sempre e as damas de sempre, cheias de enfeites e de presunção; em seguida, descemos para o térreo, onde era a casa da moeda.

Sempre às escuras, surgem as enormes máquinas, todas de madeira, sem um único prego de ferro, com que se cunhava moeda; aparecem, dentro dos escrínios, os moldes das moedas com as armas de Castela de um lado e a efígie do soberano do outro. Estamos, portanto, no coração em si, morto e seco, do colonialismo espanhol. Essas grandes rodas dentadas de madeira duríssima das florestas bolivianas não girarão nunca mais; os moldes nunca mais imprimirão na prata os antigos brasões e perfis carrancudos do rei. Apesar disso, não se pode negar que justamente nessa penumbra, entre essas coisas mortas, perceba-se mais que em outros lugares o sentido oculto da história do subcontinente. A única reflexão que é possível formular é que essas salas são mais eloquentes do que qualquer igreja. Certamente, a arte, os rituais, as cerimônias religiosas cruzaram o oceano e se radicaram na América, mas, como acontece ainda hoje, com todos os colonialismos de todos os gêneros e de todos os países, é como se a mensagem que caminhava com aquelas formas tivesse permanecido na Europa, pois a relação entre con-

---

2. Casa Nacional de Moneda de Bolivia, construída em 1572. [N.E.]

quistadores e indígenas pouco revelou dela. Assim sendo, alguns anos atrás ela pôde até ser representada como uma mensagem revolucionária pelo padre guerrilheiro Camilo Torres e seus seguidores.[3]

✶

Passeamos por Potosí o dia inteiro, sob a chuva. A noite nos verá sentados no grande átrio gélido do hotel, em um círculo de notáveis que vieram nos visitar: o *alcalde* ou prefeito, o comandante da guarnição e mais um ou outro personagem oficial. Comem-se azeitonas e amêndoas salgadas e beberica-se uma bebida que se assemelha à tequila mexicana. A conversação enlanguesce; fala-se do tempo que faz, como em um salão inglês da era vitoriana. Em seguida, não sem intenção, lançamos uma alusão política qualquer e então, como por encanto, as conversas se tornam vivacíssimas. Ocorre que os bolivianos têm a paixão da política, talvez porque os problemas do país sejam tão antigos e tão intratáveis a ponto de se tornarem, por força das circunstâncias e quase pela consciência da impossibilidade de serem enfrentados, antes de tudo, políticos. Naturalmente, a certa altura, fala-se de Che Guevara e de sua trágica aventura. Na Bolívia, ainda se fala dele por todos os cantos e, também, por parte dos adversários, com um reconhecimento estranho, quase inconsciente; é uma tragédia que levou o mundo a se lembrar, em nível histórico, da Bolívia, país isolado e frustrado; e ao mesmo tempo elevou, por assim dizer, a taxa de vitalidade. Mas a discussão suscita estranhas interpretações que seria o caso de chamar de "provincianas". Será que não escuto alguém atribuir a expedição cubana à maçonaria?

Partiremos na manhã seguinte, mas o piloto, após ter captado no rádio as notícias sobre o tempo e consultado seu mapa, resolve ir para Oruro. Como se, na Itália, quem quisesse ir de Milão a Roma tomasse a direção de Trieste. Voamos sob

---

3. Ver o texto "A igreja em ruínas", p. 299. [N.E.]

um céu baixo e escuro, entre os picos, seguindo os cursos de água, em direção a um clarão sulfúreo que indica um raio de sol no altiplano. Aí estão novamente, nas profundezas das valadas descampadas e áridas, os vilarejos das minas; veem-se as trilhas serpentearem ao longe, brancas e tênues entre as montanhas: no dorso de burro ou a pé são necessários até vinte dias para percorrer a distância que nosso monomotor cobre em pouco mais de uma hora. Finalmente desembocamos no altiplano, há sol e chove através do sol. Lá está o aeroporto, um descampado como qualquer outro. Tomamos um táxi, corremos para a estação para escutar nos dizerem que o trem parte em meia hora, mas que não existe lugar porque já foi tudo reservado há quinze dias. Uma vez que o tempo ruim piora à tarde, como normalmente acontece na estação das chuvas, com o mesmo táxi, perdendo o fôlego de tanto correr pela estrada alagada através do altiplano, em quatro horas chegamos a La Paz. Durante a viagem, só paramos uma vez: para admirar uma lhama, a primeira que vimos até agora, semelhante a um camelo de pernas curtas, parada sob a chuva, no meio de uma estepe infinita.

Corriere della Sera, 10 de fevereiro de 1970.

OS INDÍGENAS BOLIVIANOS

La Paz

La Paz é uma cidade em grande parte indígena, construída, porém, pelos brancos e para os brancos. Em outras palavras, a divisão social em La Paz se repete em uma divisão racial ou, caso se prefira, cultural. A classe dirigente é branca ou mestiça; o povo é indígena. Essa divisão, que reflete a divisão mais ampla do país (4 milhões de habitantes, dos quais apenas 400 mil são brancos e mestiços), é a herança mais aparente do colonialismo espanhol. La Paz é uma belíssima e estranha cidade, construída em uma espécie de fenda do altiplano. Montanhas íngremes e corroídas semelhantes às paredes internas de uma cratera rodeiam e se erguem por todos os cantos em volta da cidade. A parte baixa da valada estreita é ocupada pela cidade branca; já nas encostas das montanhas sobem os bairros populares, ou seja, indígenas, formados de casas de barro seco.

Naturalmente, os indígenas são vistos por todos os lados, os homens com ponchos enfiados no pescoço que se prolongam na frente e atrás como um cardeal; as mulheres com chapéu preto ou marrom, a sainha presa com um cinto e sustentada em uma crinolina, o xale em volta das costas e que, na maioria das vezes, envolve uma criança carregada de cavalinho na altura dos rins. Afirmar que os indígenas são bonitos seria deformar a realidade. Se, por um lado, certamente existe uma beleza africana, não existe uma beleza indígena. Impressiona, em comparação aos africanos (a comparação é inevitável, pelo menos pela semelhança das situações econômicas e sociais), a elegância das roupas dos primeiros em relação à deselegância das vestimentas "nacionais" dos segundos.[4]

4. Os julgamentos estéticos de Moravia são elaborados a partir de uma perspectiva europeia; nota-se a herança intelectual e estética eurocêntrica de um intelectual formado na Europa do início do século XX. [N.E.]

Com os indígenas se tem sempre a impressão do "já visto", porém corrigido, de maneira ambígua e, na maioria das vezes, não muito estética, por modificações que somos inclinados a atribuir ao clima e ao isolamento. Vendo-os, pensa-se logo nos mongóis; em um segundo momento, se observam diferenças curiosas que, porém, não conseguem eliminar a ideia da origem asiática: uma cor morena que puxa para o vermelho; um comprimento incomum do rosto que, ao lado da largura mongólica, faz com que as fisionomias fiquem desproporcionalmente grandes: uma espécie de superposição dos traços, a testa no nariz, o nariz na boca e a boca no queixo.

É irresistível, não se pode deixar de pensar em uma emigração asiática pré-histórica bastante numerosa, a fim de permitir os assentamentos americanos, mas demasiado escassa para fomentar desdobramentos decisivos, de caráter somático e outros. Queimados pelo sol e pelo vento dos altiplanos, sem relações com outros povos, dir-se-ia que os indígenas permaneceram no meio do caminho, não mais mongóis, não ainda americanos. Assim, analisando bem, o termo *índio*, criado pelos espanhóis por erro, se revela, em sua ambiguidade, bastante significativo da ambiguidade física das populações indígenas da América.

Para observar os indígenas, é preciso ir ao mercado, sempre subindo, na parte alta de La Paz. Nas ruazinhas que levam ao mercado, as mulheres estão de cócoras nas calçadas, uma de costas para a outra, como galinhas friorentas e entorpecidas. A mercadoria está exposta no calçamento em frente a elas: feixes mínimos de pimentão, poucos saquinhos de folhas verdes de coca, alguns bolinhos fritos preparados em casa. Olham para esses poucos produtos com indiferença, como se não lhes pertencesse. Subindo mais, entre as barracas do mercado, a atmosfera é aparentemente aquela dos mercados do mundo todo: compradores que andam lentamente olhando e examinando; vendedores parados atrás das bancadas. Mas, observando com mais atenção, percebe-se que naquela multidão faltam a alegria, a confusão e, também, a promiscuidade e a sujeira próprias dos mercados de rua. O mercado boliviano é sério, pouco barulhento, limpo e sem contatos físicos e empurrões. É verdade, poder-se-ia atribuir esse caráter ao temperamento pouco vivaz das pessoas que vivem nas montanhas. Mas talvez a razão seja mais profunda. Talvez, inconscientemente, entre vendedores e compradores exista um acordo tácito para não dar importância ao mercado como acontecimento social, local de comunicação e de encontro. Em outras palavras, seria preciso reconhecer na reserva e na compostura dos indígenas um dentre os muitos aspectos da "rejeição social" que, desde os tempos da conquista, os indígenas opuseram em toda a América Latina ao sistema colonialista.

Essa rejeição social dos indígenas, ou seja, rejeição a comunicar-se, a participar, a integrar-se, é uma das coisas que mais impressionam na Bolívia. Certamente, para eles, assim como para os africanos, é difícil passar de uma economia autárquica e de mera subsistência para a produtividade e o consumismo do mundo moderno. Porém, ao contrário dos africanos, que demonstram um desejo vivo e patente de participar da civilização industrial, os indígenas objetam a essa mesma civilização uma resistência passiva feita de obstinada fidelidade à tradição e de absoluta falta de ambição. Nota-se nos indígenas não exatamente um sentimento hostil, mas má vontade; talvez não tanto por desconfiança em relação ao que é novo quanto por nostalgia inconsciente e rancorosa de um passado extinto e melhor.

Em síntese, se, por trás do africano, se nota uma antiga simbiose com a natureza, em relação à qual nem mesmo a escravidão pode ser considerada uma solução de continuidade, no indígena, pelo contrário, intui-se o trauma de uma civilização originária destruída bruscamente e sem constrangimento. A sensação de um recuo, de uma rejeição, de uma renúncia não apenas imposta, mas também almejada, é, aliás, confirmada pela arqueologia. A cem quilômetros de La Paz, as extraordinárias ruínas do templo de Tiahuanaco, com suas muralhas feitas de enormes blocos encaixados a seco, levam a observar com assombro as figuras desengonçadas dos indígenas, fantasiados de acordo com o tosco folclore da opressão europeia. É difícil acreditar que aqueles camponeses fantasiados pertençam ao mesmo povo que construiu o templo. Vem à mente que nenhum grupo humano pode retroceder a um estado primitivo impunemente, após ter criado uma civilização. Parecerá que voltou não ao estado natural, mas regredido, humilhado, decaído. Ao que parece, a civilização é uma experiência que não se apaga.

É claro que os responsáveis pela situação atual dos indígenas, quer dizer, os espanhóis, são hoje firmemente cientes do problema constituído por aquela massa apática e frustrada de cidadãos de segundo grau, que, além de tudo, afeta 80% da população da Bolívia. Existem várias maneiras de enfrentar a questão indígena. Antes de tudo, os colonialistas tradicionais. Para eles, o indígena refratário à educação, sem ambições consumistas e sociais, preso às suas tradições, devotado à coca e ao álcool, seria irrecuperável. No entanto, não é necessária muita perspicácia para entender que os colonialistas transformam em termos raciais as consequências da catástrofe histórica do indígena. Em segundo lugar estão os que, baseando-se em certa literatura de revalorização dos indígenas, cujo representante máximo foi D. H. Lawrence,[5] construíram para si próprios o mito de uma civilização indígena muito superior à ocidental, uma vez que ainda é presa aos valores do sangue e da terra. D. H. Lawrence se serviu dessas ideias para polemizar com a civilização industrial do Ocidente. Mas, na Bolívia, país agrário, teorias semelhantes parecem nada mais que a outra cara do colonialismo com o qual, de fato, compartilham – mesmo que seja por motivos diferentes – a convicção de que o indígena esteja bem como está e que, consequentemente, nada deve ser mudado. Finalmente, os socialistas de vários tipos, sejam os grupos social-nacionalistas hoje no poder, sejam os castristas na oposição, consideram o indígena como o resultado de um processo histórico de degeneração por causa de quatro séculos de uma exploração descarada e imprudente. As soluções propostas pelos socialistas variam de acordo com a ênfase no fator cultural e nacional ou no aspecto

---

5. Ver o texto "O mito do México", p. 213. [N.E.]

econômico. Mas, no fundo, todos concordam em considerar a integração do indígena na vida social, econômica e cultural do país o maior problema da Bolívia.

Vimos os indígenas em duas ocasiões; uma, digamos assim, privada, e outra, pública. A primeira foi durante um passeio ao lago Titicaca, o enorme lago sagrado para a cultura indígena, na fronteira com o Peru. Em um vilarejo no caminho, num grande terreno arenoso, inclinado, contornado, ao fundo, por um muro branco no qual se lia em grandes letras pretas "Cristo única esperança", acontecia um bailinho rural. Um grupo de músicos andava para lá e para cá saltitando e tocando algumas pequenas melodias dissonantes e tristes com pífaros de bambu, latas de gasolina e tambores. Os indígenas, sérios, desengonçados, meio cambaleantes e rústicos, entravam no baile de mãos dadas, numa longa fila que, aos poucos, se transformava em uma espécie de carrossel carregado e volumoso. Vinha à mente o célebre quadro da festa camponesa de Bruegel,[6] mas sem alegria, sem prosperidade, sem entusiasmo, em meio a um ar triste, frustrado e pobre, apesar de certamente autêntico.

A ocasião pública foi durante um espetáculo de bailes folclóricos no palácio do governo, diante do melhor público da capital e o mais oficial. Na primeira fila se sentavam todos os ministros e o presidente da república, Ovando.[7] Dançarinos de várias tribos, nas vestimentas tradicionais, apresentaram danças tradicionais bastante pitorescas, ao som dos pífaros estridentes de sempre e dos tambores tristes de sempre. Quando o espetáculo acabou, o presidente se levantou, e os dançarinos passaram à sua frente, um a um, cumprimentando-o, e receberam em troca uma espécie de abraço fraternal. Havia um ar estranho, que soava a uma reconciliação difícil e, de qualquer

6. *A dança dos camponeses*, pintado em 1566, hoje parte do acervo do Detroit Institute of Arts, nos Estados Unidos. [N.E.]

7. Alfredo Ovando assumiu a presidência, em 1965, após um golpe de Estado no ano anterior, retirando-se em 1966. Foi um ditador populista entre 1969 e 1970, quando sofreu novo golpe. [N.E.]

forma, não totalmente sincera entre os dois grupos inimigos. Percebia-se o obstáculo de uma distância social e cultural que permanecia apesar da boa vontade de ambas as partes. A Bolívia não é um país unitário, mas dualístico. E por muito tempo ainda será difícil que mude.

Corriere della Sera, 24 de fevereiro de 1970.

O ALTIPLANO DOS FRACASSOS

La Paz

De La Paz chega-se de carro em menos de duas horas ao lago Titicaca. Percorre-se uma estrada de cascalho através da estepe que tem uma cor uniforme, entre o marrom e o trigueiro, com sulcos amarelados e cinza: a cor dos arbustos baixos e espinhosos que conseguem resistir aos ventos, ao frio, à aridez, à rarefação do ar do altiplano. Como é a época das chuvas, um manto estático de nuvens pretas está suspenso no ar, semelhante a uma cadeia de montanhas de cabeça pra baixo, com a base para cima e os cumes para baixo, deixando sereno o azul escurecido e gelado dos horizontes. O altiplano não é assim plano como parece: de vez em quando, séries de colinas pedregosas e esmigalhadas se sobressaem um pouco sobre a planície. Atravessamos uma dessas colinas e vemos a superfície diáfana do lago Titicaca ampliar-se abaixo de nós. Tem uma extensão de 9 mil quilômetros quadrados,[8] mas as numerosas ilhas e promontórios que surgem e o aspecto pantanoso, inconstante, rude das margens fazem com que se pareça com um imenso charco pontilhado de pedras, que está se enxugando ao sol. Essa impressão é correta, aliás. O lago está morrendo; perde por absorver terra e por evaporar mais água do que recebe.

Apesar disso, o lago Titicaca, tão irregular, tão deserto, tão carente de traços humanos, foi o centro de uma das duas únicas culturas originais (a outra é a do México) da América pré-colombiana. Ao lago Titicaca, estão ligados os mitos das origens do mundo, de acordo com a religião indígena e os inícios da dinastia imperial dos incas. Numa de suas 36 ilhas, chamada ilha do Sol, em virtude do culto a que se dedicava, apareceu pela primeira vez, segundo o mito, Viracocha, criador do homem, da mulher,

---

8. Medições contemporâneas informam que o lago possui 8.300 quilômetros quadrados. [N.E.]

dos animais, do céu e da terra. Nessa mesma ilha, nasceram os filhos do Sol, Manco Capac e sua irmã, e também cônjuge, à moda faraônica, Mama Ocllo; os primeiros da dinastia que, em linha direta, passando por quinze monarcas, chega até a Atahualpa, o último imperador, assassinado por Francisco Pizarro por traição. É claro que o lago Titicaca não conserva nada dessas lendas e desses acontecimentos. A memória atávica dos indígenas e as pesquisas arqueológicas dos europeus se deparam aqui com o vazio total e majestoso de uma natureza talvez originalmente habitada pela história, mas que a história abandonou para sempre.

Pouco distante do lago Titicaca, em um enorme anfiteatro natural formado por colinas baixas, áridas e desgastadas, encontram-se as ruínas do santuário de Tiahuanaco, o centro religioso mais importante da civilização indígena antes dos incas. Em Tiahuanaco, as características do altiplano saltam aos olhos: solidão, luminosidade, vastidão, vazio, silêncio. O templo, que fica encoberto até a metade pela terra, tem muralhas construídas com enormes blocos de pedra cinza encaixados a seco com grande engenhosidade e perfeição. A célebre Porta do Sol, com sua divindade de cabeça felina, e a estela chamada pelos espanhóis de *el fraile* (o frade) – na verdade um deus em forma humana, com típicos traços indígenas (dorso comprido, pernas curtas, cabeção, carão) – são as partes do templo em que, além das capacidades técnicas e arquitetônicas, revela-se o talento propriamente artístico dos indígenas.

Essa arte é admirável, atraente, bonita? Diríamos mais que é estranha e que inspira uma curiosa sensação de mal-estar, digamos assim, estético. Comparada aos produtos artísticos dos verdadeiros primitivos (arte negra, polinésia, grega arcaica etc. etc.), revela uma estilização, um estilo nada ingênuo, do tipo tardio e decadente, que dá uma impressão desagradável, como uma fruta meio amarga e meio podre. O que existe por trás dessa impressão? A sensação de uma civilização isolada, sem possibilidade de empréstimos, de confrontos, de aportes, que chega à decadência diretamente do primitivismo, sem passar pela fase da maturidade. Esse não sei o quê de cruel e de tétrico que emana dessa arte parece aludir ao próprio destino das coisas predestinadas ao fracasso, uma vez que desde os primórdios tomaram o caminho errado. O indivíduo pode corrigir os próprios erros quando toma consciência, mas as nações, as sociedades, as coletividades, como não vivem em nível moral, mas histórico, não se dão conta de errar e, na realidade, não "podem" errar. Podem apenas fracassar, ou seja, ter uma história breve, uma história catastrófica, uma história em forma de beco sem saída.

Na grama, junto à muralha do santuário, jazem desordenadamente muitos blocos de pedra. Imagina-se que tenham caído por obra do tempo ou das devastações dos espanhóis. Mas não é isso. O santuário de Tiahuanaco, ao que parece, foi abandonado antes de ser concluído. Aqueles blocos semitrabalhados já estavam enterrados na grama antes da conquista. Quem sabe, talvez os indígenas tenham percebido que haviam "errado"; que tinham sido traídos pelos próprios deuses; ou seja, haviam criado uma civilização predestinada ao fracasso.

No entanto, não foram apenas os indígenas que fracassaram no altiplano, mas também seus opressores, os espanhóis. A cruz cristã está inscrita atrás do *fraile*, e atrás da colina desponta a cúpula de uma igreja construída, pelo que dizem, com material trazido do Santuário do Sol, mas o fracasso espanhol é visível por todos os cantos no abandono em que jazem os antigos palácios do Vice-Reino, as monumentais igrejas barrocas, e ainda mais na miséria, na ignorância, no atraso da população indígena depois de quatro séculos de cultura europeia. Da igreja agora chegam sons agudos e dissonantes de músicas, batidas profundas de tambores, explosões secas de fogos. É a *fiesta* indígena, grosseira e pobremente folclórica, que, entre a morte do santuário pagão e a esqualidez da igreja cristã, dá a sensação forte e dilacerante do fracasso conjunto das duas culturas.

A civilização indígena original (chamada *collas* por causa do nome da tribo mais importante) era de estilo comunitário, livre e democrática. Mas, com a chegada dos espanhóis há quatro séculos, essa civilização foi transformada pelos incas em império escravocrata. Por outro lado, os espanhóis conquistam a América em plena fase contrarreformista, quando tudo o que existe de vivo e de novo na Europa se encontra em confronto com a Espanha. Assim a conquista poderia ser definida como a fusão de dois fracassos, o indígena e o espanhol, o enxerto monstruoso da decadência europeia no tronco da decadência indígena. Mas qual é a causa profunda do momentâneo sucesso dessa operação anômala? Como foi possível que uns cem aventureiros tomassem posse de um império de 10 milhões de indígenas?

Talvez a singular evolução da instituição da *mita* possa oferecer, de forma simbólica, a chave do mistério. Originalmente, na época da civilização comunitária pré-incaica, a *mita* era um serviço público a que as comunidades indígenas se submetiam voluntária e gratuitamente. Tratava-se, entre outras atividades, de cultivar as terras da comunidade, de irrigá-las, de conter os cursos de água, de conservar as trilhas. Em síntese, a *mita* era um trabalho coletivo em que se manifestava o alto grau de sentido "associativo" dos indígenas. Mais tarde, com o império dos incas, a organização comunitária livre se transforma numa estrutura rigidamente centralizada e estatal, quer dizer, essencialmente, em servidão da gleba planejada e dirigida por uma burocracia de caráter religioso. Tratava-se, porém, de uma servidão da gleba de um tipo particular, baseada não tanto na exploração com fins de lucro, mas mais nas verdadeiras necessidades de uma agricultura extensiva que, em grande parte, dependia dos amplos e complexos sistemas de irrigação.

A passagem da servidão da gleba dos incas para a aberta e horrenda escravidão da mineração imposta pelos espanhóis parece ter acontecido por conta da violência. Na realidade, foi possível graças ao sentido social dos indígenas, que, já na época, havia permitido a transformação da economia comunitária em economia estatal. Que fique claro: o sentido social não é um defeito, mas uma qualidade. Sempre, porém, que não destrua o instinto individual, como parece ter acontecido na civilização indígena. A falta de individualismo faz com que a *mita* do serviço público livre e espontâneo, primeiro com os incas e depois com os espanhóis, se transforme em *corvée*.[9] Os indígenas eram somente e principalmente "sociais", ou seja, dóceis, obedientes às leis, disciplinados e fiéis. Os incas se serviram dessa sociabilidade para enviar os indígenas para o estatismo teocrático; os espanhóis, para fazê-los escravos. Em um século, a população indígena caiu de 10 milhões para apenas 1 milhão. A *mita* torna-se uma condenação à morte. Tanto isso é verdade que, quando um indígena era recrutado para a *mita* mineradora, os companheiros lhe preparavam o funeral antecipadamente. O *mitayo* era sinônimo de morte.

À atrofia do sentimento de individualidade dos povos indígenas se contrapõe a hipertrofia do individualismo dos espanhóis. Os conquistadores são aventureiros intrépidos, mas sem nem a sombra daquele cristianismo cuja bandeira levantam. Descarados, traiçoeiros, sanguinários, insaciáveis, dizem que representam a sociedade espanhola, mas, na verdade, só representam a si mesmos, inclusive porque foi a sociedade espanhola, individualista e feudal, que os fez assim como são. A julgá-los ainda com a medida moral muito particular da Renascença, dificilmente podem ser justificados e muito menos absolvidos. Exterminam os indígenas, exterminam-se entre si; e isso sempre por motivos de poder e de butim. É verdade que a Coroa da Espanha e a Igreja tentam proteger as desafortunadas populações indígenas, mas estão distantes, enquanto os feudatários estão no local. O fracasso espanhol já está na origem desse individualismo bestial e imprevidente. Assim como, por outro lado, o fracasso indígena estava na raiz do seu excessivo sentido comunitário, na falta de espírito individual.

Corriere della Sera, 11 de março de 1970.

---

9. Corveia, trabalhos mandatórios durante o feudalismo europeu que serviam como forma de pagamento ao senhor feudal. [N.E.]

VIDA E OBRA DE MORAVIA

Adriana Marcolini

1907 Alberto Pincherle Moravia nasce em Roma no dia 28 de novembro, filho do arquiteto e pintor Carlo Pincherle Moravia e da dona de casa Teresa Iginia (Gina) de Marsanich, de remota origem eslava. Enquanto a mãe, natural de Ancona, cidade à beira do mar Adriático, é católica, o pai, veneziano, provém de uma abastada família judaica. O casal tem quatro filhos: Adriana, Alberto, Elena e Gastone. Os pais dominam a língua francesa e proporcionam o aprendizado desse idioma aos filhos ainda na infância.

1915 Após receber os rudimentos da educação escolar em casa, aos oito anos de idade Moravia começa a frequentar a escola ítalo-britânica Crandon, em Roma. Por influência da mãe, ele e os irmãos têm uma formação católica. Mais tarde, porém, ele se declara ateu.

1916–1925 Aos nove anos, começa a sentir os primeiros sintomas da tuberculose óssea na região da anca, também conhecida como articulação coxofemoral, ou articulação do quadril. Com períodos que alternam curas ilusórias e recaídas, a doença se prolonga até 1925. As fortes dores na coxa e algumas quedas o obrigam a substituir as idas à escola pelo ensino doméstico, com professores particulares. Com muita dificuldade, consegue o diploma ginasial, equivalente ao atual ensino fundamental II – seu único diploma escolar. Ao jornalista Alain Elkann, que publica em parceria com Moravia a longa entrevista intitulada *Vita di Moravia* (1990), o escritor se autodefiniu como uma criança "anormal", porque demasiado sensível: "Via e sentia tudo grande, as rosas do meu jardim via-as grandes como couves e o seu perfume subia-me à cabeça, os aipos que nos rodeavam pareciam-me enormes [...] O que precede a doença foi o período, como dizer?, de uma criança que vê o mundo como um boi, isto é, com os olhos de boi, os quais, como se sabe, aumentam tudo. Tudo me fazia impressão."[1]

Durante o longo período da doença, passa a maior parte do tempo na cama: os primeiros anos em casa e os dois últimos no sanatório Codivilla, em Cortina D'Ampezzo, na região do Vêneto. Para compensar os estudos irregulares, lê muito. Antes de ingressar no sanatório, já havia lido Dostoiévski, Goldini, Manzoni, Shakespeare, Freud, Molière, Ariosto e Dante. As leituras continuam com Rimbaud, Kafka, Proust e Joyce, entre outros.

Quando Moravia estava internado no sanatório, a escritora Amelia Rosselli, sua tia, presenteia-o com uma assinatura da biblioteca do Gabinetto Scientifico Letterario G.P. Vieusseux, de Florença. Assim, passa a receber sete livros por semana. Lê, em média, um título a cada dois dias. Escreve versos em francês e em italiano, classificados por ele mesmo como horríveis. Estuda alemão e inglês sozinho. Ao falar sobre a doença, afirma: "Foi o fato mais importante da minha vida".

1925 Definitivamente curado, deixa o sanatório em setembro. Ainda convalescente, passa dois meses em Bressanone, na província de Bolzano, perto de Cortina. É quando começa a esboçar seu primeiro romance: *Gli indifferenti* [Os indiferentes]. No final de novembro, festeja seu 18º aniversário com a família, em Roma. A mãe insiste para que retome os estudos regulares, mas ele argumenta que já está muito atrasado para continuar a estudar e não cede. Mergulha na escrita do romance.

1925–1928 Com a saúde ainda frágil, passa longas temporadas nas montanhas, hospedando-se em hotéis e dedicando-se a escrever *Os indiferentes*. Sobrevive graças à ajuda financeira do pai. Em 1927, adota o nome artístico de Alberto Moravia. Naquele mesmo ano, publica sua primeira novela, *Cortigiana*

---

1. Alain Elkann; Alberto Moravia, *Vida de Moravia*. Lisboa: Edição "Livros do Brasil", 1992, pp. 16-20.

stanca [A cortesã cansada], na revista literária *900*, fundada pelo escritor e poeta Massimo Bontempelli.

1929 A editora Alpes, de Milão, interessa-se pela publicação de *Os indiferentes*. No entanto, o editor Cesare Giardini comunica a Moravia que as despesas da edição devem ser pagas por ele. Confiante, recorre ao pai, que prontamente atende ao pedido e paga os custos da publicação. Romance fundamental da literatura italiana do século XX, a narrativa revela, por intermédio da história de uma família, a decadência moral da burguesia durante o fascismo. O livro é um sucesso editorial. Salvo algumas reservas, a crítica o recebe bem. A resenha positiva do respeitado crítico Giuseppe Antonio Borgese, no jornal *Corriere della Sera*, é determinante para o êxito da obra, o que contribui para encorajar o então escritor iniciante a seguir. A partir de 1929, começam a aumentar as colaborações para revistas literárias italianas da época.

O sucesso de *Os indiferentes*, porém, também traz problemas. O presidente da editora Alpes era Arnaldo Mussolini – irmão de Benito Mussolini. Em um discurso na Casa do Fascio de Milão, no final de outubro de 1929, Arnaldo definiu Moravia como "negador de todo o valor humano".[2] Em dezembro daquele ano, é aberto um processo contra o escritor na sede da polícia romana.

1930 Publica o conto autobiográfico "Inverno di malato" [Inverno de um doente] na revista *Pegaso*, baseado nos dois anos que passou no sanatório. A partir daquele ano, torna-se abertamente antifascista e se sente desconfortável na Itália. O fascismo provoca-lhe repugnância. Resolve viajar.

1930–1936 Passa longas temporadas em Londres e Paris. Frequenta salões literários nas duas capitais e trava conhecimento com escritores.

Em 1931, viaja para a antiga Tchecoslováquia. Em torno desses anos, começa a divulgar relatos de viagem, primeiro no

2. Id., Ibid., p. 65.

jornal *La Stampa* e, mais tarde, no extinto *Gazzetta del Popolo*, ambos de Turim, além de em outros órgãos da imprensa italiana, como o prestigiado *Corriere della Sera*, de Milão. Publica na *terza pagina*, um espaço nos jornais italianos que sobreviveria até a década de 1980, dedicado a artigos de cultura e de viagens, porto seguro para a literatura.

No início de 1935, a publicação de seu segundo romance, *Le ambizioni sbagliate* [Ambições erradas], é barrada pelo regime fascista. Incentivado pela editora Mondadori e pelo tio Augusto de Marsanich, subsecretário dos Correios e Telégrafos, Moravia escreve para Mussolini e Galeazzo Ciano, genro do *Duce* e ministro de Relações Exteriores. Talvez em parte por influência do tio, consegue liberar o livro, em julho daquele ano. Apesar da autorização, por ordem do Ministério da Cultura Popular do governo fascista, os jornais não publicam nenhuma linha sobre a obra. A hostilidade do regime em relação a ele, já demonstrada com *Os indiferentes*, parece aumentar. Anos depois, afirmou ter percebido que *Ambições erradas* lhe permitiu libertar-se do sucesso de seu primeiro romance.

Em outubro de 1935, as tropas italianas invadem a Etiópia, consolidando as ambições imperialistas de Mussolini na África e alimentando o nacionalismo e o apoio da população italiana ao regime. A invasão demonstra o fortalecimento do governo fascista e aponta para o acirramento das políticas de Mussolini.

Em dezembro do mesmo ano, receoso do que estava por vir, Moravia decide partir novamente. Aceita o convite de Giuseppe Prezzolini, diretor da Casa Italiana da Universidade de Columbia, em Nova York, para uma temporada de palestras sobre literatura italiana em algumas instituições locais. Ter uma experiência de vida nos Estados Unidos havia se tornado uma obsessão para Moravia, e ele não quis perder a oportunidade. Entre o final de 1936 e 1937, permanece oito meses como hóspede da Casa Italiana. Em determinado momento, não suporta mais o frio novaiorquino, que, segundo suas palavras, era glacial. Viaja para o México em busca de calor, numa viagem de trem memorável, de cinco dias. Nessa estadia, descobre sua atração pelo chamado

"Terceiro Mundo". Envia relatos para o *Corriere della Sera* e para a revista literária *L'Italiano*, de Bolonha. Retorna para Nova York 45 dias depois e, de lá, toma o navio para a Itália. Põe-se a escrever a coletânea de novelas *L'imbroglio* [O imbróglio].

1937 De volta ao país natal e à atmosfera do fascismo, sente-se novamente desconfortável. Resolve viajar mais uma vez, sempre de navio. Parte para a China, onde permanece dois meses. Visita Aden (Iêmen), Mumbai, Hong Kong, Macau, Xangai e Pequim. Publica relatos da viagem no *Gazzetta del Popolo*. *O imbróglio* é editado pela Bompiani. O lançamento inaugura uma longa parceria entre o autor e a editora. Em junho, os primos de Moravia – Nello e Carlo Rosselli, filhos de sua tia Amelia – são assassinados na França por membros de um grupo fascista francês. Os dois participavam ativamente da organização antifascista Giustizia e Libertà.

1938 O governo fascista promulga as chamadas leis raciais, uma série de normas com vistas a impor a discriminação e a segregação racial na Itália. Filho de mãe católica e de pai judeu, Moravia era considerado "meio judeu" e visto com desconfiança pelas autoridades. Os artigos para a *Gazzetta del Popolo* prosseguem até julho de 1938, quando é informado que, em virtude das leis raciais, a colaboração com o jornal deveria ser interrompida. Inconformado, envia uma carta para Mussolini reiterando que não era judeu porque sua mãe era de "sangue puro e de religião católica". Consegue voltar a colaborar com a *Gazzetta*, mas, no início de 1939, quando se encontra na Grécia por conta do jornal, *Ambições erradas* e *O imbróglio* são incluídos na lista dos volumes eliminados pela comissão da limpeza de livros.

1939 No dia 1º de setembro, a Alemanha invade a Polônia. Começa a Segunda Guerra Mundial. Moravia passa seis meses na Grécia e envia artigos para a *Gazzetta del Popolo*.

1940 Publica *I sogni del pigro: Racconti, miti e allegorie* [Os sonhos do preguiçoso: Contos, mitos e alegorias], uma coletânea de textos satíricos e surrealistas. Começa a escrever roteiros para o cinema, atividade da qual gosta e que lhe rende algum dinheiro. Naqueles anos conturbados, marcados pelo veto de firmar os trabalhos com o próprio nome, colabora com vários roteiros cinematográficos de forma anônima. É o início de uma sólida trajetória no mundo do cinema, em que se destaca como autor de argumentos e roteiros. Escreve argumentos e roteiros de aproximadamente 17 filmes, entre os quais *Centomila dollari* [Cem mil dólares] (Mario Camerini, 1940); *Ossessione* [Obsessão] (Luchino Visconti, 1943); *La lupa* [A loba] (Alberto Lattuada, 1953); *La donna del fiume* [A mulher do rio] (Mario Soldati, 1954); e *Una domenica d'estate* [Um domingo no verão] (Giulio Petroni, 1962). Trabalha na adaptação para o cinema de contos de sua autoria, como *La romana* [A romana] (Luigi Zampa, 1954) e *Racconti romani* [Contos de Roma] (Gianni Franciolini, 1955). Em 1951, assina o roteiro e dirige o curta-metragem *Colpa del sole* [Culpa do sol]. Interpreta a si mesmo em alguns filmes, como *Monastero di Santa Chiara* [O Mosteiro de Santa Clara] (Mario Sequi, 1949); *Alberto Moravia* (Paolo e Vittorio Taviani, 1959); *Comizi d'amore* [Comícios de amor] (Pier Paolo Pasolini, 1965); e *Umano, non umano* [Humano, não humano] (Mario Schifano, 1971).

Sua atividade no cinema inclui a crítica cinematográfica. Começa a se dedicar ao ofício em 1944, na revista semanal *Città*, e continua em jornais e em outras publicações – como *L'Espresso* e *L'Europeo*. Nesta última, é responsável por uma coluna de crítica de cinema entre 1950 e 1954.

1941 Casa-se com a escritora italiana Elsa Morante (1912-1985), autora do célebre romance *La Storia* [A História] (1974), publicado no Brasil em 1978. O casal passa longas temporadas na ilha de Capri, no sul da Itália.

Ainda em 1941, publica o romance satírico *La Mascherata* [A mascarada], parcialmente inspirado em sua viagem ao México e na experiência com o fascismo. O livro narra a história de um ditador (na verdade, Mussolini) envolvido em uma conspiração organizada pelo seu próprio chefe de polícia. É retirado de circulação pelo governo fascista na segunda edição. Pressionados pelo regime, os jornais ignoram a obra. Após esse episódio, Moravia precisa adotar pseudônimos a fim de continuar a escrever para a imprensa: Pseudo, Renzo Diodati, Tobia Merlo e Giovanni Trasone são alguns deles.

1942 Dedica-se a escrever *Agostino*, definido por ele como "o ponto de partida de toda a minha obra sucessiva". O sucesso editorial de *Os indiferentes* e os problemas que, posteriormente, veio a ter com a censura fascista levaram seu nome a ser identificado apenas com o livro de estreia, o que lhe traz um sentimento de marginalização no meio editorial. *Agostino* é um drama sobre a iniciação sexual de um menino de 13 anos, que passa as férias com a mãe na praia de Viareggio, na Toscana. Naquelas férias, o garoto também convive com um grupo de meninos pobres da sua idade e conhece a diferença de classe social. O livro tem claramente um traço autobiográfico, tendo em vista que, na infância, Moravia costumava passar o verão em Viareggio com a família, de condição abastada.

1943 Em fevereiro, *Agostino* é lançado pela casa editorial Documento, do amigo jornalista Federigo Valli. Ela preenche a lacuna deixada pela editora Bompiani, naqueles anos impedida de publicar as obras de Moravia. A edição conta com três ilustrações do artista Renato Guttuso. A tiragem é de apenas 150 exemplares porque a editora não obteve autorização do Estado para publicar o livro. Pouco tempo depois, o governo fascista envia uma circular para os jornais comunicando-lhes a proibição total de publicar artigos de Moravia. Ao mesmo tempo, o escritor também é impedido de trabalhar para o cinema, sua única verdadeira fonte de renda. A medida levou-o a trabalhar no anonimato: os roteiros dos filmes *Un colpo di pistola* [Um tiro de pistola] e *Zazà*, ambos dirigidos por Renato Castellani, não têm sua assinatura.

Poucos meses depois, em 8 de setembro de 1943, o governo fascista anuncia o armistício entre a Itália e os Aliados. É a rendição total. Após o anúncio, os soldados nazistas ocupam o norte do país, e as tropas anglo-americanas desembarcam em Salerno, no sul. Mussolini funda a República de Salò, no lago de Garda, ao norte. O país mergulha na guerra civil: as forças fascistas e nazistas entram em confronto com a resistência armada de grupos organizados da população civil, conhecidos como *partigiani*. O conflito se prolonga até 29 de abril de 1945, quando as forças nazistas e fascistas assinam a rendição.

Em virtude de sua origem judaica, Moravia é alertado por um amigo de que os nazistas incluíram seu nome na lista das pessoas a serem presas. Imediatamente, tenta escapar com Elsa Morante para Nápoles, mas os danos causados pela guerra na via férrea impedem o prosseguimento da viagem. Os dois então se refugiam na zona rural de Fondi, uma cidadezinha a meio caminho entre Roma e Nápoles. Permanecem nove meses na região, entre setembro de 1943 e maio de 1944, hospedados nas casas de camponeses, convivendo com a população local e passando por privações. "Depois da doença, esta foi a segunda experiência mais importante da minha vida",[3] declara.

Nesse período, começa a escrever *La ciociara*, que só seria lançado na década de 1950 – no Brasil, em 1975. O romance é inspirado na sua experiência de refugiado de guerra dentro de seu próprio país e se passa na área de Fondi, a mesma em que o escritor e a mulher ficaram. Narra as dificuldades enfrentadas por duas mulheres, mãe e filha, que, obrigadas pelo conflito a deixar a cidade natal, Roma, encontram refúgio perto da linha de combate dos soldados alemães. A filha, de 18 anos, é estuprada por soldados marroquinos que fazem parte das tropas coloniais francesas, incorporadas às forças Aliadas. A obra entrelaça o cotidiano delas com o dos camponeses, os bombardeios, a escassez e o contrabando de alimentos, a destruição de casas e os estupros. O livro deu origem ao filme homônimo, dirigido por Vittorio de Sica em 1960 e protagonizado por Sofia Loren – agraciada com o Oscar de Melhor Atriz em 1961.

---

3. Alberto Moravia, *Viaggi. Articoli (1930-1990)*. Milano: Bompiani, 1994, p. XVII.

1944 Em 24 de maio, na iminência da libertação de Roma, a editora Documento publica o ensaio *La Speranza, ovvero Cristianesimo e Comunismo* [A Esperança, isto é, Cristianismo e Comunismo]. Com o avanço do Exército estadunidense, Moravia e Elsa Morante retornam a Roma.

1945 No imediato pós-guerra, época marcada por privações, o escritor consegue sobreviver graças aos roteiros cinematográficos e volta a colaborar com jornais. Publica com a editora L'Acquario um livro com duas novelas, *Due cortigiane* e *Serata di Don Giovanni* [Duas cortesãs e Noite de Don Giovanni]. O fim da guerra também traz a retomada da parceria com a editora Bompiani, de Milão. A nova fase é inaugurada com uma reedição de *Agostino*, que vence o prêmio Corriere Lombardo, primeira premiação literária na Itália do pós-guerra.

1946 O ano marca o início das traduções das obras de Moravia no exterior. Também é quando seus romances e contos começam a ser transformados em filmes. Alguns exemplos: *La provinciale* [A insatisfeita] (Mario Soldati, 1953); *Peccato che sia una canaglia* [Bela e canalha] (Alessandro Blasetti, 1954); e *La ciociara* [Duas mulheres] (Vittorio De Sica, 1960). E ainda outros: *Le mépris* [O desprezo] (Jean-Luc Godard, 1963); *Gli indifferenti* [Os indiferentes] (Francesco Maselli, 1964); e *Il conformista* (Bernardo Bertolucci, 1970). A lista comprova o sucesso das adaptações de seus livros para a linguagem cinematográfica.

1947–1951 Ao longo do quatriênio, após ter a carreira prejudicada pela censura fascista e pela guerra, o escritor continua a consolidar sua trajetória em parceria com a Bompiani. Em 1947, lança o romance *La romana* [A romana]. O livro obtém o mesmo sucesso de *Os indiferentes*, vinte anos antes. Em 1948, visita a França e publica artigos no *Corriere della Sera*. Também vai para a Inglaterra no mesmo ano. Envia relatos de Londres para o *La Nuova Stampa*. Publica *La disubbidienza* [A desobediência]; em

1949, *L'amore coniugale e altri racconti* [O amor conjugal e outras histórias]; e, em 1951, *Il conformista* [O conformista].

1952 Alberto Moravia lança uma compilação de contos já publicados de forma esparsa: *I Racconti 1927-1951* [Contos]. Naqueles anos fortemente marcados pelo trauma da guerra, cujo final ainda não havia completado dez anos, recebe uma notícia surpreendente: todas as suas obras haviam sido incluídas no Index de Livros Proibidos pela Santa Sé. Em vigor desde meados do século XVI até 1966, ao longo de sua existência o Index proibiu cerca de 40 mil obras. O veto é recebido como uma ofensa não apenas por ele, mas por toda a comunidade literária italiana, que responde atribuindo-lhe o prêmio Strega, o mais importante do país, pelo então recém-publicado *Contos*.

1953–1955 Visita o Oriente Médio em 1953. Em 1954, vai para o Egito. Publica relatos das viagens na revista *L'Europeo* e no *Corriere della Sera*. Em 1954, também viaja à Espanha e envia artigos para o *Corriere*. Em 1955, volta aos Estados Unidos. Publica uma série de artigos no mesmo jornal.

Em parceria com Alberto Carocci e com o apoio financeiro de Adriano Olivetti, funda em Roma a revista *Nuovi Argomenti*, que publica artigos de Pier Paolo Pasolini, Jean-Paul Sartre, Elio Vittorini, Italo Calvino, Eugenio Montale, entre outros. Em fevereiro de 1954, edita com a Bompiani a primeira série de *Racconti romani* [Contos de Roma], com a qual vence o prêmio Marzotto. Em novembro do mesmo ano, lança o romance *Il disprezzo* [O desprezo]. No mesmo ano, publica na *Nuovi Argomenti* o ensaio *L'uomo come fine*, posteriormente lançado na Itália em um volume. O texto pode ser lido como uma crítica da modernidade, que reduziu o homem a um meio de ação como um fim em si mesmo. Redigido a partir de 1946, portanto, no imediato pós-guerra, Moravia escreve que o ápice desse processo havia sido atingido com as deportações de judeus durante o então recente conflito bélico. Faz um apelo à recuperação do senso do humano.

1956 Parte para a União Soviética, com uma delegação convidada pelo governo comunista. Poucos anos depois, lança um livro sobre a viagem. Publica *L'Epidemia. Racconti surrealistici e satirici* [A Epidemia. Contos surrealistas e satíricos], uma coletânea de contos já editados – agora com alguns acréscimos.

1957 *La ciociara* é lançado em abril. A boa recepção do romance e seu posterior renascimento, após a adaptação cinematográfica de Vittorio De Sica, em 1960, são determinantes para que o livro se torne um dos títulos de maior sucesso de Moravia. No mesmo ano, viaja ao Japão e publica relatos no *Corriere della Sera*.

1958–1959 Escreve duas peças teatrais: *La mascherata* e *Beatrice Cenci*. No final do ano, viaja para o Irã, acompanhado de Elsa Morante. A viagem resulta em sete artigos publicados no *Corriere della Sera*. Publica *Un mese in URSS*, o diário de sua experiência na União Soviética. Em 1959, volta à Grécia e publica relatos no mesmo jornal.

1960 Publica o romance *La noia* [Vidas vazias], com o qual vence o prêmio Viareggio em 1961. Na qualidade de presidente do PEN Club, um clube internacional de escritores, viaja em julho para o Rio de Janeiro, onde acontece o congresso da organização. Permanece no Brasil até outubro. Visita Salvador, Belo Horizonte e outras cidades mineiras, Rio de Janeiro e Brasília, recém-inaugurada. Publica seis relatos da viagem no *Corriere della Sera* – todos incluídos neste volume. Ao escrever sobre Brasília, não se deixa levar pelo gigantismo dos edifícios, todavia não totalmente concluídos; ao contrário, questiona e confronta a magnitude arquitetônica com o desconforto e a falta de originalidade dos ambientes internos, o que torna os prédios "preguiçosos e apressados" por dentro.[4]

---

4. Ver o texto *Brasília* (p. 149) neste volume.

1962–1966 Em 1962, vai para a Índia com Elsa Morante e Pier Paolo Pasolini. A viagem dará fruto ao livro *Un'idea dell'India*, publicado no mesmo ano. Ainda em 1962, após 21 anos de casamento, Moravia e Elsa Morante se separam. O autor vai morar com a escritora Dacia Maraini. A relação entre os dois prosseguiria até 1986. Com ela e o escritor Enzo Siciliano, funda a companhia teatral Teatro del Porcospino, sediada em Roma. No início, encenam peças deles próprios, para, depois, montar espetáculos de outros dramaturgos. A experiência é suspensa em 1968 por falta de recursos.

Em 1963, visita o Iêmen; e, em 1964, o Afeganistão, o Tibete e o Nepal. Um ano depois, vai para o Marrocos. Publica relatos das viagens no *Corriere della Sera*.

A partir de 1966, Pasolini participa da direção da revista *Nuovi Argomenti*, ao lado de Moravia e Carocci. A amizade entre ambos se estreita, e Moravia ficará profundamente abalado com o assassinato de Pasolini, em 1975. Viaja à Cuba em 1966, onde encontra Fidel Castro. Ainda em 1966, retorna ao México. Publica relatos sobre os dois países no *Corriere della Sera*.

1967–1969 Sua atividade no mundo cinematográfico o leva a presidir a 28ª Bienal do Cinema de Veneza. Nesse mesmo ano, viaja para o Japão, a Coreia do Sul e a China, acompanhado de Dacia Maraini. Publica relatos no *Corriere della Sera*. Em 1968, lança *La rivoluzione culturale in Cina* [A Revolução Cultural na China]. Visita a Guatemala e publica relatos no *Corriere della Sera*. Viaja mais duas vezes para os Estados Unidos (1968 e 1969), de onde envia artigos para a revista semanal *L'Espresso*.

Em 1968, critica os estudantes que se revoltam contra o sistema – e é criticado por eles. "Os jovens de 68, e aqueles que vieram depois deles, pensam que devem mudar o mundo, que devem mudar com a violência, mas não querem saber por que e como mudá-lo. Não querem conhecê-lo e, portanto, não querem conhecer a si mesmos",[5] declara.

---

5. Alberto Moravia, *Viaggi. Articoli (1930-1990)*. Milano: Bompiani, 1994, p. XXI.

1970 Publica *Il Paradiso* [O Paraíso], sua primeira coletânea de contos com mulheres que falam em primeira pessoa. A publicação revela o despertar da atenção do escritor ao tema dos direitos das mulheres – talvez suscitado pela convivência com Dacia Maraini, conhecida por tratar dessa questão em seu trabalho. Visita a Bolívia. Os relatos da viagem são publicados no *Corriere della Sera*.

1971 Publica, na revista *L'Espresso*, entrevistas antológicas com Yasser Arafat, na época presidente da Organização para a Libertação da Palestina, e Josip Broz Tito, então presidente da Iugoslávia.

1972–1974 Visita novamente a União Soviética. Dessa vez, envia artigos para o *Corriere della Sera*. Começa a fazer longas viagens à África. Um dos países visitados é o Gabão, em 1974, de onde envia relatos para o *Corriere* e que será cenário do futuro livro *La donna leopardo* [A mulher Leopardo]. Do continente africano, seu preferido, afirmava ser "o maior e o mais nobre monumento que a natureza tenha erguido a si mesma".[6] Lança pela Bompiani *A quale tribù appartieni?* [A qual tribo você pertence?], seu primeiro livro sobre a África, uma coletânea dos relatos de viagem publicados no *Corriere della Sera*.

1975–1981 Em 1976, lança *Boh* – uma coletânea de trinta contos nos quais trinta mulheres falam de si mesmas, o que indica mais uma vez o interesse de Moravia pelo universo feminino. Em 1978, publica *La vita interiore* [Desidéria], considerado seu romance "mais terrível", por relatar uma situação humana extremamente dolorosa e angustiante, na qual a protagonista Desidéria, filha adotiva da riquíssima e impiedosa Viola, rebela-se contra a família e a sociedade. Em 1979, o procurador da República na cidade de L'Aquila acusa o livro de obsceno e ordena que pare de circular. O mesmo acontece com o filme, lançado um ano depois com a direção de Gianni Barcelloni. Em 1980, Moravia publica a

---

6. Alain Elkann; Alberto Moravia, *Vida de Moravia*. Lisboa: Edição "Livros do Brasil", 1992, p. 254.

coletânea de ensaios *Impegno controvoglia* [Compromisso a contragosto], escritos entre 1943 e 1978.

Em 1976, visita novamente a União Soviética e a Mongólia; em 1977, vai ao Irã. Publica relatos no *Corriere della Sera*. Entre 1975 e 1981, Moravia viaja várias vezes à África como enviado do jornal. Publica relatos das viagens, depois compilados na coletânea *Lettere dal Sahara* [Cartas do Saara], lançada em 1981. "Até agora nunca tinha me acontecido de fazer uma viagem fora do tempo, ou seja, fora da história, numa dimensão, como dizer?, a-histórica, religiosa. A viagem no Saara preencheu, como se diz, essa lacuna",[7] afirma.

1982 Publica o romance *1934*, a narrativa do encontro de um antifascista e uma garota alemã, ambos desesperados, durante uma viagem para a ilha de Capri, no ano de 1934. Tem como pano de fundo o expurgo de 30 de junho de 1934, conhecido como "Noite das Facas Longas", em que Hitler ordena a execução dos membros da Seção de Assalto, cujo descontentamento e ambição eram um obstáculo para o então chanceler da Alemanha.

Também publica a coletânea de fábulas sobre a criação do mundo *Storie della preistoria*, um espaço habitado por animais humanizados que têm o dom da fala.

Viaja para o Japão. Visita Hiroshima. Fica perplexo. Afirma que

> [...] naquele exato momento, o monumento erguido em memória do dia mais inglório de toda a história da humanidade "agiu" dentro de mim. De repente, entendi que o monumento exigia que eu me reconhecesse não mais cidadão de uma determinada nação, pertencente a uma determinada cultura, mas de certa forma, zoologicamente e, também religiosamente, membro, como disse, da espécie.[8]

Publica três reportagens sobre a questão da bomba atômica na revista *L'Espresso*: a primeira produzida no Japão, a segunda na Alemanha e a terceira na União Soviética.

---

7. Alberto Moravia, *Viaggi. Articoli (1930-1990)*. Milano: Bompiani, 1994, p. XXIII.

8. Id., Ibid., p. XXIII.

1983 Vence o prêmio Mondello pela publicação de *1934*. Publica a coletânea de contos *La cosa e altri racconti* [A coisa e outros contos], dedicada à escritora espanhola Carmen Llera, sua nova esposa. Retorna à Mongólia, de onde envia artigos para o *Corriere della Sera*. Em junho, recusa o convite para se candidatar ao Senado italiano.

1984 Para surpresa daqueles que o haviam convidado no ano anterior a ser candidato ao Senado, em maio de 1984 Moravia aceita concorrer nas eleições para o Parlamento Europeu, como candidato independente nas listas do Partito Comunista Italiano. "Eu disse que o artista busca o absoluto. Pois bem, o motivo pelo qual apresento minha candidatura ao Parlamento europeu não tem nada a ver, pelo menos diretamente, com a política, e de fato, envolve a busca pelo absoluto.",[9] afirma. É eleito deputado do Parlamento Europeu com 260 mil votos. Durante o mandato, aborda várias vezes o tema da energia nuclear, a fome na Etiópia e os direitos humanos. Dá início à série de artigos "Diario europeo" no *Corriere della Sera*, enviados de Estrasburgo, na França, sede do Parlamento.

1985 Em dezembro, recebe o prêmio Personalidade Europeia. Publica o romance *L'uomo che guarda* [O homem que olha]. São encenadas suas comédias teatrais *L'angelo dell'informazione* [O anjo da informação] e *La cintura* [O cinto]. Viaja para a Síria e o Iêmen. Publica relatos no *Corriere della Sera*.

1986 No dia 27 de janeiro, dois meses após a morte de Elsa Morante (de quem nunca havia se divorciado legalmente), casa-se com Carmen Llera, com quem viverá até a morte. Retorna à China, e os artigos sobre a viagem são publicados no *Corriere della Sera*.

Lança *L'angelo dell'informazione e altri scritti teatrali* [O anjo da informação e outros escritos teatrais], coletânea de textos

9. Id., Ibid., p. XXIV.

para o teatro. Publica *L'inverno nucleare* [O inverno nuclear], uma série de entrevistas, artigos e ensaios escritos entre 1982 e 1985, nos últimos anos da Guerra Fria, quando a corrida armamentista atômica não tinha diminuído, apesar das mobilizações do pacifismo mundial. A publicação coincide com o mesmo ano do desastre da usina nuclear de Chernobil.

1987–1990 Visita a Etiópia e a Jordânia em 1987. Dois anos depois, em 1989, vai ao Iraque. No primeiro semestre de 1990, viaja ao Iêmen e à Irlanda. Publica os relatos dessas viagens no *Corriere della Sera*. Lança *Passeggiate africane* [Passeios africanos] (1987), *Viaggio a Roma* (1988), *La villa del venerdì* [A casa de praia das sextas-feiras] e *Vita di Moravia* (ambos de 1990), escrito em parceria com o jornalista Alain Elkann e fruto de uma série de entrevistas concedidas pelo escritor. Em 1989, é lançado o segundo volume de uma antologia organizada por Enzo Siciliano – *Opere 1948-1968*.

1990 Alberto Moravia é encontrado morto em seu apartamento em Roma, na manhã de 26 de setembro. Tinha 83 anos.

1991–1993 Em 1991, a editora Bompiani publica postumamente seu último romance, *A mulher Leopardo*, uma história não resolvida de uma traição amorosa, que reúne quatro personagens da burguesia romana e se desenrola no Gabão. O livro saiu no Brasil em 1991. Foi adaptado para os palcos em 2019 pela companhia Piccolo Teatro, de Milão.

Em 1992, é lançado *Diario europeo*, uma antologia dos artigos publicados no *Corriere della Sera* de agosto de 1984 a junho de 1990. Um ano depois, em 1993, é publicado *Romildo*, uma compilação de textos inéditos e autobiográficos, com curadoria de Enzo Siciliano.

Em 1994, também com a curadoria do escritor Enzo Siciliano, a editora Bompiani lança a coletânea *Viaggi. Articoli 1930-1990*, uma compilação dos relatos de viagem do autor publicados ao longo de 60 anos. Os artigos cobrem a antiga União Soviética, além de países da Europa, África, Oriente Médio e Ásia, bem como das Américas.

Em dezembro de 1991, é fundada em Roma a Associazione Fondo Alberto Moravia (www.fondoalbertomoravia.it), sediada no antigo apartamento do escritor, no bairro Della Vittoria, em Roma. Além de ser um museu aberto à visitação, é um centro de pesquisa e de eventos em torno da obra de Moravia. Tem como missão preservar a memória e salvaguardar e valorizar o patrimônio do escritor, como quadros, gravuras, esculturas, máscaras trazidas da África, lembranças de viagens, sua máquina de escrever Olivetti e as luminárias *pop* dos anos 1960. A biblioteca de Moravia, com cerca de 15 mil volumes, está intacta. Contém obras de sua autoria, literatura italiana e estrangeira (particularmente do século XX), livros sobre música, artes plásticas e cinema, política, psicanálise e culturas de continentes fora da Europa. A associação é presidida por Dacia Maraini e, durante alguns anos (1997-2004), editou os *Quaderni*, uma publicação semestral.

SOBRE A TRADUTORA

Adriana Marcolini é doutora em literatura italiana pela Universidade de São Paulo (USP). Jornalista e tradutora com experiência internacional, trabalhou no Comitê Internacional da Cruz Vermelha em Buenos Aires e foi correspondente da Argentina para a imprensa brasileira. Em 2001 participou do Programa de Voluntários da ONU, junto ao Alto Comissariado das Nações Unidas para Refugiados, em Sarajevo, Bósnia Herzegóvina. É autora do guia *50 Livrarias de Buenos Aires* (Cotia: Ateliê Editorial, 2011), finalista do Prêmio Jabuti de 2012. Trabalhou nos jornais *O Estado de S.Paulo* e *Gazeta Mercantil*. Em 2023 concluiu, na USP, a pesquisa de pós-doutorado *Narrativas de italianas no Brasil: a imigração feminina em primeira pessoa (1939-1960)*.

CRÉDITOS DAS IMAGENS

P. 2-3 Monumento do Cristo Redentor, no alto do morro do Corcovado, em 1957. Agência O Globo.

P. 4 Retrato de Alberto Moravia na Guatemala, em 1963, tomado por sua então companheira Dacia Maraini. Fundação Alberto Moravia.

P. 14-15 Patinadores em lago do Central Park, durante o Carnaval de Esportes de Inverno, próximo à rua 59, em 1938. Underwood Archives/UIG/Fotoarena.

P. 60-61 Plantação de melões na Baja California, México, próxima à fronteira com os Estados Unidos, 1938. Foto: Dorothea Lange. Biblioteca do Congresso, Washington D.C.

P. 70-71 Calçada do Carnegie Hall, na rua 57 Oeste, em meados dos anos 1950. Granger/Fotoarena.

P. 96-97 Panorâmica do centro de Chicago em 1955. Underwoood Archives/UIG/Fotoarena.

P. 120-121 Estação ferroviária em Denver com o trem Caliphornia Zephyr, que ligava as cidades de São Francisco e Chicago. Underwood Archives/UIG/Fotoarena.

P. 136-137 Em 1955, em São Francisco, o bonde da Hyde Street sobe para o alto do Russian Hill, com a ilha de Alcatraz ao fundo. Underwood Archives/UIG/Fotoarena.

P. 146-147 Brasília no ano de sua inauguração, 1960, com operários da construção e arquitetos à frente da escultura *Os candangos*, de Bruno Giorgi, na Praça dos Três Poderes. Ao fundo, o Supremo Tribunal Federal (STF). Foto: Marcel Gautherot. Acervo Instituto Moreira Salles.

P. 162-163 Elevador Lacerda visto da Cidade Alta, em Salvador, em 1960. Foto: Marcel Gautherot, Acervo Instituto Moreira Salles.

P. 188-189 Tropa policial feminina em Havana, Cuba, em desfile no feriado nacional de 20 de julho de 1962. Foto: Peter Heinz Junge. ZB/Picture Alliance/AGB Photo Library

P. 210-211 Pirâmide do Sol em Teotihuacan, Vale do México, c. 1962. Foto: Erich Andres/United Archives/AGB Photo Library.

P. 236-237 Basílica antiga de Nossa Senhora de Guadalupe (1709), no monte do Tepeyac, Cidade do México, em 1966. LP/Interfoto/Fotoarena.

P. 252-253 Em setembro de 1968, líder estudantil em manifestação política de membros da Universidade de Columbia, em Nova York. Bridgeman Images/Keystone Brasil.

P. 290-291 Ruínas de igrejas destruídas por terremoto em Antigua, Guatemala, c. 1968. Guat/Interfoto/Fotoarena.

P. 312-213 Vista aérea do Complexo de Lançamento 39, no Kennedy Space Center (Flórida), mostrando o foguete Apollo 10, em 11 de março de 1969. Foto: Johnson Space Center/Nasa.

P. 326-327 Nos anos 1960, no altiplano boliviano, mulheres em seus trajes característicos. LP/Interfoto/Fotoarena.

P. 346 Retrato de Alberto Moravia pelo fotógrafo Paolo Monti, em 1982. Fondo Paolo Monti (Milão), BEIC.

Nesta edição respeitou-se o novo Acordo Ortográfico da Língua Portuguesa.
1ª edição, 2025.

Coordenação editorial LÍVIA DEORSOLA, ALVARO MACHADO
Preparação CARLOS A. INADA, BRUNO RODRIGUES
Revisão SIMONE OLIVEIRA, JOÃO GABRIEL TELLES
Projeto gráfico e capa FLÁVIA CASTANHEIRA
Pesquisa iconográfica EVELYN TORRECILLA
Produção gráfica ACÁSSIA CORREIA SILVA
Impressão IPSIS

COSAC RANGEL EDIÇÕES LTDA.
ALAMEDA CAMPINAS 463 / 33 JARDIM PAULISTA 01404-902 SÃO PAULO SP
CONTATO@COSACEDICOES.COM.BR / COSACEDICOES.COM.BR

Dados Internacionais de Catalogação na Publicação (CIP)
(Câmara Brasileira do Livro, SP, Brasil)

Moravia, Alberto (1907-1990)
Américas: relatos de viagens / Alberto Moravia;
tradução Adriana Marcolini. — São Paulo: Cosac, 2025.

Título original: Viaggi: Articoli 1930-1990
ISBN 978-65-5590-024-8

1. Autores italianos - Século 20 - Viagens 2. Moravia,
Alberto, 1907-1990 - Viagens I. Título.

25-286833 CDD-910.4

Índices para catálogo sistemático:
1. Relatos de viagens 910.4
Eliete Marques da Silva - Bibliotecária - CRB-8/9380

Este livro foi impresso em outubro de 2025, na gráfica Ipsis,
em papel Pólen bold 90 g/m². As fontes utilizadas na composição
do texto são Lyon Text e Formula Condensed.